Konstantin Becker-Bachmann

Der Hase des Henoch

SPICA

VERLAG GMBH

www.spica-verlag.de

© Spica Verlag GmbH
1. Auflage, 2022

Alle Rechte vorbehalten. Das Werk darf – auch teilweise –
nur mit Genehmigung des Verlages wiedergegeben werden.

Autor: Konstantin Becker-Bachmann
Für den Inhalt des Werkes zeichnet der Autor selbst verantwortlich.
Die Handlung und die handelnden Personen sind frei erfunden.
Ähnlichkeiten mit lebenden Personen wären zufällig und unbeabsichtigt.

Gesamtherstellung: Spica Verlag GmbH

Printed in Europe
ISBN 978-398503-103-0

Inhalt

Vorwort	7
Erster Akt	9
Kapitel 1 Essen	9
Kapitel 2 Breakdown	25
Kapitel 3 Urlaub	35
Kapitel 4 Die Wüste	39
Kapitel 5 Volker	44
Kapitel 6 Hätte ich's doch bleiben lassen	73
Kapitel 7 Benito	83
Kapitel 8 Breakdown 2.0	97
Kapitel 9 Flucht	117
Kapitel 10 Granada	128
Kapitel 11 Granada 2	154
Kapitel 12 Heimat	181
Zweiter Akt	201
Kapitel 13 Heimat 2	201
Kapitel 14 Arya	228
Kapitel 15 Das Büro	251
Kapitel 16 Gilgamesch	254
Kapitel 17 Breakdown 3.0	258
Kapitel 18 Good morning Vietnam	269
Kapitel 19 Die Stadt der Söhne von Thuột	279
Kapitel 20 Die Stadt der Söhne von Thuột 2	308
Kapitel 21 Yok Don	319
Kapitel 22 WTF	334
Kapitel 23 Die Stadt der Söhne von Thuột 3	342
Kapitel 24 Breakdown 4.0, oder umgekehrt	346

Vorwort

Sehr verehrte Leserinnen und Leser,
herzlich willkommen zu meinem Buch.
Bevor Sie mit dem Lesen beginnen, möchte ich noch auf ein paar Nebensächlichkeiten aufmerksam machen, um Missverständnissen von vornherein vorzubeugen.
Ich behandele im Verlauf des Buches Themen, bei denen sich manche berufen fühlen könnten, gewisse Dinge aus reiner Neugierde zu überprüfen, was teils nicht möglich sein wird, teils aber zu einer möglichen Bestätigung bestimmter Sachverhalte führen kann.
Dieses Buch ist etwa zur Hälfte ein Erlebnisbericht und zur Hälfte frei erfunden.
Auch bei der Kernthematik dieses Buches habe ich Fakten gelegentlich mit Scheinfakten, möglichen Fakten, Überinterpretationen und Fantasiertem vermischt.
Allein dass im Verlaufe des Buches ein Engel auftaucht, sollte den meisten Menschen Grund genug sein, diesen Roman nicht unbedingt als valide Quelle für den Ansatz von Interpretationen anzusehen, und vielleicht werden manche meine Worte auch im Nachhinein nicht nachvollziehen können.
Dennoch und darum fühle ich mich verpflichtet, dieses merkwürdige Vorwort zu verfassen, ist es nicht auszuschließen, dass mancher sich zu tief hineinsteigern und nicht mehr in der Lage sein könnte, Fakt und Fiktion auseinanderzuhalten.
Drogenkonsumenten, psychisch instabilen Menschen, allen Personen, die in irgendeiner Weise psychosegefährdet sind, und Verschwörungstheoretikern wird, bei allem Respekt und ohne jedes überhebliche oder verachtende Vorurteil gegenüber jeder Art von Problemen,

Verhaltensweisen, Erkrankungen und Gedankengut, dringend davon abgeraten, dieses Buch zu lesen.
Es ist kein Witz. Keine billige Werbetaktik. Ich meine es bitter ernst. Es gibt so viele gute Bücher dort draußen. Lesen Sie ein anderes! Was sind schon die paar Euro, die Sie für dieses Buch ausgegeben haben, zu den ruhigen Nächten, die Sie haben werden?
Sollten Sie meine mahnenden Worte missachten, geben Sie mir keine Schuld!
Ich trage keine Verantwortung.

Erster Akt

Kapitel 1
Essen

Ich wachte auf, mein Schädel dröhnte, ich befand mich in einem Zelt mitten in der Wüste und eine Stimme in meinem Kopf plapperte irgendwelche Gedichte.
Aber ... vielleicht sollte ich besser von vorne beginnen.
Also. Ich wachte auf, mein Schädel dröhnte, ich befand mich nicht mitten in der Wüste und keine Stimme plapperte irgendwelche Gedichte. Ich lag auf meinem Sofa und es lief leise im Hintergrund der Fernseher. Spärliches Licht drang durch den Türspalt. Auf dem Glastisch stand mein Teller mit ein paar Essensresten vom Vorabend, daneben ein leeres Glas und eine angebrochene Flasche Whiskey. Nicht dass dieser der Grund für meinen dicken Kopf gewesen wäre, ich hatte nur eine Kleinigkeit zum Essen getrunken. Ich richtete mich auf, rieb meine verkrusteten Augen und begann langsam meine Umgebung wahrzunehmen. In der Wand hörte ich Wasserrauschen, was wohl darauf hindeutete, dass meine Vermieterin über mir am Duschen war, und es nervte mich tierisch. Dann sah ich die Spur karminroter Flecken, die durch mein Wohnzimmer führte, an der großen Fichtenholzplatte vorbei, in die ich dabei war, den Mayakalender hinein zu schnitzen. Aber nicht etwa, weil ich es mit irgendwelchen Weltuntergangsgeschichten hatte. Ich hatte mir einfach vorgenommen, mir einen Esstisch zu bauen, und wollte ein paar Ornamente reinschnitzen, was in seinem

Ausmaß definitiv außer Kontrolle geraten war. Die Spur führte hin zur Tür, die mit einer Decke zugehangen war, weil die Glasscheibe kaputt war. Alles tat mir weh, jeder Muskel und Knochen brannte bis ins Mark. Mühsam stand ich auf, um der Spur zu folgen. Ich taumelte durch den Flur, die Küche, durch die Waschkammer ins Bad. Woher verdammt nochmal kam dieses Blut? Der Boden des Badezimmers war eine einzige Wasserpfütze mit roten Spuren, denn das Rauschen kam nicht aus der Wohnung meiner Vermieterin, sondern es war mein Wasserhahn, der voll aufgedreht war. Der Stöpsel war zum Glück offen, aber das Waschbecken war klein und wer weiß, wie viele Stunden Sprenkelei hatten sich summiert. Hatte ich den angelassen? Ich konnte mich nicht erinnern, nachts aufs Klo gegangen zu sein. Ich schaute in den Spiegel und mein ganzes Gesicht war blutverschmiert und verkrustet. Ich musste plötzlich niesen, Blut spritzte durch die Gegend, gegen den Spiegel und aus meiner Nase lief rote Sutsche. Daher wehte der Wind, Nasenbluten, kein gutes Zeichen. Noch beunruhigender war, dass ich mich beim besten Willen an nichts erinnern konnte. Ich torkelte zurück zum Sofa, registrierte, dass auch mein Kopfkissen voll mit Blut war, dachte mir aber „scheiß drauf", prüfte die Whiskeyflasche auf Inhalt, um mich zu vergewissern, dass wirklich kaum etwas fehlte, und legte mich nochmal hin, stellte aber nach einer halben Stunde Dösen fest, dass es keinen Sinn hatte und ich kaum mehr einschlafen würde. Erneut richtete ich mich langsam unter Stöhnen auf und ging in die Küche, um den Wasserkocher anzustellen. Während ich darauf wartete, dass das Wasser heiß würde, betrachtete ich meine Küche, die ich selbst konstruiert hatte. Ich hatte mir einfach einzelne Küchengeräte und ne Ladung Akazienholz gekauft und angefangen zu sägen. Die ganze Küchenzeile sowie Schränke, Regale und Tisch waren aus Akazienholz gefertigt und mit dazu passenden Edelstahlelementen verfeinert. Ich hatte einfach keine Lust auf eine dieser geschmacklosen Ikeba-Wohnungen. Ich gab kochendes Wasser in eine arabische Kaffeekanne, rührte eine Ladung arabischen Kaffees mit Kardamom hinein, ließ es kurz mit einem Crème-Brulée-Brenner köcheln und setzte mich in einem Anflug von Schwäche auf den Boden, mit dem Rücken an die Ofentür gelehnt, nippte an meinem Kaffee und dachte nach. Warum um alles in der Welt machte ich das eigentlich mit? War es, um Geld zu verdienen? Wofür? Oder war es, um mir selbst zu beweisen, wie viel ich aushielt, oder um es einfach zu testen? Wenn es das war, war ich gerade dabei, meine Grenzen kennen zu lernen, allerdings wunderte es mich schon, denn es war bei weitem nicht das erste Mal, dass ich es so übertrieb und manch anderer machte es nicht anders. Was war los? Dann spürte ich, wie sich meine Lunge zuschnürte, in kräftigen Zügen atmete ich ein und langsam aus, aber es schien, als würde ich den Sauerstoff nicht mehr aufnehmen, dazu kam ein noch heftigeres Gefühl von Schwäche, das ganz anders als das übliche Gefühl von Erschöpfung und Anstrengung war. Ich nahm noch ein paar Schlücke Kaffee und hechelte zum Sofa, wo mein Herz anfing, schmerzhaft zu stechen. Hatte ich einen Herzinfarkt? „Soll ja wohl'n Witz sein!", murmelte ich vor mich hin. Außerdem, dachte ich, spürt man bei einem Infarkt ein Stechen in der rechten Brust und nicht direkt am Herzen. Zumindest sagt man das. Jetzt lag ich schon wieder in meiner Mischung aus Blut und Rotze. Nach einer halben Stunde bekam ich wieder einigermaßen Luft und mein Herz schmerzte auch nicht mehr, also raffte ich mich auf und beschloss zu duschen. Ich ging ins Bad, wählte aus einem Schrank das Duschgel mit der Aufschrift „Daystarter" und duschte eine gute Dreiviertelstunde, bis das Wasser kalt wurde, nahm mir ein Handtuch und setzte mich auf den Boden, um meine langen blonden Haare zu föhnen, was eine Weile dauerte. Danach zog ich mir eine enge Jeans an und ein schwarzes T-Shirt, das ich mir in die Hose steckte, und beschloss, etwas früher zur Arbeit zu fahren. War wohl die beste Möglichkeit, aus dieser Benommenheit herauszukommen. Also zog ich mir Schuhe an, nahm meinen Autoschlüssel, ging vor die Tür und bestieg mein Auto, ein Chevrolet, aber mir fällt gerade beim besten Willen nicht das Modell ein und ich habe keine Lust, vor die Tür zu gehen, um nachzuschauen. Ich brauchte bis zur Arbeit immer exakt fünfzehn Minuten. Ich fuhr über den Kreisel in Sagichnich Richtung Autobahn und dann nach Sagicherstrechtnich, zu dem Restaurant, in dem ich die Küche leitete. Ich parkte auf dem Parkplatz des dazugehörigen Hotels, stieg aus, lief die Außentreppe hoch und ging in das Hotel, wo ich mich in der Waschküche umzog. Danach ging ich zum Nachbargebäude, in dem das Restaurant lag, schloss die Tür auf, ging hinein und verschloss wieder.

Ich ging in die Küche, mein Reich, und schaute auf die Uhr. Halb zehn. Perfekt, der Chef sollte immer mindestens eine halbe Stunde vor allen anderen da zu sein, denn dann konnte er sich ganz in Ruhe einen Überblick über das Zu-Tuende verschaffen, einen Kaffee trinken, und es machte den anderen Mitarbeitern von vornherein ein schlechtes Gewissen und gab ihnen das Gefühl, dass sie besser schneller arbeiten sollten, um etwas nachzuholen. Es war Freitag, angemeldet waren vierzehn Personen, nach kleiner Karte mit Suppe und Dessert, acht Personen nach kleiner Karte, mit Suppe und Dessert nach Wahl. Außerdem sechsundfünfzig Personen mit Buffet. Das

Vorspeisenbuffet sollte bestehen aus: Vitello Tonnato, hausgemachtem Hirschschinken im Kräutercrêpe auf Rote-Bete-Salat, Feldsalat mit Speck, Croutons und gebratenen Pfifferlingen, hausgemachter Wildsülze mit Feigensenf aus eigener Herstellung, Kürbiscremesuppe, Krautsalat, Karottensalat, Rotkohlsalat und Blattsalat in Rahmdressing. Hauptspeisen: frisches Lachsfilet auf Kürbisgnocchi in Safran-Buttersoße, Hähnchenbrustfilet in Salbeisoße, Schweinelende in Kräuter-Seitlingrahmsoße und Hirschgulasch. Dessert: Schokoladen-Birnenmousse, flambierte Pflaumen, selbstgemachtes Safran-Vanille-Tonkabohneneis und Apfelstrudel. Als Erstes stellte ich mir drei Eier, jeweils ein kleines Kännchen Rapsöl, Kürbiskernöl und Olivenöl im Kühlhaus kalt. Wildsülze, Kürbisgnocchi und das Eis hatte ich schon vorbereitet, der Schinken war bereits seit vier Tagen fertig. Ich selbst würde mich zuerst um das weitere Dessert kümmern, dann die Kräutercrêpes zubereiten, dann das Gulasch, dessen Fleisch ich auch schon geschnitten hatte, Lende schneiden, Lachs schneiden und dann weitersehen. Den Rest würde ich auf meine Kolleginnen aufteilen. Ich nahm Zartbitter-Kuvertüre aus einem Schrank und brach mit einem stabilen Messer achthundert Gramm grobe Stücke ab, um sie in einer Metallschüssel über einem Wasserbad zu schmelzen. Acht frische Eier gab ich in eine weitere Metallschüssel und begann schon mal zwei Liter Sahne im Standmixer aufzuschlagen, dann schlug ich auf kleinster Flamme das Ei bis zur Rose auf und gab die geschmolzene Kuvertüre dazu, öffnete in der Zeit, in der die Masse etwas abkühlte, eine Dose Birnen. Ja, eine Dose, denn die schmecken in der Regel besser als die grünen Steine des Lieferanten. Ich schnitt die Birnen in grobe Stücke, rührte die geschlagene Sahne unter die Ei-Kuvertüre-Masse und gab die Birnen dazu. Da erschien auch schon Lisa, meine Auszubildende. „Morgen", sagte ich.

„Morgen! Hat dir heute schon mal jemand gesagt, dass du echt beschissen aussiehst?", fragte Lisa grinsend.

Ich war kurz verdutzt, dann entgegnete ich genervt: „Sieh lieber zu, dass du Feldsalat anbringst; wer so frech ist, kriegt die Drecksarbeit."

Lisa ließ die Schultern fallen und ging in den Keller, in dem die Kühlhäuser lagen. Lisa war neunzehn und im dritten Lehrjahr zu mir gekommen, weil sie enorme Probleme in ihrem ersten Ausbildungsbetrieb hatte, von denen aber die IHK versicherte, dass diese am Betrieb lagen und nicht an der Person oder der mangelnden Moral und Leistungsfähigkeit Lisas. Also hatte meine Chefin eingewilligt, sie zu übernehmen. Man hatte von vornherein beschlossen, dass sie die Lehre um ein Jahr verlängern sollte, da sie in über zwei Jahren Lehre noch nicht einmal Reis kochen durfte oder auch nur eine einzige Kartoffel geschält hatte. Aber ich hatte sie innerhalb von zwei Monaten so weit gebracht, dass sie alleine den Fleisch- und Soßen-Posten und damit das durchschnittliche Abendgeschäft alleine bewältigen konnte. Und das, obwohl sie Namen wie Cäsar und Gandhi noch nicht einmal auch nur gehört hatte. Na ja, ich war stolz auf sie und natürlich auch auf mich und meine Leistung als Ausbilder, zumal Lisa meine erste Auszubildende war. Meine Chefin hatte mir extra hierfür den Ausbilderschein finanziert. Aber Lisas schneller Leistungsschub und das damit einhergehende Lob hatten bei ihr etwas zu Überwasser geführt, was wohl der Grund für die eben beobachtete Aufmüpfigkeit war. Da kam auch schon Canan herein und grüßte. Canan war eine Türkin Mitte vierzig, hatte einen Sohn und Mann, und man braucht gar nicht viel mehr zu sagen, als dass man sie einfach echt gebrauchen konnte. Ich wies Canan an, sich um Kraut-, Karotten-, Rotkohl- und Blattsalat zu kümmern, dann füllte ich das Mousse in zwei Glasschüsseln und besorgte mir Kürbis für die Suppe. Somit waren erst mal alle beschäftigt und es kehrte, abgesehen von Arbeitsgeräuschen, Ruhe ein, denn ich legte grundsätzlich keinen großen Wert auf Smalltalk, und so etwas wie Radio oder Fernseher verbat ich mir in meiner Küche. Ich viertelte die Kürbisse zuerst, um sie auszuhöhlen und dann weiter zu zerkleinern. Am liebsten benutzte ich Butternut, denn obwohl sich selbst in der Fachwelt hartnäckig das Gerücht hielt, dass Hokkaido der einzige Kürbis sei, bei dem man die Schale mitkochen konnte, war dies doch auch bei Butternut der Fall. Und während ein Hokkaido fast nur aus Kerngehäuse bestand, war an einem Butternut so richtig viel dran und besser schmeckte er auch noch. Nur für die Gnocchi hatte ich Hokkaido verwendet, wegen der markanteren Farbe. Ich setzte einen großen Topf auf und begann, Butter zu schmelzen, schälte Ingwer, um ihn hauchdünn gegen die Faser zu schneiden, denn selbst der Mixer bekam zu grob geschnittenen Ingwer nicht klein, egal wie weich gekocht er war. In den Topf gab ich eine Ladung Zucker dazu, um einen mitteldunklen Karamell herzustellen, gab den Kürbis, den Ingwer, eine Zwiebel, zwei Birnen und einen Apfel dazu und füllte auf mit Orangensaft, Karottensaft und Wasser in gleichen Anteilen, würzte mit einer keineswegs geizigen Portion Safran, Vanille, etwas hochwertigem Curry, Muskat, wenig Zimt und freute mich schon auf die Fertigstellung. Als Nächstes nahm ich die Eier und die Öle aus dem Kühlhaus, trennte das Eigelb vom Weiß, gab das Gelb mit einem Spritzer Zitronensaft in eine Schüssel, und unter schnellem Rühren tröpfchenweise die verschiedenen Öle hinzu, um eine Mayonnaise nach meiner Art herzustellen. Dann drückte ich mit einer Gabel ein Stück selbst geräucherten Thunfisch klein, gab ihn dazu sowie ein paar Frühlingszwiebeln, gehackte Kapern, Petersilie und wenige hauchdünn geschnittene Zuckerschotenstreifen. Als Nächstes parierte ich einen Kalbsrücken, den ich in Olivenöl vorsichtig anbriet, gab eine Hand frischen Thymian darauf und schob ihn bei hundertfünfzig Grad in den Ofen. Ich briet in einem großen Bräter das Hirschgulasch an, gab fein geschnittene Zwiebeln dazu und einen am Vortag gekochten Gewürzfond plus Rotwein und meine Geheimzutat: eine Tasse Kaffee. Der Kalbsrücken kam aus dem Ofen ins Kühlhaus und der frische Lachs auf mein Brett, um säuberlich von Haut und Gräten befreit und in Stücken schon mal in eine Ofenform mit etwas Weißwein, Wasser, Butter und Zitrone gelegt und wieder im Kühlhaus verstaut zu werden. Dann wollte Lisa wissen, was sie als Nächstes tun sollte. „Pfifferlinge putzen."

„Echt jetzt?", sagte sie und ließ wieder die Schultern fallen.

Ich war eigentlich wirklich kein Arsch als Chef, aber ich war halt fertig mit der Welt und die ist mir auf'n Sack gegangen, also lasst mich.

Ich selbst nahm zehn Eier, gab sie mit zwei Esslöffeln Mehl pro Ei in den Mixer, dazu Milch, Sahne, etwas geschmolzene Butter, Petersilie, Lauchzwiebeln, Kresse, eine rote Zwiebel, Thymian, ganz wichtig, wenn es zum Hirsch ging, Estragon und mixte es. Mit einem speziellen Crêpegerät, welches wie eine umgestülpte Teflonpfanne mit Stromanschluss war, die man kurz kopfüber in den Teig hielt, briet ich die Crêpes. Als diese abgekühlt waren, bestrich ich jeden Crêpe mit Crème fraîche und belegte sie mit meinem Hirschschinken, rollte sie zusammen, entfernte die Endstücke , welche ich selber aß, und schnitt den Rest schräg in pralinengroße Stücke. Die gekochte Rote Bete schnitt ich in halbe Zentimeter dicke Streifen und würzte mit dunklem Balsamico, Olivenöl, Salz, Pfeffer, Kresse, Lauchzwiebeln und gab geröstete Kürbiskerne sowie sehr wenig Orangenschale dazu. Dann fiel mir ein, dass ich besser erst mal eine Speisekarte für die beiden kleineren Gruppen schreiben sollte. Als Suppe wählte ich Wildkraftbrühe, da ich diese noch fertig im Kühlhaus hatte.

Bei dem Hauptgang konnten die Gäste wählen, zwischen:

Hirschgulasch mit Semmelknödeln und Rotkohl,

Schweinelende in Kräuter-Seitlingrahmsoße mit Rösti und Salat,

Rumpsteak mit gebratenen Pfifferlingen, Knoblauchbutter und Bratkartoffeln,

Schnitzel in Käsesoße mit Spätzle und Salat,

Lachsfilet auf Kürbisgnocchi in Safran-Buttersoße mit Salat,

Hähnchenbrustfilet in Salbeisoße mit gekochtem Naturweizen und Salat.

Als Dessert bot ich frischen Apfelstrudel mit meinem Spezialeis an.

Wie ich das alles liebte. Aber weiter geht's. Canan sollte derweil Pflaumen und Äpfel schneiden. Dann Dressing für Feldsalat, während Lisa sich um Speck und Croutons kümmerte, aus Orangensaft, Limettensaft, Olivenöl, Distelöl, Traubenöl, Walnussöl, roten Zwiebeln, viel Kresse, Petersilie, Lauchzwiebeln, Parmesan und einem Schluck Wasser, alles vermixt, Salzpfeffer und Zucker nicht vergessen und gut. Langsam wurde es Zeit, Gas zu geben, denn um siebzehn Uhr kamen schon die vierzehn, um sechs Uhr die acht und um halb sieben wollte die große Feier essen.

Ich nahm die von Canan geschnittenen Apfelstücke, vermengte sie mit Eigelb, Zucker, gemahlener Vanille und Rosinen und füllte damit große Blätterteigplatten, rollte sie zusammen und schnitt sie an der Oberseite ein. Aber sie kamen zunächst noch ins Kühlhaus, ich würde sie frisch backen. In einem breiten Topf ließ ich ordentlich Zucker dunkel karamellisieren, löschte ihn mit dunklem Balsamicoessig und Rotwein ab, gab Vanille, Zimt, Lorbeer, viel Wacholder, Nelke, Piment, Rosmarin sowie Kardamom dazu und ließ es zehn Minuten köcheln, um es durch ein Sieb auf einen Teil von dem von Canan geschnittenen Rotkraut zu geben und weiter kochen zu lassen.

Ich stellte vier Töpfe auf Gasflammen und eine breite Pfanne. In einen Topf kamen ein Liter Milch, zweihundertfünfzig Gramm Butter, zweihundertfünfzig Milliliter Sahne und eine gute Portion iranischer Safran, ein Spritzer Zitrone und ein Schluck vom guten Nolli. Normalerweise kochte ich nur ungerne nach Rezept, hatte aber bei dieser Soße gemerkt, dass bei etwas zu hoher Menge Butter und Sahne die Soße durch den großen Fettanteil in seiner Konsistenz instabil wurde. Was passiert, wenn man zu wenig Butter nimmt, mag man sich gar nicht vorstellen. In der Pfanne briet ich die gestern schon geschnittenen Kräuter-Seitlinge an, gab sie in den zweiten Topf, goss mit Sahne auf und gab gehackten Thymian dabei. Liebe Leser, ich spare es mir, bei jedem deftigen Gericht im Einzelnen zu erwähnen, dass es mit Salz und Pfeffer gewürzt wurde. Im dritten Topf kochte ich Milch und Sahne mit Gouda und Emmentaler auf, gab nur wenig Safran dazu, denn hier war es ausschließlich für die Farbe, und jagte alles durch den Mixer, da die Soße sonst flockig würde. Im vierten Topf … Hm, tja, keine Ahnung, wofür der war, also stellte ich ihn wieder unter den mittleren Arbeitstisch.

Folgend gab ich Wasser mit Mehl in einen Mixbecher und vermixte es. Diese Mischung verwendete ich zum Binden von Soßen. Andere nahmen Stärke, aber die gefiel mir nicht, da die Konsistenz der Soßen irgendwie schleimiger wurde. Außerdem benötigte man in einer gewerblichen Küche größere Mengen Bindungsmittel und diese scheiß Stärke setzte sich immer ab, wurde bombenfest und musste aufgebrochen und neu verrührt werden, was in zeitarmen Situationen nicht so gut war. Mit der Mehl-Wassermischung band ich sämtliche Soßen sowie das Gulasch ab und stellte alles im Bainmarie heiß, setzte einen großen breiten Topf mit Wasser für den Naturweizen auf, der nach dem Kochen abgeschüttet und abgeschreckt wurde, und einen weiteren für die Semmelknödel, die wir schon am Vortag vorbereitet hatten und die ich sprudelnd kochte und dann im Wasser ließ.

Mittlerweile machte sich allerdings wieder meine Erschöpfung bemerkbar und ich spürte jeden Muskel aufs Heftigste und mir wurden die Augen schwer, also hielt ich es für den geeigneten Zeitpunkt, nebenbei einen Kaffee zu trinken. Ich ging zur Bartheke an die Maschine und machte mir einen vierfachen Espresso. Schwarz versteht sich.

In der Küche sackte ich, zu Boden, Blut lief mir wieder aus der Nase. Zum Glück war im Moment keiner außer mir in der Küche. Als ich mich wieder aufrichten wollte, klappte es zunächst nicht, wieder schnürte sich meine Lunge zu und ich wurde ganz benommen. Mit aller Kraft kam ich hoch, stellte die Gasflammen unter allem aus, was noch auf dem Herd stand, und verließ die Küche, um durch den Restaurantflur die Treppe hinunter an den Toiletten vorbei in den Keller mit den Kühlhäusern und dem Magazin zu gehen. Hinter dem Magazin nämlich waren noch die Waschküche und das Zimmer des Sohnes meiner Chefin, der aber schon ausgezogen war. Ich ging zu einem Sessel und sank darauf.

Scheiße, dachte ich.

Als meine Nase endlich aufgehört hatte zu bluten, ich mich gewaschen und zusammengerissen hatte, ging ich zurück in die Küche mit meinem Handy in der Hand, welches ich demonstrativ auf eine Ablage legte, so dass jeder meine Abwesenheit auf ein Telefonat, für welches ich mich hier vor niemandem zu rechtfertigen brauchte, zurückführte.

Ich gab ganze Senfkörner in den Mixer und mixte es in mehreren Schüben. Man darf den Senf nicht zu lange am Stück mixen, da er sich sonst erhitzt und bitter wird, wenn man keine dafür geeignete Mühle hat. Ich gab den gemahlenen Senf in eine Schüssel, goss etwas warmes Wasser dazu und ließ ihn einen Moment quellen, pürierte in der Zeit die Kürbissuppe, gab Sahne, Butter und vom guten Nolli dazu und widmete mich wieder dem Senf. Gehackter Thymian, wenig Schwarzkümmel, hellen, festen Honig und frische zerdrückte Feigen.

Canan ließ ich Knoblauchbutter machen, Lisa Bratkartoffeln schneiden. Ich kümmerte mich um Rumpsteaks, Schweinefilet und Schnitzel, die ich von Lisa panieren ließ, und schon kam der erste Bon rein. Ich überflog ihn schnell.

„Sind nur zwölf. Lisa! Elf Suppen, eine kleine!"

Dann schaute ich genauer drauf. Ein Kinderschnitzel, zwei Rumpsteaks, einmal mit Knoblauchbutter, einmal mit normaler Kräuterbutter. Fickt euch, dachte ich mir. Ich nahm schnell ein halbes Stück Butter und stellte es in einer Schüssel ans Wasserbad. Einmal Lende mit Spätzle statt mit Rösti, sechsmal Schnitzel, davon einmal mit Pilzsoße, zweimal Lachs, keinmal Hähnchen.

„Lisa! Nimm ma bitte schnell die Butter da und schmeiß 'n paar Kräuter rein und füll bisschen was in 'n Dippchen!"

Ich legte mir schon mal alles Fleisch zurecht, stellte einen kleinen Topf für die Kürbisgnocchi auf, von denen ich eine größere Menge vorbereitet und eingefroren hatte. Canan stellte eine Pfanne für die Spätzle zu mir auf den Herd und bereitete zwölf kleine Salatteller vor. Als diese raus waren, schob ich den Lachs in einer Pfanne mit etwas Wasser und Butter in den Ofen, legte drei Schweinemedaillons auf die große gusseiserne Bratplatte, erhitzte eine Pfanne für Bratkartoffeln und eine für Pfifferlinge. Ich briet die Schnitzel kurz auf der Platte an, warf Pfifferlinge in die trockene Pfanne, gab Öl und Bratkartoffeln in die andere, legte die Schnitzel zum Durchziehen an den Rand der Bratplatte, gab Butter zu den Pfifferlingen, legte das Rumpsteak auf, gab einen Zweig Thymian auf jedes Stück Lachs, die Gnocchi ins Wasser und vergewisserte mich, ob Spätzle und Rösti gleich so weit wären.

„Wir fangen an mit Lachs, dann Lende, dann Rumpsteak und dann Schnitzel! Kinderschnitzel aber zuallererst!"

Lisa holte zwölf ovale Teller heraus, ich gab ein einzelnes Schnitzel auf einen davon. Lisa legte ein Stück Zitronenecke darauf und griff nach gehackter Petersilie.

„Kinder!", sagte ich knapp.

Lisa legte ein Stück Zitronenecke darauf und griff nach gehackter Petersilie.

„Alter! Keine Petersilie bei Kindern Mann!"

Canan gab eine Portion Pommes frites mit auf den Teller. Ich legte die zwei Stücke Lachs vorsichtig auf einen Teller, denn er war so zart, dass er sehr leicht zerfallen konnte, Lisa gab die Safransoße dazu und ich legte den Thymian obendrauf. Canan holte mit einer Schaumkelle die Kürbisgnocchi aus dem Wasser, gab sie in Schüsseln und streute geriebenen Parmesan und fein geschnittene Frühlingszwiebeln darüber.

Es folgte die Lende, dann richtete ich die Rumpsteaks an, schwenkte noch zwei Zweige Rosmarin im Bratfett, dass sich die ätherischen Öle lösten, aber nicht zu lange, damit sie nicht verfliegen, warf sie und ein paar Frühlingszwiebeln zu den Pfifferlingen und gab sie auf die Steaks. Canan füllte die Bratkartoffeln samt Frühlingszwiebeln ab und Lisa legte die zweierlei Butter an den Rand. Zuletzt die Schnitzel und damit war die erste Runde fertig.

Jetzt musste der Apfelstrudel rein und die anderen beiden hatten die Vorspeisenplatten für das Buffet vorzubereiten. Lisa schnitt das Vitello auf eine Platte und verteilte die Soße darauf, garnierte mit gehackten Kapern, gerebeltem Rosa Pfeffer und Petersilie, deckte es noch einmal ab und stellte es ins Kühlhaus. Canan richtete den Rote-Betesalat mittig auf einer Platte an und legte die Crêperöllchen daneben. Ich schnitt die Wildsülze in ein Zentimeter dicke Scheiben und verteilte sie auf einer großen Schieferplatte, stellte einen kleinen Eispokal mit dem Feigensenf darauf und garnierte mit dünn geschnittenen, salzig-pikant eingelegten, grünen, unreifen Mandeln, Mirabellen und grünen Tomaten, Mixed Pickles, wie sie zu arabischen Speisen oft serviert werden, aber auch hierzu hervorragend passen.

Auch dies stellte ich zunächst noch einmal ins Kühlhaus, bevor ich die Pflaumen flambierte, dann kam der nächste Bon, die Acht, mit Suppe und Dessert nach Wahl, kleine Karte.

Keine Suppe, kein Dessert. Acht Krüstchen, heißt kleiner Salat mit zwei Schnitzeln auf Toast, mit Spiegelei. Kurz kochte Wut in mir hoch über diese gottverdammten ungebildeten Proleten, war dann aber doch froh darüber, es einfach zu haben. Die Krüstchen dauerten keine zehn

Minuten und danach richteten wir den Apfelstrudel mit den ... fuck, die Pflaumen gibt's doch erst zum Buffet. Egal, also Apfelstrudel mit Safran-Vanille-Tonkabohnen-Eis.

Die Feier trudelte langsam ein und wir stellten die Vorspeisenplatten schon mal aus dem Kühlhaus, damit sie nicht ganz so kalt waren, und füllten Kraut-, Karotten- und Rotkohlsalat in Glasschüsseln. Ich briet Schnitzel vor und legte sie auf ein Blech mit Gitter, um sie gleich im Ofen nochmal zu erhitzen, holte die Bleche mit dem Lachs aus dem Kühlhaus und stellte die Lende bereit. Hähnchen hatte ich vergessen zu schneiden, das machte ich noch schnell.

„Essen kann!", lautete plötzlich der Befehl des Service.

„Was soll das heißen, *Essen kann*?", fragte ich scharf.

„Na Essen kann, es ist halb acht, im Buch stand halb acht Essen", entgegnete mir die Kellnerin in überlegenen Tonfall.

„Ihr wisst genau, dass ich mindestens zwanzig Minuten brauche, um das Essen heiß zu machen, Mann, ihr müsst vorher Bescheid sagen!"

„Im Buch stand halb acht."

„Ja klar, als ob die Gäste jemals pünktlich essen würden!" Es fiel mir schwer zu atmen und die linke Hand wurde mir taub. „Jedes Mal die gleiche Scheiße! Seit Jahren machen wir das hier jetzt. Ich kann ja mal das Essen das nächste Mal fertig machen, so wie's im Buch steht, mal sehen, wie lange ich das dann heiß halten kann. Als ob nicht andauernd alles bis zu einer Stunde später losgeht, als geplant, ey", fluchte ich vor mich hin und schaute Canan und Lisa an, die mir kopfschüttelnd über den Service beipflichteten. Aber was soll's?

Ich schob Lachs und Schnitzel in den auf zweihundertzwanzig Grad vorgeheizten Ofen und stellte direkt auf hundertsiebzig Grad runter, erhitzte einen breiten Topf, in dem ich die Hähnchenfiletstücke anbriet und ganze Salbeiblätter dazugab. Ich wendete die Schweinemedaillons in Mehl und legte sie auf die Platte, gab gehackten Knoblauch zu dem Hähnchen und löschte fast sofort mit Sahne ab, dann ließ ich den Feldsalat und den Blattsalat im jeweiligen Dressing anmachen und die Vorspeisen mitnehmen. Kurze Zeit später richteten wir das Büffet an und dann wurde es Zeit für mich, eine kurze Pause zu machen, bevor das Ganze noch ungut würde.

Canan kämpfte sich durch das Geschirr, Lisa räumte alle Lebensmittel weg, und als ich wieder die Küche betrat, versuchte ich nach Kräften, aber herzlich unmotiviert, mit aufzuräumen. Wir machten das Dessert fertig, und irgendwann war dieses gottverdammte Chaos beseitigt, der Boden geputzt, und wir konnten nach dreizehn Stunden nach Hause gehen.

Trotz der körperlich erschöpfenden Arbeit spürte ich aber immer noch diese brennende Unruhe. Ich lief zweimal im Zimmer auf und ab, dann beschloss ich noch eine Runde Computer zu spielen, was darin endete, dass ich, nachdem ich zwanzig Minuten durch den Wald gelaufen war zu dem Ort, den ich erreichen wollte, über eine Bordsteinkante stolperte und mir das Bein brach, woraufhin ich von einem Zombie gefressen wurde.

Kapitel 2
Breakdown

Ich spürte, wie das Blut in meinen Adern anfing zu kochen, mein Herz raste, ich fauchte, nie gekannte Aggressionen ließen mich schwarz vor Augen werden, und dann schlug ich auf die Tastatur, dass die Entertaste zersplitterte, und trat so feste gegen diesen scheiß fick Computer, dass dieser sich auf nimmer Wiedersehen verabschiedete. It's AMMA after all. Dann setzte ich mich aufs Sofa, machte eine dieser Zweite-Weltkrieg-Dokus im Fernsehen an, die ich schon tausendmal gesehen hatte, trank etwas mehr Whiskey als beim letzten Mal und versuchte zu schlafen, nicht ohne mich zu fragen, weshalb mich wohl die Berichte über Berge von Leichen und zerbombten Städten so beruhigten, war aber noch nicht zu der Erkenntnis gelangt, dass es schlicht die Kombination aus dem Bekannten, und damit so Vertrautem, und der der Kriegsdokumentationen eigenen respektvoll sonoren Erzählstimme war, und machte mir tatsächlich ernsthafte Sorgen um mich. Allerdings war dies, so schien es mir, nicht der einzige Grund, mir Sorgen zu machen.

Sieben Uhr, Wecker. Kopfschmerzen stammten diesmal davon, dass die Whiskeyflasche mehr als halb leer war. Sonntagmorgen, anziehen, Auto, Arbeit. Kotz. Diesmal hörte ich im Radio einen Dichterkontest von Pfarrern, die möglichst witzig und satirisch Bibelthemen zu verdichten hatten, was mich zunächst tierisch aufregte, aber dann doch sehr belustigte.

Sonntagmittags lief das in meiner Küche so, dass es wegen der grundsätzlich hohen Zahl an Anmeldungen eine kleine Karte mit nur fünf oder sechs Gerichten gab und für jeden Gast eine Vorsuppe und ein Dessert, im

Preis inbegriffen. Bis die anderen in einer halben Stunde kamen, schrieb ich schon einmal die Karte, was ich immer recht kurzfristig machte. Es sollte geben:

Kürbiscremesuppe

Schnitzel mit bunten Zwiebeln, Bratkartoffeln und Salat
22,90 €

Rumpsteak mit Pfifferlingen auf gebratenen grünen Tomaten, Kräuterbutter, Rösti und Salat *32,90 €*

Lende in Kräuterrahmsoße mit Pfifferling-Quiche und Salat *26,90 €*

Saltimbocca vom Kalbsfilet
mit Steinpilz-Mamaliga *34,90 €*

Hirschgoulasch mit Rotkohl und Klößen *25,90 €*

Zanderfilet auf Rahmsauerkraut mit Petersilienkartoffeln
26,90 €

Dome au Chocolat

In meinem Berufsschulbuch für Köche stand ein Witz mit diesem Wikinger Hägar, der in einem Restaurant sitzt und den Kellner um Hilfe bittet, da er nicht lesen könne. Er fragt den Kellner, was denn das Rumpsteak koste. Ob er denn wirklich nicht lesen könne, vergewisserte sich dieser, um daraufhin Hägar über den Tisch zu ziehen mit einem saftigen Preis von 40,00 DM für das Rumpsteak. Jetzt sehen Sie sich diese Preise an. Zweiunddreißig Euro neunzig. Und das kann man im Vergleich nicht mal teuer nennen.

Hirschgulasch, Rotkohl und Klöße waren noch genug vom Vortag über und mussten nur noch heiß gemacht werden. Pfifferlinge waren noch geputzt, und Pellkartoffeln für Bratkartoffeln mussten nur noch geschnitten werden. Lisa, Canan und Tante Lisel kamen und man grüßte sich müde. Lisa würde sich um das Fleisch kümmern, abgesehen vom Kalbsfilet, Canan sollte Zwiebeln schälen, grüne Tomaten schneiden, Kartoffeln schälen und Blattsalat waschen. Alle anderen angemachten Salate waren noch genügend da. Tante Lisel würde spülen wie der Leibhaftige persönlich. Ich selbst würde natürlich die spaßigsten Sachen übernehmen. Ich legte mir acht Päckchen Butter zum Warmwerden heraus, teils für den Quiche, teils für die Kräuterbutter. Dann hackte ich Zartbitter-Kuvertüre und gab sie mit Butter und Zucker in eine Schüssel, um alles auf einem Wasserbad schmelzen zu lassen. Selbiges tat ich in eine Extra-Schüssel mit Weißer Kuvertüre. In eine Rührschüssel gab ich Eier mit Mehl und vermischte dieses per Handrührgerät mit der Kuvertüre-Butter-Zucker-Masse. Ebenso verfuhr ich mit der hellen Version. In einer breiten Pfanne briet ich auf großer Flamme Pfifferlinge an und ließ sie in einer Schüssel abkühlen, während ich Butter mit Mehl, Ei und zwei Esslöffeln Wasser verknetete und dies einen Moment lang ziehen ließ. Mit dem dunklen Schokoladenteig füllte ich kleine Gläser bis zur Hälfte auf, hundertzehn an der Zahl, und spritzte mittels Spritzbeutel und Tülle mit dem hellen Schokoladenteig den Kern in die Mitte und stellte alles ins Kühlhaus. Den Mürbeteig breitete ich dünn in mit Butter ausgestrichenen runden Backformen aus, verrührte Crème fraîche mit Eiern und Sahne, vermengte dies mit den Pfifferlingen und Frühlingszwiebeln, würzte mit Muskatnuss und Salzpfeffer, verteilte es auf den Teigblechen und schob es in den Ofen. Für das Mamaliga setzte ich einen Topf für Polenta auf. Bis das Wasser kochte, hackte ich Petersilie, Thymian, Frühlingszwiebeln, Kresse,

Majoran, grünen und rosa Pfeffer und gab es zusammen mit der restlichen warmen Butter in eine Schüssel. In das kochende Wasser gab ich dann das Polenta und ließ es quellen. Die Kräuterbutter verrührte ich mit dem Handrührgerät, gab Salzpfeffer dazu und verfeinerte mit Gin, Brandy und natürlich mit dem guten Nolli. Und noch 'n Schluck für den Koch. Das Ganze spritzte ich in Röschen auf Bleche und ab ins Kühlhaus. Kürbissuppe hatte ich noch von gestern. In das abgekühlte Polenta gab ich gebratene, fein geschnittene Steinpilze, vermengte alles mit Magerquark und formte mit einem Esslöffel Nocken auf ein Blech. Zeit für das Saltimbocca. Ich parierte fünf Kalbsfilets und schnitt hundertvierzig Gramm Medaillons ab. Klar, da, wo ich gelernt hatte, nannte man so was Steak. Aber nicht bei mir. Zwei Stück sollte es pro Portion geben, die ich mit Salbei Blättern belegte und mit Serano-Schinken umwickelte. Ja, Serano! Ich war mir durchaus darüber im Klaren, dass, wenn Franzosen oder Italiener davon erführen, diese mich dafür kreuzigen würden, dass ich keinen Parma nahm, aber mir persönlich schmeckte einfach Serano viel besser und meine Gäste hatten sich gefälligst meinem Geschmack anzupassen. Nun konnte ich den Pfifferling-Quiche riechen, ein Zeichen, dass er fertig war. Ich holte ihn aus dem Ofen heraus und stellte ihn erst noch einmal ins Kühlhaus, um ihn besser schneiden zu können. Die Kräutersoße kochte ich aus dem Rest Schweinejus vom Vortag, die ich noch mit Sahne auffüllte, abband und gehackten Rosmarin, Thymian und Frühlingszwiebeln dazugab. In einem hohen Topf kochte ich Sahne auf und dickte sie mit Mehlwasser ab, um darin das Sauerkraut heißzumachen. Durch das vorherige Abbinden eines Milchproduktes – oder einer säurehaltigen Flüssigkeit – verhindert man nämlich, dass das Milchprodukt gerinnt. Ich erhitzte das Gulasch und den Rotkohl und stellte es in das Bain-Marie. Canan brachte den Topf mit den geschälten Kartoffeln zum Herd, stellte mir die geschnittenen Zwiebeln, die Tomaten und die Bratkartoffeln hin. Lisa zeigte mir die panierten Schnitzel, die geklopften dreihundert Gramm Steaks, die Lendenmedaillons und die geschnittenen Zanderfilets. Sie sollte dann noch Petersilie und Frühlingszwiebeln schneiden, Canan begann schon mal haufenweise Beilagensalate vorzubereiten, ohne aber den Blattsalat zu früh anzurichten, damit dieser nicht im Dressing matschig wurde. Tante Lisel stellte die Mikrowelle voll mit Suppentassen und erwärmte sie, ich stellte den Tellerwärmer an.

Im Übrigen bin ich gerade im Krankenhaus, während ich das hier schreibe und das Klo ist so was von dreckig und da hat nicht nur jemand danebengeschifft, sondern das ist wirklich einfach versifft und seit längerem nicht mehr richtig geputzt, und gestern Abend hatte ich einen etwa zwei Zentimeter langen fetten Mehlwurm oder so was in meinem Essen, der halb zerquetscht war und dem hinten die Gedärme rauskamen. Im Krankenhaus. In Deutschland. Soll ja wohl einfach nur 'n verdammter Witz sein, oder? Wollte ich nur mal am Rande erwähnt haben.

Jetzt waren wir fast einsatzbereit. Lisa frittierte ein paar Ladungen Rösti vor und ich drehte schon mal meine große Bratplatte auf und stellte mir ein Blech mit Gittern daneben. Bis der Herd heiß sein würde, schnitt ich den Quiche in Achtel und reichte diese an Lisa, da sie gleich für das portionsweise Heißmachen zuständig war. Ich gab eine Kelle Fett auf die Platte und würzte sechzig Stücke Schweinelende, also zwanzig Portionen, wendete sie in Mehl und briet sie sehr scharf und kurz an, um sie dann auf das Gitter zu legen. Jede Portion Lende gleich frisch zu braten, würde viel zu lange dauern, also lief es so, dass ich die angebratene Lende auf Bestellung noch einmal kurz im Fett von beiden Seiten briet, dann auf den Rand der Platte legte, wo sie langsam weiter erhitzt wurde, bis die restlichen Gerichte fertig waren und beim Aufgeben kam sie dann noch einmal kurz ins heiße Fett und dann auf den Teller, und zwar heiß, perfekt medium, zart und saftig.

Auf gleiche Weise wie mit der Lende verfuhr ich mit fünfzig Schnitzeln, also fünfundzwanzig Portionen. Dann ging es los. Der erste Bon, Tisch sieben: viermal Lende, zweimal Kalb, zwei Rumpsteak, sieben Schnitzel, zweimal Gulasch und ein Kinderschnitzel.

Tisch dreizehn: viermal Gulasch.

„Canan! Siebzehn Suppen plus eine kleine, Tisch sieben!", rief ich. „Vier Suppen, Tisch dreizehn! Lisa! Alle Salate fertig machen. Danach vier Quiche, zwo Mamas!"

Canan stellte die warmen Suppentassen hin, nahm sich ein Gießmoped, füllte mit einer großen Kelle Suppe hinein und verteilte es damit in die Tassen.

Ich behandelte meine Mitarbeiter grundsätzlich vernünftig. Zwar war an so einem Tag ein lauter, bestimmender Ton angesagt, der aber dem deutlichen Verständnis diente und nicht vergleichbar ist mit einem herablassenden Schreien. Respektlosigkeiten kamen für mich nicht in Frage, auch weil alle, außer Lisa, mindestens doppelt so alt waren wie ich. Ich stellte Pfannen auf für Saltimbocca, Zwiebeln, Pfifferlinge, Bratkartoffeln. Lende und Schnitzel erhitzte ich wie beschrieben, das Saltimbocca briet ich scharf in Olivenöl an und löschte mit Sahne ab, Lisa schob Quiche und Mama in den Ofen, ich gab Zwiebeln, Kartoffeln und Pilze in die Pfannen, Rumpsteak würzen, ab durchs Mehl und auf die Platte.

Tisch drei: drei Kinderschnitzel, ein Gulasch, acht Steaks.

„Canan! Neun Suppen, drei kleine!"

Tisch eins: ein Saltim, ein Schnitzel. Tisch neunzehn: fünf Schnitzel. Tisch elf: ein Gulasch, ein Zander. Tisch fünf: ein Steak, ein Schnitzel, ein Saltim.

„Canan! Zwölf Suppen! Einfach hinstellen! Sollen sich nehmen, was se brauchen! Los geht's, Tisch sieben! Anfangen mit Schnitzel für das Kind, Steak, Kalb, dann Lende, dann Schnitzel!"

Kinderessen immer als Erstes, also ein Schnitzel mit ner Portion Pommes und ner Scheibe Zitrone. Die Steaks hatte ich nach dem Braten nochmal kurz zum Entspannen auf den Rand gelegt, jetzt nahm ich eins mit der Palette, es entglitt mir, konnte es aber noch mit der anderen Hand fangen und auf den Teller legen. Während ich mit dem kurzen Durchziehen eines Rosmarinzweiges die ätherischen Öle löste und mit dem folgenden Auflegen auf dem Steak das gesamte Fleisch aromatisierte, rief ich lachend: „Ach wie gut, dass niemand weiß, dass ich mit Rumpelsteakchen schmeiß! Essen Tisch sieben!"

Die gebratenen Tomaten an den Teller, Frühlingszwiebeln an die Pfifferlinge und auf die Tomaten. Rösti extra. Drei Kirschtomaten pro Portion ins Saltimbocca, anrichten, Mamaliga drei Stück im Dreieck drum rum. Lende nochmal heißmachen, auf den Teller, im Dreieck, Soße in die Mitte, Thymianast durchs Fett und drauf, Pfifferling-Quiche extra geben. Schnitzel an Teller, die Mischung aus weißen Zwiebeln, roten und Frühlingszwiebeln mit Rosmarin versehen und halb auf die Schnitzel, Bratkartoffeln extra. Gulasch und Klöße in eine ovale Schale, Rotkohl extra. Viermal Gulasch direkt hinterher. „Essen Tisch dreizehn!" Zeit, die ersten Dessertgläser in den Ofen zu schieben. Der Geruch der herrlichen Küchlein verriet mir, dass ich sie herausholen konnte. Außen schön fluffig gebacken, oben war die Kruste aufgebrochen und der flüssige weiße Kern kam zum Vorschein. So ging es weiter, bis wir in Windeseile so etwa siebzig Essen rausgeschickt hatten. Ich rannte in den Keller ins Magazin, um etwas zu holen. Aber als ich im Magazin stand, hatte ich keine Ahnung, warum zur Hölle ich hier war. Ich schaute mich krampfhaft um, um vielleicht zu erkennen, was ich brauchte, wenn ich es sah, akzeptierte aber , dass es Zeitverschwendung war, hier länger rumzustehen, und ging zurück nach oben. Zumindest war das mein Plan gewesen, aber etwas Merkwürdiges war mit meinen Beinen passiert und ich lag auf dem Boden und sah zur Decke. Offenbar hatten meine Beine den Dienst eingestellt.

Ich dachte: Hm. Das is ja dumm. Was machst'n jetzt? Vielleicht einfach liegen bleiben, kähä. Hilfe rufen? Ne.

Also tat ich das einzig Sinnvolle, das mir einfiel: Ich stand auf und ging etwas zu Essen machen. Ich wurde zwar kurz schief angeschaut, aber grundsätzliche verlangte nie einer Rechenschaft von mir, wo ich mich rumtrieb, wenn ich mal kurz weg war. Wäre ja auch noch schöner. Aufgrund dieser jüngsten Ereignisse hielt ich es für das Klügste, mir mal einen Kaffee zu machen, was zeitlich durchaus angebracht war, da für die noch anstehenden vierzig Gäste erst noch die gebrauchten Tische neu bereit gemacht werden mussten.

Ey, jetzt haben die mir im Krankenhaus abgelaufenen Pudding serviert, die wollen mich doch echt verarschen.

Ich genoss meinen Kaffee und dann ging's auch schon weiter. Die nächsten zehn Essen gingen raus, als meine Chefin nach einem laktosefreien Dessert fragte, da in den Küchlein Butter drin wäre. Ich beauftragte also Lisa, eine Portion Obstsalat zu schneiden, und staunte nicht schlecht, als diese eine Ladung Sprühsahne darauf gab. Ich sagte: „Lisa, das soll laktosefrei sein."

Sie sagte: „Ja."

Ich sagte: „Lisa, das soll laktosefrei sein."

Sie sagte: „J…a…a…?"

Ich sagte: „Lisa, woraus wird denn Sahne hergestellt?"

Fragend starrte sie mich an. Ich sagte: „Lisa, woraus wird denn Sahne hergestellt?"

Sie sah mich immer noch fragend an. Für einen kurzen Moment wurde mir schwindelig, ich wankte unmerklich und stützte mich am Bain-Marie ab. Meine Lunge schnürte sich wieder zu, Wut stieg in mir auf, aber ich versuchte mich zu beherrschen. Atemlos sagte ich: „Lisa, woraus wird denn Käse hergestellt?"

Sie starrte mich fragend an. Jetzt wurde ich laut: „Lisa! Woraus werden Sahne und Käse hergestellt?"

Unsicher stammelte sie: „A…aus M…i…lch??"

„Woraus werden Sahne und Käse hergestellt???", schrie ich sie an.

„Ich weiß es nicht!", rief sie verzweifelt.

„Aus MILCH! EM I EL CE HA! Nicht Milch? MILCH! Also kannst du keine scheiß Sahne auf den Obstsalat machen, wenn die gegen MILCH allergisch ist!"

Wieder musste ich mich halten, immer diese verdammten ungebildeten Proleten.

„Mach sieben Salate fertig und zwei Quiche", sagte ich wieder beherrscht. Ich selbst brauchte zwei Lenden und fünf Schnitzel. „Canan, mach bitte ne neue Portion Obstsalat."

Ich wollte mich gerade um das Essen kümmern, als ich sah, dass Tante Lisel in eine siffige Pfütze an der Spüle ein dünnes Handtuch gelegt hatte, das natürlich sofort durch die Mischung aus Seifenwasser, Essensresten und sonstwas aufgeweicht wurde, und worauf sie dann das frisch gespülte Besteck legte, um es zu polieren. Entsetzt sagte ich ihr, dass sie das doch nicht da drauflegen könne. Sie reagierte uneinsichtig und gereizt. Sie erzählte mir irgendetwas von wegen keine Zeit, kein Platz. Ich versuchte es durch reine Bestimmtheit und wiederholte meine Forderung, es nicht in so ne Brühe zu legen. Sie reagierte uneinsichtig und gereizt, jetzt wurde mir schwarz vor Augen.

„Wir sind hier doch nicht in Kambodscha!", schrie ich. „Unsauberes Besteck ist die Hauptübertragungsquelle von Hepatitis und die Hygiene ist gottverdammtnochmal nicht der Arbeitsleistung unterzuordnen! Abgesehen davon hab ich hier immer noch das verfickte Oberkommando, und wenn ich sag, mach das woanders, dann mach das gefälligst woanders, ich hab kein Bock, mich Sonntag mittags bei hundertzehn Leuten auf so ne scheiß Diskussion einlassen zu müssen!"

Tante Lisel war den Tränen nahe. Meine Chefin kam in die Küche gestürmt und wollte sofort wissen, was hier los sei.

„Nicht jetzt!", sagte ich.

„Doch, das hier ist immer noch mein Restaurant und wenn du hier so rumschreist, will ich wissen, was los ist!"

Ich ignorierte sie und richtete meine fünf Portionen Bratkartoffel an. Ich hörte nicht, wie meine Chefin sagte: „Was machst du denn da? Hey, was machst du da?"

Das Einzige, was ich hörte, war dieses unglaublich laute schmerzhafte Piepsen, und ich merkte auch nicht, dass ich schon die dritte Kelle Bratkartoffeln neben den Teller auf dem Tisch angerichtet hatte. Beim Versuch, auch noch die vierte Kelle danebenzusetzen, entglitt mir die Pfanne, sie fiel auf einen Teller mit einem Schnitzel, der zerbrach. Ich taumelte, versuchte mich festzuhalten, knickte ein und fiel rückwärts in die Töpfe, die unter der mittleren Arbeitsplatte gestapelt waren. Panik brach um mich herum aus. Ich richtete mich langsam auf und war wie in einer Glocke. Ich sagte, ohne mich selbst zu hören, zu meiner Chefin: „Ich komm erst in drei Tagen wieder."

Sie rannte zum Telefon, um einen Krankenwagen zu rufen, aber als sie wieder in die Küche kam, hatte ich schon längst meine Schlüssel geschnappt und war verschwunden. Es kam für mich überhaupt nicht in Frage, jetzt ins Krankenhaus zu gehen.

Ich kann mich nicht wirklich an die Heimfahrt erinnern, fest steht nur, dass ich heil zu Hause ankam.

Kapitel 3
Urlaub

Man könnte annehmen, dass ich zu Hause direkt ins Bett gefallen wäre, aber alles in mir sprudelte, mein Blut kochte. Ich kann dieses Gefühl nicht mal als Aggression beschreiben, nein, das war es nicht, aber alles wurde durchströmt von dieser tiefgreifenden Spannung, die ich nur zu gut kannte, aber in diesem Moment war es besonders schlimm. Unruhig lief ich durchs Zimmer, dann wurde mir wieder schwarz vor Augen und ich schreckte auf und erschrak vor mir selbst, als ich in kurzer Bewusstlosigkeit einen Holzstuhl mit dem Schrei „Milch!" gegen die Wand geworfen hatte. Ich kniete zu Boden und versank in verzweifeltem Schluchzen, nicht über mich, oder weil es mir schlecht ging, sondern darum, dass eine neunzehnjährige Frau, im dritten Lehrjahr Köchin, nicht wusste, dass Käse und Sahne Milchprodukte waren. Wahrscheinlich hatte sie als Kind auch Fischstäbchen ins Meer gemalt. Als ich mich wieder beruhigt hatte, musste ich irgendwie meine Energie loswerden, also nahm ich mir Schleifstein, Kampfmesser und Bleistift und arbeitete an meinem Mayakalender weiter. Ich zeichnete und schnitzte, alle drei Minuten zog ich das Messer auf dem Stein ab, ich schnitzte und schnitzte wie ein Wahnsinniger, und nach etwa vier Stunden hatte ich die beiden Freaks am unteren Rand des Bildes akribisch und detailreich fertiggebracht. Dann sank ich auf das große Holzbrett und schlief ein.

Am nächsten Morgen wachte ich auf und mich traf nicht ganz unerwartet die Erkenntnis, dass ich doch besser mal zum Arzt gehen sollte. Es war halb elf und ich rief in der Praxis meiner Hausärztin an, wo man mir sagte, dass man heute keinen Termin mehr frei habe, aber erkundigte sich dennoch danach, was ich denn habe und als ich es erläuterte, bat man mich dann doch, sofort herzukommen. Ich sprang noch eben unter die Dusche, föhnte mich, kleidete mich an, prüfte noch einmal im Spiegel, ob ich auch gut aussah, stellte aber fest, dass ich mich nicht erinnern konnte, je im Gesicht so abgefuckt ausgesehen zu haben. Na ja, half ja nix, also ab. Ich fuhr nach Sagichnich, suchte mir irgendwo einen Parkplatz und lief zu meiner Hausärztin. Ich wusste schon, was ich mir anhören konnte: „Ich hab's dir doch gesagt."

Ich ging hinein, warten brauchte ich nicht, weil ich Sondergast war. Ich setzte mich auf die Liege, sie nahm sich so einen, ich nenn's jetzt mal Rollstuhl, rollte direkt vor mich und starrte mich an. Sie wollte den Mund öffnen, aber ich kam ihr zuvor: „Jaja, ich weiß, du hast es mir gesagt."

„Das habe ich", untermauerte sie. „Also erzähl mal."

Und ich erzählte von den Schwächeanfällen, von der Atemnot, den Aggressionen und dem Piepsen.

„Also gut, klassischer Hörsturz. Ich werde gleich eine Akupunktur hinter deinem Ohr machen, das wird etwas helfen, aber nicht reichen. Ich überweise dich nach Siegen zu einem Ohrenarzt, da wirst du gut zwölfmal hinmüssen, der verabreicht dir bestimmte Infusionen sowie Spritzen ins Ohr. Das Piepsen kommt dadurch, dass sich ein Nerv im Ohr verkrampft hat. Dein Ohr will sozusagen nichts mehr hören. Gib deinen Arm her, ich messe mal deinen Blutdruck. Ne Faust bitte. Ach du Scheiße! Dass du noch keinen Herzinfarkt hast. Klar, dass du jedes Mal zusammenbrichst, wenn du nen Kaffee getrunken hast oder unter Stress bist. Des Weiteren hast du ja eine Mitralklappeninsuffizienz."

„Bitte was hab ich?", fragte ich ungebildet.

„Einen Herzklappenfehler. Erinnerst du dich nicht? Deswegen wurdest du doch ausgemustert."

„Stimmt, da war irgendwas."

„Der Fehler bei dir ist relativ klein und nicht dramatisch. Das Herz pumpt Blut in die Lunge, aber die Klappe bei dir ist nicht hundertprozentig dicht, was zur Folge hat, dass jedes Mal, wenn das Herz sich nach einem Schlag entspannt, ein Schlückchen Blut zurückfließt. Das hast du bisher nie gemerkt, aber wenn du jetzt so einen hohen Blutdruck hast, fließt eben immer etwas zu viel Blut zurück, deine Lunge wird nicht ausreichend mit Blut versorgt und somit dein Körper nicht mit ausreichend Sauerstoff. Du trinkst 'n Kaffee oder bist gestresst, dein Blutdruck wird astronomisch und schon hast du das Gefühl, dass du zwar atmest, aber deine Lunge keinen Sauerstoff aufnimmt, und du klappst zusammen, Punkt. Also ich mach dir die Überweisung nach Siegen fertig, verschreib dir Tabletten gegen Hypertonie, schreib dich für sechs Wochen krank und du …!", sagte sie und starrte mich gefährlich ernst an, „… machst Urlaub und trinkst weniger Kaffee!"

„Ok", sagte ich und senkte den Kopf. Ich ging zur Anmeldung, holte mir mein Rezept und meinen gelben Schein ab, ging zum Auto und fuhr zum Einkaufszentrum, um dort im Parkhaus zu parken. Ich fuhr mit dem Fahrstuhl in den zweiten Stock, weil ich Hunger hatte und einfach etwas gemütlich beim Bäcker am Fenster sitzen und die erbärmliche Aussicht genießen wollte. Ich bestellte mir ein Schokocroissant und nein, ich bestell mir jetzt keinen Kaffee, aber soll ich jetzt allen Ernstes 'n Kakao trinken? Wie peinlich. Einen Tee? Schwarzer Tee macht ja wohl keinen Unterschied. Früchtetee? Soll ja wohl 'n Witz sein. Aber keinen Kaffee.

„Ich hätte gerne noch einen Kaffee", hörte ich mich sagen. Ich nahm mein Tablett, setzte mich an einen leeren Sechser-Tisch und nahm mir vor, zunächst nur die Hälfte des Kaffees zu trinken, lehnte mich zurück, schaute aus dem Fenster und träumte ein wenig.

Urlaub sollte ich machen. Grinsend blickte ich auf meine Krankmeldung. Sechs Wochen.

Ich könnte nach Granada fliegen, aber das war irgendwie nicht das, was ich brauchte. Vielmehr dachte ich an einen Ort, an den mich einmal mein Vater mitgenommen hatte, als ich zehn Jahre alt war.

Ich packte unaufwendig, und ganz ehrlich, ich werde es mir ersparen, so zu tun, als gäbe es an den Vorbereitungen für einen Urlaub und an der dreitägigen Autofahrt nach Spanien irgendetwas Spannendes oder Erwähnenswertes zu berichten, außer dass die Fahrt lang und langweilig ist, also überspringe ich das einfach. Mein Handy ließ ich zu Hause.

Ich kam also früh morgens in ein kleines Fischerdorf namens Menegras, dem ich zunächst nicht viel Beachtung schenkte. Mein Ziel lag außerhalb. Ohnehin gab es dort nicht viel, außer einer Kneipe, einer Pizzeria, in der mein Vater einst gearbeitet hatte, und einem Strand. Und natürlich einen winzigen Laden, in dem ich mir einen Kanister Wasser und Dosenfraß für zwei Tage holte. Dann fuhr ich aus dem Ort heraus, an einen kleinen Bambushain, an den ich mich noch gut erinnerte, zog meinen Rucksack auf und machte mich auf den Weg. Zwanzig Jahre war es jetzt her, dass ich mit meinem Vater hier oben einen Freund von ihm besucht hatte. Cayetano hieß er. Trotzdem erinnerte ich mich noch grob, wo ich langzugehen hatte, und dass – einmal auf dem Weg – man eh nur geradeaus durch das Gebirgstal gehen musste.

Einige Orts- und sämtliche Personennamen wurden geändert, aus Gründen, die bald als naheliegend erscheinen werden.

Kapitel 4
Die Wüste

Ich wanderte durch die steinige Gebirgswüste, der Weg an sich war weniger beschwerlich als eintönig. Noch musste ich auf keinen Berg klettern, aber die Hitze erschlug mich, es war September im südlichsten Winkel Spaniens, und als nordischer Typ war ich nicht gerade das, was man als sonnenfest bezeichnen konnte. Ich konnte es kaum erwarten, auf den Bach zu treffen, den ich in Erinnerung hatte und der eigentlich jeden Moment kommen müsste. Ich war jetzt schon eine Stunde unterwegs. Meine Kehle brannte und hier waren kein Bach, keine Limetten, keine Granatäpfel, kein Johannisbrot und auch keine scheiß Wachteln.

Was es hier gab, waren Durst, Staub, Steine und widerliche dicke Skorpione, auch eine Schlange hatte ich schon gesehen, aber ich glaubte nicht, dass es in Spanien ernsthaft giftige Schlangen gibt.

Das Problem war, dass ich immer wieder an Stellen dachte: Das kenne ich doch. Und dann ging ich weiter, um wieder vor Unbekanntem zu stehen.

Nach einer weiteren Dreiviertelstunde aber knickten meine Beine zusammen, keuchend hockte ich auf dem staubigen Boden und holte den Fünf-Liter-Kanister Wasser heraus. Einerseits gut, so viel Wasser dabeizuhaben, andererseits war das ganz schön schwer.

Sicher hat auch der Letzte mittlerweile gemerkt, dass ich mich höllisch verlaufen hatte, denn ich hatte, wie ich später feststellte, schon die allererste Weggabelung falsch eingeschlagen.

Wenn ich mir hier einen Knöchel verstauchte oder von einem Skorpion gestochen würde, wäre das das Ende gewesen. Hier hört einen keiner schreien.

Ich beschloss, das schwere Gepäck abzulegen und mich in der Gegend umzuschauen. Ich kraxelte den Hügel neben mir hinauf, was mir ohne Last bemerkenswert leichtfüßig und euphorisch gelang. Ich schaute über den Bergkamm und sah das Tal meiner Sehnsucht, ich erkannte den maurischen Hochofen aus meiner Erinnerung, ich sah den Fluss und das saftige Grün herum. Schnell hechtete ich zurück, um mein Gepäck zu holen.

Mit eben jenem erwies sich der Hügel, einmal den Aufstieg begonnen, doch wohl eher als kleiner Berg. Er war nicht klippig, so dass der Aufstieg extrem gefährlich gewesen wäre, aber er war recht steil und voller kleiner runder, rutschiger Kieselsteine, die unter meinem Gewicht herabrieselten, was die Sache doch erschwerte. Als es nur noch wenige Meter bis zum Scheitelpunkt waren und ich mich nur mit letzter Kraft noch zum Weitergehen zwingen konnte, fiel mir ein: „Vielleicht hätte ich eben nachsehen sollen, ob man auf der anderen Seite auch herunterkommt."

Als ich den letzten Schritt nach oben machte, einen Meter weiter als beim ersten Aufstieg, strauchelte ich, ich wedelte mit den Armen und warf mich hin, um mich so fest wie möglich an den Boden zu klammern. Unter mir ragte ein zweihundertvierunddreißig Meter tiefer Abgrund. Der Berg war mit der Zeit, wie ich später sehen konnte, auf der Gegenseite haifischmaulähnlich eingebrochen, weiter nördlich schien ein Abstieg eventuell möglich, aber es wäre viel zu gefährlich gewesen.

Klar, als ich dort oben war, das war schon echt scheiße. Aus heutiger Sicht ... einfach großartig!

Vorsichtig ließ ich mich einige Meter den Hang hinunterrutschen und dann blieb ich erst mal einen Moment liegen und irgendwie ging mir durch den Kopf:

Es ist schon eine Weile her,
Da schuf Gott die Erd', das Meer,

Jetzt geht's los, dachte ich.

Menschen, Tiere, Himmel, Licht –
Was dann noch fehlte, schuf er nicht.

Ich raffte mich auf, was blieb mir auch anderes übrig, begann den Abstieg, lief den Weg zurück zum Auto und begab mich in das zweite Tal, von dem ich mir jetzt ziemlich sicher war, dass es das Richtige war.

Labranco. Dieses Tal war wirklich bewundernswert. Nachdem ich etwas Johannisbrot von einem Baum für mich gepflückt hatte, bemerkte ich den mannshohen Hochofen, der zum Teil in den Berg gebaut war. Auch das kleine Aquädukt sah ich, an das ich mich erinnerte. Als ich mir die Gegend anschaute, fiel mir auf, dass das ganze Gelände, trotz seiner Wildheit, nicht ganz natürlich war. Überall waren Anhebungen zu Terrassen aufgebaut, ein Meter hohe Wände aus unbehauenen Steinen bildeten die zerfallenen und überwucherten Zeugnisse einer vergangenen Epoche. Maurische Bauern mussten hier früher ein Paradies geschaffen haben. Rechts von mir lag eine zerfallene Hütte, die sich dadurch auszeichnete, dass sie zur Hälfte in den Berg gebaut war. In der Tür saß ein vollkommen nackter Mann, mit langen zausigen Haaren, der etwas von einem indischen Yogi hatte. Nur jünger, als man sich so einen vorstellt, und der liebenswürdig lächelte, als ich an ihm vorbeiging. Merkwürdigerweise lagen hier tausende und abertausende in Stapeln zerfallene Plastik-Blumentöpfe herum. An dem Bach entlang wuchsen Millionen von Kaktusfrüchten, die ich besser nicht anfasste, aber es gab genügend Granatäpfel, von denen ich einen an einem Stein aufschlug, aß und mir mein Gesicht im Bach wusch. Dann fielen mir unscheinbare, zu kleinen Türmen aufgehäufte, flache Steinen auf, die anscheinend als Wegweiser dienten in dieser Gegend, in der man sich, wie ich ja schon festgestellt hatte, sehr leicht verlaufen konnte. Ich kletterte über einen großen Felsbrocken, der über dem Bach lag, und gelangte auf die andere Seite des Gewässers, die sehr schmal am Berg entlangführte, um kurz darauf wieder etwas Platz zu bieten für einen mannshohen Dschungel aus dünnen Gräsern, hinter dem wieder eine einsturzgefährdete, mit Lehm verdichtete Holzhütte stand, welche diesmal keinen bewohnten Eindruck machte. Ich kam langsam immer höher in das Tal und es wurde jetzt grundsätzlich schmaler. Kurz darauf überquerte ich den kleinen Bach wieder, weil auf dieser Seite nun unüberwindbares Gestrüpp stand. Ich musste einen kleinen Hang hinunter und gelangte nun an eine Felswand, aus der zärtlich das frische Wasser sprudelte, unter der Quelle befand sich ein etwa ein Meter tiefer und zwei Meter breiter – ja sagen wir – Teich. Ich sprang sofort hinein, ich trank und erfrischte mich und merkte, dass ein großer Feigenbaum seine Arme beschattend über mich hielt. Ich stieg aus dem Wasser und kletterte an der linken Seite der matschigen Felswand hinauf, von wo aus ich endlich eine Feige pflücken konnte. Ich biss hinein. Noch nie hatte ich eine solche Feige gegessen, dieses reine Produkt der Wildnis war nicht zu vergleichen mit dem unwürdigen Zeug, dass ich in der Küche von kenntnislosen Lieferanten bekam, die die Frische und Hochwertigkeit ihrer Ware priesen. Von hier aus konnte ich nun eine weitere Hütte erkennen, mein Ziel. Jetzt war noch die Frage, ob sie bewohnt war. Wenn ja, dann würde ich es mir in dem kleinen Haus von eben gemütlich machen. Der Bach war vorbei, umgeknickte, vertrocknete Agaven zierten das Land. Ich stieg die letzten Felsen herauf zur Hütte und konnte schon sehen, dass davor einiges gepflanzt wurde, Aloe Vera, Johanniskraut, Limetten und anderes. Zeugnisse von Leben. Keuchend sank ich auf den Boden und legte mich auf den Rücken, nachdem ich gottverdammte zehn Stunden lang durch die Wüste geirrt war.

„Nanu", sagte eine Stimme hinter mir, „wer bist du denn?"

Ich lehnte meinen Kopf weit nach hinten und sah kopfherum Volker vor mir. Oder hinter mir? „Warum", fragte ich und wedelte mit meinem Finger in der Luft „liegt da unten alles voll mit verrottenden Plastikblumentöpfen?"
„Ach die. Aufforstungsprogramm der EU. Die Kommune kriegt Geld, um das Naturschutzgebiet zu pflegen, legt die Rechnung für Blumentöpfe vor, die EU sieht, dass etwas getan wird, und hakt die Sache ab. Der Rest des Geldes ... na ja, weißt schon."
„Episch", sagte ich.

Kapitel 5
Volker

Volker war ein immigrierter, ortsansässiger Landwirt, der seinen bescheidenen Lebensunterhalt mit dem Verkauf qualitativ hochwertiger Agrarprodukte auf dem Schwarzmarkt des wenige Kilometer entfernt liegenden kleinen Dorfes verdiente und sich ein abgelegenes idyllisches Hüttchen auf der fruchtbaren Seite des Berges als Anbaugebiet ausgesucht hatte, um Problemen mit den lokalen Justizbehörden aus dem Weg zu gehen. Er war ein klassischer Althippie, Typ Tommy Chong, mit ungepflegten, verknoteten, langen, schwarzen Haaren und nem Hippiebart, zerzausten Hosen und einem uralten Led-Zeppelin-T-Shirt, der mir, Gott sei Dank, erst einmal, ohne weiter zu fragen, anbot, mich in seiner Hütte auszuruhen. Diese winzige Hütte, sie war traumhaft. Höchsten sechs Quadratmeter Fläche, einst muss sie eingestürzt gewesen sein, denn ein Olivenbaum wuchs mitten hindurch, und irgendein verrückter Baumeister hatte ihn einfach in die wiedererrichtete Hütte mit eingebaut.

„Ruh dich erst mal aus, dort steht ein kleines Bett, ich werde nochmal gehen, dir von den Feigen und einen Granatapfel pflücken, vielleicht finde ich ein Paar Wachteleier, die kannst du jetzt gut gebrauchen. In der Ecke steht ein Kanister mit Wasser."

Ich fiel aufs Bett und schlief ein.

Als ich wieder zu mir kam, war es schon Abend, ich richtete mich auf und schaute mich in der kleinen Hütte um. Mein Bett stand von mir aus gesehen links hinten in der Ecke, rechts von mir war eine kleine Einbuchtung, in der ein Kaminofen stand, über mir wuchs der Olivenbaum und vor dem Bett waren schon der Herd und eine kleine Spüle, die mit gefiltertem Brunnenwasser gespeist wurde. An der rechten Wand war ein kleiner Tisch mit einem Laptop, der ebenso wie die Stereoanlage mit zwei Solarplatten auf dem Dach betrieben wurde, was mich sehr erstaunte. Die Wände waren mit blauem Putz verkleidet, dessen Staub die ganze Wohnung bedeckte. Zwischen alledem war nur sehr wenig Platz.

Ich ging vor die Tür und verharrte gebannt. Wir hatten mindestens eine Höhe von dreihundert Meter über dem Meeresspiegel, zwar war ich nicht auf der höchsten Anhöhe der Umgebung, aber von hier aus konnte ich das ganze Tal überblicken, kilometerweit bis zum Meer am Horizont. Es war atemberaubend! Draußen brannte ein Lagerfeuer, und Volker hatte auf den heißen Steinen am Rand Fladenbrot aus selbstgemachtem Teig gebacken, dazu gab es Chili aus der Dose. Schmeckte gar nicht so schlecht. Ich konnte mir kaum eine friedlichere Umgebung vorstellen als dieses Gebirgstal. Ich genoss es hier zu sitzen, einfaches Essen zu essen und den ohrenbetäubend lauten Grillen zu lauschen. Nein, die scheiß Grillen genoss ich natürlich nicht, die sind so verflucht laut. Eine Katze kam näher und schmiegte sich an meine Beine, während ich sie kraulte, dann machte sie einen Satz und hatte einen Gecko erwischt, den sie genussvoll an einer Mauerecke verspeiste.

„Sag mal", begann ich „ich hab mir vorgenommen, 'n paar Tage hier zu bleiben. Ist das Haus da unten bewohnbar?"

„Eher nicht. Das ist einsturzgefährdet. Sag mal, woher um alles in der Welt kennst du diesen Ort hier?"

„Als Kind war ich mal hier. Sagt dir Cayetano was?"

„Cayetano? Ja, kenn ich, der hat vor mir hier gewohnt."

„Gibt's den noch?"

„Glaube nicht. Glaube, der ist gestorben, bin mir aber nicht sicher. Na ja, wenn du willst, da oben steht 'n Zelt, frag mich nicht warum, aber wenn du willst, kannst du das ja benutzen. Sag mal, hast du heute Mittag in den Bergen so geflucht?"

„Schätze schon."

Ich wachte auf, mein Schädel dröhnte, ich befand mich in einem Zelt, mitten in der Wüste und was mir durch den Kopf ging, war: „Und der Herr rief, das ist klasse, ich mach dich zur Herrenrasse ..."

Es war schon erdrückend heiß. Wenn es überhaupt noch Luft in diesem Zelt gab, war sie in einen derartigen Stillstand geraten, dass sie sich keinen Zentimeter weit in meine Lunge bewegte. Mit aller Kraft und Schnelligkeit klatschte ich mir auf die Backe. Der riesige Moskito hinterließ einen zähen, braun-grünen Schleim auf meiner Hand und Wange, nicht ohne vorher noch einmal in Letztere hineingestochen zu haben. Ich machte die Zelttür auf und stieg hinaus. Beim Anblick der Natur, die sich mir bot, verbesserte sich meine Laune umgehend. Es war neun Uhr morgens und Volker drehte gerade den ersten Joint. Das konnte ja heiter werden.

Ich setzte mich an den kleinen Holztisch, an dem Volker schon Kaffee serviert hatte. Dazu gab es Wachtel-Spiegeleier und die Reste des Fladenbrotes von gestern.

„Du kommst also aus Deutschland. Dann erzähl doch mal, wie steht's denn zu Hause in der Heimat?", fragte Volker.

Zurückhaltend antwortete ich: „Ähm, gut, schätze ich?!"

„Jetzt sag schon, ich krieg hier oben nicht viel mit, will ich meistens auch gar net. Wer ist zum Beispiel Bundeskanzler?"

„Willst du eigentlich nicht wissen, was ich hier draußen verloren hab?", wunderte ich mich.

„Nö, eigentlich nicht. Ist deine Sache. Ich misch mich nicht gerne in anderer Leute Angelegenheiten."

„Okay. Angela Merkel", antwortete ich knapp.

Prustend spuckte Volker seinen mit Rauch gemischten Kaffee über den Tisch und erstickte fast daran.

„Angie? Die Angie? Also, du meinst ... die Ostblock-Angie?"

„Äh, denke ja."

„Oh Mann, klasse Geschichte, also damals, irgendwann in den Neunzigern. Angie war gerade auf Wahlkampftour im Wendland. Zu der Zeit hab ich in nem besetzten Haus mit ner Horde Hippies und Punks gelebt, klasse Kerle. Der eine, Steffen hieß er, so 'n Punker mit nem grünen Iro, dann Achtzig, 'n Hippie mit langen, völlig zerzausten Haaren, hatte eigentlich keine Dreadlocks, aber sein Schopf war ein einziger zusammengewachsener. Und dann Bolle, das war 'n Kerl, 'n richtiger Punk, nicht so'n friedliebender wie Steffen. Bolle, der hatte in seinem Zimmer die Fenster vernagelt und alles pechschwarz angestrichen, nur ein großes, rotes Anarchisten-A hatte er an die Wand gesprüht, und der hatte draußen Spinnen gesammelt und sie in seinem Zimmer ausgesetzt, damit es voller Spinnweben war, und Achtzig hat dann immer mit den Spinnen Jojo gespielt, darin hatte er es echt zur Meisterschaft gebracht. Wie die anderen hießen, weiß ich gar nicht mehr. Na ja, bei uns herrschte absolute Anarchie, wir hatten nen alten VW-Bus, mit dem wir immer unterwegs waren, und wir haben gemacht, was wir wollten. Unser Geld ham wir damit verdient, dass wir nach Berlin ins Georg-von-Rauch-Haus gefahren sind und uns dort mit Haschisch eingedeckt haben, das wir dann in unserem bescheidenen Heim verkauft haben. Das war 'n ganz abgelegenes Häuschen irgendwo im Wendland, da gibt's sowieso nur Dörfer, die ham noch nich mal 'n gelbes Ortszeichen, sondern so'n grünes, so klein sind die, manchmal nur vier, fünf Häuser und irgendwo dazwischen wir. Und jeder wusste, wo er hinmusste. Einmal, da waren wir grad nachts auf 'm Rückweg von Berlin, da gab's auf einmal Blaulicht. Ich als Fahrer, hinter mir zwei Einkaufstüten voll mit Shit und ne Horde besoffener Wilder. Wir waren natürlich am Arsch, bei den Mengen gibt's kein Bußgeld, da gibt's Knast für. Und auf Knast hatte keiner von uns Bock, das kann ich dir sagen. Also, was machen die – die fangen an, sich allesamt den Finger in den Hals zu stecken und in die Tüten zu kotzen, der Stoff, der war ja vakuumverpackt, dann ging die Tür auf.

,Polizeikontrolle, bleiben sie bitte im Wa…!'

Weiter kam der nich, da hatte ihm Bolle schon das ganze Hemd vollgekotzt. Dann kamen die alle raus, kotzten ins Auto, den Bullen vor die Füße und stürmten auf die Wiese.

,Im Wagen bleiben hatte ich gesagt!', brüllte der Vollgekotzte, aber das interessierte keinen.

Grundsätzlich ham wir uns nich so viel dafür interessiert, was die Bullen sagten. Na ja, ich bin dann raus, hab ganz höflich zu dem Typen gesagt: ‚Hören Sie, oh Mann, ich bin schon die halbe Nacht unterwegs, ich hab nich getrunken, aber schaun Se sich die doch mal an, die sind total besoffen. Bitte, lassen Sie mich die einpacken, ich will die einfach nur so schnell wie möglich nach Hause schaffen, die müssn ins Bett.'

Der Beamte nahm die Taschenlampe und schaute sich um, erst in den Bus, dann auf die Wiese, dann auf sich.

‚Schaffen Sie die hier weg, aber sofort!', drehte sich um, und wir stiegen wieder in den Bus.

Was ham wir uns kaputtgelacht! Unglaublich. Tja, so haben wir unser Geld verdient, dabei brauchten wir überhaupt keins, wir sind immer mit so sechs, acht Mann in den kleinen Dorfladen, ham uns die Taschen vollgepackt und von dem verdienten Geld 'n großen Sack Hundefutter gekauft. Ich mein', nur weil wir Diebe waren, musste ja nich auch noch unser süßer Schäferhund kriminell werden. Die Kassiererin hatte natürlich jedes Mal schon die Bullen gerufen, als sie unseren Bus von weitem gesehen hat. Als wir rauskamen, waren die natürlich immer schon da, aber es blieb bei einem freundschaftlichen: ‚Jungs, ihr wisst doch, dass ihr nicht klauen sollt.'

Ich mein', wir ham ja nich die Kasse ausgeräumt oder irgendwelche teureren Geräte mitgehen lassen, Nudeln, Grundnahrungsmittel eben und so. War für so zwei Dorftrottel nich grad 'n Grund, sich mit uns anlegen zu wollen. Das waren Jungs, sag ich dir. Tja, Bolle is schließlich irgendwann im Knast gelandet wegen nem Raubüberfall und Steffen und Achtzig …"

Volker schwieg einen Moment.

„Tja, ich mein', die waren Kiffer, die von der Welt noch net viel gesehen hatten, der Achtzig war dreißig und hat sich noch nachts in die Hosen gemacht, kann man noch nich ma ahnen, was der als Kind erlebt haben muss, die hatten da ihr Zuhause und mit dem Rest der Welt wollten die nix zu tun ham. Andre Drogen gab's bei uns nich, außer natürlich Alk. Einmal kam so'n Typ angefahren, hatte sich mit was zu Rauchen eingedeckt, Bolle hatte da vor der Tür 'n Tisch stehen, so ne Art Theke, und der Typ fragt den Bolle, ob er nich auch 'n bisserl Koks da hätte. Bolle sagte, klar, hätte er im Haus. Ging rein, kam raus, mit nem Baseballschläger in der Hand, holte aus, zerschlug mit einem Hieb den Tisch und schrie: ‚Hier hast du dein Kokain, du Fickfresse und wenn du dich hier noch einmal blicken lässt, bist du tot!'

Soviel zu unserer Beziehung zu anderen Drogen. Na ja, Steffen und Achtzig, die sind eines Tages zu zweit nach Berlin gefahren, mit nem Zug, nur zum Spaß. Da hat den irgendjemand 'n paar Pillen angedreht, Mann, die zwei wussten gar net so richtig, was das is, also natürlich irgendwie schon, aber jedenfalls ham sie beide zu viel davon genommen. Irgendjemand hat mir dann zwei Wochen später Achtzigs Jacke gebracht, war ne tolle Jacke, ne richtige Anarchisten-Hippie-Lederjacke, jeder wollte die haben, wie oft mir dafür Geld angeboten wurde ... Dann hab ich die irgendwann mal einen von zwei Schweizern geschenkt, die mir sympathisch waren, aber diese Idioten ham sich dann an der Schweizer Grenze hochnehmen lassen. Gott, hätte ich doch diese Jacke behalten." Volker liefen Tränen aus den Augen. „Aber eigentlich wollte ich ja was Witziges erzählen, also, Angie. Die war also auf Wahlkampf und wollte ne Rede auf ner Tribüne halten. Achtzig und ich waren an ner Gegendemonstration beteiligt und wollten uns als linke Terroristen versuchen. Steffens Bruder war Chemiker, nicht das, was du jetzt denkst, nein, der hatte es zu was gebracht, aber Steffen konnte ihn überreden, zu Hause für uns ein Reagenzgläschen voll Buttersäure zu brauen. Achtzig hatte das in der Tasche, und wir hatten also vor, das auf die Merkel zu werfen, mussten aber feststellen, dass die viel zu weit weg war, weil die Bullen um die Tribüne natürlich für genügend Sicherheitsabstand gesorgt ham. Was tun? Ich reckte mich hoch, um auszukundschaften, und sagte zu Achtzig hinter mir, dass wir es auf die Coppers werfen könnten. Aber ich bekam keine Antwort. Als ich mich rumdrehte, stellte ich zu meinem Entsetzen fest, dass Achtzig gerade mit der Phiole in der Hand und dem Daumen auf der Öffnung, ffst, ffst, ffst, die Buttersäure rings um uns herum über die im Grunde uns gleichgesinnte Menge verteilte. Panik brach aus, die Leute fingen an, alles vollzukotzen, was natürlich eine Kettenreaktion zur Folge hatte, und die Leute, die nix von dem Zeug abgekriegt hatten, auch anfingen zu kotzen. Achtzig und ich nahmen die Beine in die Hand und verschwanden, bevor wir von dem aufgebrachten Mob getötet wurden. Na ja, an dem Tag hatte die Polizei keine Arbeit mehr, die Demonstration war aufgelöst." Grinsend schüttelte Volker den Kopf. „Wie konnte der so was nur tun?!"

Ich tat mich schwer damit, mitzulachen. Ich war noch nicht so richtig bei mir und war noch etwas unentspannt. Volker schien das Thema wechseln zu wollen.

„Wie gesagt, interessiert mich nicht, warum du dahinten abkratzen wolltest, aber mal kurzfristig gefragt, was hast'n jetzt vor?"

„Echt keine Ahnung", antwortete ich, etwas verschämt über meine Planlosigkeit und er sah mich eine Weile eindringlich an.

„Na ja, im Zelt kannste ja erst ma bleiben", sagte er wie beiläufig. „Das Haus, an dem du auf'm Weg hierher vorbeigekommen bist, da würde ich, wie gesagt, vorerst nicht reingehen. Eigentlich wohnt da sowieso jemand. Steve. Der ist zwar nicht oft zuhause und der hätte auch nix dagegen, dass du da reingehst, aber er ist 'n Junkie und dementsprechend sieht's da aus. 'N Herd oder so ist da auch nich, mal abgesehen davon, dass das bald einklappt. Ich hab schon öfter mal drüber nachgedacht, das 'n bisschen zu sanieren, aber wofür? Dass das irgendein Arsch wieder ruiniert?"

„Du würdest mich hier für eine Weile bleiben lassen?", fragte ich verwundert.

„Hör mal, hier kannst du machen, was du willst, Junge. Das hier ist nicht deine Welt. Glaubst du, mir gehört das hier? Hier gehört niemandem etwas und du brauchst keine Erlaubnis von irgendjemandem. Was meinst du, warum ich hier bin. Aber ich hab das nicht ganz ohne Eigennutz angeboten. Ich bin nicht gerade mehr der Jüngste, ich meine, für einundsechzig bin ich noch halbwegs fit, aber ich hab hier körperliche Arbeit, die mir immer schwerer fällt."

„Was denn für körperliche Arbeit?", wollte ich wissen.

„Ach, egal. Vergiss es einfach. Ich will nicht den Eindruck erwecken, dass du Bedingungen erfüllen musst."

Salmeria, Spanien

Cora saß in einem Café und fluchte laut, weil der Pisser von Kellner ihr saure Milch in den Kaffee gegeben hatte.

Mein Abendessen im Krankenhaus gerade weist im Übrigen keine grob fahrlässigen Besonderheiten auf, aber ich habe eine Scheibe Brot mehr als die anderen bekommen. Wahrscheinlich der Versuch, mich zu bestechen, damit ich wegen der Mehlwurmaktion nicht zum Veterinäramt gehe.

So ein Penner. Natürlich musste ich ihm helfen. Er hatte mir schließlich sein Zelt und seinen Herd zur Verfügung gestellt und mir einen Platz an seinem Lagerfeuer geboten. Billiges Gefasel vom anarchisch freien Raum, auch wenn es hier oben natürlich echt cool war.

Ich bat Volker mit mir zum Auto zu gehen, um mir bei meinem Gepäck zu helfen und mir noch einmal gründlich den Weg zu erklären, damit ich mich unabhängig bewegen konnte. Und wir beschlossen, gleich auch noch nach Salmeria in den Supermarkt zu fahren. Volker zeigte mir gewissenhaft sämtliche unauffälligen Merkmale, an die man sich zu halten hatte. Ich begeisterte mich besonders für die auffällig großen Salbei- und Thymianbüsche, und Volker führte mich dann noch etwas abseits des eigentlichen Weges und zeigte mir eine steile Klippe, an der ich Oregano sammeln konnte, wenn ich ein Stückchen klettern würde.

„Weißt du, was das für kleine Büsche sind?", fragte er und kniete sich vor etwas, von dem ich hier schon viel gesehen hatte. Er strich durch die dürren Ästchen. „Das ist Spargel. Wilder Spargel. Wenn es hier mal zwei Tage am Stück geregnet hat, dann wachsen hier Spargelstangen. Zu blöd nur, dass es hier im ganzen Jahr nur zweimal regnet, und dass das an aufeinanderfolgenden Tagen passiert, ist unwahrscheinlich."

Wir grüßten den nackten Mann, gingen auf dem Aquädukt einen steilen Hang entlang, vorbei an dem Hochofen, durch den Johannisbrothain und näherten uns dem Ende des Tals. Wir kamen zu dem Auslauf des Tals und gingen auf den Kieselsteinen zwischen dem meterhohen Bambus zum Auto. Wir stiegen ein, fuhren Richtung Dorf und dann nach Salmeria zum Supermarkt.

Deutsche sind unterentwickelte Barbaren. Dieser Satz muss im Angesicht des deutschen Wohlstandes durch den Vergleich der deutschen Supermärkte mit holländischen, französischen oder spanischen als Theorem gelten. Selbst Metro kann sich nicht mit dem vielfältigen Angebot an exklusiven Lebensmitteln eines normalen spanischen Supermarktes messen.

Für mich als Koch gibt es ja nichts Großartigeres als einen solchen Konsumtempel. Ich wollte am liebsten alles kaufen, aber Volker hatte keinen Kühlschrank, und deswegen musste auf Haltbarkeit beziehungsweise auf direkte Verbrauchbarkeit geachtet werden. Nachdem Volker mir die Dauerhaftigkeit in der trockenen Hitze versichert hatte, hielt ich es für das Klügste, als Erstes für dreihundert Euro eine ganze Keule Serano in den Wagen zu legen, verschiedenste Sorten Olivenöl, sehr edlen dunklen Balsamico und eine große Dose Safran. Volker nahm einen Karton H-Milch.

„Wie langweilig", sagte ich nur.

Wir sammelten noch ein paar Konserven, und dann roch ich es. Wie gebannt folgte ich meiner Nase und landete in meinem Himmel. Miesmuscheln, Jakobsmuscheln, Hornmuscheln, Austern, Venusmuscheln, Schwertmuscheln, Hummer, Langusten, Langustinen, Bärenkrebse, Flusskrebse, Steinkrebse, Taschenkrebse, Beine der japanischen Riesen-Seespinne, Garnelen in allen Größen, Lachs, Seeteufel, Petersfisch, Heilbutt, Steinbutt, Scholle, Zander, Wolfsbarsch, Buntbarsch, Rotbarsch und, und, und. Ich rannte zur Gemüseabteilung, holte Knoblauch und Zitronen und hatte beschlossen, heute an einer Eiweißvergiftung zu sterben. Ich kaufte einen Hummer, zwei Langusten, zwei Beine der Seespinne, zwanzig Austern und zwei Kilo Garnelen. Schnell holte ich noch Saure Sahne und sagte Volker, er solle mir nicht auf den Sack gehen mit dem, was er noch brauchte, wir würden morgen nochmal herkommen. Das Zeug war dick bepackt mit Eis und in einer Tiefkühltüte, trotzdem war Eile angesagt. Wir fuhren nach Menegras und parkten wieder beim Bambus. Meine Klamotten konnten für heute drinbleiben, Volker packte die Milch in seinen großen Rucksack und nahm die Konserven in einer Tüte in die Hand. Die Meeresfrüchte, Zitronen und Knoblauch tat ich in den Rucksack, nahm die Schinkenkeule in die Hand und schwang sie über die Schulter. Wir gingen den bekannten Weg entlang, bis wir an die Stelle mit dem großen Felsen kamen. Volker stellte seine Tüte neben mich und ich sollte ihm alles hochreichen, wenn er oben war. Er sah dann aber einen dicken schwarzen Skorpion, den er erst mit einem Stein erschlug, bevor es weitergehen konnte, was mir echt 'n bisschen gruselig war, aber die großen schwarzen in Spanien sind nicht gefährlich, es sind die kleinen grünen, wegen derer man sich hätte Sorgen machen müssen, die es hier aber glücklicherweise nicht gab. Ich schaute mir zunächst den toten Skorpion an und dachte darüber nach, ob man ihn wohl essen könnte, dann verfrachtete ich alles Gepäck auf den Felsen, kletterte hoch und half Volker. Wortlos gingen wir den Rest des Weges zur Hütte. Ich begab mich in die Küche, während Volker ein Lagerfeuer machte. Heute wollte ich es mir nicht kompliziert machen, ich zerhackte den Knoblauch und verrührte ihn mit der Sauren Sahne, Olivenöl, Salz und Pfeffer zu einem Dip. Ich heizte den Gasofen vor und setzte einen Topf mit Wasser auf, wo ich Salz und Zitrone hineingab und mich gerade schämte, dass ich Zitronen gekauft hatte, anstatt die wilden Limetten zu nehmen. Ich öffnete mit meinem Messer eine Auster nach der anderen und Volker und ich stürzten uns gierig auf die immer noch kühlen, frischen Meeresgöttinnen, bevor die Fliegen daran gingen. Volker beauftragte ich, die Langusten an einen Spieß zu stecken und zu grillen, ich gab den Hummer fachgerecht mit dem Kopf kurz zuerst in das Wasser, ließ kurz kochen, dann ziehen. Die Garnelen und die Seespinne gab ich in einen Römertopf, verrührte mit Knoblauch, Zitrone, Salz und schob alles in den Ofen. Den Hummer schnitt ich mit dem Messer quer durch und reichte am Lagerfeuer eine Hälfte an Volker. Wir verschlangen den Hummer, brachen die Langusten auseinander und schlürften das zarte Fleisch aus jeder Ecke. Die Schalen, auch die der Austern, warfen wir ins Feuer, um nicht noch mehr Fliegen anzulocken. Ich holte die Garnelen aus dem Ofen und stellte sie samt Knoblauchdip zwischen Volker und mich auf einen kleinen Holztisch am Feuer, sie schmeckten so köstlich, und die Schale war relativ dünn, so dass wir sie einfach samt Schale und Beinen verdrückten, die Köpfe schlürften wir genussvoll aus, denn nichts an einer Garnele ist so aromatisch wie der Saft im Kopf. Etwas später, es wurde langsam dunkel, hingen Volker und ich mit dem Kopf nach hinten und den Armen nach unten auf unseren Stühlen und wir störten uns nicht daran, dass die Katze die übriggelassenen Garnelen aufaß.

„Ich sterbe!", sagte ich und bei Gott, ich meinte es so.

Volker brachte nur ein „Öhwöhä" hervor.

Am nächsten Morgen wachten wir aller bester Laune auf. Ich wusste noch nicht ganz, was ich mit meinem Tag anfangen sollte, aber Volker schien sehr geschäftig.

„Jetzt sag schon Mann, wobei kann ich dir helfen?"

Volker hatte an sechzehn Plätzen überall in der Gegend an unauffälligen Stellen, falls sich doch mal jemand von der Naturschutzbehörde hierher verlief, an die vierzig

Marihuanapflanzen verteilt, und für alle musste aus dem Zugbrunnen Wasser geholt und teils über mehrere hundert Meter geschleppt werden. Echte Knochenarbeit, über die ich froh war, denn Faulenzen war etwas, was mir gar nicht lag und was mich auf Dauer wahnsinnig gemacht hätte. Ich folgte Volker an die entlegenen Stellen, er erklärte mir die professionelle Bearbeitung dieser Pflanzen und verriet mir seine geheimsten Tricks, auf welche ich aus naheliegenden Gründen hier nicht weiter eingehen werde. Nur so viel sei verraten, denn das brachte mich auf eine Idee, dass Volker, um nicht mehrmals am Tag alle Pflanzen gießen zu müssen, Fünf-Liter-Wasserkanister befüllte, mit einem Nagel ein Loch in den Deckel stach, zuschraubte und verkehrt herum ein Stück weit in der Erde verbuddelte, damit den ganzen Tag beständig der Boden feucht gehalten wurde. Nach mehreren Stunden waren wir fertig und echt kaputt. Als wir eine Stunde Siesta gehalten hatten, wollte Volker ins Dorf, etwas Geld verdienen, und packte mehrere Beutel Gras ein. Ich ging mit und fuhr nach Salmeria. Im Supermarkt übertrieb ich es diesmal nicht so. Ich kaufte lediglich ein paar Austern, die waren leicht zu verdauen, vorausgesetzt, man aß sie ohne Schale, und zwei Stangen Weißbrot, Oliven und eine Flasche Weißwein sowie zwei Kanister Wasser. Dann fuhr ich auch schon wieder zurück. Ich ging alleine zur Hütte, setzte mich und genoss einfach mal die Sonne, bis Volker kam. Wir machten wieder kurz vor Einbruch der Dunkelheit ein Lagerfeuer, aßen jeder sechs Austern und dann etwas Weißbrot mit dem schönen Schinken, Oliven und Olivenöl. Ich öffnete die Flasche Wein und bot ihm etwas an. Ich bemerkte die kurze Starre, bevor er ablehnte.

„Tut mir leid", sagte ich. „Ich wusste nicht, dass ..., sonst hätte ich keinen gekauft."

„Schon gut, ich komm klar. Im Dorf und in San Pablo bin ich es gewohnt, dass alle trinken. Du kannst hier gerne trinken", sagte er und setzte ein „Wirklich" hinterher.

„Mal abgesehen davon, mein lieber Hannes, solltest du dir trotzdem Gedanken darüber machen, ob du nicht lieber das Glas Wein zur Seite stellst und dich dieser Runde anschließt."

Dabei drehte er behutsam eine große Knospe getrockneten Grases zwischen seinen Fingern.

„Sieh sie dir genau an", sagte er. „Siehst du, wie die einzelnen Bausteine gewachsen sind? Hierin findest du die absolute, göttliche Vollkommenheit des Universums."

„Du hast definitiv zu viel von deinem Zeug geraucht", entgegnete ich und prostete ihm zu.

„Nein ernsthaft Hannes. Hast du schon mal etwas vom Goldenen Schnitt gehört? Nein? Dann erklär ich's dir. Hol bitte mal den Zollstock hinterm Ofen. Danke. Also, es gibt den Goldenen Schnitt, die Goldene Zahl und die Goldene Spirale. Die Goldene Zahl ist eins Komma sechs eins sieben neun, auch genannt Phi. Jetzt gib mir deine Hand und zück dein Eifoon."

„Ich hab kein Eifoon du Spasti, und wenn du noch einmal ‚Eifoon' sagst, tret ich dich vom Stuhl!", meinte ich.

„Du gefällst mir, ich meinte das selbst höhnisch herablassend, falls du einer dieser Eifoonspastis bist, die kein Englisch können. Dann müssen wir eben etwas kopfrechnen.

Ich messe jetzt deine Fingerkuppe. Diese Länge multipliziert mit eins Komma sechs eins sieben neun ergibt die Länge deines zweiten Fingergliedes. Die Länge deines zweiten Fingergliedes mal Phi ergibt die Länge des dritten. Das dritte mal Phi ergibt die Länge von Handknöchel bis Handgelenk, oder anders, Glied eins plus Glied zwei ergibt Glied drei, das erste, zweite und dritte zusammen ergibt die Länge von Knöchel bis Gelenk. Jetzt nimmst du das erste Glied und das zweite. Wie gesagt, die Länge der Spitze bis zum ersten Gelenk mal Phi ergibt die Länge des zweiten Gliedes, das bedeutet, dass auf der Strecke von der Spitze zu Gelenk zwei Gelenk eins auf dem so genannten Goldenen Schnitt liegt. Die kürzere Strecke des ersten Gliedes nennt man dabei Minor und die längere Strecke Major. Soweit verstanden? Der Bauchnabel liegt auf dem oberen Goldenen Schnitt des Körpers, folglich ist die Länge von Kopf bis Bauchnabel mal Phi die Länge von Bauchnabel bis zum Boden. Die Genitalien liegen auf dem unteren Goldenen Schnitt. Dein kompletter Körper ist von oben bis unten nach dem Wert eins Komma sechs eins sieben neun aufgebaut. Jedes Körperteil, jedes Gesichtsteil, steht zu seinem nächstgelegenen Teil im Verhältnis des Goldenen Schnittes. Dann gibt es die so genannte Fibonacci Folge. Diese lautet: eins, zwei, drei, fünf, acht, dreizehn, einundzwanzig, vierunddreißig, fünfundfünfzig, neunundachtzig, hundertvierundvierzig, zweihundertdreiunddreißig, dreihundertsiebenundsiebzig und so weiter und so fort. Du merkst also, Wert A plus B ergibt C, Wert B plus C ergibt D, Wert C plus D ergibt E, genauso wie bei deinen Fingern. Diese Zahlenfolge stellt also den Goldenen Schnitt dar. Jetzt ist natürlich offensichtlich, dass fünf geteilt durch drei nicht gleich eins Komma sechs eins sieben neun ist. Ich glaub', das fängt bei der vierunddreißig oder so an, dass man geteilt durch den Vorgänger in etwa Phi erhält. Die vierten Nachkommastellen sind leicht variabel. Stellst du jetzt diese Zahlen graphisch mit Kästchen dar und ordnest sie spiralförmig an, so erhältst du die Fibonacci- oder Goldene Spirale. Du nimmst also ein Quadrat mit der Kantenlänge eins und legst ein weiteres Kästchen mit der Kantenlänge eins links daneben. Darüber legst du ein Quadrat mit der Länge zwei, daneben eins mit der Länge drei, dann fünf und so weiter. Verbindest du dann diese Kästchen an den konzentrischen Punkten mit einer Linie, erhältst du die besagte Spirale. Jetzt wird's aber erst richtig interessant. Zum Ersten fängst du jetzt bei deiner Nasenspitze an, fährst mit dem Finger zum unteren Nasenende in einer Kreisbewegung zum oberen Nasenende, von da zum Mund, zu den Augen, zum Kinn und zum Haaransatz und schon hast du eine Goldene Spirale. Diese Goldene Spirale findest du mathematisch korrekt überall: Schneckenhäuser, Blumen, jedes Tier ist danach aufgebaut, alles, was wächst. Und sogar Wasserstrudel, Wirbelstürme, Galaxien und eben auch diese mathematisch perfekte Grasblüte."

Ich staune nicht schlecht. „Ich mag dein Zeug zwar trotzdem nicht, aber das war echt interessant Mann. Und wie kommt das?"

„Tja", griente Volker. „Die Wissenschaft hat dafür noch keine Erklärung gefunden. Ich sag dir auch warum, weil diese ganzen hoch studierten Intelligenzbolzen, die im Kopf Formeln ausrechnen, die wir beide niemals verstehen werden, sich in ihrem gesamten Denken auf einer derart komplexen Bahn befinden, dass sie manchmal nicht in der Lage sind, zu erkennen, wie einfach solch wundersame und allumfassende Dinge sein können."

Er lehnte sich zurück, drehte seine Purtüte fertig und genoss offensichtlich den Augenblick. Er war bemüht, diesen künstlich zu dramatisieren.

„Schau nicht auf das Wachsende bei dieser Frage, schau auf die Naturgewalten, welche wären: Galaxien, Wirbelstürme und Wasserstrudel. Warum bilden sie diese Form? Was haben sie gemeinsam? Anziehungskraft! Anziehungskraft erzeugt Drehung, Drehung erzeugt Fliehkraft und jedes Mal, wenn Anziehungskraft und Fliehkraft mit unfassbarer Gewalt aneinanderzerren, entsteht diese Form.

Unser Sonnensystem befindet sich in einer Galaxie, in deren Mitte ein Schwarzes Loch alles anzieht und uns damit gleichzeitig wegschleudert, um uns so in einer relativen Stabilität zu halten. Unsere Erde wird von der Sonne angezogen und gleichzeitig weggeschleudert, wir werden von der Erde angezogen und gleichzeitig weggeschleudert, in jedem einzelnen Atom, aus dem wir bestehen, werden die Elektronen vom Atomkern angezogen und weggeschleudert. Alles, was existiert Hannes, unterliegt auf so vielfache Weise dieser Wechselwirkung von Anziehungskraft und Fliehkraft. Es ist nur das Einfache, Logische, Naheliegende, dass alles, was unter Einfluss dieser beiden Kräfte wächst, in seinem Muster nach dem dieser Wechselwirkung zu eigenen Muster wächst. Das ist kein Wunder Hannes, das wirkliche Wunder wäre, wenn es nicht so geformt wäre."

Ohne Sarkasmus sagte ich: „Danke. Danke, für diese weisen Worte."

Nachdenkliche Ruhe kehrte ein.

Volker und ich waren auf unseren Stühlen eingeschlafen. Die Morgensonne ging schon auf, aber ich legte mich trotzdem nochmal zwei Stunden in mein Zelt. Zum Frühstück aßen wir das Gleiche wie am Vorabend und Volker ging zu seinen Pflanzen. Ich dagegen hatte eigene Pläne. Zuerst ging ich zum Auto und fuhr ins Dorf, wo ich einen café con leche trank und danach im Laden Paprika, eine Gurke, Zwiebeln und Tomaten kaufte. Ich hatte Lust auf Gazpacho. Danach fuhr ich zurück zum Tal und brachte den Einkauf und meine Reisetasche nach oben und duschte erstmal an einem Wasserschlauch, den Volker an den Brunnen angeschlossen hatte, wusch meine dreckigen Klamotten, hing sie an einen Baum und kleidete mich neu ein, mit einer beigen Hose und einem schwarzen T-Shirt, das ich in die Hose steckte. Ich nahm die beiden

Wasserkanister in die Hände, musste aber nochmal zurückgehen, weil ich den Nagel vergessen hatte, und ging dann zu zwei Spargelpflanzen. Ich hatte keine Lust, zu warten, bis wir die Kanister leer getrunken hatten und da ich nichts gegen das Brunnenwasser auszusetzen hatte, auch wenn daraus eine Kröte zu hören war, durchstach ich mit dem Nagel die beiden Deckel, schraubte sie ab und gab zunächst eine relativ größere Menge aus jedem auf seine jeweilige Pflanze, schraubte die Kanister zu, buddelte mir je eine kleine Grube neben den Spargelpflanzen, stellte die Kanister verkehrt herum herein und schob wieder zu. Ich grinste vor Vorfreude. Dann erkundete ich ein wenig die Gegend, kletterte über ein paar zerfallene Terrassen und blieb plötzlich stehen.

Eine knapp ein Meter lange Schlange bäumte sich zischend vor mir auf und ich nahm meine Beine in die Hand. Das war mir jetzt zu viel. Ich lief ins Tal, fuhr umgehend nach Salmeria, wo ich einen Waffenladen gesehen hatte, und kaufte mir ein Luftgewehr und ein vernünftiges Messer. Heute würde es kein Gazpacho zum Abendessen geben. Ich hatte ein Model 4 geholt, bei dem man den Schaft abklappen und sieben Mal pumpen musste, um den Druck aufzubauen. Völlig ausreichend, um mich gegen Schlangen und Skorpione zur Wehr zu setzen.

Ich ging zu der Stelle, an der der Oregano wuchs, kletterte hinauf und schnitt mir ein großes Büschel ab. Auf dem Weg nach oben hatte ich noch Salbei, Rosmarin und zwei Limetten mitgenommen. Ich kam zum Haus und stellte einen Topf auf den Herd. Gerne hätte ich heute Schlange gekocht, auch wenn ich mir fast sicher war, dass ich die aus der Wüste dafür nicht einfach genommen hätte. Ich hatte bisher nur einmal Schlange gegessen. Gegrillte, in so nem australischen Restaurant. Das war ja so was von zäh. Klar, die besteht nur aus reinstem hochtrainierten Muskel, aber Mann, das war doch kein Grund für den Koch, es so zu verkacken. Ich gab etwas Weißwein in das Wasser, eine halbe Limette mit Schale, zwei Blätter Salbei, etwas mehr Oregano, schaute bei Volkers Gewürzen und gab noch Wacholder und sehr wenig Kümmel dabei sowie eine Zwiebel und eine großzügige Portion Safran. Ich gab keine Schlange in die Brühe, sondern Kalbszunge und bat Volker eindringlich, bitte, bitte nochmal ins Dorf zu gehen, um mir ein paar Sachen zu besorgen. Er willigte ein unter der Bedingung, dass ich dann ein paar Pflanzen gießen möge. Das tat ich bereitwillig, stellte vorher noch den Topf auf ganz, ganz klein und sammelte auf dem Rückweg von den Pflanzen noch zwei Granatäpfel.

Nach drei Stunden kam Volker wieder, ich lief ihm entgegen und nahm meine Lieferung an. Ich hatte in der Zeit ein Granatapfeldressing aus vier verschiedenen Ölen, Limettensaft, frisch gepresstem Granatapfelsaft und fein gehacktem Thymian gemacht. Ich nahm zwei Teller aus dem Regal, wischte den blauen Staub ab, schnitt eine halbe Gurke in dünne Scheiben, hackte eine Zwiebel sehr fein und vermischte diese mit Salz, braunem Zucker, Limettensaft und mildem Olivenöl zu einem dicken Brei. Ich nahm den Löwenzahn aus Volkers Tasche, um den ich gebeten hatte, und der der Grund für einen Dreistundenmarsch war. Ich legte jeweils ein Drittel von Volkers hauchdünnem Fladenbrot auf die Teller, den Löwenzahn wusch und trocknete ich gut.

Ea Kao, Vietnam

Hoàng Hang fluchte laut, als sie sich ihren Kaffee über den Schoß schüttete.

Jetzt habe ich im Krankenhaus wieder nur zwei Scheiben Brot, man erachtet seine Schuld wohl als beglichen. Verdammte Pisser.

Ich zerrupfte den Löwenzahn und legte ihn auf die Fladen, darauf verteilte ich das Granatapfeldressing und warf noch ein paar Granatapfelkerne darüber, dann legte ich jedem sieben Scheiben Gurken an den Rand und gab die marinierten Zwiebeln darüber. Ich nahm die knallgelbe Zunge aus dem Topf, legte sie auf ein Brett, schnitt sie in Scheiben und legte jedem etwas auf den Teller. Wir setzten uns draußen hin und leckten das Fleisch wie warme Butter. Als wir fertig waren, sagte Volker andächtig: „Hannes, das war das Beste, was ich je gegessen habe."
Ich nickte. Volker war erschöpft und legte sich hin, während ich meinen Plan für den nächsten Tag schmiedete.
Ich stand schon früh auf und suchte mir ein paar faustgroße Holzstücke und ging ein Stück weiter oben ins Gebirge, wo es nur noch Steine gab. Ich legte die Holzstücke in angemessener Entfernung auf einen Felsen und übte etwas Schießen, bis Volker kam, der es auch mal probieren wollte.
„Ich hab vor, uns 'n paar Wachteln zu jagen", teilte ich mit, und Volker wurde ernst, ließ das Luftgewehr sinken.
„Jetzt hör mir mal zu, Kleiner. Es ist eine Sache, sich hiermit gegen Schlangen und Skorpione zur Wehr setzen zu wollen, obwohl ich nicht glaube, dass die Schlange dir gefährlich gewesen wäre. Ne andere Sache ist es, damit hier Tiere zu jagen, die unter Schutz stehen, mal abgesehen davon, dass hier alles unter Schutz steht, weil's 'n Naturschutzgebiet ist. Außerdem wird hier auch nicht mehr einfach so geschossen, besorg dir 'n Kugelfang, das muss nämlich echt nicht sein, dass hier überall die

Bleidinger rumfliegen. Und besorg mir auch so was, aber lieber ne Pistole."

Er drückte mir das Gewehr in die Hand und ging. Ja klar, hier durfte jeder machen, was er wollte ... Recht hatte er ja.

Wir aßen wieder Brot und Schinken zum Frühstück, denn an Schinken hatten wir aus irgendeinem Grund übertrieben viel. Ich teilte dann Volker mit, dass ich mir vorgenommen hatte, die naheliegendsten alten Terrassen, zumindest zwei, drei Stockwerke, ausbessern zu wollen, um dort verschiedenstes Gemüse anzupflanzen. Volker begrüßte meine Tatkraft, die ja auch nicht zuletzt ihm zugutekam. Zunächst ging ich aber mit ihm mit. Ich holte einen Eimer Wasser nach dem anderen aus dem Brunnen und brachte sie zu Volker an die Pflanzen, der das Wasser nach und nach verteilte. Als wir fertig waren, waren wir zwar sehr erschöpft, aber ich wollte trotzdem mit meinem Vorhaben beginnen und Volker bot an, mir dabei zu helfen. Gewissenhaft folgte er meinen Anweisungen und ich beauftragte ihn, passende Steine zu sammeln, während ich Stöcke sammelte, die ich mit dem Messer anspitzte, um sie an die auszubessernden Stellen in den Boden zu bohren und mit Astgabeln schräg abzustützen, um den Zwischenraum mit Steinen füllen zu können. Das Prinzip war einfach und effektiv und nach einer Weile hatten wir schon einige Meter Terrasse ausgebessert. Zu Mittag aßen wir nie, es war auch einfach viel zu heiß dafür, ich war noch nie der große Esser gewesen, ich kochte viel lieber, statt zu essen, ich empfand essen als anstrengend und eine leider notwendige Zeitverschwendung, außer es war wirklich, wirklich gut, und Volker war eine gewisse Genügsamkeit gewohnt. Aber es war Zeit, sich um das Abendessen zu kümmern. Ich ging ins Haus, schnitt die Paprika in rustikale Stücke, gab sie in eine Ofenform mit ganzen Knoblauchzehen, legte die Wachteln, welche wir letztlich gekauft hatten, auf das Paprikagemüse und gab ein mittelkräftiges, fruchtiges Olivenöl über diese und schob sie in den Ofen. In der Zeit, dachte ich mir, könnte ich irgendetwas mit den Oliven anstellen. Sie schienen in voller Reife. Ich ging hinter das Haus, kletterte am Baum hoch und aß eine, die ich fluchend ausspuckte. Volker hatte mich von weitem auf dem Baum gesehen und fluchen hören. Er rief mir zu: „Oliven kann man nicht frisch essen, die musst du einlegen oder trocknen!"

Also pflückte ich sämtliche und begann mit der Arbeit, ich hab aber jetzt keine Lust zu beschreiben, wie man das macht. Wir aßen die zarten saftigen Tiere mit dem deftigen Gemüse und besprachen den nächsten Tag. Ich wollte in Salmeria mir eigene Gartengeräte besorgen, damit ich nicht warten musste, bis Volker fertig war mit den seinen. Dann wollte ich in den Supermarkt, um Essen und Saatgut zu kaufen sowie haufenweise Wasserkanister. Volker wollte mich begleiten, er musste auch einkaufen und der Mutter des Sängers einer sehr berühmten deutschen Rockband, deren Name ich hier aus naheliegenden Gründen verschweigen werde, drei Kilogramm vorbeibringen, weil diese damit über Frankreich nach Deutschland wollte. In Menegras war er verabredet mit einer jungen Frau, die zwei Kilo nach Griechenland schaffen wollte. Volker hatte Dollarzeichen in den Augen. Ich hatte zwar eigentlich keine Lust, meinen Wagen dafür zur Verfügung zu stellen, fühlte mich aber gegenüber Volker wegen des Obdachs zu etwas verpflichtet. Dann gingen wir schlafen.

Wir frühstückten wie gehabt und machten uns auf den Weg, nahmen unsere Rucksäcke und wanderten zum Auto. Wir fuhren ins Dorf, tranken einen Kaffee, da kam Steve. Steve war ein Junky aus Irland, mit einem wirklich klasse klingenden Dialekt, wenn er Deutsch sprach. Er hatte bis vor kurzem in der einen Hütte etwas unterhalb von Volkers gewohnt und war für einige Zeit wegen einer sehr komplizierten Frauengeschichte, die er Volker gerade auf Spanisch erzählte, verschwunden und hatte wohl vor, wieder in Labranco einzuziehen, was mich ärgerte, denn eigentlich hatte ich früher oder später die zweite Hütte besetzten wollen. Dann wandte sich Steve zu mir, kramte einen Brocken Shit aus der Tasche, zündelte ihn an, um mir seine Duftnote unter die Nase zu halten, und wollte sechzig Euro dafür haben. Ich schüttelte den Kopf.

„Der hat kein Geld", log Volker für mich.

Steve sah mich an. Saubere Klamotten, gepflegtes Aussehen, Marken T-Shirt in die Hose gesteckt.

„Njach! Keyn Geld. Fucking credit card und keyn Geld."

Dann stapfte er beleidigt davon. Ich zahlte unsere Getränke und die Tapas mit meiner Kreditkarte, dann gingen wir zum Auto, und Volker lotste mich an die vereinbarte Stelle. Wir hielten am Straßenrand und warteten auf einen grünen VW-Bus, der schon bald kam und aus dem eine Frau mit kurzen Haaren ausstieg.

„Verdammt ist die heiß!", entfuhr es mir.

„Vergiss es, die ist lesbisch", sagte Volker, ging mit einer Einkaufstüte zu ihr, stieg ins Auto, quatschte ein paar Minuten mit ihr, wünschte ihr noch viel Glück und kam wieder zurück.

Wir fuhren ein Stück weiter, zwischen den Häusern, als Volker fluchend befahl, hier anzuhalten. Er wies mir auszusteigen und wir klingelten an einem Haus, an dem eine Spanierin mittleren Alters öffnete, die sich sichtlich freute, uns zu sehen. Sie bat uns herein, kochte uns Kaffee, servierte uns Weißbrot mit Bruscetta und Olivenöl und unterhielt sich mit Volker auf Spanisch. Dann erklärte Volker auch mir das Problem. Volker hatte in dem

Garten der Frau sechs Pflanzen stehen, die mittlerweile so groß waren, dass sie schon leicht über die zwei Meter hohe Mauer drüber ragten und bald von jeder Streife gesehen werden konnten. Legal waren in Spanien nur zwei Pflanzen pro Haushalt, also musste die Ernte geplant werden. Ich sicherte Volker bei dieser Sache meine volle Unterstützung auf gar keinen Fall zu, was dieser sehr bedauerte. Da Volker vor einer halben Stunde ja zu etwas Geld gekommen war, zahlte er der Frau schon mal den für sie vereinbarten Anteil an der zukünftigen Ernte aus. Danach fuhren wir nach Salmeria auf den Parkplatz des Supermarktes. Volker rief einer etwas älteren Frau zu und winkte sie her, sie umarmten sich, und Volker bat sie, zu uns ins Auto zu steigen. Sie reichte Volker eintausendzweihundert Euro und er ihr drei Kilo Gras. Dann ging sie wieder. Ich musste kichern, als Volker mir erzählte, wessen Mutter sie war. Wir gingen in den Supermarkt, zuerst in die Gartenabteilung, wo ich mir Schaufel, Schippe und Hacke besorgte. An Samen von Nutzpflanzen nahm ich einfach von allem eins. Volker kaufte in der Gartenabteilung Utensilien, auf die ich nicht eingehen werde. Ich besorgte mir dann als Nächstes fünfzehn Kanister Wasser. Ich musste sie ja nicht alle an einem Tag nach oben schleppen. Ich wollte noch Avocados und guten Büffelmozzarella aus Mafiaproduktion haben. Wir parkten in der Nähe des Strandes, ich besorgte mir ein kühles Bier und wir setzten uns an der Promenade auf eine Mauer. Zwei zerzauste deutsche Hippies kamen zu uns und fingen ein Gespräch mit Volker an, das zur Kernessenz hatte, ob er etwas zu Rauchen habe. Er hatte zwar nichts zum Verkaufen dabei, drehte aber eine Tüte, die er mit ihnen teilte. Mit mir redeten sie nicht, sie verachteten mich, das sah ich an ihren Blicken. Den, der zwar lange Haare hatte, aber ein ansehnliches Auto mit sündhaft hohem

Benzinverbrauch fuhr, der immer rasiert war und trotz des ständigen Wüstenstaubes immer gewaschene Haare und saubere Klamotten hatte. Und ja, sie hatten Recht. Ich war eitel bis mäßig arrogant, ich aß viel Fleisch und Fisch und fuhr ein Auto. Ich war mir über mein Handeln und seine weitreichenden Konsequenzen stets absolut im Klaren. Es ist eine schwierige Frage, was schlimmer ist: etwas nicht zu wissen, aufgrund fahrlässiger Dummheit und Desinteresse, oder es zu wissen und es trotzdem zu tun. Sie hielten mich für dekadent und arrogant, genauso, wie sie die ganze westliche Gesellschaft für dekadent und arrogant hielten. Was mich allerdings amüsierte, war, dass sie allen Ernstes dachten, sie wären es nicht. Sicher, in Dekadenz konnten sie sich nicht mit der gemeinen Gesellschaft messen, in Arroganz aber, so nett ganz sicher viele von ihnen waren, übertrafen diese zerfallenen Existenzen hier alles, was ich bisher gesehen hatte. Und trugen sie denn nicht ebenso wie ich aktiv zur Zerstörung unseres Planeten bei? Sie saßen hier seit Jahren und taten nicht viel mehr, als Heroin zu rauchen, etwas zu essen und wieder Heroin zu rauchen. Sie schimpften mit vollem Recht über die verlogenen westlichen Regierungen, die der Welt etwas von wegen Freiheit und Menschenrechte vorheuchelten und gleichzeitig, fast mit höhnisch unvorgehaltener Hand, ihre Waffen an Warlords und Diktatoren verkauften. Wer hatte denn die Taliban mit Waffen versorgt? Oder die Nord-Allianz? Und das Geld für diese ganzen Waffen, das lieferten bereitwillig die zwei Typen neben Volker, die einen Liefervertrag auf Lebenszeit mit den schlimmsten Verbrechern abgeschlossen hatten. Ich machte mir Sorgen um meinen Büffelmozzarella im heißen Auto und drängte Volker zum Gehen, wir standen auf, Volker überließ den beiden den Rest des Rauchwerkes, und der Eine pflaumte mich noch an, ob mir eigentlich klar sei, dass aller Büffelmozzarella aus Mafiaproduktion stammte. Ich antwortete nicht.

Wir packten uns jeder einen Kanister Wasser in den Rucksack und nahmen die Gartenwerkzeuge in die Hand. An einer bestimmten Stelle bat ich Volker, kurz mit mir den Weg zu verlassen, und zeigte ihm mit stolzem Grinsen meine zwei Spargelpflanzen, an denen lange, spinnenartige, saftige, grün-lila Spargelstangen wucherten. Volker staunte anerkennende, ich schnitt den Ertrag einer Pflanze ab und packte ihn in die Plastiktüte. Angekommen an der Hütte schlug ich Volker vor, dass wir eine tiefe Grube als Kühllager graben könnten, so könne ich sicherer frische Lebensmittel einkaufen. Ich buddelte zwei Stunden, übergab an Volker und beschloss, heute wegen des Mozzarellas etwas früher Abendessen zu machen.

Ich lief zu dem Feigenbaum, packte neun Feigen ein und aß sieben weitere sofort, dann hatte ich eine Idee. Ich rief, so laut ich konnte: „Volker! Hast du Eier im Haus?!"

„Jaaa!", donnerte es durch das ganze Tal zurück.

Ich ließ die Früchte mit der Tüte liegen und lief fast ganz ans Ende des Tals zu den Johannisbrotbäumen, wo ich etwa zehn Schoten vom Baum nahm. In gleichem Tempo setzte ich zurück, was zur ersten Konsequenz hatte, dass ich am liebsten ohne Essen ins Bett gefallen wäre, aber gut. Ich öffnete die Schoten, entnahm die Kerne, kochte sie, bis sie sehr weich waren, schnitt sie in feine Streifen, um sie dann mit Mörser und Stößel zu einem Brei zu verarbeiten, den ich abkühlen ließ. Einen Teil der Feigen zermatschte ich ebenfalls, mit Schale, im Mörser. Den Rest schnitt ich in Achtel und stellte ihn zur Seite. Ich mischte drei Sorten Olivenöl mit Limettensaft und Johannisbeersaft, gab braunen Vollrohrzucker dazu, Salzpfeffer, wenig frische Minze, fein gehackten Thymian, ein paar Frühlingszwiebeln, dunklen zähflüssigen Balsamico und Granatapfelkerne. Dann trennte ich zwei Eier, wobei ich das Eiklar in eine separate Schüssel gab und das Eigelb in den Johannisbrotbrei. Diesen verrührte ich noch kräftig mit Mehl, mildem Olivenöl, Zucker und etwas Wasser. Das Eiklar schlug ich steif, hob es darunter, gab die Masse in drei kleine Schälchen und verfrachtete irgendwie mit drei Löffeln in zwei Händen den Feigenbrei in die Mitte des Ganzen, um es oben wieder vorsichtig zu verschließen. Volker rief ich bereits zum Essen, auch wenn es noch nicht fertig war, aber er sollte zur Stelle sein, wenn es so weit sein würde, da mein Essen heute keine Wartezeiten vertrug. Ich machte den Ofen an und setzte eine Pfanne auf. Den Spargel schnitt ich in drei Teile, was immer noch groß genug war, um beim Essen mit ihm zu kämpfen. In Olivenöl briet ich ihn scharf an, würzte mit Salz und streute den guten Zucker darüber, der rasch karamellisierte, dazu gab ich noch drei Zweige Oregano. In die Mitte jedes Tellers kam ein Stück Mozzarella, bei dem ich jeweils ein Fünftel herausschnitt und es teils abzog, damit der leicht flüssige Mozzarella etwas herauslaufen konnte. Der Spargel kam darüber, ohne die Ecke zu verdecken, ich verteilte vorsichtig mit einem Löffel das Dressing darüber und streute noch die Feigenecken drauf. Dazu gab es Fladenbrot von Volker. Wie immer. Die Schälchen buken, während wir aßen, im Ofen zu einem fluffigen Johannisbrotmuffin mit Feigenfüllung. Wieder einmal gingen wir kulinarisch höchst verwöhnt zu Bett.

So vergingen die Tage, wir arbeiteten, Volker an seinen Pflanzen, ich an den meinen und an immer weiteren Terrassenabschnitten, und ich konnte meiner Kreativität in der Küche freien Lauf lassen. Ich jagte gelegentlich keine Hasen mit meinem Luftgewehr, kaufte aber welche und machte daraus Hase im Ofen auf Zwiebeln und

Tomaten, Hase gegrillt am Spieß in Knoblauchmarinade, Hase in Salbei-Sahnesoße, Hase in Limettenschale-Thymiankruste, Hase im Bierteigmantel, Hase in Rotwein mit Wurzelgemüse, Hase in Weißwein mit Fenchelgemüse, Hase auf Ratatouille, Hase auf grünem Spargel, Hase pikant mit Avocadodip, Hase, Hase, Hase, ich kann keinen verfickten Hasen mehr sehen. Leider habe ich nie mehr eine Schlange gesehen, und Wachteln zu jagen, hatte Volker mir ja verboten, ich war mir aber sicher, dass es ihm nur darum ging, nicht seine Frühstückseiquelle auszutrocknen. Natürlich konnte ich auch dem ständigen Kauf von Meeresfrüchten nicht widerstehen. Ich machte Garnelen in Kokossoße mit Curry, welches ich selbst aus Ingwer, Saflor, Rosinen, Curcuma, Pinienkernen, Kreuzkümmel, Koriander, Zwiebeln, Paprika und Chili herstellte, Hummersuppe, Riesenseespinne mit einem Kaktusfeigen-Chili-Weißweinschaum, Langustenmedaillons auf Limettenbrot mit Salbeiöl, Langustinen auf Safran-Mascarpone-Tagliatelle, Shrimpcocktail mit Minze, Flusskrebse gekocht mit Thymian, mit Knoblauch gebackene Schwertmuscheln, Unmengen von Austern und noch viel, viel mehr. Ich kaufte gelegentlich Lammfleisch und Ziegenfleisch von dem Hirten, der seine Tiere in den Bergen hielt und jeden einzelnen Standort von Volkers Pflanzen kannte und sie höflichst und ganz sicher völlig kostenlos mit seinen Tieren umging. Es gab Ziegenbraten in eigener Milch mit Limettenschale und schwarzen Oliven (schmeckte echt strange), Lamm mit Thymian auf Tomaten, kalte Gurken-Buttermilchsuppe mit heißen Lammwürfeln, Lamm mit grüner Soße, oder von beidem gegrillt. Ich hatte meinen Gemüsegarten auf ein Dreivierteljahr hinaus geplant und war zufrieden. Ich hatte nicht vor, nach Ablauf meiner sechs Wochen zurückzukehren. Da aber Zufriedenheit nicht dafür bekannt ist, einen fördernden Effekt auf das Geistige zu haben, beschloss ich, mir bei der nächsten Fahrt in die Stadt ein paar Wissenschaftsmagazine anzulegen. Hätte ich es doch nur bleiben lassen.

Kapitel 6
Hätte ich's doch bleiben lassen

In einem Heft stand ein Artikel über die Bauweise der Mauern in Gizeh, Mohenjo Daro, den Osterinseln und Cuzco und darüber, dass die Mauern an diesen Orten nach der gleichen, bis heute technisch nicht nachvollziehbaren Methode gebaut wurden. Ich dachte kurzerhand: „Gibt's ja nicht, was passiert denn, wenn ich diese vier Orte jetzt bei MoovleEarth miteinander verbinde?"

Volker kam erst nachts zurück, was mich gewundert hatte, weil er das normalerweise nie tat, und er hatte noch irgendjemanden im Schlepptau.
„Huhu, bist ja noch wach", erkannte er richtig. „Das ist Atze – Atze – Hannes."
„Moin", sagte der Kerl.
Der war irgendwie verdammt merkwürdig. Also jetzt nicht in einer negativen Weise. Ich weiß nicht, was es war, aber er hatte einfach ein unheimlich starkes Charisma, dem ich mich nicht entziehen konnte, was meine erste Abneigung gegenüber weiterer Gesellschaft hier oben schmälerte, und „Atze" schien überhaupt nicht zu ihm zu passen. Immerhin war er ein recht ruhiger Kerl, der seine Worte mit Bedacht wählte, was mir gut gefiel. Volker

erzählte, dass sie sich zufällig im Café kennengelernt hatten, als außer an Volkers Tisch kein Platz mehr frei war.

Sie hätten sich mehrere Stunden gut unterhalten, und weil Atze kein Gästezimmer mehr bekommen hatte und die Nacht in der Stadt rumbringen wollte, hatte Volker ihm angeboten, mitzukommen.

Er war gar nicht der klassische Typ Aussteiger hier. Schwarzes gebügeltes Hemd, über der Jeans, blonde, mit etwas Gel nach hinten gekämmte Haare. Fast hätte ich gedacht, der Typ Kokser, aber er war überhaupt nicht schmierig und wirkte in keiner Weise selbstverliebt. Was der hier in dem Dorf wollte, keine Ahnung. Wie gesagt, das fragt hier keiner. Wir setzten uns mit einem Kännchen Kaffee ans Lagerfeuer und Atze begann, einen Joint zu rollen.

Eine Weile sagte ich nicht besonders viel und musterte beide, besonders den Neuen, genau, konnte dann aber meine Unruhe nicht länger unterdrücken.

„Kann ich euch mal was erzählen?", begann ich zurückhaltend, ohne eine Antwort zu erwarten. „Ich hab da … mir ist da was passiert. Wartet, ich muss es euch auf dem Laptop zeigen. Also. Weiß gar net, wo ich anfangen soll. Oder nee, gleich erst", stammelte ich und klappte den Computer erst nochmal zu.

„Ich hab mich in meinem Leben schon immer für alte Kulturen interessiert, alles gelesen, was mir in die Finger kam, jede Dokumentation geguckt und war immer, allerdings ohne ernsthaften Drang, danach bestrebt, mehr über die Ursprünge aller Kulturen und deren Religionen und Mythen zu erfahren.

Und wer sich so mit diesen Themen beschäftigt wie ich, kommt nicht umhin, festzustellen, dass es bemerkenswert viele Gemeinsamkeiten gibt. Wer weiß, wie viele Stunden habe ich zusammen mit meinem Großvater verbracht, um mir anzuhören, wie die abrahamitischen Religionen sich entwickelt haben und immer wieder hatte ich neue Ideen, Schriften und Theorien über die Verbindungen zu anderen Kulturen und Religionen zu ihm getragen, um darüber zu diskutieren. Und obwohl ich nicht Theologie studiert habe und keinen Doktortitel besitze, darf ich behaupten, mich zu einem ebenbürtigem Gesprächs- und Diskussionspartner entwickelt zu haben."

Ich hatte wirklich versucht, Wert auf saubere Wortwahl zu legen.

„Mein Großvater war Doktor Professor der Theologie, Pfarrer, Gründungsmitglied der Deutschen Gesellschaft für Pastoralpsychologie, hat fünf Fachbücher geschrieben, darunter das in Deutschland gültige Ausbildungsbuch in Seelsorge für angehende Pfarrer. Wenn dieser Mensch also zu einer auf eigenen Nachforschungen beruhenden Theorie sagt: ‚Ja da hast du recht' oder auch nur: ‚Ja da könntest du recht haben', dann gilt dies etwas. Ich mein' nur, ich bin nicht von Gestern, glaube ich. Jedenfalls, ich hab mir heute diese scheiß Zeitung hier gekauft."

Ich reichte sie weiter und wartete einen Augenblick, bis sie das Gröbste durchhatten.

„Und jetzt guckt mal." Ich drehte den Laptop zu ihnen und zeigte, dass Gizeh, Mohenjo Daro, die Osterinsel und Cuzco exakt auf einer Linie lagen.

„Wow", sagte Volker, Atze hielt ein Pokerface.

„Es geht aber noch weiter. Ich hab mal im Internet nach den Orten gesucht und da stand, dass in Mohenjo Daro und den Osterinseln die Schrift nahezu identisch ist, obwohl das völlig verschiedene Kulturen sind, und hier: Mohenjo und die Osterinseln liegen gegenüber, als Gegenpole auf der Erdkugel. Daraus ist dann der Gedanke entstanden, dass Cuzco und Gizeh auch einen jeweiligen

Pol haben könnten, wo was mit Bezug dazu gebaut wurde. Ich weiß, wie das klingt, ich weiß auch noch nicht, wie ernst ich das nehmen soll, aber ... Jedenfalls komm ich mit dem Programm hier nicht genau auf den gegenüberliegenden Pol von einer Markierung, weil die gezogene Linie sich immer im Kreis dreht, wenn ich sie nahe an die gegenüberliegende Stelle ziehe, was voll nervt. Ich hab mir dann kurzerhand gedacht, wenn das hier wirklich ist, wonach es aussieht, dann kann ich vielleicht anders rausfinden, wo genau der Pol zu Gizeh und Dings, wie hieß das nochmal, Cuzco, ist. Hab dann noch Chichen Itza und Teotihuacan mit den Punkten da verbunden und 'n Haufen anderer Bauwerke, die in meinen Augen in 'n gewisses Schema passen. Ich muss nur erst die Linien wieder aktivieren ..."

Ein völliges Wirrwarr aus roten Linien breitete sich über dem virtuellen Globus aus, die aber offenbar regelmäßige Abstände hatten.

„Unheimlich viele von denen haben einen Abstand von zweiundzwanzig Komma fünf Grad. Das ist ja auch gar nicht so unlogisch. Ich weiß nicht, kennt ihr alte Seekarten? Da sind überall Punkte mit Linien von einem Viertel rechten Winkel als Navigationshilfe, genau wie hier. Ich meine, wenn sich irgendjemand so was ausdenkt, macht das doch vielleicht Sinn, oder?"

„Junge, du siehst darin 'n Sinn? Ich kann dir nur ganz ernst raten, aufzupassen", warnte Volker.

„Jetzt warte mal ...", stotterte ich.

„Ne, ich will net warten, ich will davon auch ehrlich gesagt nix wissen, ich hab schon genug hinter mir, wo ich mir auf irgendwas die dicksten Sachen eingebildet hab, und ich kann dir nur nochmal sagen, pass auf!"

„Was, wenn ich mir das nicht einbilde?"

„Das wäre noch schlimmer." Er stand auf und ging ins Haus.

„Was hat der denn?", fragte Atze.

„Ach, ich glaub', der hat nur Angst vor ner Psychose, wenn er sich da reinsteigert", sagte ich.

„Ich finde es gut, was du da machst."

„Danke", sagte ich mit anerkennendem Blick. „Wo hast du eigentlich vor zu schlafen?"

„Ist nicht wichtig, ich glaub, heute Nacht kann ich sowieso nicht schlafen, ich werde hier einfach noch etwas sitzen bleiben."

Ich wachte früh auf und musste natürlich ständig daran denken, an diese Linien da, und es schien mir eine Ewigkeit, bis Volker endlich wach wurde und ich an den Computer konnte, was er sehr missmutig betrachtete. Er stellte mir mein Frühstück hin, wofür ich mich knapp bedankte, ohne groß wahrzunehmen, was es war.

„Wir gehen mal zu den Pflanzen!", rief mir Volker von draußen zu. „Ich hab Atze versprochen, ihm ein paar Tricks zu zeigen."

„Ok!" Endlich Ruhe.

Wenn also hinter alldem vielleicht wirklich ein Schema stecken und das nicht nur ein unerhörter Zufall oder eine Spinnerei sein sollte, musste ich herausfinden, nach welchem Muster sich das System, welches ich später System S nennen sollte, aufbaute, um schließlich errechnen zu können, an welcher Stelle der gesuchte Ort lag.

Ich war mir sicher, dass die erste gezogene Linie, zwischen den erst eingetragenen Orten, die Hauptlinie war und alle anderen Orte Nebenorte waren, deren Bezug zur Hauptlinie es zu klären galt. Als ich dann genug Orte und Monumente eingetragen und mit Linien an die Hauptlinie geknüpft hatte, um eine statistische Arbeit zu beginnen, vermaß ich nochmal alle Linien, aber diesmal genau. Zu meiner Verzweiflung stellte ich jedoch fest, dass die Winkelabstände mitnichten zweiundzwanzig Komma fünf Grad waren, was mich zunächst ernsthaft zweifeln ließ, ob ich nicht in törichtem Übermut mich verrannt hatte, denn zwei Linien mit je zweiundzwanzig Komma fünf Grad Abstand hätten fünfundvierzig Grad ergeben müssen, was sie bei genauerem Messen nicht taten, sondern nur vierundvierzig, also je zweiundzwanzig Grad.

Genauso beschissen war, dass die Osterinseln doch nicht ganz genau gegenüber von Mohenjo lagen, sondern um etwa zweihundertfünfzig Kilometer östlich vom ungefähren Pol zu Mohenjo. Aber da die Häufigkeit der zweiundzwanzig Grad bemerkenswert war, ließ ich mich nicht entmutigen.

Ich maß die grobe Distanz, ausgehend von der Cheops-Pyramide in Gizeh, zu dem Radius, in dem ich in Südostasien etwas vermutete, und teilte dies durch zweiundzwanzig, was ein Ergebnis von dreihundertpaarundsechzig ergab. Ohne groß zu zögern, multiplizierte ich zweiundzwanzig mit der Anzahl der Tage eines Jahres, also dreihundertvierundsechzig Komma zwei fünf mal zweiundzwanzig ergibt achttausenddreizehn Komma fünf, dann kam Atze rein.

„Na, alles klar?"

„Warte", antwortete ich knapp, und er stellte sich hinter mich und sah mir zu.

Ich setzte an der Pyramide an und zog eine achttausenddreizehn Komma fünf Kilometer lange Linie auf der Hauptlinie entlang und ich sah das Satellitenbild eines mitten im Dschungel liegenden Kreises, mit vier runden Flecken am Rand.

Zwei sich in Richtung der Hauptlinie genau gegenüberliegenden und zwei davon abweichenden Flecken. Meine Hand begann zu zittern.

„Siehst du das?", wollte ich wissen, was wohl eher eine rhetorische Frage war.

„Ich schätze schon."

Natürlich war mein Gedanke, dass es sich hier um einen Steinkreis handeln könnte, ich meine, ich habe die Umgebung abgesucht, überall nur verfickter Wald und dann dieser Kreis, dieser baumlose Kreis mit den Flecken. Spontan überlegte ich, wie ich diesen Kreis, um sicherzugehen, noch in das System einbringen könnte. Ich dachte mir, ist 'n Kreis, rechnest mal den Durchmesser mal Pi, also einhundertvierzig mal Pi, ist vierhundertneununddreißig Komma acht pipapo. Vier drei neun acht. Ich legte in der Mitte des Kreises an, zog bis nach Mohenjo Daro, welches zwischen diesem Ort und Gizeh lag und die Distanz war: viertausenddreihundertachtundneunzig. Vier drei neun acht. Also war der Durchmesser des Kreises mal Pi ein Zehntel der Entfernung zu Mohenjo Daro beziehungsweise ein Zehntausendstel, da der eine Wert in Meter, der andere Wert in Kilometer war. Sofort suchte ich im Internet nach der Cheopspyramide und deren Maßen. Die Kantenlänge bis auf Höhe der Spitze mal Pi ergibt dreihunderteinundsechzig Komma vier pipapo. Drei sechs eins vier. Distanz zu Mohenjo Daro: dreitausendsechshundertvierzehn Kilometer. Drei sechs eins vier.

Mein Gott, was hatte ich getan.

Hilfesuchend sah ich Atze an.

„Denkst du, das ist das, was ich denke?"

Er hob die Hände: „Bitte, ich find's echt interessant, was du da machst, aber ich will dir da nicht reinquatschen. Lass uns das lieber mal Volker zeigen", sagte er und grinste.

„Ich hab Hunger", meinte dieser, als er reinkam. „Was gibt's zum Mittagessen?"

Verdammt, hatte ich so lange hier gesessen?

„Du hast ja nicht mal dein Frühstück angerührt?!"

„Hab kein Hunger. Gekocht hab ich auch nix, ich muss ja nicht immer fürs Kochen zuständig sein. Guck lieber mal her!"

Ich zeigte ihm, was ich bisher angerichtet hatte.

„Das hier, der Kreis im Dschungel ist der Gegenpol zu Cuzco. Cuzco ist groß und ich weiß nicht genau, welche Stelle ich als zentralen Punkt nehmen müsste, aber die grobe Distanz von Cuzco zu Gizeh ist zwölftausend Kilometer. Die Distanz von diesem Kreis zum Gegenpol von Gizeh, den ich auf wenige Kilometer genau festmachen kann und den ich *Unbekannter Punkt* im Pazifik oder kurz UPPac nenne, ist auch zwölftausend. Zwölftausend durch zweiundzwanzig ist fünfhundertfünfundvierzig Komma vier fünf vier fünf Periode. Eine unendliche Vierundfünfzig. Und bei den vier Flecken in dem Kreis hier, von denen ich denke, dass das Menhire sein könnten: von der Achse dieser beiden Flecken abweichend, einmal zweiundzwanzig Grad, einmal vierundfünfzig Grad."

„Ich hab dir doch gesagt, dass ich davon nichts wissen will!"

„Jetzt lass ihn doch mal fertig reden!", nahm mich Atze in Schutz. „Ich will das hören. Für mich klingt das, zumindest bisher, gar nicht blöd."

„Für mich auch nicht, das ist ja das Problem! Wenn ich jetzt da anfange mitzudenken, dann bin ich morgen in der Klapse!", rief er und stapfte davon.

Atze legte mir kurz bestärkend die Hand auf die Schulter, dann folgte er ihm.

Ich nahm mir vor, zunächst alles statistisch zu erfassen, vorher wäre jeder Versuch, weitere Sinnhaftigkeiten zu finden, sinnlos, also besorgte ich mir genug Papier, Bleistifte, Geodreieck und Zirkel und fing an, alle Winkelabstände der Linien jedes Ortes zu den anderen Orten festzuhalten.

Von diesem Ort im Dschungel als Mittelpunkt:
Angkor Wat-Mohenjo, zweiundzwanzig Grad.
Pyramiden China-Chichen Itza, zweiundzwanzig Grad.
Chichen Itza-Yonaguni, zweiundzwanzig Grad.
Yonaguni-Nan Madol, vierundvierzig Grad.
Nordpol-Mekka, zweiundsiebzig Grad.
Nordpol-Göbekli, vierundfünfzig Grad.
Visoko-Chichen Itza, zweiundsiebzig Grad.
Uffington-Teotihuacan, zweiundsiebzig Grad.
Nan Madol-Göbekli, hundertvierundvierzig Grad.
UPPac-Yonaguni, zweiundsiebzig Grad.

Von Mohenjo aus:
Mekka-Chichen Itza, zweiundsiebzig Grad.
Mekka-Gizeh, zweiundzwanzig Grad.
Gizeh-Visoko, zweiundzwanzig Grad.
Göbekli-Teoti, vierundvierzig Grad.
Vietnam-Nan Madol, zweiundzwanzig Grad.
Visoko-Nordpol, vierundfünfzig Grad.
Mekka-Uffington, vierundfünfzig Grad.
Und so weiter und so fort.

Von Gizeh:
Visoko-Göbekli, zweiundsiebzig Grad.
Mekka-China und Nan Madol liegen auf einer Linie, zweiundsiebzig Grad.
China, Nan-Mohenjo, zweiundzwanzig Grad.

China, Nan-Göbekli, zweiundzwanzig Grad.
Teo-Cuzco, vierundvierzig Grad.
Göbekli-Mohenjo, vierundvierzig Grad.
Mekka-Südpol, vierundvierzig Grad.
Und so weiter und so weiter.

Von Chichen Itza aus:
Teotihuacan-Yonaguni, vierundfünfzig.
Teotihuacan-China, zweiundsiebzig.
Teotihuacan-Gizeh, hundertvierundvierzig.
Teotihuacan-Kreis im Wald, dreiundsechzig.
Mohenjo-Kreis im Wald, vierundfünfzig.
Mohenjo-China, vierundvierzig.
Vietnam-Gizeh, einundachtzig Grad.
Und so weiter.

Und so saß ich da, lange, lange, bis ich alle Winkelabstände aller einbezogenen Orte katalogisiert hatte, und dann begann ich damit, die Entfernungen zu vermessen und ein bisschen mit den Zahlen zu spielen.

Gizeh-Mohenjo, dreitausendvierzehn, also Dings mal Pi, also wie gesagt, die Kantenlänge der Cheopspyramide bis auf Höhe der Spitze mal Pi.
    Gizeh-Vietnam, achttausenddreizehn Komma fünf, dreihundertvierundsechzig Komma zwei fünf mal zweiundzwanzig.
    Gizeh-Visoko, eintausendneunhundertdreißig. Hm.
    Gizeh-Göbekli Tepe, eintausendachtzig. Eintausendachtzig? Hundertacht, zweifache von vierundfünfzig …
    Gizeh-Uffington, dreitausendsechshundertvier. Schade, vier Kilometer weniger wäre cool gewesen.
    Uffington-Mohenjo, sechstausenddreihundert …
    Gizeh-Yonaguni …

Gizeh-soundso ... Chichen Itza-Mohenjo, vierzehntausendeinhundertfünfunddreißig.

Chichen Itza-Osterinseln, fünftausendneunhundertzwölf. Kp.

Chichen Itza-Teotihuacan, eintausendachtzig ... Hatte ich das nicht eben schon mal?

Chichen Itza-Gizeh, elftausendvierhundertvierundsiebzig. Jahr mal Pi, mal zehn.

So verbrachte ich zahllose Tage, während die beiden fleißig an den Pflanzen arbeiteten und sich sogar um meine Terrassen kümmerten. Volker hatte es aufgegeben, mich jeden Abend aus dem Haus zu werfen, und schlief nun selbst im Zelt, und Atze verbrachte die Nacht in Steves Haus, auch wenn er sagte, dass er sowieso nie schlafe. Essen tat er auch nichts. Ich hab's doch gewusst, Kokser.

Na ja, um ehrlich zu sein, schlief und aß ich in letzter Zeit auch nicht mehr so viel, und man machte sich wohl Sorgen um mich.

Kapitel 7
Benito

Volker kam herein.

„Hey, hast du Lust mitzukommen? Ehrlich gesagt, würde es dir guttun, mal das Haus zu verlassen."

„Was hast du vor?", entgegnete ich.

„Na ja, ich muss 'n bisschen Geld verdienen, normalerweise mach' ich das im Dorf, aber Benito hat gesagt, dass er heute nichts hat, also kann ich auch in San Pablo verkaufen. Ich erklär's dir auf dem Weg. Komm schon, du siehst mitgenommen aus. Du solltest mal unter Leute, mal raus."

„Na gut, noch kurz speichern, dann kann's losgehen."

„Hey Atze, kommst du auch mit?", rief Volker, als wir vor die Tür gingen.

„Nee, ich halt hier die Stellung."

Volker schulterte sich den Rucksack mit ein paar Päckchen auf und wir wanderten ins Tal.

„Also, wer ist Benito?", wollte ich wissen.

„Das ist so, Benito ist schon seit Ewigkeiten mein bester Freund hier. Er wohnt in San Pablo, das ist eine alte Piratenbucht, ein paar Kilometer östlich von Menegras. Dort hab ich vor zehn Jahren auch gewohnt, aber lange bevor Benito dahin kam. Als ich dort wohnte, war da noch keine Menschenseele. Heute ist da die Hölle los. Dort steht noch ne richtige alte Piratenburg und das Meer dort ist so blau wie auf Mallorca. Ich hab damals in der Burg gewohnt, kein Scheiß. Die Piraten haben sich diese Bucht nicht ohne Grund ausgesucht. Abgesehen vom Seeweg kommt man nur über einen einzigen schmalen Pfad an den Klippen entlang dorthin, und in den Klippen, direkt an der Bucht, sind viele Höhlen, heute alle bewohnt. San Pablo ist das Paradies für Aussteiger geworden. Alles voll mit Neu-Hippies. Durchaus auch 'n paar alte. Der eine zum Beispiel ist 'n alter Spanier. Der braucht kaum was zum Leben, und mit allem, was er von seiner kargen Rente übrighat, kauft er jeden Monat 'n paar Quadratkilometer Regenwald in Südamerika, damit die nicht abgeholzt werden. Gibt natürlich viele Drogen dort und Benito ist für Gras zuständig. Er und ich, wir sind sozusagen dort äußerste Respektspersonen, weil wir als Erste da waren. Keiner würde dort auf die Idee kommen, ihm beim Gras Konkurrenz zu machen. Aber keine Sorge, der ist kein kolumbianischer Drogenbaron, der ist friedlich, einfach ne Sache des Respekts. Mit dem andern Kram will der nix zu tun hab'n, genau wie ich. Jedenfalls haben wir ne Abmachung, dass ich im Dorf verkaufe und er in San Pablo, aber wie gesagt, heute hat er nichts, und damit ihm die Leute nicht den ganzen Tag auf 'n Sack gehen, hat er gefragt, ob ich nicht mal für ihn einspringen kann. Auch für die Leute dort ist der Ort bewusst gewählt, denn wie schon gesagt, es gibt nicht viele Wege dorthin. Natürlich hat dort nicht jeder Dreck am Stecken, die meisten Aussteiger fühlen sich einfach wohl, so weit ab von der Gesellschaft zu sein. Tja, aber natürlich ist es auch ein Paradies für Leute, die aus berechtigten Gründen den Kontakt mit der Polizei scheuen. Natürlich gibt's ein paar Mal im Jahr ne großangelegte Razzia. Eine erfolgloser als die andere. Wenn die Bullen mit Booten vom Meer kommen, werden sie schon in einigen Kilometern Entfernung gesehen. Am Landweg herrscht so ein reger Hippieverkehr, und der Fußmarsch dauert auch für Polizisten lange genug, so dass immer alle früh genug Bescheid wissen, um ihre illegalen Substanzen und oder ihr illegales Selbst verstecken zu können. 'N echter Haufen Piraten ist das."

Als wir Labranco verlassen hatten, bogen wir also statt nach rechts zum Dorf nach links ab.

Da der Bach Richtung Dorf fließt, wurde die Landschaft, nachdem wir ein Klärwerk passierten, noch karger. Nicht mal Kakteen. Das Einzige, was am Wegesrand wuchs, war etwas wilder Senf, für den ich mich nicht minder interessierte. Nach kurzer Zeit erreichten wir die Klippen. Der Abhang war steil, der Weg schmal, aber ansonsten unspektakulär genug, um es hier nicht näher zu beschreiben, und so hatte ich auch Gelegenheit, mir schon mal in Ruhe zu überlegen, was ich aus dem Senf alles machen würde. Ich würde die Samen sammeln, im

Mörser zerkleinern und eine Basis schaffen, indem ich etwas warmes Wasser darauf gab, mit Safran, Limettensaft, Honig und Olivenöl vermischt. Daraus konnte ich ganz einfach Feigensenf machen für den Schinken, und ich würde ihn in ein Salatdressing geben, zu einer Kruste verarbeiten auf überbackenes Pferdesteak, englisch gebraten, ich würde eine Honigsenfsoße zu Langusten kochen, einen Senfschaum auf die Schweinelende geben und, und, und. An einer bestimmten Stelle merkte Volker an: „Schau mal da. Eines Nachts, ich war strunzbesoffen und kam gerade von Benito, da sang ich so: ‚Und dann ziehn mer mit Gesang in das nächste Restaurant! Und dann ziehn mer mit Gebrüll in die nächste Schnapsdestiuuuui!', und ich rutsch genau da runter. Dieser kleine Vorsprung da hat mich zum Stoppen gebracht. Eigentlich unmöglich zu überleben. Danach habe ich aufgehört zu trinken. Und siehst du den Felsen dort im Meer, der heißt Karl-Marx-Felsen, weil irgend' 'n Idiot der Meinung war, er ähnele dem Kopf von Karl Marx, war wohl auf Pappen."

Nach einer Dreiviertelstunde und circa fünfzehn Bekifften, welche in einem solchen Zustand, an einem solchen Weg, durchaus als gemeingefährlich eingestuft werden könnten, erreichten wir San Pablo.

Der Fels zur Linken endete. Unter und vor uns erstreckte sich die Bucht, deren Maße circa achthundert Meter in der Länge und vierhundert Meter in der Breite betrugen. Gleich zur Rechten stand die alte Piratenburg, deren Hauptturm vor nicht allzu langer Zeit eingestürzt war. Volker rühmte sich, von Benitos Haus aus in bester Loge zugesehen haben zu dürfen, als der Turm zusammenkrachte. Trotzdem hatten einige Idioten in der Burg ihre Zelte aufgeschlagen. Wir stiegen noch ein paar Felsen hinab und betraten stark bewachsenes Gebiet. Schmale

Pfade führten durch Bäume und Büsche, und an mancher lichten Stelle hatte jemand sein Zelt aufgeschlagen.

„Hola", grüßte von hinten eine alte Hippiedame und ging an uns vorbei.

Sie kam wohl gerade vom Einkaufen aus Menegras und trug in der Hand eine Fünfhundert-Gramm-Tüte grüne, kernlose Weintrauben. Volker deutete mir mit einem Blick, mal nach rechts zu schauen, wo wilde Weintrauben in voller Reife wuchsen.

„Tolle Hippies. Nich?", sagte Volker verständnislos.

Ich genehmigte mir ein paar. Göttlich. Aus dem Dickicht draußen breitete sich zur Rechten der herrliche Strand aus. Allerlei Leute erfreuten sich der Sonne, in der Ferne waren Taucher zu sehen und ein junger Spanier in einem motorisierten Schlauchboot kassierte zehn Euro pro Nase von ein paar fußfaulen „Hippies" für die Überfahrt nach Menegras. Links von uns waren an einen leichten Hang mehrere weiße Häuser gebaut, vor denen die Generation in Volkers Alter in Liegestühlen döste.

Vier junge deutsche Touristen hatten sich an den Hang gesetzt und trommelten auf ihren Bongos, um die Hippieidylle voll auszukosten, weil Hippies immer Musik machen müssen. Ich hasse Hippies. Ganz offensichtlich waren sie recht unerfahren, was San Pablo betrifft, und konnten darum auch nur wenig Verständnis aufbringen, als ein Älterer aus einem Haus kam und wutschnaubend eine ihrer Trommeln zertrat. Wir hatten das andere Ende des Strandes erreicht und bogen links nach oben, um zu Benitos Haus zu gelangen. Nach ein paar Metern zweigte sich nach rechts ein Weg ab, an dessen Ende sich eine kleine erregte Gruppe vor einer Höhle gebildet hatte. Volker wollte erst mal nachschauen, was los war. Sofort wandten sich alle der Respektsperson Volker zu. In der Mitte stand ein junger, völlig verstörter, von Natur aus zart besaiteter Deutscher mit blonden Dreadlocks, der in der dortigen Höhle wohnte. Er wies uns zum Höhleneingang, in dem eine kurze Holzwand mit Fenster und eine hübsche blaue Tür eingebaut waren. Das Fenster war zerbrochen, die Tür blutverschmiert, auch in der ganzen Höhle war alles bis zur Decke voll mit Blut bespritzt. Folgendes war passiert: Besagter Hippie hatte ne neue Freundin. Freundin hatte nen Exfreund, welcher nebenbei Junkie war. Besagter Junkie war sehr eifersüchtig und hatte nen Affen, aber nix zum Spritzen. Notgedrungen, was blieb ihm auch anderes übrig, spritzte er sich Rotwein direkt ins Blut. So bescheuert muss man erst mal sein. Diese Idee hatte aber nicht den Effekt von Heroin, nämlich dass er zugedröhnt in der Ecke liegt, sondern den gegenteiligen Effekt, nämlich dass er völlig durchgedreht ist. Also, erste Heldentat, einmal den Neuen der Ex besuchen gehen. Junkie stand dann bei zartem Hippie schreiend vor der Höhlentür, hochgradig aggressiv. Also schlägt er, um seine Stärke, seine Entschlossenheit und seine Kaltblütigkeit zu beweisen, mit bloßer Faust die Fensterscheibe ein. Das hat ihm dann aber doch 'n bisschen weh getan, und vor allem war er gehörig entsetzt über die bemerkenswerten Mengen an Blut, die da so aus seiner Hand kamen. Ab da hatte er dann also den besagten Hippie vergessen und wirbelte völlig von Sinnen in der Höhle herum, seine Hand in die Höhe haltend, sich im Kreis drehend und schreiend, bis er endlich wieder in der Dunkelheit verschwand, aus der er gekommen war, was zur Folge hatte, dass echt verdammt nochmal alles voll mit Blut war. Also Kinder, spritzt euch keinen Rotwein in die Venen, nehmt lieber Heroin.

Volker und der Typ philosophierten etwas darüber, wie man das Blut an der Decke und den Wänden wegkriegen könnte, aber Volker war der Meinung, dass das wohl nicht ginge und es, selbst wenn man darüberstreicht, immer wieder durchkommen würde. Ratlosigkeit.

„Willst du vielleicht 'n bisschen Gras kaufen?", fragte Volker den armen Kerl.

„Dem hast du ja mal den Tag gerettet", lachte ich, als wir wieder gingen.

„Oh Mann. Tja, Eifersucht kann verdammt weh tun", sagte Volker.

Wir kraxelten noch etwas weiter und kamen an Benitos Haus vorbei, welches ich gleich näher beschreiben werde. Volker sagte: „Hier wohnt Benito, aber ich will erst noch 'n Stückchen rauf."

Links von uns konnten wir jetzt die ganze Fläche von San Pablo unter uns sehen, alles voll Gebüsch, überall standen Zelte darin, und irgendwo darin schrie jemand unablässig. Es war kein plötzliches Schreien, oder ein hilfesuchendes Schreien, da schrie auch niemand einen anderen an. Da schrie einfach jemand krächzend und aggressiv seinen Wahnsinn heraus, und niemanden schien es sonderlich zu stören, es war wohl einfach nichts Ungewohntes hier. Auch Volker war wenig beeindruckt. Am rechten oberen Ende von San Pablo angelangt, erstreckten sich einige Höhlen, die natürlich alle bewohnt waren. In eine davon gingen wir hinein. Die Höhle war sehr geräumig, in der Mitte stand ein Tisch mit einem liegenden Spiegel, darauf ein Haufen Speed. Fünf junge Goa-Typen hatten die Höhle mit Solarstrom ausgestattet, saßen alle vor Computern und zockten Counter-Strike. Keiner nahm von uns Notiz, bis Volker den einen antippte. Der legte ihm zwanzig Euro hin und bekam dafür ein Päckchen Gras und zockte weiter. Das Gleiche machte Volker bei den anderen und dann gingen wir wieder. Man könnte wohl endlose Debatten darüber führen, ob man unbedingt nach Spanien in eine Höhle auswandern muss, um dort druff Computer zu spielen. Oder auch nicht. Wir gingen dann wieder runter, um Benito zu besuchen. Es war ein wunderschönes weißes Haus. Ich erinnere mich gar nicht mehr genau, wie es von außen aussah, wenn ich noch irgendwo 'n paar Fotos finde, werde ich diesen Text nachträglich ändern, aber vielleicht ist es auch besser es zu lassen, der Typ bringt mich wahrscheinlich sowieso um, weil ich hier alles ausplaudere. Scheiße Mann, wenn der wüsste, dass sogar Tonaufnahmen aus seinem Haus existieren …

Volker schaute mir noch einmal tief in die Augen.

„Also. Benito."

Benito war ein Tier. Ganz entgegen seinem südländisch klingenden Namen war er ein waschechter Bayer, mit langen, sich berserkerhaft in alle Richtungen sträubenden roten Locken, und alles an ihm war riesig, besonders seine Pranken. Er war Mitte vierzig, und sein ganzes Gesicht strahlte unberechenbare Wildheit, aber keine Bosheit aus. Für sehr geübte Blicke verrieten seine Augen eine echt abgefuckte Kindheit. Er saß auf dem definitiven Chefsessel direkt zur Tür gewandt und bevor wir vorgestellt wurden, rief er: „Volker! Volker! Heute ist mein Glückstag!", und wedelte mit einer Zeitung.

Die Vorgeschichte hierzu war, dass Benito vor kurzem einen heftigen Streit mit irgendeinem Russen hatte. Der Grund dafür ist mir nicht bekannt. Jedenfalls war es so, dass der Typ Benito eine ins Gesicht boxte, was bei jemandem wie Benito keine große Wirkung hat, außer dass man eben selbst eine geballert bekommt. Aber so richtig. Jetzt war nicht nur das hübsche oder nicht hübsche Gesicht unseres Freundes oder Nicht-Freundes, sondern auch sein zartes Ego verletzt, woraufhin er Benito eines Nachts im Gestrüpp auflauerte und ihn von hinten ansprang. Dafür bekam er natürlich eine geballert. Aber so richtig. Jetzt wusste besagter Kerl natürlich, dass er sich bei einem bestehenden Streit mit Benito nicht mehr in San Pablo zu blicken lassen hatte, und kam demütig am nächsten Tag zu ihm, um sich zu entschuldigen, worauf dieser ihm erklärte, dass er ihn mal kann, und sich das wohl besser hätte überlegen sollen, bevor er ihn von hinten angegriffen hat. Das war natürlich zu viel für unser kleines Ego, und in absehbarer Zeit stand der Typ mit einem Baseballschläger vor Benito. Dafür bekam er halt eine geballert. Aber so richtig. Jetzt war es so, dass Besagter ihm mit blutiger Nase schwor, er werde ihn töten, und wiederholte seine Drohung im Fortgehen immer wieder. Benitos Glückstag bestand nun daraus, dass in der Zeitung stand, dass Besagter zusammen mit einem Freund neben ihrem Auto auf der Straße nach Menegras gefunden wurde, mit jeweils einer Kugel im Kopf und dem Kofferraum voller zum Verkauf gedachter Waffen, samt Sturmgewehren plus Munition, und Benito hatte nun natürlich berechtigten Grund zu der Annahme, dass die ein oder andere Kugel dort drin wohl für seinen Kopf gedacht war.

Grundgütiger, wo war ich hier gelandet?

Nachdem das geklärt war, stellte Volker mich vor: „Das is Hannes, den hab ich als Lehrling eingestellt."

„Grüß dich", sagte Benito, ohne seinen eigenen Namen zu sagen, wahrscheinlich in der richtigen Annahme, dass ich ihn ohnehin schon kennen würde. Er erhob sich aber kurz vom Sessel, um mir die Hand zu schütteln, was ich wohlwollend zur Kenntnis nahm, da ich eine solche Geste des Respekts nicht erwartet hatte.

Dann gab ich einem die Hand, der sich als Tannas vorstellte und wohl arabischer Herkunft war. Volker grüßte auch ihn mit Namen, aber Tannas antwortete nicht und blickte ihn auch nicht an. An den Namen des Dritten in der Runde erinnere ich mich nicht, es war ein Deutscher im Fahrrad-Outfit, der auch heute zum ersten Mal hier war und gerade mit dem Fahrrad von Deutschland nach Spanien gefahren war. Sie saßen in einer Runde um einen kleinen Tisch und wir gesellten uns auf eins der Sofas dazu. Der Raum war spärlich eingerichtet, hinter mir auf der Fensterbank wuchs eine Ananaspflanze, zur Rechten ging es in Benitos Schlafzimmer, geradeaus stand eine kleine Theke mit einer großen bauchigen Flasche selbst angesetzten Apfelweins, dahinter war ein kleiner Flur mit der Küche drin und dahinter ein Raum mit einem Billardtisch. Man bot mir sogleich Rotwein und was zu Rauchen an, was ich beides ablehnte, und dann konnte ich meine Frage nicht länger verkneifen.

„Darf ich mal fragen, wie um alles in der Welt hast du den Billardtisch hier hergekriegt?"

Ich muss betonen, dass es sich um einen richtig vernünftigen, massiven, schweren Billardtisch handelte. Benito lachte triumphierend auf.

„Das sag ich nicht."

Und wieder lachte er. Fragend schaute ich Volker an, der zuckte mit den Schultern.

„Das hat der noch keinem von uns erzählt. Aber erzähl dem, wie wir dein Dach hergekriegt haben!"

Das Dach bestand aus dicken gleichmäßig geraden Holzbalken, die mit Lehm verdichtet waren. Wenn Benito spricht, dann müssen Sie sich einen tief bayrischen Akzent denken.

Mal was anderes. Ich war eben mit meinem Hund draußen, da ist mir was total Krasses passiert. Ich war gar nicht weit aus dem Dorf rausgegangen, etwa fünfhundert Meter so ne Straße entlang, am Schützenhaus vorbei, da ist ne alte Schuttabladestelle, mit dem ausdrücklichen Hinweis, dass Schutt abladen verboten ist. Wie gesagt, ne alte halt. Also, und etwas drüber ist ne kleine Lichtung im Wald, aber direkt an ner geteerten Straße, wo nur Forstverkehr erlaubt ist, also nicht ganz ab vom Schuss. Da jedenfalls ging ich hin und da lagen so breit geschüttete, etwa ein Meter hohe Haufen aus Erde und Steinen. Ich latschte und kletterte so 'n bisschen aus Langeweile rum und blieb plötzlich wie vom Blitz getroffen stehen. Ich guckte vor mich, nahm meinen Hund an die Leine und band ihn an ner Bank fest, ging nochmal zu der Stelle, zückte mein Handy, ging aber, um mich nicht zu blamieren, nochmals einige Meter zurück, um erneut mit klarem Verstand meinen Fund zu betrachten. Vor mir lag der Unterkieferknochen eines Menschen, was zweifelsfrei an den Zähnen erkennbar war. Ich rief die Polizei an, erklärte, was ich gefunden hatte und wo ich war. Da die Trottel nicht meiner Anweisung gefolgt waren, am Schützenhaus einfach geradeaus weiter zu fahren, sondern stattdessen hinterm Schützenhaus links abgebogen waren, dauerte es eine geschlagene Dreiviertelstunde, bis sie da waren. Ich war natürlich bemüht, den Tatort möglichst nicht zu verändern, konnte aber aus meiner Position, die ich nun mal sowieso schon innehatte, noch die Rippen irgendwo sehen, und auf der Wiese trat ich dann noch einen der überall verstreut liegenden Wirbelknochen etwas tiefer in den Boden. Aus Versehen wohlgemerkt. Stehen Sie mal inmitten von nem Haufen verstreut liegender Menschenknochen und treten Sie nirgendwo drauf. Gar nicht so einfach. Da mir langweilig war und ich immer noch nichts Besseres zu tun hatte, leistete ich mir noch einen Fauxpas erster Güte. Ich schrieb einer Freundin von mir eine Nachricht, beginnend mit den Worten: „Weißt du, was mir grad Cooles passiert ist?!", dann erzählte ich.

Bitte, ich möchte nicht respektlos gegenüber Toten wirken und ich kann nichts „Cooles" an der Sache an sich finden, aber ich liebe es einfach so sehr, wenn mir verrückte Dinge passieren. Dank moderner Technik schickte ich gleich noch ein Foto hinterher.

Gottverdammt, ich wusste eigentlich davon, dass ihr Cousin vor ein paar Jahren umgebracht und seine Leiche nie gefunden wurde, schließlich steht dessen Schrank in meinem Wohnzimmer, hatte ich aber nicht dran gedacht. Die Antwort kam prompt.

„Das ist bestimmt mein Cousin!"

Autsch!!!

Dann irgendwann bequemte sich die Polizei her. Ich erzählte kurz, was ich hier getrieben hatte, wies darauf hin, dass sie auf die Wirbel im Gras aufpassen mögen, und zeigte ihnen den Fund, der ausgiebig fotografiert wurde. Es wurden meine Personalien aufgenommen und dann berieten wir gemeinsam, was es wohl damit auf sich haben könnte, verabschiedeten uns dann aber in denkbarer Ratlosigkeit. Na ja, mal sehen, wird wohl demnächst in der Zeitung stehen.

So, jetzt hab ich überhaupt keine Lust mehr, die Runde bei Benito bis ins Detail auszuführen. Die Geschichte mit dem Dach war zwar wirklich witzig, nämlich wurden irgendwo in der Umgebung an einer Straße neue Stromleitungen gebaut. Jetzt muss man bedenken, dass man in dieser Gegend noch etwa das Jahr fünfzehnhundertundbatsch schreibt und die Strommasten noch aus Holz sind. Benito, Volker, Tannas und noch zwei andere waren nachts dorthin gefahren und hatten kurzerhand die noch nicht mit Leitungen verbundenen Mäste abgesägt, mit Seilen ans Auto gebunden, durch die Wüste zum Meer gefahren und dort, um alle Spuren zu verwischen, sie mit Seilen an ein kleines Motorboot gebunden und zum Zielort gebracht. Echt nice. Auch die ganzen anderen Geschichten waren im Grunde hörenswert, aber alle hatten grundsätzlich einen Sinn, nämlich dass Benito der Allergrößte war und das ging mir irgendwann auf 'n Sack. Die ganze Zeit hat er gelabert, gesoffen, gelabert, gekifft, gelabert, Valium geschmissen und wieder gelabert. Zwischenzeitlich kamen Leute herein, kauften Gras bei Volker und gingen wieder oder blieben. Whatever. Was ich auf jeden Fall schnell gelernt hatte, war, dass man am allerbesten auf seinem Hintern sitzen blieb und nichts anfasste, um nicht einen gehörigen Anschiss des Hausherren zu kassieren wegen eines Verstoßes gegen die unübersichtliche und für einen bekennenden Anarchisten doch sehr komplexe Hausordnung. Gegen frühen Nachmittag hatte ich keinen Bock mehr auf das Theater und beschloss zu gehen. Ich schnappte meinen Rucksack, verabschiedete mich und war erleichtert, der Höhle des Löwen lebend entkommen zu sein. Auf dem Weg zum Strand glättete ich meine Haare, machte meinen Zopf neu und steckte mir das T-Shirt in die Hose, um allen zu zeigen, dass ich definitiv nicht dazugehörte und sie mich mal konnten. Das Timing war perfekt und ich sah schon das rote Motorschlauchboot um den Marxfelsen kommen. Ich drückte dem spanischen Käpt'n zehn Euro in die Hand und machte es mir bequem. Ich durfte mit dem Boot fahren, ich war ja schließlich kein Hippie. Das Boot schwappte über die Wellen, und ich sah zurück auf dieses Stück Land, dessen Reiz ich mich nicht entziehen konnte, wären da nur all diese Menschen nicht, denen das Leben in den Gesellschaften Deutschlands oder ähnlichen Ländern aus mir nur allzu verständlichen Gründen unerträglich war, und die dann doch oft schon nach so viel zu kurzer Zeit an diesem Ort die Langeweile ergriff und sie verzweifelt durch das unterbewusste Gefühl oder den konkreten Gedanken, dass sie auch hier ihren erhofften Frieden nicht finden würden, zur bequemsten Lösung namens Heroin oder Alkohol griffen, weil sie, ohne es sich je eingestanden zu haben, ihre innere Unruhe stets nur durch das ständige Umherziehen von Ort zu Ort befriedigen konnten und sich ein abstraktes Trugbild, die Illusion eines Zieles, vor Augen hielten, das sie sich einredeten, hier erreicht zu haben, nach einer so langen, kräftezehrenden Fahrt voller Enttäuschungen auf dem Zug, der Freiheit heißt. Endstation.

Am Strand von Menegras war ich darauf bedacht, ohne Umschweife in die Wüste zurückzukehren. Ich wollte nur meine Ruhe und mich weiter mit meinen Linien beschäftigen.

Ich lief durchs Dorf, vorbei an den Ställen der Ziegen, deren Euter von zu gierigem Melken zu riesigen entzündeten Ballons angeschwollen waren, vorbei an den Bambushainen, zu der Stelle, an der mein Auto stand. Jetzt stellte ich fest, dass ich mich anscheinend etwas in der Zeitplanung verschätzt hatte, denn es wurde langsam dunkel. Sagte ich *langsam*? Nein, es wurde verfickt schnell dunkel, denn ungeachtet der Wärme war es bald Winter, und als ich den Hochofen erreichte, war es stockfinster und damit mein ich nicht so ein romantisches, silbernes vollmondfinster, sondern so richtig keinehandvoraugenfinster Mann. Aber ich war ja nicht von gestern und klug, wie ich war, hatte ich eine Taschenlampe in meinem Rucksack. Besonders voll war die leider nicht, und kurz vor diesem dicken Felsbrocken, auf dem der Skorpion gelauert hatte, schüttelte ich sie zum letzten Mal. Das ist nicht witzig. Aber ich konnte ja schlecht hier stehen bleiben und auf den Morgen warten, besonders weil die Gefahr durch Wildschweine nicht zu unterschätzen war.

Also tastete ich mich auf dem schmalen Pfad an der steilen Wand entlang zu dem Felsen, kraxelte hinauf, ging mit hin und her wedelnden Händen voraus weiter und musste umkehren, als ich in einem Dickicht in eine Sackgasse geraten war. Weiter rechts ging es besser, und es war auch, ohne dass ich es wusste, erst mal der richtige Weg. Ein paar hundert Meter weiter stellte ich fest, dass ich zu weit nach rechts abgedriftet und gerade dabei war, einen Berg zu weit rechts heraufzuklettern, und musste wieder ein gutes Stück blind zurückgehen. Ich wünschte, ich könnte noch Spannenderes hinzufügen, aber ich bin nicht besonders kreativ im Ausdenken von Geschichten, und Fakt ist, dass ich halt irgendwann gut an der Hütte ankam, wo ich in Volkers Bett fiel und einschlief.

Kapitel 8
Breakdown 2.0

Die Piraten konnten mich mal, aber ich hatte auch gemerkt, dass ich vielleicht wirklich gelegentlich wieder nach Salmeria fahren und kochen sollte. Ich besorgte zwei Stück Lende vom Ibericoschwein, den Viechern, die nur mit Eicheln gefüttert werden, einen Spitzkohl, Birnen, Apfelessig, Agavendicksaft, Schwarzkümmel und Kerbel für den Salat, guten Blauschimmelkäse, Sahne, Kürbis, Eier und Zwiebeln. Knoblauch hatten wir noch.

Dann fiel mir ein, dass Volker mich ja um was gebeten hatte, das ich dann auch erledigte.

Ich ging nach Hause und meine beiden Knalltüten staunten nicht schlecht, als ich mal wieder in der Küche stand. Ich schnitt den Spitzkohl in hauchdünne Streifen, würzte ihn mit Salz, Apfelessig, Schwarzkümmel, Agavendicksaft und Kerbel sowie mit frisch geriebenen wilden Senfkörnern, Oregano und Thymian, dann schnitt ich die Birnen in Stücke und gab sie samt etwas Öl dazu. Aus dem Käse kochte ich eine Soße mit Sahne, Knoblauch und Oregano. Den Kürbis und die Zwiebeln rieb ich, gab Ei und Mehl dazu, würzte mit Salz und Schwarzkümmel, um Kürbisrösti zuzubereiten. Ich nahm eine Pfanne für die Rösti, in der anderen briet ich die Lenden im Ganzen medium.

Am Feuer genossen wir das Mahl und als wir fertig waren, sagte ich zu Volker: „Warum hat 'n der eine nicht mit dir geredet? Dich nicht mal angeguckt?"

„Ach, der ist sauer, weil er glaubt, dass ich uns den Deal unseres Lebens versaut hab. Ich bin da eher der Meinung, dass ich uns zwanzig Jahre Knast erspart hab. Wir waren draußen mit dem Boot angeln und ham ne Jacht gesehen, die da stand und irgendwie verlassen aussah. Na ja, wir ham uns halt Gedanken gemacht, was da los sein könnte, und er wollte nachsehen, es könnte ja was passiert sein. Ich war dagegen und meinte, dass es da wahrscheinlich grad zwei treiben, und hab mich durchgesetzt. Dann stand in der Zeitung, dass das Schiff von der Küstenwache gefunden wurde. Unbemannt und beladen mit zwei Tonnen Marihuana."

„Ach, bevor ich's vergesse, ich hab dir auch was mitgebracht", fiel mir ein.

„So? Was denn?"

Ich holte aus einer Tüte eine CO_2 betriebene Luftpistole vom Typ Desert Eagle. Ein riesen Ding. Volker nahm es fasziniert entgegen, und als er danach griff, hielt ich einen Moment inne, sah in seine Augen und sagte: „Du bist ein Waffennarr Volker."

„Bin ich nich, was willst du von mir?"

„Oh doch", dachte ich. „Das bist du. Und wer weiß, wozu du fähig bist, wenn du ne echte in der Hand hältst."

Tatsächlich hatte der Typ schon mal jemandem mit ner Schrotflinte ins Bein geschossen, aber das ist ne andere Geschichte, genau wie die Nummer, als das Jugendamt in Deutschland Volker gebeten hatte, 'n schwer erziehbaren Jugendlichen mit nach Spanien in die Wüste zu nehmen. Weiß der Himmel, was die sich dabei gedacht haben. Volker hat natürlich gar keinen Bock gehabt, sich mit dem auseinanderzusetzen, hat sich von den anderthalbtausend Mark im Monat ne Wohnung genommen und den Typen Benito vor die Tür gesetzt. Da hat er dann gelernt die Fresse zu halten.

Oh Gott, es gibt so viele Geschichten, ich kann die gar nicht alle hier reinpacken.

„Wie funktioniert das denn?", wollte er wissen.

„Du nimmst hier unten das Magazin raus, legst so ne Flasche rein auf die Schraube und drehst zu. Besser, du drehst nicht auf, bevor das leer ist, sonst fliegt die Flasche durch die Gegend, weil sich alles entlädt und das ist verfickt kalt. Du schiebst das Magazin rein, klickst hier drauf, damit sich der Schlitten nach vorne öffnet, legst die Trommel hier mit den Geschossen ein, ziehst den Schlitten nach hinten und dann ... ach Scheiße, ich hab kein Kugelfang gekauft."

Volker tat, wie ihm geheißen, legte an und schoss in die Dunkelheit, wobei ihm durch den Rückstoß des Schlittens, der extra mit Gas betrieben wurde, um es authentisch zu machen, die Pistole aus der Hand fiel. Ich schüttelte den Kopf, aber nicht, weil er das Ding hatte fallen lassen, sondern weil auf einmal erlaubt war, hier mit Blei um sich zu werfen. Er nahm sie wieder auf und legte sie auf seinen Schoß, mit beiden Händen zufrieden behütend.

„Jetzt sag mal, was treibst du eigentlich da die ganze Zeit?", fragte er dann doch. „Ich weiß, ich hab gesagt, ich will davon nix wissen und ich will auch überhaupt nix von irgendwelchen Formeln hören, aber ich meine, du hast mein Haus besetzt und machst kaum was anderes mehr. Fällt schwer, jetzt nicht doch neugierig zu sein."

„Dein Haus?!", wollte ich süffisant wissen.

„Ja, mein Haus."

„Also gut. Der Kern der Sache ist, dass augenscheinlich eine ganze Reihe von Orten in einem zusammenhängenden Netzwerk angeordnet wurde. Dieses zusammenhängende Netz ist, wie du ja schon gesehen hast, anhand meiner Linien visualisiert. Was alle Bauwerke gemeinsam haben, ist, dass sie nach der Wintersonnenwende ausgerichtet wurden, viele auch nach beiden Sonnenwenden. Die wichtigste Rolle spielen meiner Meinung nach die Hauptorte Pyramiden von Gizeh und deren Gegenpol, die Tempelstadt Mohenjo Daro, der Gegenpol zu Mohenjo, nämlich die Osterinseln, die Inka-Hauptstadt Cuzco und der Gegenpol zu Cuzco, also diese Stelle, dieser Kreis da im Dschungel.

Weiter Kriterien für meine Auswahl sind eine Pyramidenform, eine pyramidenähnliche Form oder das Abbilden eines Sternbildes. Mekka hab ich hinzugenommen, weil es, wie ich in einem türkischen Imbiss in Salmeria gelesen hab, auf dem Goldenen Schnitt der Erde platziert ist."

Ich zwinkerte Volker zu.

„Und das war ja ursprünglich nicht muslimisch, sondern stammt noch aus der Vorkultur dieser Gegend. Der Legende nach hat auch Noah nach der Sintflut dort den ersten Altar für Gott errichtet. Da kommen wir zum nächsten Punkt, nämlich zu der Frage, wer sich so einen

Mist ausgedacht haben könnte. Zum Beispiel in Südamerika gibt es den Mythos, dass es die Überlebenden einer Flut waren, die die Kunst des Pyramidenbaus und mathematisches und astronomisches Wissen mitbrachten. Ich hab gelesen, dass die Sphinx ein Abbild des Sternbildes des Löwen ist, das Uffington White Horse in England ein Abbild des Stieres, die Pyramiden von Gizeh des Orion und Angkor Wat ein Abbild des Drachen. Was alle noch gemeinsam haben, ist, dass sie nach ihren jeweiligen Sternbildern ausgerichtet sind. Aber so, wie die Sterne vor zwölftausendfünfhundert Jahren standen. Mag das so sein oder nicht, ganz neutral wissenschaftlich: Was war vor etwa zwölftausendfünfhundert Jahren? Das Ende der Eiszeit. Ob durch Meteorit, oder Vulkanausbruch oder einen durch einen Meteoriten ausgelösten Vulkanausbruch ist mir schnuppe, jedenfalls ist ziemlich plötzlich ein großer Teil des Eises geschmolzen und der weltweite Meeresspiegel um über hundert Meter gestiegen, vielleicht sogar innerhalb weniger Tage. Das ist das, was als Sintflut überliefert ist und wovon in jeder Kultur der Erde berichtet wird. Man muss sich mal das Ausmaß vorstellen. Ich meine, die machen grad ne Panik, völlig zu Recht, weil in den nächsten hundert Jahren das Meer um zwei Meter ansteigt, jetzt stellt euch die Zahlen mal vertauscht vor. Ich weiß, dass das, was ich da behaupte, mit den Linien, nicht mit der Lehrmeinung konform ist, aber noch heute lebt ein Großteil der Menschheit an den Küsten und das war schon immer so! Die Archäologen können das Bild der menschlichen Entwicklung nur anhand dessen malen, was sie finden, aber der riesig große Teil der menschlichen Zivilisationen, sei es nun eine Hochkultur oder eine Primatenherde, ist im Meer verschwunden und mit heutigen Mitteln kaum noch auffindbar oder untersuchbar. Hundert Meter in die Tiefe, das sind vielerorts etliche

Kilometer in die Breite um unsere Kontinente herum. Man weiß einfach nicht, was dort alles liegt, aber die Wissenschaftler tun so, als könne es dort nichts geben, sie ignorieren das einfach und lassen den heutigen Istzustand auch unangreifbar stehen! Die Yonaguni-Ruinen, zweifelsfrei menschengemacht, im Meer versunken, waren das letzte Mal über Wasser vor über zehntausend Jahren. Jetzt ist eben die Überlegung da, ob es zu der Zeit vor der Flut eine Hochkultur gegeben hat, die dem Rest der Welt weit voraus war. In Indien haben wir die Flut, nach der die Bewohner eines Inselreiches nach Indien kamen und den Hinduismus gegründet beziehungsweise eingeführt haben. In der Bibel ist davon die Rede, und die Geschichte von Noah basiert ja auf einer viel älteren, sumerischen. Ich geb nicht viel auf Atlantis, aber der Typ hat geschrieben, dass das ursprünglich eine ägyptische Geschichte ist und keine griechische. Platon schreibt auch, dass Atlantis, wie auch immer das eigentlich hieß, zu seiner Zeit vor zehntausend Jahren untergegangen ist. Platon lebte etwa fünfhundert vor Christus. Zwölfeinhalbtausend Jahre! Ich habe erwähnt, dass am Gegenpol zu Gizeh etwas sein könnte oder müsste. Natürlich kann ich das nicht wissen, aber der Ozean ist an dieser Stelle offen sichtbar relativ niedrig, und es gibt drum rum lauter kleine Inseln. Genauso bei den Osterinseln. Es ist durchaus denkbar, dass an beiden Orten, wenn man den Meeresspiegel um hundert Meter senkt, weiträumiges Land beziehungsweise größere Inseln sind, und nicht nur ein paar Felsspitzen. Ich vermute in dieser Gegend den Ursprung dieser Leute, aber das ist nur eine Vermutung. Warum die so ein Netzwerk erschaffen haben und wie die den Antrieb zu so einer Leistung über viele Jahrtausende aufrechterhalten konnten, weiß ich nicht. Ich muss auch nicht alles wissen, kann ich auch nicht. Ich bin kein Expertenteam. Das Bild der Menschheitsgeschichte liegt in Scherben vor mir, aber ich kann nix dafür, das war keine Absicht, ich bin tollpatschig gegengerannt. Klar will ich die Scherben wieder zusammensetzen, aber ganz ehrlich, ich glaube kaum, dass ich dazu in der Lage bin."

„Wer weiß", begann Volker. „Du hast eben gesagt, dass die Pyramiden von Gizeh ein Abbild des Orion sind?"

„Eher der drei Sterne des Gürtels, ja."

„Ich schätze mal, du kennst die Weihnachtsgeschichte?"

„Würde ich sagen."

„Jesus wird in der Nacht vom vierundzwanzigsten auf den fünfundzwanzigsten von einer Jungfrau geboren, in Bethlehem. Sein Vater, Gott, hat ihn gesandt, um sein Reich auf Erden zu errichten, und der Morgenstern zeigt drei Königen den Weg zu seinem Geburtsort, so weit, so gut. 'N paar tausend Jahre vorher wird Horus geboren. Gezeugt in unbefleckter Empfängnis von Osiris und der Jungfrau Isis, um auf der Erde das Reich seines Vaters wiederherzustellen. Horus wird ausgerechnet in der Nacht des Heiligabend geboren, und der Stern Sirius, den sowohl die Ägypter als auch sogar die Maya mit dem Begriff Morgenstern bezeichnet haben, weist drei Königen den Weg zum Geburtsort des Erlösers."

„Alter", entfuhr es mir.

„Ist im Grunde ganz einfach. Horus und Jesus sind Sonnengötter. Am vierundzwanzigsten Dezember, was wurde da gefeiert? Die Wintersonnenwende. Die Tage werden länger, was gut für alle war, die Menschen werden vom Winter ‚erlöst'. Die beiden sind praktisch die Sonne, und am Morgen des fünfundzwanzigsten bilden die drei Sterne des Orion mit dem Morgenstern eine Linie zum Punkt des Sonnenaufgangs."

„In der Cheops-Pyramide, da gibt's 'n Gang, der zeigt genau dann auf den Stern Sirius!", ergänzte ich.

„Hört sich logisch an. Die drei Sterne im Orion nannten die Ägypter die drei Könige. Der Morgenstern weist drei Königen den Weg zum Geburtsort des Erlösers. Über der Sonne steht zu der Zeit das Sternbild der Jungfrau, welches die Ägypter auch ‚Haus des Brotes' genannt haben. Haus des Brotes heißt auf Hebräisch ‚Beth Lehem'. Die Stadt Betlehem gibt's erst seit dem zweiten Jahrhundert nach Christus."

„Wow."

„Welche Zahlen spielen bei dir ne Rolle?"

„Ähm. Zweiundsiebzig, vierundfünfzig, zweiundzwanzig und Pi. Bisher. Achso, und Phi glaube ich, wegen Mekka."

„Zweiundsiebzig ist der Name des Re. Der abrahamische Gott hat zweiundsiebzig Namen, aber sein wahrer Name ist eine zweihundertsechzehnstellige Zahl. Vier mal vierundfünfzig ist zweihundertsechzehn. Du solltest dich mal mit Gematrie befassen. Jedes Jahr an so 'nem Feiertag musste der Hohepriester in den Tempel des Salomo gehen, ins Allerheiligste und den wahren Namen Gottes vorlesen. War er unreinen Herzens, starb er auf der Stelle. War er reinen Herzens und vermochte den Namen zu lesen, war man der Ankunft des Messias einen Schritt näher gelangt. Der Tempel des Salomo wurde von den Römern zerstört und das geheime Wissen, das im Allerheiligsten gehütet wurde, ging verloren. Seitdem versuchen bis heute einige Juden, dieses Wissen wiederzufinden. Weißt du, was ich glaube? Ich glaube, du hast es gefunden."

Ich war baff, aber hoch zufrieden mit mir und auch wenn ich bei weitem nicht alles wusste, war es für mich Zeit, mal meinen Kopf zu entspannen und zu chillen. Ich hatte mir nach dem ganzen Grübeln ne kleine Feierlichkeit verdient, vor allem wenn an der Sache wirklich was dran ist, noch dazu etwas, was so weitreichend ist.

„Gib mir mal die Papers!", forderte ich Volker auf, der erstaunt guckte, aber mir Folge leistete. Ich nahm eine Blüte Gras vom Tisch und zerrieb sie auf einem Blatt Papier, mischte etwas Tabak darunter und entnahm ein Blättchen der Packung, ich erstarrte: Gizeh. Ich schüttelte den Kopf und machte weiter, legte einen Tip in das Papier, gab die Mischung hinein und drehte eine Tüte, die ich zeremonievoll anzündete. Ich lehnte mich nach hinten, hielt sie locker in der Rechten und ließ beim Ausatmen all meine Spannung von mir abfallen, zog noch ein paar Mal und reichte den Joint weiter. Ich schloss die Augen und erfreute mich an den bunten Linien, die vor meinen Augen herumtanzten. Waren nicht die Freimaurer angeblich im Besitz des geheimen Wissens des Tempels des Salomo? Ich riss die Augen auf. Wie angewurzelt krallte ich mich am Stuhl fest. Wo waren Volker und Atze? Ich hatte für ein paar Sekunden die Augen geschlossen und auf einmal waren sie weg.

Was, wenn das mit den Freimaurern stimmt? Waren die nicht auch die Illuminaten? Panik ergriff mich. Was, wenn die ein Problem damit hatten, wenn das jemand rausfindet, was sie lieber unter Verschluss halten? Wie mächtig waren die denn wirklich? Selbst, wenn ich das alles für mich behalte, wissen die nicht vielleicht längst davon? All die Suchbegriffe im Internet, all die Eintragungen auf dem Globusprogramm, haben die das schon längst? Wissen die nicht schon genau, wo ich mich aufhalte?

Ich wagte es nicht, aufzustehen, Angst hatte meinen ganzen Körper erstarren lassen und so saß ich da, die vielen Stunden bis zum Morgengrauen und noch weiter.

Volker kam aus seiner Hütte.

„Junge, das hat gutgetan, mal wieder im eigenen Bett zu schlafen! Du sitzt ja immer noch da?"

„Alter, wo wart ihr denn?", brachte ich mühsam hervor, aber ich merkte, dass ich schon etwas nüchterner geworden war. Ich versuchte meine verkrampften Hände zu lösen und zu lockern.

„Was meinst du?"

„Warum seid ihr einfach weg? Ihr habt mich sitzen lassen, als ich mich zum Rauchausatmen zurückgelehnt hab!"

Volker lachte sich kaputt.

„Kleiner, du hast stundenlang gepennt! Atze und ich saßen bis zum Morgen da. Erst kurz vor Sonnenaufgang sind wir ins Bett! Du bist großartig!"

Nie wieder fasse ich dieses Dreckszeug an. Allerdings hatte ich nicht vergessen, was mir da durch den Kopf gegangen war, und auch nicht, was Volker erzählt hatte.

Höchste Zeit, mir eine Bibel zu besorgen. War nicht ganz so einfach, aber letztlich konnte ich in einem Antiquariat eine deutschsprachige Version auftreiben, ein etwas älteres Exemplar, in rotem Stoff eingebunden, auf dem das Alpha- und Omega-Siegel in Gold prangte. Schon auf Seite zehn ging es um meine Sintflut.

„In jenen Tagen gab es auf der Erde die Riesen, und auch später noch, nachdem sich die Gottessöhne mit den Menschentöchtern eingelassen hatten. Das sind die Helden der Vorzeit, die berühmten Männer."

Wollen die mich verarschen? Die Helden der Vorzeit, die berühmten Männer? Waren das meine Leute? Ich hatte nicht vor, mir auf den Begriff Riesen was einzubilden, ich meine, zur Zeit Cäsars war der Durchschnittsrömer einsfünfzig bis einssechzig. Wenn dann Kelten kamen mit einsneunzig bis zwei Meter, waren die auch groß, und wenn es vielleicht Menschen gab, die wenig mehr als zwei Meter im Schnitt wurden, sind das für andere halt

Riesen, ohne mythischen Schnickschnack. Aber egal, ich blätterte weiter.

„Als sie zu den Steinkreisen am Jordan kamen …"

Was zur Hölle haben jetzt Steinkreise in der Bibel verloren?!

„In Gilga stellte Josua die zwölf Steine auf …"

„Du liest die Bibel?", platzte Atze auf einmal rein. „Find ich gut."

„Alter, ich hatte gerade 'n Herzinfarkt! Du kannst mich nicht so erschrecken. Außerdem kann mich Gott mal, falls du dachtest, ich les das aus religiösen Gründen."

„Du glaubst nicht an Gott?"

Unglaublich, wollte der mir jetzt echt auf'n Sack gehen? Aber mit seinesgleichen war ich schon öfter fertig geworden. Ich grinste.

„Du willst wissen, warum ich nicht an Gott glaube? Bitte. Also erstens, das Christentum ist ein Paradoxon, es ist nämlich überhaupt kein Monotheismus. Jaja, ich weiß, Jesus ist kein Gott, sondern nur der Sohn Gottes. Damit ist er aber zumindest mal ein Halbgott, und auch zum Beispiel die griechische Götterwelt setzt sich zusammen aus einem Hauptgott, der Kinder mit Menschen gekriegt hat. Christen beten vornehmlich Jesus Christus an, deswegen heißen sie ja auch so. Jesus ist also ein angebeteter Halbgott, der zur Rechten Gottes sitzt, zu richten über die Lebenden und die Toten, womit er auch eine, ursprünglich Gott vorbehaltene, Aufgabe erledigt. Ich erinnere mich an einen Satz, der lautet: Du sollst keine Götter neben mir haben. Er sitzt neben ihm, Alter. Zudem gibt es auch noch den Teufel. Ja, ich weiß, man nennt den nicht einen Gott, aber er ist ein Gegenspieler des Hauptgottes und ist, wenn wir mal ehrlich sind, mindestens ebenso mächtig wie Gott, wenn nicht sogar mächtiger. Er übernimmt also ganz praktisch die Funktion einer Gottheit, ob du ihn nun als solchen bezeichnest oder nicht. Zusammen mit biblischen Fabelwesen wie Engeln, bösen Geistern, Dämonen und nicht zuletzt, wie ich eben gelesen habe, Riesen und Drachen unterscheidet sich das Christentum nicht im Mindesten von einem klassischen antiken Polytheismus. Drachen Alter. Echt jetzt? Dann, du sollst dir kein Bild von Gott machen. Dieses Gebot bedeutet nicht allein, dass man sich nicht vorstellen soll, wie Gott vielleicht aussieht, sondern soll die Menschen vom Götzendienst abbringen, damit sie die allumfassende, nicht ortsgebundene Existenz Gottes erkennen und spüren können. Das heutige Christentum basiert geradezu auf dem Götzendienst. Kirchen und Altäre als ortsgebundene Gottesplätze. Jesus- und Maria-Statuen dienen als Götzenbilder, weil die Menschen danach lechzen. Der ganze Heiligenkult, Mann, für jeden Scheiß gibt's einen Schutzheiligen, der angebetet wird anstelle von Gott und dessen Abbilder oder Überreste verehrt werden. Heilige ersetzten schlichtweg die alten heidnischen Naturgeister und es gibt keinen heidnischeren Kult als die unter Christen weit verbreitete Reliquienanbetung. Zwei Gebote sind schon mal gebrochen, brechen wir gleich noch das dritte. Bricht man fahrlässig volle zwanzig Prozent der Gesetzte Gottes und behauptet immer noch, ein Christ zu sein, missbraucht man nämlich den Namen Gottes. Man schert sich nicht um seine Regeln, sondern missbraucht seinen Namen schlicht, um sich Respekt und Ansehen innerhalb der Gemeinschaft zu verschaffen.

Mal abgesehen davon, lassen sich Bibelgeschichten, wie die der Sintflut, auf Legenden uralter Kulturen zurückführen, bis in eine Zeit, in der die Menschen so wirklich gar keine Ahnung hatten. Der Monotheismus ist einfach die Konsequenz einer Entwicklungsgeschichte. Der Anuaki Enlil fordert Athrahasis auf, nur noch ihn anzubeten.

Athrahasis gehorcht, Enkidu schickt die Sintflut, Enlil warnt Athrahasis, Athrahasis baut ne Arche, nimmt 'n Haufen Tiere mit und rettet so das Leben, woraufhin Enkidu zwar ziemlich pissed ist, aber immerhin diese Leistung anerkennt. So. Ein Gott von vielen rettet die Menschen, während alle anderen nichts mehr von denen wissen wollten. Und wenn du jetzt ein Kind aus dem Fluss vor dem Ertrinken rettest, dann kannst du es nicht einfach auf die Wiese stellen und sagen: ‚Hey, sieh zu, wie du klarkommst.' Nein, dann hast du eine Verantwortung. Ein Gott von vielen nimmt sich also schützend der Menschen an und übernimmt die Verantwortung für sie. Somit wird aus einem Polytheismus ein Henotheismus und daraus entsteht einfach mit der Zeit ein Monotheismus. Aber wahrscheinlich weißt du Prolet noch nicht mal, was Henotheismus bedeutet, und jetzt lass mich."

Ich hatte mich in Rage geredet und dieser Pfeife fehlten die Worte, er lächelte mich nur mitleidig an. Es heißt ja, man dürfe nie auf die Zeugen Jehovas eingehen und wenn man sie nicht konsequent wegschickte, würden sie einen nie mehr in Ruhe lassen. Eines Tages standen sie bei mir vor der Tür, aber ich hatte keine Zeit und ich bat sie inständig, noch einmal vorbeizukommen. Beim nächsten Mal hatte ich keine Lust und bat sie wieder, noch einmal vorbeizukommen. Beim dritten Mal hielt ich ihnen den gleichen Vortrag wie gerade und glänzte noch mit meinem umfangreichen Wissen über die vielen unfassbaren Gräueltaten, Massenmorde und Genozide, die auf Gottes Rechnung gingen. Nach etwa zehn Minuten gingen sie freiwillig mit den Worten: „Wir können ja nichts dafür und wir haben es ja nicht geschrieben."

Nie mehr wurden sie in meiner Straße gesehen und natürlich wussten sie nicht, was Henotheismus bedeutet. Ich muss jedes Mal so lachen, wenn ich daran denke.

Endlich ließ der Depp mich wieder in Ruhe. Ich war zwar etwas unhöflich gewesen, aber das war mir grad egal, ich hatte mich mit Wichtigem zu beschäftigen. Wo war ich? Ach so, ich musste mal im Netz die Sache mit den Kreisen in der Bibel erforschen. Bäbäbäm, pipapo, soundso ...

Da. Steinkreis vor der Küste Israels entdeckt, vor 'n paar Jahren. Letzte Mal über Wasser, vor ... zwölfeinhalbtausend Jahren. Megalithen in Israel, Golanhöhen, Jordanien, Palästina. Himmel, die waren ja überall, aber schlecht erforscht. Schon klar, irgendeiner wird sich da immer finden, der einen dafür umbringt. Aber mit Steinkreisen wollte ich mich gar nicht so genau befassen, auch in Europa gibt's ja genug, aber die auch noch in ein System zu bringen, das wird mir zu viel. Da fiel mir ein, dass Volker irgendwas von Gematrie gefaselt hatte, mal nachschauen.

Die althebräische Sprache hatte offenbar nicht wie wir ein Zahlen- und ein Buchstabensystem, sondern ein Zeichensystem mit ... zweiundzwanzig Symbolen, bei dem die Zeichen sowohl als Zahlen oder als Buchstaben beziehungsweise Worte gelesen werden konnten. Deshalb also der Priester, der den Namen Gottes vorliest, der eine Zahl ist. Weiter.

„Astronomie und Gematrien sind Zukost zur Weisheit."

„Wir tasteten hier in der Irre wie der Stab des Blinden, bis wir es durch gematrische Berechnung erschlossen."

Wie bitte?

Ja. Dieser scheiß Satz steht hier überall. Traktat soundso, Terumot. Seit zwei Tagen versuche ich jetzt schon herauszufinden, in welchem Zusammenhang das steht, aber glauben Sie, das wäre irgendwo zu finden? Nein. Glauben Sie, es gäbe irgendwo eine vollständige deutsche Ausgabe des Talmud? Nein. „Ausgewählte Kapitel". Natürlich ohne Terumot. So was macht mich wahnsinnig. Bei irgend'nem jüdischen Buchhandel nachgefragt. Nein. In Englisch als

DVDs aus England importiert, aber sonst? Nein! Ernsthaft? So was ist überhaupt nicht gut für meinen Blutdruck. Ich versuche hier wirklich, möglichst nichts zu interpretieren, das unklar ist, zum Beispiel, ob das mit Moses und der Steinkreisnummer zu tun hat, aber … Egal. Pech gehabt.

So, und wie rechnet man jetzt Wörter in Zahlen um? Ah, Gematriecalculator. Oh, da gibt's aber haufenweise verschiedene Werte. Welches Wort soll ich als Erstes übersetzen? Steinkreis würde ich sagen.

Werte für Gilal, das hebräische Wort für Steinkreis: dreihundertvierzehn. Drei eins vier. Pi? Zweihundertzweiundzwanzig … zweihundertzwanzig … vierhundertvierzig … sechshundertsechzig, vierundvierzig, sechsundsechzig, achtundachtzig und … vierundfünfzigtausendvierundfünfzig. Leck mich doch einer!

Next one, Nephilim, die komischen Riesen da: zweiundzwanzig …, zweihundertzwanzig …

Allerheiligste, wovon Volker gequatscht hat: zweihundertsechzehn, zweihundertsechzehn, sechsunddreißig, neun. Was für eine Überraschung.

Gematrie: siebenunddreißig. Kein Plan.

Kabbala: siebenunddreißig.

Henochs Magie: zweihundertsechzehn.

Cheops: zweihundertsechzehn. Das ist jetzt interessant.

JHWH: sechsundzwanzig, Hm.

Heilige Lade: sechshundertsechsundsechzig.

Thora: sechshundertsechsundsechzig.

Mal weiterlesen.

Hier stand, es sei nicht Gott persönlich gewesen, der die Israeliten aus Ägypten geführt hat, sondern ein Engel mit sechsunddreißig Flügeln. Metatron. Was heißt Metatron? Der Vermesser. War ja klar. Wert? Dreihundertvierzehn.

Surprise! Metatron war offenbar der Großvater oder Vater, weiß grad net mehr, von Noah, Henoch ... Henochs Magie ..., der nach seinem Tod in den Himmel aufgenommen wurde. Egal, mit so nem Scheiß beschäftigte ich mich jetzt nicht. Das war mir eh alles viel zu viel hier. Andererseits, war es ja gar nicht so abwegig. Moses wuchs als ägyptischer Prinz auf. Die Steinkreise am Jordan wurden angelegt, lange vor der Fehde zwischen den Israeliten und den Ägyptern. Wenn es also eine Verbindung gab zwischen bestimmten Orten im fruchtbaren Halbmond und in Ägypten, hätte Moses vielleicht durch seine Erziehung und Ausbildung Kenntnis davon gehabt.

Ich betrachtete meine Bibel, auf der das Alpha-Omega-Siegel prangte. Nach kurzem Zögern griff ich nach dem Geodreieck und vermaß die Linien. Zweiundsiebzig Grad. Ich will nicht mehr. Gott hat zweiundsiebzig Namen, aber sein wahrer Name ist eine zweihundertsechzehnstellige Zahl. Die anderen Winkel, nochmal zweiundsiebzig, vierundfünfzig, vierundfünfzig, vierundfünfzig, vierundfünfzig. Vier mal vierundfünfzig? Zweihundertsechzehn. Zwei mal zweiundsiebzig? Hundertvierundvierzig.

Hat eigentlich schon mal jemand die Offenbarung des Johannes gelesen?! Das ist ja wohl das Krankeste, was ich je gesehen hab. Drachen, Riesenkrabben, apokalyptische Reiter, ein riesen Gemetzel. „Kaufen konnte nur, wer das Kennzeichen trug: den Namen des Tieres oder die Zahl seines Namens. Hier braucht man Kenntnis. Wer Verstand hat, berechne den Zahlenwert des Tieres. Denn es ist die Zahl eines Menschennamens; seine Zahl ist sechshundertsechsundsechzig ... Und ich sah: Das Lamm stand auf dem Berg Zion, und bei ihm waren einhundertvierundvierzigtausend; auf ihrer Stirn trugen sie seinen Namen und den Namen seines Vaters."

Wessen Namen? Des Tieres oder des Lammes oder der dieses Menschen? War Jesus damit gemeint? Hundertvierundvierzigtausend geteilt durch sechshundertsechsundsechzig ergibt zweihundertsechzehn Komma zwei eins sechs zwei eins sechs Periode ... Was zur Hölle?

„Die Zahl eines Menschennamens ist die Zahl des Tieres." Wenn damit der Menschensohn gemeint ist, ist das der Messias. Der Zahlenwert für das hebräische Wort ist dreihundertachtundfünfzig. Sagt mir nichts. Aber was für ein Tier? Die Schlange? Die Schlange ist Nachasch, klingt ja fast wie Naga. Wert dreihundertachtundfünfzig ...

Was das alles bedeuten soll, keine Ahnung.

Auf meiner Liste mit den ganzen Begriffen und deren Zahlen, da ist eine Reihe, die ich nicht nur ausradiert habe, sondern bei der ich das Papier bis zur Unkenntlichkeit zerkratzt habe. Warum? Ich kann mich wirklich, wirklich beim besten Willen nicht mehr daran erinnern, welches Wort dort mit welcher Zahl verbunden war. Ich weiß nur noch, dass ich es plötzlich mit der Angst zu tun bekam, weil dies einfach nicht mehr witzig war und eine Grenze überschritt. Aber verdammt, ich erinnere mich nicht mehr und ich glaube, das war auch der Zweck meiner Handlung.

Wieder mal blätterte ich seit Stunden in der Bibel, um noch mehr aus ihr herauszuholen, und dann sah ich dieses komische Kapitel. Kohelet.

Ich war mir sicher, dass im Konfirmationsunterricht beim Auswendiglernen von Mose, Josua, Richter, Rut, Samuel, Könige, Chronik und so weiter ein gewisses Kapitel Kohelet nie vorkam.

Kohelet, Kohelet. Immer wieder ließ ich mir dieses Wort, diesen Namen, auf der Zunge zergehen, und irgendetwas kam mir dabei merkwürdig vertraut vor.

„Windhauch, Windhauch, sagte Kohelet, Windhauch, Windhauch, das ist alles Windhauch. Welchen Vorteil hat der Mensch von all seinem Besitz, für den er sich anstrengt unter der Sonne?

Eine Generation geht, eine andere kommt ...

Ich, Kohelet, war in Jerusalem König über Israel. Ich hatte mir vorgenommen, das Wissen daraufhin zu untersuchen und zu erforschen, ob nicht alles, was unter dem Himmel getan wurde, ein schlechtes Geschäft war, für das die einzelnen Menschen sich durch Gottes Auftrag abgemüht hatten. (...)

Dann wieder habe ich alles beobachtet, was unter der Sonne getan wird, um die Menschen auszubeuten. Sieh, die Ausgebeuteten weinen, niemand tröstet sie; von der Hand ihrer Ausbeuter geht Gewalt aus und niemand tröstet sie. Da preise ich immer wieder die Toten, die schon gestorben sind, und nicht die Lebenden, die noch leben müssen. Glücklicher als beide, preise ich den, der noch nicht geworden ist, der noch nicht das schlimme Tun gesehen hat, das unter der Sonne getan wird. (...) Wer hat zu Essen, wenn nicht ich? Aber es gibt Menschen, denen Gott Wohl will. Es sind die, denen er Wissen, Können und Freude geschenkt hat. Und es gibt Menschen, deren Leben verfehlt ist. Es sind diejenigen, die er mit dem Geschäft beauftragt hat, zu sammeln und zu horten und dann alles denen zu geben, denen er Wohl will. Auch das ist Windhauch und Luftgespinst."

So was vernichtend Deprimierendes hatte mir in meinem Zustand gerade noch gefehlt.

„Was die einzelnen Menschen angeht, dachte ich mir, dass Gott sie herausgegriffen hat und dass sie selbst erkennen müssen, dass sie eigentlich Tiere sind. Denn jeder Mensch unterliegt dem Geschick, und auch die Tiere unterliegen demselben Geschick. Sie haben ein und dasselbe Geschick. Wie diese sterben, so sterben jene. Beide haben ein und denselben Atem. Einen Vorteil des Menschen gegenüber dem Tier gibt es da nicht. Beide sind Windhauch. Beide gehen an ein und denselben Ort. Beide sind aus Staub entstanden, beide kehren zum Staub zurück. Wer weiß, ob der Atem der einzelnen Menschen wirklich nach oben steigt, während der Atem der Tiere ins Erdreich herabsinkt? So habe ich eingesehen: Es gibt kein Glück, es sei denn, der Mensch kann durch sein Tun Freude gewinnen. Das ist sein Anteil. (…)."

Und immer wieder ging es um Wissen und Weisheit. Und immer wieder Windhauch, Windhauch, nichts als Windhauch. Siebenunddreißig mal benutzt er das Wort Windhauch. Gematrischer Wert von Windhauch? Siebenunddreißig. Das Wissen und die Weisheit … Das nachfolgende Buch der Weisheit hatte ich schon studiert, und zweifelsfrei war es genau das, wonach ich gesucht hatte.

„Er verlieh mir untrügliche Kenntnis der Dinge, sodass ich den Aufbau der Welt und das Wirken der Elemente verstehe. Anfang und Ende der Zeiten, die Abfolge der Sonnenwenden und den Wandel der Jahreszeiten, den Kreislauf der Jahre und die Stellung der Sterne."

Das waren die Worte Salomos, von dem man vermutet, dass er Kohelet sei.

Der Tempel des Salomo. Das verlorene Wissen. Die Freimaurer. Dieser Gedanke ließ mich nicht mehr los und mein desolater Zustand bot keinen Schutz mehr gegen Paranoia. Was, wenn sie schon längst auf dem Weg zu mir waren? Hier draußen würde mich keiner schreien hören. Oder würden sie mich aufnehmen? Könnte ich von ihnen lernen? Wusste ich vielleicht gar mehr schon als sie? Würde ihnen gefallen, was ich herausgefunden hatte? Oder würden sie die Verbindungen zu heidnischen Kulten nicht gutheißen? Und wenn ich Recht hatte, wie weit würden sie gehen, um zu verhindern, dass jemand davon erfährt?

Alles in mir sträubte sich gegen das Weiterlesen. Ich steckte so tief in einer Sache drin, die zu groß für mich war und welche mir unglaubliche Angst machte, sodass ich mich fürchtete, noch tiefer zu graben, aber ich grub weiter, im Buche Kohelet.

„Auf allen Wegen habe ich es mit dem Wissen versucht. Ich habe gesagt, ich will lernen und dadurch gebildet werden. Aber das Wissen blieb für mich in der Ferne.

Fern ist alles, was geschehen ist. Und tief, tief versunken – wer könnte es wieder finden?

So habe ich, genauer: mein Verstand, mich umgestellt, um forschend zu erkennen, was das Wissen wirklich ist, das Einzelbeobachtungen zusammenrechnet.

Sieh dir an, was ich Beobachtung um Beobachtung herausgefunden habe, bis ich schließlich das Rechenergebnis fand …"

Hundebellen, Rufen in der Ferne.

Sie kommen.

Kapitel 9
Flucht

Blitzschnell sprang ich auf, hechtete zur Tür und rief: „Sie kommen, um mich zu holen!"

Volker war schon zur Stelle und rief ebenfalls: „Sie kommen, um mich zu holen!"

Fragend schauten wir beide uns an, besannen uns dann aber und holten schnell Atze herbei, der noch bei den Pflanzen war. Wir hatten keine Zeit mehr zu packen, wir mussten sofort verschwinden.

Ich riss schnell den USB-Stick mit all meinen Daten aus dem Laptop.

„Mann, ich hatte doch eben noch 'n Joint im Mund. Wo is der hin?", fragte Volker und schaute sich um.

„Alter scheiß drauf, lass uns hier verpissen Mann!"

Hätte er mal doch nicht drauf geschissen. Wegen dieses einen scheiß Joints achten die jetzt darauf, dass da oben keiner mehr wohnt.

„Warte mal … ", sagte Volker. „Die rufen jemanden. Die suchen jemanden."

„Nicht uns?", fragte ich unsicher.

„Sieht nicht so aus. Aber und wenn schon. In spätestens ner halben Stunde sind die hier oben, und dann ist's egal, weswegen die hier sind."

Ich schnappte meinen Rucksack und holte Atze. In der Zeit hatte sich Volker eine kleine Schaufel geschnappt und hinter dem Haus ein drei Liter Glas voller Geldscheine ausgegraben.

„Alter!", sagte ich.

„Scheiße, ich hab vergessen, wo ich das andere vergraben hab!", sagte der.

„Wir ham keine scheiß Zeit mehr Mann!", versuchte ich ihn zur Vernunft zu bringen, was er auch einsah, er rannte noch schnell ins Haus und schnappte sich eine Einkaufstüte, und dann machten wir uns auf den Weg, geradewegs auf die Bullen zu.

Wir liefen im Laufschritt, bis kurz hinter die Höhle, in der der nackte Mann wohnte, als die Rufe und das Bellen zum Greifen nahe wurden. Volker warf seine Einkaufstüte ins Gebüsch und dann kamen sie auch schon um die Biegung. Missmutig musterten sie uns, sprachen Volker auf Spanisch an, der ein paar knappe Worte mit ihnen wechselte, dann liefen sie weiter. Einer der Hunde schnüffelte kurz am Gebüsch, besann sich dann aber seiner Aufgabe, welches nicht das Finden von Drogen war. Als sie weg waren, rannte Volker schnell zurück und holte die Tüte aus dem Busch, was mich fassungslos machte, aber ich wusste, dass es unnötig war, mit ihm eine Diskussion anzufangen.

In Wirklichkeit hatte Volker in dem Moment noch seinen damals fünfjährigen Sohn dabei, welcher die Aktion des rechtzeitigen Entsorgens der Tüte mit den Worten würdigte, Zitat: „Mensch Papa, da ham wir aber nochmal Glück gehabt ..."

„Kannst du mir jetzt mal verraten, was da los ist?", wollte ich wissen.

„Die suchen Steves Freundin, die hat sich wohl irgendwo in den Bergen verletzt und Hilfe gerufen."

„Steves Freundin? Hab ich hier noch nie gesehen."

„Ja, die wohnt noch weiter oben als wir."

„Noch weiter oben?!"

„Die lässt sich wenig blicken, seit die der die Tochter weggenommen haben."

„Warum ham die das gemacht?"

„Na ja, vielleicht, weil die 'n hoffnungsloser Junkie ist. Die kamen hier hoch, zu Steves Haus, zwei Coppers und einer vom Jugendamt, und wollten wissen, wo das Kind ist. Steve und die waren da und natürlich völlig weggeschossen, nur das Kind net. Das war bei Benito. Aber jetzt sollten wir wirklich mal zusehen, dass wir hier wegkommen."

Ich sah meinen Wagen und rund zweihundert Meter weiter die Einsatzwagen der Guardia Civil. Personen konnte ich nur drei entdecken. Sie unterhielten sich gelassen gegenüberstehend und wollten bewusst cool wirken, mit breiten Beinen, verschränkten Armen, was ihnen in meinen Augen aufgrund ihrer unfassbar dämlichen Mützen schwerfiel. Selbstbewusst gingen wir zum Auto, grüßten die Polizisten mit einem: „Hola!", welches uns erwidert wurde, stiegen in den Wagen, ich machte schon einmal Musik an, während Volker die Tüte im Kofferraum verstaute, und dann fuhren wir davon. Die Polizisten blickten uns noch nach und einer kratzte sich am Kopf. Außer Sichtweite drückte ich auf die Tube. Volker riet, als erste Amtshandlung nach Caretemera zu fahren, weil er dort jemanden kennen würde.

Zwanzig Kilometer vor der Stadt begann ein unglaublicher Dschungel von Gewächshäusern. Es mussten tausende sein. Volker erklärte mir, als wir diese passiert hatten und in die Berge fuhren, dass die Arbeiter dort drin, bevor sie die Gewächshäuser verließen, erst mal in einen Akklimatisierungsraum mussten, weil sie sonst bei fünfundvierzig Grad im Schatten eine Lungenentzündung bekommen würden, als ob mich das jetzt interessiert hätte, als wir ...

„Reg dich doch nicht so auf", sagte Volker, nachdem wir aufgrund eines akuten Mangels fossilen Brennstoffes plötzlich langsamer geworden und unvermeidlich stehen geblieben waren.

Fassungslos über eine solch dämliche Aussage wusste ich nicht, was ich sagen sollte.

„Na, früher oder später wird hier schon 'n Polizeiauto vorbeikommen", versuchte er mir zu erklären.

„Äh, sorry, aber genau darüber mache ich mir Sorgen!", sagte ich, kurz davor die Geduld zu verlieren mit diesem bekifften Affen.

Dass die Polizei nicht hinter mir her war, wegen dem, was ich mutmaßlich angerichtet hatte, wusste ich schon in dem Moment, als ich die Hütte verlassen hatte. Ich hatte wohl kurz den Bezug zur Realität verloren, welcher sich aber, einmal aufgerüttelt, schnell wieder herstellen ließ. Was sich allerdings nicht von der Hand weisen ließ, war, dass ich unmittelbar in Volkers Drogenproduktion verwickelt gewesen war und somit sehr wohl berechtigten Grund hatte, nicht cool zu bleiben. Da es mehr als wahrscheinlich war, dass die Polizei bei einer solchen Suchaktion auf Volkers Plantagen stieß, war es wohl das Beste, das Land zu verlassen. Sicher, eine Garantie gab es nicht, dass wir aufgeflogen waren. Jetzt sag ich schon *wir*, eigentlich hatte ich doch gar nichts damit zu tun. Eigentlich. Aber ob dem so war, oder nicht, ließ sich leider nur auf eine Weise herausfinden, und die war unvorteilhaft.

„Hannes, beruhig dich. Wir verschwinden schon noch aus Spanien. Aber was glaubst du denn, wie weit du kommst? Weißt du, wie viele Kilometer es da nichts als Wüste gibt? Mach dich locker und lass mich auf deinen Platz."

„Mach dich locker und lass mich auf deinen Platz", äffte ich ihn nach. „Fick dich!"

Ich war so angepisst Mann, hatte aber keine bessere Idee und stieg patzig aus, um ihm Platz zu machen.

Ich setzte mich auf den Beifahrersitz und lehnte mich schicksalsergeben nach hinten.

„Mir ist schon mal das Benzin ausgegangen", begann Volker zu erzählen.

„Ach ja?"

„Ja, kaum zu glauben, nicht? Das war mit Reiner. Der war 'n erfolgreicher Manager gewesen. Hat dann irgendwann begriffen, dass das alles scheiße ist mit dieser Geldsache und hat sich gedacht: Scheiß drauf. Ja, echt, und dann hat er sich 'n alten VW-Bus gekauft, hat erst mal angefangen zu kiffen und zu trinken und ist ab nach Spanien. Ja und dann hier in Menegras sind wir uns begegnet. Ich hatte gerade aufgehört zu trinken. War ne schwierige Zeit. Ich hab 'n ganzes Jahr lang keinen mehr hochgekriegt. Dann willste dich ablenken, gehst ins Dorf, bist aber so durch, dass de's net aushältst unter Leuten, zumal die alle trinken, dann hoch in die Wüste, dann hältste das Alleinsein net aus, gehst wieder runter, und das Spiel etliche Male am Tag. Aber das war gut, die ganze Zeit am Laufen, das hilft. Und im Dorf dreht sich für dich alles um, auf einmal wollen Leute was mit dir zu tun haben, die sind dir vorher drei Meter aus'm Weg gegangen. Mann, da werd ich jetzt noch wuschig, wenn ich an diesen scheiß Entzug denke. Kann's kaum ausdrücken. Na ja, Reiner und ich beschlossen, dem verhassten Teufel, nämlich Europa, ein für alle Mal den Rücken zu kehren."

Da kamen auch schon die Bullen und hielten hinter uns an. Unnötig zu erwähnen, dass mein Herz kurz vorm Explodieren war. Der Cop ging ans Fenster, und ich verstand zwar kein Wort Spanisch, will aber trotzdem für Sie in Deutsch wiedergeben, was gesagt wurde:

„Guten Tag, könnte ich bitte Ihre Fahrzeugpapiere sehen?"

Volker wiederholte an mich gewandt das Wort Fahrzeugpapiere in Spanisch, da ich aber nichts verstand, zuckte ich mit den Schultern und schüttelte leicht den Kopf, womit ich deutlich machen wollte, dass ich nichts verstand. Dem Polizisten machte ich damit deutlich, dass wir keine Papiere hatten.

„Führerschein?"

Volker fragte mich auf Spanisch, ob ich 'n Führerschein hätte, aber ich glotzte nur fragend.

Entnervt stemmte sich der Bulle ans Auto, schaute nach links in die Ferne und atmete tief durch.

„Sie wissen, dass Sie hier nicht stehen bleiben dürfen?"

Volker wies gelassen auf die Tankanzeige.

„Sie dürfen hier nicht stehen bleiben!"

„Was soll ich denn machen?"

Unruhig und genervt trat der Polizist von einem Bein aufs andere, stemmte die Arme in die Hüfte.

„Haben Sie Geld dabei?"

Volker schüttelte den Kopf.

„Haben Sie fünf Euro?", fragte er mich. Ich warf verzweifelt die Hände in die Luft und ließ sie wieder auf die Knie fallen. Als der Polizist sich nach hinten zu Atze wenden wollte, sagte Volker:

„Wenn wir fünf Euro gehabt hätten, würden wir hier nicht stehen."

Der Polizist murmelte wütend Unverständliches.

„Warten Sie hier!"

Dann ging er zurück zum Wagen und fuhr in entgegengesetzter Richtung davon.

Warten Sie hier. Was sollten wir denn auch sonst tun.

„Wir hatten also vor, Europa zu verlassen und nie, nie wiederzukehren", fuhr Volker fort.

Himmel, was hatte ich denn im Leben nur falsch gemacht?

„Und da Gibraltar nicht weit ist, war der naheliegendste Zufluchtsort Afrika. Da wollten wir natürlich hin."

„Natürlich."

Volker zündete sich erst mal einen Joint an.

„Wir haben uns erst noch eingedeckt, mit allem, was so nötig ist, sprich Unmengen Bier und Gras, dann sind wir nach Gibraltar. Jabal Tarik. Berg des Tarik. Wir sind einmal ganz durch Marokko gefahren und wollten dann halt über Mauretanien nach Mali."

Ungläubig schaute ich ihn an.

„Du Idiot", sagte ich. „Man fährt nicht einfach so nach Mali."

„Strack sinmer dann Richtung Sahara und irgendwo, mitten in der Wüste, aber immerhin nahe an dem wirklich einzigen Baum in der Gegend ging dann das Benzin leer. Aber von so was haben wir uns nicht die Laune verderben lassen, ne. Uns war alles egal, und vor allem waren wir happy. Ich war happy, weil ich nicht mehr trank, und Reiner war happy, weil er trank. Wir hatten vielleicht Spaß, sind die Dünen runtergekullert wie die kleinen Kinder. Ja, und nach drei Tagen kamen dann zufällig so Tuareg an, oder was auch immer. Die hatten Benzin für uns. Und als die gesehen hatten, wie viel Bier im Kofferraum war, waren wir sofort Freunde. Wir waren noch 'n paar weitere Tage da, hatten am Feuer gesessen und Spaß gehabt und natürlich haben alle getrunken, nur ich nicht. Das waren ernstzunehmende Leute, strenge und fromme Muslime, aber Junge, ich sag dir, ich hab schon viele Menschen trinken sehen, aber noch nie zuvor und auch nicht danach hab ich gesehen, dass jemand so saufen konnte wie diese Typen. Einer fragte mich lallend, wo wir eigentlich hinwollten und ich antwortete, dass wir vielleicht mal nach Algerien rüber wollten, uns die Grenze anschauen. Seiner ganzen Miene war die sofortige Ernüchterung anzusehen. Von einem auf den anderen Augenblick wurde er völlig klar und ernst, und er sagte zu mir in gebrochenem Englisch: ‚Ihr könnt nicht nach Algerien. Dort drüben, hinter der Grenze, versuchen die Menschen mit Booten dorthin zu kommen, woher ihr stammt. Hier können wir sitzen und trinken. Dort drüben ist der Tod. Nein. Für euch geht es hier nicht weiter.'

Das sagte er in einer Art, die mir durch Mark und Bein ging und ich kam mir vor wie der letzte Idiot."

„Klar. Warst du ja auch", sagte ich.

„An nem Abend saß ich dann mit einem von denen im Bus, Reiner pennte sturzbetrunken und da forderte der mich auf zu trinken. Ich lehnte ab, aber er fühlte sich wohl beleidigt und sagte: ‚Trink, oder ich bring dich um.'

Unmöglich zu erklären, was da dann in mir vorging, aber ich mein', natürlich hab ich überlegt, jetzt zu trinken, aus Angst, dass der das vielleicht ernst meint, aber alles in mir hat sich dagegen gesträubt und ich hab gesagt: ‚Ich kann nicht, ich hab meinem Gott geschworen, nie wieder zu trinken!'

Ich hatte gehofft, er würde diese Sprache vielleicht verstehen. Er legte die Hand an die Türklinke, sah mich nochmal an.

‚Ich komme wieder. Dann bringe ich dich um.'

Dann stieg er aus. Ich, völlig in Panik, rüttel an Reiner, dem Arsch.

‚Ey, wach auf, wir müssen hier weg, die woll'n mich umbringen!'

‚Bwöööh, lass mich in Ruhe! Ich will pennen!', ging das dann nur.

Ich hätte den Bus net angekriegt, war echt ne scheiß Kupplung. Irgendwann hat er die Augen aufgekriegt und was mitbekommen.

‚Setz dich auf deinen Platz! Scheiße, die wollen mich umbringen, wir müssen fahren!'

Ohne weiter nachzufragen, setzte er sich auf den Fahrersitz und gab Gas. Die draußen bekamen das mit und zückten alle sofort ihre Handys und fingen an hektisch rumzutelefonieren. Ganz klar, die wollten uns nicht gehen lassen, warum auch immer.

‚Drück aufs Gas Mann!', schrie ich, und Reiner, struntzeblau, drückte weiter aufs Gas, was es hergab, und wir machten keinen Halt mehr, bis wir wieder über Gibraltar in Europa waren, und hatten uns geschworen, Afrika ein für alle Mal den Rücken zu kehren und nie, nie wiederzukommen."

„Sag mal, was stimmt denn mit euch eigentlich nicht?"

Pünktlich zum Ende der Geschichte kam die Polizei zurück.

„Ah, da sind sie ja", sagte Volker.

Der nette Mann stieg aus, griff nochmal in den Wagen und holte einen Benzinkanister raus, mit dem er uns, im Rückspiegel sichtbar, zuprostete, ging zur Tankklappe und goss das frische Nass hinein. Im Moment des letzten Tropfens, den er noch etwas abschüttelte, gab Volker, noch während der Schlauch steckte, Vollgas und fuhr mit quietschenden Reifen davon. Der arme Bulle wurde tobsuchtartig schreiend, den Kanister auf den Boden pfeffernd, in einer rotbraunen Wolke aus Staub zurückgelassen. Ich war fassungslos.

Ich muss hier nebenbei nochmal erwähnen, dass dieser verdammte Bastard in Wirklichkeit in dieser Situation kein Gras, sondern Heroin geraucht hat, aber ich will für meine Geschichte keinen scheiß Junkie.

„Kannst du uns jetzt mal verraten, wo wir eigentlich hinfahren?", wollte ich von Volker wissen.
„Du erinnerst dich an die Frau, der ich was verkauft habe, das sie nach Griechenland bringen wollte?"
„Die Lesbe?"
„Genau. Die hat ne Mitbewohnerin, und zu der will ich."
„Und was genau wollen wir da?", fragte ich.
„Abwarten."
Wir erreichten Catamera, oder wie auch immer ich diesen Ort umbenannt habe, und Volker wies mir den Weg zu einem Haus, an dessen gegenüberliegender Seite wir anhielten. Atze und ich warteten im Auto, Volker ging zu einer Tür und betätigte eine der Klingeln. Eine Frau um die dreißig machte die Tür auf, Volker und sie küssten sich auf die Wangen, wie es in Spanien üblich war... vor Corona.
„Hör zu, ich komm auf'n Punkt. Athina hat mir gesagt, dass du demnächst nach Deutschland willst. Wann?", fragte Volker, der offenbar doch mittlerweile unter Stress geraten war.
„Ähh, pff. Keine Ahnung, warum? Nächste Woche irgendwann", antwortete die Frau.
„Ich bezahl den kompletten Sprit für die Fahrt, wenn wir noch heute fahren."
„Scheiße Volker", sagte sie und fasste ihn am rechten Oberarm. „Du bist aufgeflogen?"
„Wahrscheinlich, ja."
Sie blickte zu uns herüber.
„Und die?"
„Die müssten auch mit."

„Oh Mann. Komm kurz rein. 'N Moment brauch ich schon."

Verlegen und ungeduldig trat Volker von einem Fuß auf den anderen.

„Ernsthaft? Dafür will ich mehr als nur Benzingeld."

Volker hob einen Finger, um anzuzeigen, dass er eine Idee hatte, ging zum Auto, holte die Tüte aus dem Kofferraum und stellte sie der Frau vor die Füße.

„Ich brauch fünf Minuten."

Fünfzehn Minuten später kamen Volker und sie wieder heraus und stiegen in einen roten Kleinwagen in der Nähe und Volker winkte uns, ihnen nachzufahren.

Einige Kilometer hinter der Stadt, mitten im Nirgendwo, hielten die beiden an und ich fuhr hinter sie. Volker kramte die Fahrzeugpapiere aus meinem Handschuhfach, während die Frau meine Nummernschilder abschraubte. Ich hätte wohl eigentlich nicht schockiert sein sollen, aber ich war es trotzdem, im Angesicht der offenkundigen Übung, die man hatte. Übung ist das falsche Wort ... vielleicht eher Selbstverständnis.

Atze und mir wurde befohlen, in das rote Auto zu steigen.

„Mei... mein Auto!", stotterte ich und wies hilfesuchend darauf.

„Ich kauf dir 'n neues", pflaumte Volker mich an. „Hör auf zu heulen!"

„Hi, ich bin Cora", sagte die Frau. Sie war nur einen halben Kopf kleiner als ich, hatte eine enge Jeans an und ein enganliegendes T-Shirt, ihre langen blonden Haare waren zu einem geflochtenen Zopf gebunden, der über die linke Schulter nach vorne gelegt war, besondere Beachtung meinerseits fanden der ausgeprägte Incisura Jugularis Sternalis und ihre markanten Unterkieferknochen. Was mich aber am allermeisten beeindruckte, war die Coolness, die sie ausstrahlte. Es war keine arrogante divische Coolness einer attraktiven Frau, auch nicht die zur Schau getragene, aufgesetzte Coolness einer Schickse, sondern sie schien mir wirklich cool.

„Hannes", sagte ich.

„Atze", sagte Atze.

Zu einer weiteren Konversation kam es zunächst nicht. Meinerseits, weil mir das alles gegen den Strich ging und ich genervt war, wo ich hineingezogen wurde und weil ich mein Auto verloren hatte. Ich dachte über die Fahrtroute nach und bemerkte, dass uns unser Weg an Granada vorbeiführen würde, was bei mir einen Gedankengang anstieß, welchen den anderen mitzuteilen ich aber noch unschlüssig war.

Kapitel 10
Granada

Atze und Volker saßen auf einer Bank und blickten auf Granada.

Cora und ich lehnten gegen die Motorhaube.

„Und was machst du so? Ich meine, normalerweise?", wollte sie wissen.

„Nichts Besonderes", antwortete ich und sie schaute mich verständnislos an.

„Nichts Besonderes? Hast du denn keine Arbeit?"

„Doch, ich bin Koch."

„In einem Restaurant?"

„Ja."

„Und was kochst du so?", fragte sie langsam genervt.

„Keine Ahnung, Verschiedenes. Die Leute wollen eh nur Schnitzel."

„Also eher deutsche Küche?"

„Ja."

„Ist das ne große Küche?"

„Nee, außer mir noch mein Lehrling und drei, vier andere."

„Dein Lehrling? Also bist du da der Chef?"

„Mir gehört der Laden nicht."

„Aber du bist der Küchenchef?"

„Wenn man so will."

„Was soll das denn jetzt heißen?"

„Ich mag den Begriff *Küchenchef* nicht, das klingt so aufgeblasen. Ich leite die Küche."

„Himmel. Und was machst du in deiner Freizeit?"

„Gelegentlich geb' ich Kindern Kampfsportunterricht, manchmal auch Erwachsenen."

„Echt? Cool. Und was für Kampfsport unterrichtest du?"

„Ach, so ne Mischung für die Kinder. Die müssen eh nur bespaßt werden."

„Und das heißt, du kannst auch Kampfsport? Wie lange machst du das schon?"

„Zwei, drei Jahre."

„Und dann gibst du schon Unterricht?"

„Ja."

Sie verdrehte die Augen. Langsam verlor sie die Geduld.

„Hast du Kinder?"

Ich schwieg.

„Und wenn du dann mal nicht auf der Arbeit bist oder Sportunterricht gibst? Lebst du einfach so vor dich hin?"

„Das würde ich so jetzt auch nicht sagen."

„Dir muss man ja echt alles einzeln aus der Nase ziehen. Kannst du mal mehr antworten als nur einen Satz?"

„Was ist denn mit dir?", fragte ich herausfordernd, in der Hoffnung, sie in die Schranken zu weisen. „Über dich weiß ich auch gar nichts. Wovor bist du weggelaufen, als du nach Spanien bist, hm?"

Sie schnappte ein, wandte sich ein Stückchen weg von mir, dann wieder zu mir.

„Vielleicht lauf ich ja wirklich vor etwas weg."

Sie sah mich scharf an, erkennend, dass ich es nicht wirklich wissen wollte.

„Und weißt du was? Ich verrat dir auch wovor. Ist aber ne lange Geschichte."

„Wir haben ja Zeit", sagte ich und ließ die Schultern sinken.

„Ich habe eine kleine Schwester. Die hat einen Sohn, der etwas schwieriger ist. Sieben ist er jetzt. Und jedenfalls ... also meine Mutter ist ...

Meine Schwester war sechs Jahre verheiratet mit jemandem, der aber nicht der Vater ist, die beiden haben zusammen noch eine Tochter. Und jedenfalls, der Vater des Jungen hat sich noch nie wirklich gekümmert, aber der Mann meiner Schwester dafür umso mehr, der sagt auch *Papa* zu dem. ADHS hat er schon immer gehabt, aber das ist eigentlich nicht das wirkliche Problem. Das Problem sind meine Eltern. Meine Mutter ist ein innerlich und äußerlich tief hässlicher Mensch, groß gewachsen und dominant. Die tut immer auf wer weiß wie fortschrittlich, war, als sie jung war, auf jeder Demo und immer in sozialistischen und feministischen Sachen mit dabei und auch heute redet die nur über so was. Mein Leben lang hat sie mir von der Befreiung der Frau von der Unterdrückung des Mannes gepredigt und dass ich die Pflicht habe, mich davon zu lösen und zu emanzipieren. Ist ja auch alles schön und gut, nur irgendwie versteh ich darunter etwas anderes als sie. Ich bin Feministin, das heißt für mich, ich bin stolz auf mein Geschlecht und wer damit ein Problem hat, der kriegt 'n Problem mit mir. Warum soll ich mich nicht schminken und enge Klamotten tragen? Ich kann doch meinen Stolz zur Schau tragen, oder etwa nicht? Und das heißt doch noch lange nicht, dass ich mich damit dem Mann unterwerfe und meinen Lebensinhalt darin habe, Männern zu gefallen und ihnen gefällig zu sein. Und wenn etwas maßgebend ist für die Befreiung der Frau, dann ist das doch Sex."

Kann mich bitte jemand erschießen?

„Versteh mich nicht falsch, ich bin keine Schlampe, aber meine Mutter hat ihren ersten Freund geheiratet und nie einen anderen gehabt, und ich wette, seit meine Schwester geboren wurde, hatten die beiden bestenfalls noch an Geburtstagen Sex. Meine Mutter findet halt, Frauen müssten sich den Männern verweigern und sich von der Sexualität als Machtinstrument der männlichen Dominanz lösen. Bezeichnet sich selbst als Feministin. Kriegt einfach nicht die Beine auseinander. Ich versteh auch diese modernen Feministinnen nicht, diese politisch korrekten Studentinnen. Kurze Haare, Latzhose. Für mich ist das kein Ausdruck von Stolz, wenn ich mich als Mann verkleide und meine weiblichen Merkmale ablege, damit bloß niemand mich attraktiv finden könnte. Ich denke, meine Mutter ist auch eifersüchtig auf mich. Sie ist fett und hässlich, klar bindet die sich an den nächstbesten Mann, weil sie eh keiner will, und sie kann es nicht ertragen, dass ich da eben eher nach meinem Vater komme. Du kannst dir gar nicht vorstellen, was es heißt, als, ich sag jetzt mal, ganz hübsche Frau mit hässlichen alten Weibern zu tun zu haben. Lehrerinnen in der Schule, Vorgesetzte im Beruf, bei irgendwelchen Ämtern, egal. Es ist erschreckend, wie schamlos die jede Machtposition ausnutzen, um einem das Leben schwerzumachen, um einen für seine Attraktivität zu bestrafen.

Dann kam noch immer die Leier, dass Frauen sich nie beruflich entwickeln durften, dass ich die erste Generation wäre, die die Chance dazu hätte. Einerseits stimmt das, klar, andererseits ist sie Diplom-Sozialpädagogin in einer Justizvollzugsanstalt und verdient fünftausend im Monat ohne Abzüge. Ja, und ich müsse, aus Verantwortungsbewusstsein gegenüber ihr und allen Frauen vor mir, meine Chancen nutzen. Und wenn ich das gar nicht will? Sie hat mir immer von klein auf gesagt, ich würde einmal die erste deutsche Bundeskanzlerin werden. Das wurde dann leider die Merkel."

Ich würde ja fragen, warum erzählt die mir das. Aber ich wusste, dass es dafür war, um mich für meine Verschwiegenheit zu bestrafen.

„Und das verzeiht sie mir nicht. Ich weiß, das klingt komisch und du denkst, das sei nur so daher gesagt, aber das ist es nicht. Meine Mutter ist krank, wirklich ernstzunehmend psychisch krank, und sie kann mir nicht verzeihen, dass ich nicht die erste Bundeskanzlerin geworden bin, und sieht darin, dass ich nicht einmal danach gestrebt habe, einen Verrat. Auch meine Schwester hat es nicht leicht mit ihr. Hat zwei Kinder von zwei Männern und ist glücklich als Mutter, ohne Karriere gemacht zu haben. Dafür wird sie von meiner Mutter verachtet, weil die das nicht versteht. Nach ihr hat man beides zu schaffen.

Das ist ihre Vorstellung von der Befreiung der Frau. Jede Frau hat die nicht optionale Pflicht, sich an einen Mann zu binden, möglichst keine Freude am Sex zu haben, Kinder zu kriegen und Karriere zu machen. Tolle Freiheit. Aber fürs Erste ist das genug. Und jetzt bist du dran, verdammt nochmal und ich will jetzt, dass du endlich was erzählst, und ich will wissen, warum das so schwer sein kann! Du druckst dich hier herum, jetzt stell dich doch mal dar, Mann! Normalerweise bin ich gut darin, viel in Menschen zu sehen, aber was in dir vorgeht, da bin ich überfragt. Ich hab noch nie jemanden kennengelernt, der so darauf bedacht ist, ständig ein Pokerface zu haben, und auf der einen Seite wirkst du total ausgeglichen, auf der anderen Seite total unentspannt."

Ey soll ich euch mal sagen, was ich so richtig scheiße finde?! Ist ja jetzt wieder Faschingszeit, ja und da war ich auf dem Kinderkarneval, und ich geh da so rein und denk mir: „Was geht'n?!" Also hier die Stadthalle oder Dorfhalle oder wie die das halt nennen, ja, an der kompletten Decke riesige Bierflaschen als Werbung und die ganzen Wände entlang lückenlos riesige Papp-„Klopfer". Ey scheiße Mann, Kinderfasching, Alter. So. Und ich hab mir das Spektakel da eine Stunde lang angeguckt. Aber auch nur, um zu erfahren, wie das ausgeht, was ich Ihnen nun verraten möchte. Die ganze Halle ist also voll und auf der Bühne wird so'n Kinderprogramm abgehalten, wo die Kinder auch schön mitmachen konnten und auf die Bühne durften, ja und dann, war das Kinderprogramm vorbei und die Party ging los. Aus den Lautsprechern klang keine Kindermusik mehr, sondern: „Nüchtern bin ich so schüchtern, aber voll da bin ich toll", oder „Joana du geile Sau!".

Bier und Schnaps flossen in Strömen, die stetige Veränderung der gesamten anwesenden Erwachsenenschaft war zu spüren und zu hören. Auf der Bühne tollten die Kinder völlig unbeaufsichtigt neben einem großen Tisch, der voll stand mit halbvollen Bierflaschen und Cocktailgläsern. Gerade Letzteres ist für Kinder nicht immer direkt als alkoholisches Getränk auszumachen und durch die farblichen Reize besonders attraktiv. WTF?

Herzallerliebster Bürgermeister,
würden Sie sich das bitte einmal anschauen und dafür Sorge tragen, dass diese Veranstaltung zu einem kulturell wertvollen Ereignis FÜR KINDER WIRD!

Wenn wir schon mal beim Thema sind. Ihr könnt euch leicht vorstellen, dass mir in meinem kleinen Ort die Menschen verhalten begegnen und oft nur schief gucken, anstatt zu grüßen. Ist ja auch klar. Nicht ortsarischer Abstammung, zugezogen, lange Haare, geh nicht in die Kirche, nicht ins Schützenhaus, nicht auf'n Fußballplatz, den Platt-Dialekt versteh ich so gut wie gar nicht, geschweige denn, dass ich ihn sprechen könnte. Bin ja selbst schuld, dass sich bei dieser mangelnden Integrationsbereitschaft enorme Anpassungsprobleme ergeben. Na ja, ist mir ja eigentlich auch egal, die können mich alle mal. Aber dann war das Laternenfest des Kindergartens, und ich habe, freundlich wie ich bin, am Kindergarten Würstchen gegrillt und wieder einmal das Tun der Eltern beobachtet. Es war so von fünf bis acht glaube ich, und nach einer Stunde Laternenspaziergang versammelte man sich dann am Kindergarten, um Würstchen zu essen. Und sich zu besaufen. Ich steh dann da, seh die ganzen Väter kästenweise Bier mitbringen, ich finde, das muss bei einer Kindergartenveranstaltung nicht sein und ich denk mir: „Wie könnt ihr es wagen, mich schief anzugucken?"

Aber wollen wir nicht immer nur das Schlechte sehen, sondern als Optimisten die positiven Seiten des Lebens hervorheben. Wenn also der maßlose Konsum liquider Rauschgifte vor den Augen der Kinder auf einer Feier, welche ihnen hätte gebühren sollen, dazu führt, dass der Obernazi des Dorfes, welcher zum Zeitpunkt des Geschehens einen Pullover mit dem Bild eines Stahlhelmes der Deutschen Wehrmacht mit der Aufschrift

„Heldengedenken" trägt, sich in ausgelassen freudiger Stimmung mit dem italienischstämmigen Dorftrottel unterhält, so wollen wir auch diesem Ereignis kulturellen Austausches seine Legitimation zugestehen. Dann sehe ich noch die Kindergärtnerin, deren zwanzigjähriger Sohn als Dorfschläger bekannt ist und in deren Haus bei elterlicher Abwesenheit mittelgroße Mengen Amphetamine umgeschlagen werden, und den Gymnasiallehrer, der gefeuert wurde, weil er ein Verhältnis mit einer fünfzehnjährigen Schülerin hatte, und frage mich: „Wie können die es wagen, mich schief anzugucken?"

Ach Mann, jetzt bin ich wieder abgeschweift. Aber immer, wenn ich so 'n hohen Blutdruck krieg, reg ich mich halt tierisch auf und dann muss ich das loswerden.

Entnervt trat ich von einem Fuß auf den anderen, schaute mich unschlüssig um.

„Also gut, du willst wissen, was in mir vorgeht? Was ich so mache? Ich lebe nicht einfach nur vor mich hin. Ich arbeite normalerweise, gerade bin ich auf Urlaub, sechzig, manchmal siebzig Stunden in der Woche, und ich liebe meinen Job. In letzter Zeit war's etwas anstrengend und ist mir zu Kopf gestiegen, aber ich liebe es einfach zu kochen. Zuhause koche ich nicht gerne, aber das liegt eher daran, dass ich den ganzen Tag mir die Hände schmutzig mache und sie dann wasche und nach Feierabend kann ich es einfach nicht mehr ertragen, mir die Hände dreckig zu machen und waschen zu müssen. Aber in meiner Küche … Weißt du, ich hab da das definitive Kommando. Es ist überhaupt nicht, dass ich es genießen würde, andere unter mir zu haben und herumzukommandieren, ich schrei auch nie in der Küche, wie man es von anderen Küchenchefs kennt, weil für mich ist Schreien einfach ein Zeichen von Überforderung. Klar bin ich auch manchmal überfordert, ist ja auch völlig ok, nur würde ich mir nie die Blöße geben, das zu zeigen und gegenüber meinen Mitarbeitern so eine Schwäche einzugestehen, weil, wenn die merken, dass ich überfordert bin, dann sind die auch überfordert und machen Fehler. Deshalb muss ich immer Gelassenheit ausstrahlen, um ihnen zu zeigen, dass ich alles unter Kontrolle habe. 'N guter Grund zu schreien ist natürlich, wenn einer net hören will oder respektlos ist. Ich hab zum Beispiel meinen Lehrling, die Lisa, nur ein einziges Mal angeschrien, dafür aber so, dass meine Chefin aus ihrer Wohnung kam und mich angeschrien hat, ich habe in ihrem Betrieb nicht so zu schreien.

Weißte, die Lisa kam im dritten Lehrjahr zu mir, aus Scheißbetrieben, in denen die noch nie ne Kartoffel geschält oder sonst irgendwas gemacht hat, und ich hab die halt innerhalb von zwei Monaten so weit gekriegt, dass die mich teilweise, bei guter Vorbereitung, ersetzen konnte. Da hat die halt 'n bisschen Oberwasser gekriegt und war der Meinung, sie könne mit meinen ausländischen Mitarbeitern, die gebrochen Deutsch sprechen, in Behindertensprache reden, und da ist mir der Kragen geplatzt. Ich hab noch eine Türkin, eine Kurdin und eine Syrerin, die einfach 'n hammer Team sind und mich unheimlich respektieren, weil ich sie mit Respekt behandle. Deshalb und auch, weil ich denen, außer der Türkin, die Stelle erst verschafft habe, sind die so dankbar und überschütten mich immer mit dem besten orientalischen Essen, und die würden nie auf die Idee kommen, patzig oder ungehorsam zu sein, so wissen wir einfach alle, was wir aneinander haben.

Und mit dem Team, wenn es dann so richtig losgeht in der Küche, das ist einfach für mich das Allergrößte.

Privat? Wie gesagt, ich mach Kampfsport. Ich habe in der Schule meines Trainers eine Kindergruppe, manchmal unterrichte ich auch die Erwachsenen."

„Was für nen Gürtel hast du da? Ich mein', was braucht man denn, um Unterricht zu geben? Und in was denn jetzt überhaupt? Karate?"

„Gürtel spielt hier keine Rolle. Ich mein', im Grunde kann jeder Idiot, der sich ne DVD gekauft hat, hingehen und anderen was beibringen, ob das Sinn macht, ist dann eine andere Frage. Ich mach Jeet Kune Do, das hat sich Bruce Lee ausgedacht. Es ist mir ein bisschen unangenehm, also wie gesagt, jeder, der mal Jeet Kune Do gemacht hat, kann sich hinstellen und den Dicken raushängen lassen, wie bei anderen Kampfkunstarten auch. Aber das richtige Jeet Kune Do heißt Jun Fan Jeet Kune Do, weil der eigentlich Jun Fan Lee hieß, und um das zu unterrichten, braucht man ne Lizenz."

„Und die hast du?"

„Jaa ... Ich sag das nicht gerne, ich geb' nicht gerne an, besser, ich will bei niemandem den Eindruck erwecken, ich wolle angeben. Aber du wolltest es ja wissen. Als Bruce Lee gestorben ist, hat halt jeder, der mal ne halbe Stunde mit ihm trainiert hat, gemeint, er könne jetzt selbst ausbilden. Seine Frau hat dann gesagt: ‚Nee, das kann net sein, wir müssen daraus eine Marke machen, damit sein Name nicht verhunzt wird', und hat dem Einzigen seiner Schüler, der, mit sieben Jahren Ausbildung, länger als ein halbes Jahr bei Bruce Lee trainiert hat, die Rechte über sein Bild und seinen Namen in Verbindung mit seiner Kampfkunst gegeben. Und dieser Schüler hat meinen Lehrer ausgebildet und ihm das Recht übertragen, diese Lizenz weiterzugeben, als Einzigem in Deutschland. Ich glaube, es gibt noch zwei Holländer, die die Lizenz auch haben."

„Was heißt denn Jeet Kune Do? Ist das wie Taekwondo?"

„Nein, Taekwondo ist ein Sport, wo es darum geht, Punkte zu machen, mit möglichst coolen Treffern, mit

Techniken, die erfunden wurden, um Panzerreiter vom Pferd zu treten. Jeet Kune Do ist anders ... Es ist einfach. Das heißt nicht, dass es leicht ist. Ich meine, das Einfachste, was man mit einem Stift auf ein Blatt Papier zeichnen kann, ist doch eine gerade Linie. Aber wir wissen alle, wie schwer es ist, frei eine gerade Linie zu zeichnen, oder? Jeet Kune Do ist eine Philosophie, die keinen speziellen Kampfstil vorgibt, sondern eine innere Haltung. Und es ist individuell. In anderen Kampfkünsten hat jeder das Gleiche zu können, egal ob du ein einhundert Kilo schwerer Mann oder eine sechzig Kilo schwere Frau bist, was doch Blödsinn ist. Hier passt sich der Kampfstil der Person an, nicht umgekehrt. Im Taekwondo, weil du es erwähnt hast, gibt es diese vielen aufwendigen Tritte zum Kopf und gesprungen. Zunächst mal ist es unmöglich, zum Kopf zu treten, wenn man nicht richtig gedehnt ist, wenn man eine enge Jeans anhat oder wenn man mit dem Rücken zur Wand steht oder wenn mehrere Gegner gegen einen stehen. Warum also sollte man das üben, wenn man auch gegen das Knie oder zwischen die Beine treten kann? Klar, das ist unfair oder unsportlich, aber wenn interessiert's? Mit fünf auf einen ist auch unfair. Jedenfalls geht es um bedingungslose Selbstverteidigung. Mit möglichst wenig Aufwand, möglichst wenig Energie und möglichst wenig Bewegung möglichst viel Schaden anzurichten. Die Prüfung für den schwarzen Gürtel im Kickboxen dauert drei Stunden. Und es gibt immer nur einen Gegner. Die schwarze Prüfung im Jeet Kune Do dauert drei Tage, und man muss zehn gepanzerte, mit Kunststoffstöcken und Messern bewaffnete, erfahrene Kämpfer K. o. schlagen, und das in weniger als acht Sekunden. Das zeigt den Unterschied in der Effektivität. Weißt du, es gibt viele Kampfkünste, die Tieren nachempfunden wurden. Menschen haben sich angesehen, wie ein Tiger kämpft, wie eine Schlange kämpft, wie ein Adler, obwohl wir keine Klauen oder Flügel haben. Warum sollten wir so kämpfen? Jeet Kune Do, das bedeutet zu kämpfen wie ein Mensch."

„Und der hat dir die Lizenz gegeben? Krass."

„Ich bin nicht Bruce Lee und ich halte mich auch nicht dafür. Na ja und weil's das nicht umsonst gibt, trainiere ich selbst fünf bis sechs Tage die Woche zwei bis vier Stunden.

Und wenn ich mal nicht arbeite oder trainiere, muss ich immer irgendwas bauen oder schnitzen oder irgendwas schreiben."

„Warte, was schreibst du denn?"

„Ach keine Ahnung, was mir so in den Kopf kommt."
Sie sah mich vorwurfsvoll an.

„Keine Ahnung, manchmal Gedichte …"

„Gedichte? Los, vortragen."

„Och bitte nicht."

„Ich werde nicht aufhören, dir auf die Nerven zu gehen."
Also gut:

„Es ist schon eine Weile her,
Da schuf Gott die Erd', das Meer,
Menschen, Tiere, Himmel, Licht,
Was dann noch fehlte, schuf er nicht.

Seit nun ein paar Millionen Jahren,
Trotzt der Mensch allen Gefahren,
Stellte sich auf seine Beine,
Behaute sämtliche Gesteine.

Trottete durch die Savanne,
Entzündete die erste Flamme.
Mit Keule, Schleuder, Speer, Karaffe,
Spaltete er sich dann vom Affe'.

Er baute an seinen Monumenten,
Um den Göttern zu gedenken,
Führte derlei gar edle Kriege,
Seinem König zu genüge.
Der Grieche fängt an Erz zu hütten,
Und sich mit Wein zu beschütten,
Fängt an zu philosophieren,
Wie die Dinge funktionieren.

Nun nimmt Rom die Welt in seine Hand,
Manchmal sogar mit viel Verstand.
So geht es wunderbar,
So manche hundert Jahr.

Erst eins, dann zwei, dann drei, dann vier,
Dann steht das Christkind vor der Tür,
Und Konstantin bringt's zu Papier.

Luther hat sein Wort gesprochen,
Und so die Macht der Kirch' gebrochen,
Doch in ihm nun die Ahnung grollt,
Dass dies wohl mehr als er gewollt!

Schon geht los die Fragerei,
Wenn Vater, Sohn ist einerlei,
Ob er nicht auch sein eigner Opa sei.

Jan Amos versucht es noch zu biegen,
Wissenschaft und Religion unter einen Hut zu kriegen,
Doch will das leider keiner hören,
Weil andre sich an andren stören.

Europa ist nun nicht entzwei,
Sondern es ist dreierlei,

Und schon geht los die Klopperei,
Wer von ihn' der Schlauste sei,
Der Osmane nutzt die Schwächelei,
Und mischt auch noch mit dabei.
Auch wenn er bald von dannen rennt,
Weil der noch keinen Winter kennt.

Doch jetzt braucht er deutsche Schienen,
Braucht jetzt deutsche Kriegsmaschinen.
Mit Öst'reich-Ungarn noch im Bund,
Stürzen sie ganz ohne Grund,
Die Welt in einen tiefen Schlund.

Ok, das ist noch verbesserungsbedürftig.

Angepisst und staatsverdrossen,
Multiethnische Genossen,
Fordern nun die Ratskommune,
Fordern neue Volkstribune,
Um dem Spartacus zu ehren,
Den Mensch nun doch dem Mensch zu wehren.

Erneut macht Deutschland große Schande,
Durch der Wirtschaft starke Bande,
Ein kleinwüchsiger Kriegsverweig'rer,
Ein zu dicker Morphium-Einverleiber,
Ein abtrünniger Kommunist
Und ein Hühner-Spezialist,
Rufen auf zum großen Kriege,
Zum totalsten aller Siege.
Bedenken nicht den Rest der Welt,
Drum gehts nicht bis zur Memel,
Und auch nicht bis zum Belt.

Seit nun sechzig Jahren schon,
Spaltet der Mensch auch das Atom,
Und bald kommt die Kernfusion,
Was daraus wird, wer weiß das schon.

Der Herr konnt es nicht länger sehn,
So kann das nicht weiter gehn,
Rief er laut: ‚Jetzt reicht es mir,
Mensch, was bist du für ein Tier!?'

Doch ne Häsin stand am Rande,
Duckte sich vor solcher Schande,
Sprach zum Herrn: ‚Ist das gerecht?
Vergleich mich nicht mit solch Geschlecht!'

‚Halte ein mit diesem Hohn,
über den Menschen, meinen Sohn.
Es ist nicht alles recht gegangen,
doch kannst du nicht von mir verlangen
Jeden Einz'neln dieser Typen
Den ganzen Tag lang zu behüten!

Vielleicht hätt' es ja funktioniert,
Hätt' ich's nicht an nem Primaten ausprobiert,
Aber Has' das ist passé,
Halt jetzt hab ich die Idee!'

Und sie drückte sich zur Wand,
Ihr schwant', was jetzt bevore stand,
Was stellt sie auch so blöde Fragen,
Hätt' sie doch bloß die Schmach ertragen.

Und der Herr rief: ‚Das ist Klasse,
Ich mach dich zur Herren-Rasse,

*Ich hol dich aus dem Unterholz,
Jetzt mach ich DICH zu meinem Stolz.*

*Mensch Has', du bist genial,
Versuchen wir es noch einmal.'"*

„Wow", sagte Cora. „Hast du mal versucht, das zu veröffentlichen?"

„Ja, hab ich. Ich hab es ans Radio geschickt, aber die sagen, die können nur Sachen senden, die schon mal in einem Buch gedruckt wurden. Aus urheberrechtlichen Gründen."

„Blödmänner."

„Ja. Aber na ja, also hab ich gedacht; hey, machste 'n Buch draus."

„Ernsthaft? Also du schreibst ein Buch? Worüber?"

„Ja verdammt, und frag jetzt nicht worüber, das ist nicht so einfach. Hauptsächlich über all die verrückten Dinge, die mir passiert sind. Und natürlich über Gott und so nen dämlichen Hasen. Aber egal. Du willst wissen, wer ich bin? Ich bin anders. Du willst wissen, was in mir vorgeht? Ich bin nicht entspannt. Ich bin verspannt, verkrampft, verbittert und verbissen. Den ganzen Tag arbeitet mein Kopf, ohne Ruhe, weil ich ständig den zwanghaften Drang habe, etwas zu schaffen, etwas zu erschaffen, und wenn ich irgendeine Idee habe, muss sie umgesetzt werden, dabei fange ich immer irgendwelche Riesenprojekte an, an denen ich jahrelang gleichzeitig arbeite, und wenn ich an Schnitzereien oder an Texten weiterarbeite, die lange zurückliegen, muss ich die Hälfte ändern, weil ich immer das projiziere, was mich gerade beschäftigt und prägt, und wenn sich das ändert, ändert sich auch meine Vorstellung davon, wie etwas auszusehen hat." Ich hatte mich in Rage geredet.

„Dazu kommt, dass ich nichts von dem, was ich da mache, gelernt habe und mir mit mehr Erfahrung ältere Teile als nicht mehr genügend erscheinen, und mit jedem Tag und jeder Geschichte, die ich erlebe, vermehrt sich das, was niedergeschrieben oder in einer Plastik dargestellt werden muss. Und da all das mehr ist, als ich mit meinen Kräften zu schaffen vermag, aber eine Pause nicht ertragen kann und kaum schlafe, um dem mir selbst auferlegten Leistungsdruck gerecht zu werden, werde ich am Ende viel hinterlassen und früh sterben. Aber trotzdem geht es mir damit gut. Ich mag die Energie, mit der ich mich Dingen widmen kann. Ich will nicht die Fähigkeit haben, mich ausruhen zu können. Wozu auch? Und darum bin ich ausgeglichen. Ausgeglichen ist ja nicht das Gegenteil von unentspannt. Wer total entspannt ist, ist nicht ausgeglichen. Ausgeglichen ist ein gesundes Mittelmaß."

„Wow, klingt nicht danach, als hättest du viele soziale Kontakte."

„Hält sich in Grenzen. Wenn ich in der Kneipe sitze und mich umschaue, dann sehe ich Kinder. Auch wenn manche vielleicht älter sind als ich. Ich sehe ihnen zu, diesen feschen junge Menschen und ich fühle mich steinalt und so weit entfernt von ihnen. Ich verstehe ihre Ausgelassenheit nicht, ich verstehe ihre Kindlichkeit nicht, ich sehe diese Menschen und frage mich, wie sich Menschen in zehn Jahren seit der Schule in keinster Weise verändern können. Ich beobachte sie in ihrem Selbstverständnis, in ihrer Arroganz, in ihrem Gefühl der Unantastbarkeit und verstehe sie nicht. Meine Gedanken sind stets ernst und ich weiß, dass sie das nicht verstehen würden."

„Ja ... Bei denen ist eben immer alles glatt gelaufen. Aber ich finde das nicht beneidenswert. Natürlich wünsche ich mir, dass viele Dinge nicht passiert wären, aber ich bin lieber ich, mit aller Last, als so einer, der noch nicht verstanden hat, dass es nicht an seiner Überlegenheit gelegen hat, dass bisher in seinem Leben alles glatt gelaufen ist."

Ich lächelte sie an.

„Ja, ist irgendwie schon schön, sich erwachsen zu fühlen. Das Schlimmste ist ja, wenn die dann anfangen, von ihren Problemen zu erzählen und in Selbstmitleid zu versinken."

„Ich krieg die Krise ey. Wenn's was gibt, bei dem ich platzen könnte, dann ist das Selbstmitleid. Vor allem die Show dahinter, um von allen die Aufmerksamkeit zu kriegen, und dann gibt's ja Leute, die sich das zur Masche gemacht haben und bei denen das praktisch Dauerzustand ist, dass sich alle zu kümmern haben."

„Ich mein', es ist eine Sache, ein Problem zu haben und darüber zu reden, das muss ja sein, aber das kann man auch ohne Selbstmitleid, und klar kann es jemandem auch mal wirklich schlecht gehen, aber man kann's auch übertreiben. Ich zum Beispiel übertreib in die andere Richtung. Wenn ich dir erzähl, wenn es mir schlecht geht, und du würdest mir Mitleid entgegenbringen, dann ist Ende mit sich öffnen, merk dir das. Ich bin nicht nur nicht selbstmitleidig, ich kann auch kein Mitleid von anderen ertragen."

„Meine Tante ist ja so. Wenn ich die treffe, die ist das Mitleid. Und die zieht einen auch immer so da rein und macht ihre Probleme zu meinen, und das sind einfach pillepalle Probleme, und erpresst einen auch richtig emotional damit, sie jetzt in ihrem Leid zu bestätigen, und wehe, wenn nicht."

„Das Einzige, was du da machen kannst, ist Ja und Amen zu sagen, zu gehen und weiteren Kontakt zu vermeiden."

„Aber zurück zum Thema."

„Ja. Also, ich mustere und beobachte Menschen meistens erst eine Weile, bevor ich mit ihnen rede, um herauszufinden, ob es sich lohnt. Ich mein' das gar nicht arrogant oder herablassend. Ich weiß auch nicht. Fremde Leute sprechen mich an, reden mit mir, erzählen irgendeine Scheiße, lachen über die uninteressantesten Sachen, betonen, wie sauwitzig etwas ist, und ich bin … ich bin einfach nicht beeindruckt. Ich bin nicht gut in Smalltalk, und ich rede nicht gerne über Belanglosigkeiten. Außerdem trinke ich nicht, zumindest nie, dass ich etwas merke, und ich kann Betrunkene nicht ertragen. Sobald ich merke, dass bei jemandem eine leichte Heiterkeit aufkommt, versuche ich Abstand zu halten, weil ich nicht mit deren Unberechenbarkeit klarkomme. Damit meine ich nicht die Angst, jemand könne gewalttätig werden, aber Betrunkene sind so sensibel gegenüber Stimmungsschwankungen, ein falsches Wort und jemand ist gekränkt, weil er's nicht checkt, Richtigstellung unmöglich. Dann führt man doch mal ein wirklich interessantes Gespräch, ergründet tiefsinnige Sachen, hat zusammen gute Ideen oder lernt eine Frau kennen, redet den ganzen Abend, merkt in tiefgründigen Gesprächen erst, wie sympathisch man sich ist, und am nächsten Morgen kann sich keiner an etwas erinnern. Alles keine guten Voraussetzungen, um Bekanntschaften zu machen. Ich bin wirklich sehr wählerisch mit meiner Gesellschaft. Meine Exfrau …"

„Du warst mal verheiratet?"

„Ist jetzt nicht das Thema. Jedenfalls labert die mich immer voll, der und der würde gerne was mit dir machen, der und der würde gerne mit dir befreundet sein, die und die will mit dir schlafen, soll ich die mal einladen, du musst mal einen wegstecken und so weiter. Ich will aber mit all denen nichts zu tun haben und ich brauch auch keinen One-Night-Stand mit jemandem, der mir unsympathisch ist. Außerdem mag ich es nicht, bewundert zu werden, wo wir beim Punkt wären, warum ich mich so schwertue, etwas über mich zu erzählen. Wenn ich jemandem etwas von dem erzähle, was ich dir gerade erzählt habe, kommt immer wow, cool, krass ... ständig krieg ich zu hören, wie beeindruckend es sei, was ich so mache, oder so, und ich kann diese Überhöhung meiner Person nicht ertragen, ich würde am liebsten im Boden versinken. Ich bilde mir nichts darauf ein, dass ich der Chef bin, ein Buch schreibe oder diese Lizenz habe, wirklich nicht. Ich bin wirklich bescheiden und ich lege auch viel Wert darauf, so rüberzukommen. Das ist auch keine Masche, in der ich Bescheidenheit vortäuschen will. Wenn ich dir jetzt erzähle, ich bin Küchenchef, ich habe Copyright auf Bruce Lee, ich bin Künstler, Schriftsteller, wo ist da die Bescheidenheit? Du fragst mich, was ich arbeite, und ich spiele es herunter. Du fragst, welche Kampfkunstart ich unterrichte, und ich weiche deiner Frage aus. Du fragst, ob ich einfach so vor mich her lebe und ich lasse es so stehen. Wie gesagt, ich bin anders."

„Hast du ihr schon von deiner Zahlengeschichte erzählt?", rief Volker dazwischen.

Cora schaute mich belustigt und fragend an.

„Alter, kannst du nicht einfach deine verdammte Klappe halten?", stöhnte ich und Cora schaute mich mit gekünsteltem Zwinkern auffordernd an.

„Ich will das jetzt wirklich nicht erzählen, ich weiß auch gar nicht, wo ich da anfangen sollte", sagte ich, und Volker mischte sich wieder ein.

„Jetzt stell dich doch nicht so an. Ihr habt grad 'n Draht zueinandergefunden und das ist doch ne gute Geschichte."

„Nein, das ist keine gute Geschichte. Das ist ne übergeschnappte Geschichte, außerdem müsste ich erst so viel herumreden und erzählen, um auf den Punkt zu kommen."

„Junge. Wo liegt das Problem? Cora ist doch ein seriöser Mensch, der kannst du das erzählen."

„Mein Problem ist", sagte ich, „dass das total verrückt ist und ich mich nachher gezwungen sehe, jede Einzelheit zu erwähnen und ihr das beweisen zu müssen, weil ich sonst nicht mehr als seriöser Mensch dastehe!"

„Aus der Nummer kommst du nicht mehr raus. Außerdem denke ich, dass du dich gerade selbst ein bisschen feierst und die Sache aufbauschst", sagte Cora und blinzelte mir verschmitzt zu.

„Ich hasse dich", sagte ich zu ihr. „Ich muss erst mal pinkeln und mir dabei überlegen, wie ich anfange."

Ich ging pinkeln, öffnete mir ein alkoholfreies Bier.

„Also. Interessierst du dich für alte Kulturen?"

„Nope."

„Na toll. Also ich hab mich halt schon immer dafür interessiert und, seit ich Kind bin, alles gelesen und jede Doku geguckt. Es ist auch kein Kunstwerk, dabei zu merken, wie ähnlich sich viele Kulturen sind, die augenscheinlich nichts miteinander zu tun haben. Dass es überall Pyramiden und Steinkreise gibt, hat sich ja schon rumgesprochen, und dass die großen Pyramiden in Gizeh, Teotihuacan und China die gleichen Grundmaße haben, ist auch kein Geheimnis mehr, und ich hab das aber nie zu meinem Thema gemacht, das kam eben so. Damit du 'n Überblick hast, gibt's zum Beispiel überall auf der Welt den Mythos der gefiederten Schlange oder der Sieben Weisen.

Die Maya haben ja diese Menschenopfer gemacht, aber nicht wie die Azteken, die hatten einfach ne Macke und haben Menschenopfer als Macht- und Unterdrückungsmittel benutzt.

Bei den Maya war es eher so, je wertvoller ein Opfer für einen Gott, desto besser, und was gibt es Wertvolleres als ein menschliches Leben? Dann haben die jemandem auf dem Altar der Tempelpyramide des Cuculcan, der gefiederten Schlange, das schlagende Herz herausgerissen, und das Ritual nannten sie ‚Das Öffnen des Mundes‘, weil in dem Moment, in dem das Herz entnommen wird, Cuculcan seinen Mund öffnet und damit ein Weg ins Jenseits geöffnet wird. Wenn die Ägypter jemanden mumifizierten, taten sie das, um ihm ein Leben im Jenseits zu ermöglichen. Anwesend dabei war ein Priester, der mit einem Zepter die heilige Zeremonie überwacht, an der Spitze des Zepters war die Figur von Wadjet, einer gefiederten Schlange, und das Ritual, wenn dem Toten die Organe entnommen wurden, nannten sie ‚Das Öffnen des Mundes‘.

Außerdem gibt es praktisch keine Kultur der Erde, die behauptet, sie hätte sich aus sich selbst entwickelt. Ägypter, Maya, Inder und auch die offiziell erste Hochkultur, die Sumerer, sagten, dass ihnen die Kultur gebracht wurde von Überlebenden einer großen Flut. Die biblische Sintflut-Geschichte ist zum Beispiel einfach aus dem Gilgamesch-Epos, der ältesten, erhaltenen, geschriebenen, gefundenen Geschichte, übernommen. Die mythische Schlange im Judentum heißte Nahasch, in Südostasien Naga und in Nordeuropa Naör. Damit du einfach mal einen Überblick hast. Was das alles bedeuten soll? Keine Ahnung.

Jedenfalls saß ich dann letztens in den Bergen und hab gelesen, dass in Gizeh, Mohenjo Daro, den Osterinseln und in Cuzco die Mauern auf die gleiche, bis heute nicht erklärbare Weise gebaut wurden und dass die Schriften der Osterinseln und Mohenjo Daro fast identisch sind. Ich hab mir gedacht: ,Mann, das gibt's doch nicht. Was passiert denn, wenn ich die Orte jetzt mal mit einer Linie am Computer verbinde?', und zack, hatte ich den Salat, sie liegen alle auf exakt einer Linie, und Mohenjo Daro und die Osterinseln, deren Schrift sehr ähnlich ist, lagen, zumindest auf den ersten Blick, genau gegenüber. Hab dann noch diesen Ort eingetragen, jenen Ort eingetragen und Linien gezogen, die teilweise System zu haben schienen. Da, wie gesagt, zwei Orte gegenüberliegende Pole auf der Erdkugel zu sein schienen, hab ich gedacht, dass auch Cuzco und Gizeh ihren Gegenpol haben müssten. Gizehs Pol ist im Pazifik, also egal. Bei Cuzco hab ich das Problem, dass ich keine Pyramide oder so habe, die ich als genauen Punkt zur Ermittlung des Gegenpols verwenden kann, ich habe also nur ein grobes Feld gegenüber, in dem ich dachte, da könnte oder müsste etwas sein. Und da es sinnlos ist, auf Satellitenbildern auf gut Glück nach wer weiß was zu suchen, galt es eben herauszufinden, wie ich an die genaue Position komme, und ich hab versucht, in einem völlig unüberschaubaren Wirrwarr aus Linien, ein Schema zu entdecken. Beziehungsweise, das war alles einfach nur Spielerei und keine ernsten Gedanken, aber …

Ich will nicht behaupten, ich würde alles verstehen und du musst das auch gar nicht verstehen, aber im Groben kann ich dir sagen, dass das Ganze auf zweiundsiebzig, vierundfünfzig, zweiundzwanzig, Pi und Phi basiert."

„Was ist Phi?", wollte Cora wissen.

„Volker, dein Job später. Na ja, eins kam zum anderen und dann hab ich was probiert, was Zweites probiert, und anhand dessen, was ich glaubte zu wissen, erschien es naheliegend, dass von der großen Pyramide in Gizeh aus, entlang der Linie, in achttausenddreizehn Komma zwei fünf Kilometern etwas sein müsste und da war: … das."

Ich zeigt ihr ein Handybild von dem Kreis.

„Wenn du jetzt den Durchmesser mal Pi nimmst, ergibt das ein Zehntausendstel der Entfernung zu Mohenjo Daro, dem Ort zwischen Gizeh und da. Nimmt man die Kantenlänge der Pyramide von der Ecke bis auf Höhe der Spitze mal Pi, ergibt das ein Zehntausendstel der Entfernung zu Mohenjo Daro. Heute ist die Cheopspyramide etwas eingefallen, aber nimmt man die ursprünglichen Maße, hatte sie einen Winkel von vierundfünfzig Grad. Bei diesem Kreis haben wir eine Achse aus zwei grauen Flecken und zwei abweichende Flecken. Einer in zweiundzwanzig, einer in vierundfünfzig Grad, und ich sage, das, was ich da gefunden habe, ist ein uralter Steinkreis, der noch unentdeckt im Dschungel liegt."

„Aber ist unser Gradsystem nicht eher was Modernes? Du kannst das doch nicht einfach da anwenden."

Weiber, dachte ich.

„Na ja, die Erde braucht wenig mehr als dreihundertsechzig Tage für ihren Umlauf um die Sonne. Das macht es als Erstes naheliegend, dass man ein auf dreihundertsechzig basierendes System benutzt. Der ägyptische Kalender hatte dreihundertsechzig Tage und der Rest waren Feiertage. Außerdem kriegt man damit vernünftige rechte Winkel, die keine krummen Kommazahlen sind. Und es basiert auf zwölf, und der Sternhimmel war schon bei den Ägyptern in zwölf Teile geteilt und damit ist das ein gut aufteilbares System, mit dem man weitläufige Winkel möglichst eng halten kann, aber man im Kleinen auch noch damit umgehen kann, ohne dass es zu eng wird. Es ist also sehr naheliegend, denke ich. Ich denke auch, dass das Ganze in Kilometern funktioniert. Ich meine, bei Durchmesser mal Pi ist es egal, welche Einheit ich benutze, es kommt auf das gleiche Zehntel der Strecke bis Mohenjo raus. Aber der Meter ist nicht, wie die Elle oder die Meile, einfach aufs Geratewohl so festgelegt, sondern er ist am Erdumfang abgemessen und damit die einzige sinnvolle, naheliegende und gemeingültige Maßeinheit, und ich denke, jede Kultur, welche in der Lage ist, den Erdumfang zu berechnen, und nach einem sinnvollen Maß sucht, würde letztlich den Meter wählen."

„Klingt zumindest logisch."

„Ende vom Lied … ich für meinen Teil werde versuchen, dahin zu kommen. Ich weiß nicht, ob du das verstehst und ich weiß, dass die Wahrscheinlichkeit, dass ich falsch liege, groß ist und ich weiß nicht, ob ich da überhaupt hinkomme. Ich hab das noch nicht ausgereift, weil wir unterbrochen wurden. Ich weiß nur, dass dieser Ort entweder in Kambodscha oder Vietnam im Dschungel liegt, dass ich mir eine Machete kaufen und versuchen werde, mich dorthin durchzuschlagen, weil ich weiß, egal wie gering meine Chancen vielleicht sind, dass ich es mir niemals verzeihen würde, es nicht versucht zu haben. Ich muss das einfach tun. Außerdem, scheiß drauf, ob da was ist, ich hab nur ‚Dschungel? Machete? Los geht's!‘, gedacht, weil ich einfach ein Abenteuer brauch. Wie weit die beiden Heinis da mitkommen, weiß ich nicht, ist mir auch egal."

„Du willst einfach alleine in die Wildnis?", staunte Cora.

„Ja", antwortete ich schlicht.

„Also, ich hab keine Ahnung, wovon du da eben gefaselt hast, aber die Nummer mit dem Abenteuer klingt echt bodenständig."

„Danke", sagte ich mit betonter Wertschätzung für ihre Sicht.

„Ich war zwar noch nie bei den Pyramiden oder so …", sagte sie.

„Ich auch nicht. Und Alter, sosehr ich mich auch dafür interessiere ..., gibt's was Langweiligeres, als vor den fucking Pyramiden zu stehen?"

„Genau!", lachte sie. „Ich meine, guck dir das da hinten an." Sie zeigte auf die Alhambra.

„Das ist schön, das ist Kunst, da gibt's was zu sehen, aber die Pyramiden?"

„Sind halt einfach nur verdammte Pyramiden ..."

„Aber was ich sagen wollte, was ich schon mal gesehen hab, als ich in Peru war, waren die Nazca-Linien, spielen die irgend ne Rolle bei deinem ... Was-auch-immer-Quatsch?"

Ich war wie vom Blitz getroffen.

„Hallo? Erde an Hannes?"

Immer noch starrte ich ins Leere, dann drehte ich mich wortlos um und stieg ins Auto. Nach einer Weile Verarbeitungspause wandte ich mich an Cora, die sich zu den anderen gesetzt hatte, und befahl: „Hast du 'n Handy? Gib mir dein Handy, schnell! Bitte!"

Sie gab mir ein Nokia zweiundsechzigzehn. Entnervt und desillusioniert ließ ich die Schultern fallen. Ich meine, ich hasse ja Eifonspastis, aber man kann's echt übertreiben.

„Los, steigt ein, wir fahren."

„Und wohin?", fragten alle im Chor.

„Nach da hinten." Ich zeigte quer über die Stadt, über die Alhambra hinweg. „Ich brauch Internet und nen Computer und meine Mutter hat ein Haus dahinten."

„Das sagst du erst jetzt? Warum ham wir nicht gleich da übernachtet? Weißt du, du bist echt nicht normal", sagte Cora.

„Ich bin nicht nicht normal", sagte ich. „Ich bin anders."

Kapitel 11
Granada 2

Wir fuhren herunter durch die Stadt, am Nevada-Einkaufszentrum vorbei, Richtung Ogijares. Ich musste zwar in der eingebrochenen Dunkelheit erst mal ein bisschen suchen, bis ich es fand, weil von dieser Art Haus, hoch, aber schmal gebaut, eng in einer Reihe, viele dort stehen. Ich kramte aus meinem fürchterlich großen Schlüsselbund den richtigen Schlüssel raus und wir betraten den Flur, gingen eine Treppe hinauf in einen weiteren Flur, ich öffnete die Tür zum Wohnzimmer und setzte mich zum ersten Mal seit Wochen auf ein gemütliches Sofa, über dem groß eine Kohlezeichnung der Alhambra hing. So gemütlich war es dann auch nicht, ich hatte mich nämlich fast daran gewöhnt, keine Luxusmöbel zu haben, dass es mir schwerfiel, die richtige Position zu finden. War ja auch egal, hatte eh keine Zeit zu chillen.

„Was stinkt 'n hier so, ey?", wollte Cora wissen, und ich erklärte, dass die Spanier aus nicht nachvollziehbaren Gründen keine Siphons einbauen, dass das aber weggeht, wenn einige Male der Wasserhahn genutzt wird.

„Und deine Mutter? Kommt die dann irgendwann, oder was?"

„Unwahrscheinlich, das ist nur ein Feriendomizil."

Ich bitte um Verständnis, dass ich in diesem Buch keine persönlichen Details mir nahestehender, lebender Personen preisgebe und sich damit eine Unterhaltung mit Cora über meine Mutter, oder sonstige Verwandte, erledigt hat, es sei denn, sie treten in einer anderen Beziehung auf, oder sie können mich mal, wie zum Beispiel Coras Mutter, und da ich nicht gut darin bin, mir Sachen auszudenken, lasse ich das einfach weg, bevor Cora mich am Ende wieder ausfragt und ich keine klaren Antworten gebe.

Danke.

Ich stand vom Sofa auf, ging durch die Tür, den Flur links in die Küche und kochte erst mal einen herrlich starken arabischen Kaffee in der handgeschmiedeten Kupferkanne für alle, prüfte den Bestand an hinterlegten Grundnahrungsmitteln, Nudeln, Wasser, Bier, perfekt.

„Fühlt euch wie zu Hause", empfahl ich. „Klo den Flur entlang und eins die Treppe hoch, geradeaus. Oben sind ein Bad mit Dusche im Schlafzimmer, ein Bad mit Badewanne und zwei weitere Schlafzimmer, ich hab zu tun."

Tel Aviv, Israel

Doron Nachfheim hätte sich zu gerne heißen Kaffee in den Schritt geschüttet oder sich saure Milch hineingegeben. Es hätte ihn auch nicht weiter gestört, wenn ihm eine Taube hineingeschissen hätte, denn er bekam heute gar keinen. Die Leute waren wieder einmal in ihre Keller gerannt, nur er saß alleine in einem geschlossenen Café, als fünfhundert Meter hinter ihm eine SCUD-Rakete in ein Haus einschlug, ohne dass er mit seiner gelangweilt herabhängenden Wimper gezuckt hätte.

Ich nahm Kaffee und Bier, setzte mich an den Esstisch nahe neben dem Sofa und holte einen Laptop aus einer Schublade unter dem Fernseher hervor. Ich lud mir entsprechendes Programm runter, zog meine Dateien vom Stick auf den Rechner und besorgte mir eine schwarzweiße Satellitenkarte der Nazca-Linien, die ich ausdruckte. Die anderen setzten sich vor den Fernseher auf das Sofa, aßen Nudeln in Tomatensoße, und ich starrte auf die Karte. Sie duschten, gingen ins Bett, standen auf, und ich starrte auf die Karte, hielt sie immer wieder gegen den Bildschirm, eine Ähnlichkeit mit meinen Linien zu finden. Sie kochten mir Kaffee, fuhren mit dem Bus in die Stadt, besorgten im Cortingles Lebensmittel, Cora sich ein echtes Handy, trieben sich in der Stadt rum, kamen nach Hause, ich weigerte mich, die frischen Meeresfrüchte zuzubereiten, und starrte immer noch verzweifelt auf diese verfickte Karte. Sie aßen, stellten mir einen Teller hin, den ich nicht anrührte, diskutierten, ob sie sich um mich Sorgen machen müssten, sahen fern, und ich starrte nicht auf meine Karte, weil ich drüber eingepennt war. Ich schreckte auf, als sie ins Bett gingen, und starrte wieder auf diese gottverfluchte Karte. Sie standen auf, duschten, kamen runter und hey! Ich starrte nicht mehr auf diese Dreckskarte. Gut gelaunt, mit einer großen Tasse viel zu starken Kaffees in der Hand erwartete ich sie in der Küche.

„Morgen!", grüßte ich. „Gut geschlafen?"

„Was'n mit dir los?", fragte Volker gähnend.

Atze wirkte zufrieden.

„Ich muss euch mal was zeigen", kündigte ich an, kochte ihnen Kaffee, mixte aus frischen Tomaten, Paprika, Zwiebeln, Knoblauch, hart gekochtem Ei und etwas Zitronensaft Salmorejo, servierte es auf dem Tisch im Patio und garnierte es mit Croutons, Würfeln aus gekochtem Ei und geröstetem Ibericoschinken, und bat sie, zu Tisch zu kommen, nur um ihre Neugierde zu strapazieren. Sie löffelten unsicher in sich hinein und beobachteten mich die ganze Zeit, wie ich breit vor mich her grinste.

„Du hast da was", sagte Cora und tippte unter ihre Nase.

Ich hatte erstmals seit langem wieder Nasenbluten. Dieser höllisch starke Kaffee. Oder doch andere Gründe? Aber davon ließ ich mir nicht die Laune verderben.

Mal abgesehen davon ey. Joah, ich hab 'n hohen Blutdruck. Die Ärzte sagen: „Trink weniger Koffein und mach Sport."

Ich hab aufgehört Koffein zu trinken und mache fünf bis sechs Tage die Woche zwei bis vier Stunden Sport. Glauben Sie, das hätte irgendetwas an meinem Blutdruck geändert? Pustekuchen!

Alles Lügner und Scharlatane! Nein, tschuldige, aber echt ma, ist doch nicht normal.

Egal. Davon ließ ich mir jedenfalls nicht die Stimmung versauen. Ich lehnte mich zurück; als alle fertig waren, sah ich in die Runde.

„Du hast nach den Nazca-Linien gefragt, Cora. Wisst ihr, man weiß eigentlich über alles wenigstens irgendetwas, ein bisschen wenigsten. Über die Nazca-Linien weiß man im Grunde gar nichts. Man weiß, dass sie um etwa achthundert bis sechshundert vor Christi von der Kultur der Nazca erbaut wurden, wer hätte das gedacht. Über die Kultur der Nazca weiß man auch ... so ziemlich nix. Ja, dass sie Avocados, Erdnüsse und Kartoffeln gegessen haben, schön für die. Warum die Nazca diese kilometerweiten, chaotischen Linien und diese Bilder von Affen, Spinnen, was auch immer, angelegt haben, darüber gibt es im Grunde drei Theorien, eine schwachsinniger als die andere. Landebahnen für außerirdische Raumschiffe, zeremonielle Wege für Fruchtbarkeits- und Regenriten und mein Liebling: eine sinnlose Laune einer primitiven Kultur.

Erste lassen wir mal weg. Dritte? Wer diese Idee hatte, ist primitiv. Dieser Aufwand, diese Perfektion in Bezug auf die Geradheit der Linien über Kilometer hinweg ... egal.

Fruchtbarkeitsriten? Regenriten? Ich bin mir sicher, dass die da Zeremonien abgehalten haben, auf denen die die

Linien langgelaufen sind, das will ich nicht abstreiten. Für Regen aber haben zumindest die Erbauer garantiert nicht gebetet. Diese Linien sind einfach in den staubigen Boden gescharrt. Ein kleiner Wind und alles ist hin, und ich sage euch, die haben die da hingekritzelt, weil die genau wussten, dass es dort wenig Wind und so gut wie keinen Regen gibt, und die wussten, dass die so hier lange erhalten bleiben. Den Teufel hätten die getan, für Regen zu beten.

Na ja, jedenfalls gelten deshalb die Nazca-Linien als DAS größte ungelöste Rätsel der Menschheit, zu Recht. Kommt mit rein und setzt euch um mich."

Wir gingen zum Sofa, auf dessen kleinem arabischen Holztisch schon der Laptop wartete.

„Wisst ihr, bis heute hält sich hartnäckig das Gerücht, man könne die Linien nur aus einem Fluggerät aus beobachten. Ich habe jetzt zwei schlaflose Nächte darüber gebrütet. Hier auf der Karte …"

Die Karte war mittlerweile in allen möglichen Neonfarben bunt markiert.

„… sind die Bilder mit Namen beschriftet. Für die Bilder interessiere ich mich überhaupt nicht, hab das Blatt aber so herum gehalten, bis ich gedacht habe: ‚Wenn ich die sehen will, brauch ich kein UFO, sondern muss auf den Berg hier drauf, gucke also in diese Richtung. Ich hab das Sauding wegen der Beschriftung als falsch rum gehalten, Mann. Außerdem muss man die gar nicht im Ganzen sehen, es reicht auch vor Ort zu wissen, in welche Richtung welche Linie zeigt, und vom Berg hätte man, gerade wenn vielleicht nachts Fackeln aufgestellt sind, schon alles erkennen können. Na ja, der springende Punkt ist das hier!" Ich klappte den Laptop auf.

„Willst du mich verarschen?", hauchte Volker.

„Was genau ist das da auf dem Computer?", wollte Cora wissen.

„Ich habe dir erzählt, dass ich mit diesem Programm geglaubt habe, ein System in der Anordnung bestimmter Bauwerke gefunden zu haben, die ich nach bestimmten Kriterien ausgewählt habe. Das am Computer ist mein Werk und auf diesem Blatt hier, das ist das Werk der Nazca, welches ich nur etwas farblich untermauert habe, um zu verdeutlichen, welche Linien welche darstellen.

Also. Achso, die Nazca-Linien liegen exakt auf der Linie mit Gizeh, Mohenjo und so weiter, die ich als Hauptlinie weiß markiert habe. Es gibt hier eine Schwierigkeit, nämlich wenn man eine sphärische Karte auf eine Fläche projiziert, verzerrt sie sich. Zum Beispiel ist Russland, so groß es auch ist, nicht ganz so groß, wie es auf der Karte erscheint, weil je weiter man sich vom Äquator entfernt, desto mehr verzerrt sich das Bild in die Breite, deswegen sind die Winkel auf den Nazca-Linien nicht exakt dieselben wie auf der Erdkugel am PC. Man kann das auch irgendwie berechnen, diese Art von Projektion einer Kugel auf eine Fläche nennt sich Mercatorprojektion, ich hab hier auch so ne tolle Schablone, um das zu machen, aber ich bin zu ungebildet dafür. Hauptschulabschluss Alter. Ich brauch das auch nicht versuchen, Sphärische Trigonometrie werde ich nicht verstehen, Punkt. Ihr seht ja mit bloßem Auge, wie sehr sich beide Bilder gleichen, aber ich will es euch so genau wie möglich zeigen, deshalb schauen wir uns erst mal die Hauptlinie an sowie Linien, die entweder fast im rechten Winkel von der Hauptlinie abweichen, oder so kurz und nahe dran sind, dass die Verzerrung in diesem Maßstab keinen Ausschlag gibt.

Wir haben hier bei den Nazca-Linien also eine besonders lange Gerade, die vom linken Bildrand bis zum rechten führt, das ist die Hauptlinie. Vom linken Ende spreizen sich Linien ab, dann in der rechten Hälfte der Mitte und ganz rechts. Die anderen Punkte sind Kreuzungen von meist nur zwei Linien. Hier unter den blauen Linien gibt es zwar auch noch einen Ballungspunkt, aber gehen wir erst mal zur Hauptlinie. Es gibt noch eine Sache. Wie ihr seht, fehlen auf den Nazca-Linien alle Linien, die ich am PC orange markiert habe. Orangene gehen von Gizeh aus. Man erkennt sofort, wie schematisch sie angeordnet sind, sodass ich Gizeh nicht aus dem System nehme, nur weil es nicht in den Nazca-Linien eingetragen ist, warum auch immer. Ihr seht die fünf Linien da von Gizeh aus. Die erste führt zu den Pyramiden von Chichen Itza. Daneben, in einem Winkel von sechs Grad, liegt die Linie nach Teotihuacan. Sechs Grad weiter eine Linie nach Mekka, sechs Grad weiter zum Uffington White Horse, sechs Grad weiter zu den Pyramiden von Visoko. Ihr wollt mir doch nicht erzählen, das sei Zufall. Fünfmal hintereinander sechs Grad? Sechs mal sechs Grad wäre mir mit insgesamt sechsunddreißig Grad zwar lieber gewesen, weil ... sechsunddreißig Grad von der Linie Visoko liegt die exakte Linie zum Nordpol, weitere sechsunddreißig Grad führt eine Linie nach Göbekli Tepe, insgesamt von der Linie Visoko nach Göbekli zweiundsiebzig Grad. Zweiundsiebzig ist die heilige Zahl in so ziemlich jeder alten Kultur, keinen Schimmer warum. So, von Göbekli sechs Grad nach Balbeek, dann hier, Linie zur großen Pyramide in China, sechs Grad Abstand zu den Yonaguni-Ruinen. Aber jetzt passt mal acht. Gizeh ist nicht drin. Egal. Den linken grün markierten Punkt? Sahara, irgendwo in Mauretanien ... keine Ahnung, da gibt's nichts Bekanntes oder Sichtbares. Wer weiß, ob da was unterm Sand ist oder nicht. Die rechte Kreuzungsballung? Ein Ort in Vietnam, der vorerst nur in meinem Kopf existiert. Anhand dessen, was ich glaube zu wissen, sage ich, diese beiden rein hypothetischen Orte müssten einen Abstand von zwölftausend Kilometer haben, wenn ich dieses System recht verstanden habe, denn ich sagte bereits, dass es unter anderem auf vierundfünfzig und zweiundzwanzig basiert, und zwölftausend geteilt durch zweiundzwanzig ergibt fünfhundertfünfundvierzig Komma vier fünf vier Periode. Eine periodische Vierundfünfzig.

Warum diese Rechnung genau für diese Linie zutrifft, ist jetzt ja mal egal, das würde den Rahmen sprengen. Also. Diese Linie ist, laut mir, zwölftausend Kilometer lang. Auf meiner gedruckten Karte ist sie, weil das Schicksal ein Bastard ist und mir den letzten Nerv rauben will, genau zweiundzwanzig Zentimeter lang. Um also einen Rechenschlüssel für den Maßstab zu erhalten, teile ich zwölftausend durch zweiundzwanzig. Ich weiß, dass das verwirrend ist, aber ich schwöre, das war Zufall. Jedenfalls ist dann der Maßstab eins zu fünfhundertfünfundvierzig Komma vier fünf vier Periode."

Da zweifelt man doch echt an seinem Verstand. Wissen Sie, da beschäftige ich mich mit diesem Kram von wegen vierundfünfzig und zweiundzwanzig und irgendwelche Linien, um einen Roman zu schreiben, und dann ist diese beschissene gedruckte Linie zweiundzwanzig Zentimeter lang.

„Jetzt sage ich, der blau markierte Ballungspunkt links neben den rosanen Linien ist Mohejno Daro, und diese rosanen Linien kreuzen sich an diesem Ort in Vietnam. Um zu überprüfen, ob das zutrifft, rechnen wir die reale Entfernung von viertausenddreihundertneunundachtzig geteilt durch fünfhundertfünfundvierzig Komma vier fünf vier Periode, was acht Komma null sechs ergibt. Das heißt, wenn ich jetzt das Lineal anlege, müssten diese Punkte einen Abstand von acht Komma null sechs haben. Tata. Was sagt ihr?"

Keiner war gerade in der Lage, etwas zu sagen.

„Machen wir weiter. Entfernung von Vietnam zu den Felsentempeln von Petra: siebentausendfünfundneunzig Kilometer geteilt durch fünfhundertfünfundvierzig Komma vier fünf vier Periode ergibt dreizehn Komma neun zwei. Dreizehn Komma neun zwei Zentimeter von Vietnam hier landen wir exakt auf der Linienkreuzung kurz unter dem umgedrehten Wort ‚Hund‘, der Beschriftung so eines Bildes. Vietnam bis Angkor Wat sind vierhundertvierzehn Kilometer, also null Komma sieben fünf neun Zentimeter. Hier, auf der Karte siebeneinhalb Millimeter. Von Vietnam aus auf der Karte führt eine rosane Linie im neunundachtzig Grad Winkel zur Hauptlinie nach oben. Seht ihr, am PC führt diese nach Chichen Itza, rechts daneben die nach Teotihuacan, rechts daneben die zu den Yonaguni-Ruinen. Hier, wo diese sich mit einer langen Blauen aus Mohenjo kreuzt, liegen die Yonaguni-Ruinen. Die lange rosane links dieser drei Linien trifft sich mit der langen blauen und der langen grünen von Mauretanien am Nordpol. Das ist, was ich bisher habe, aber ich habe ja auch gerade erst angefangen. Aber … ach keine Ahnung. Ist einfach ne Bestätigung, wisst ihr. Gestern war die Sache mit Vietnam abstrakt, aber jetzt …

Ich will mal was probieren. Bisher habe ich alles, ich sage mal: rückverfolgt, jetzt muss es auch umgekehrt funktionieren. Hier zwischen Mohenjo und Mauretanien bildet sich ja dieses große markante Dreieck, was sich gut an beiden Bildern vergleichen lässt, und das versuche ich jetzt mal auf eine der Kreuzungen an der Spitze des Dreiecks auf den Computer zu übertragen. Die Linie unterhalb der Nordpollinie von Mauretanien, da hört zwar mein A-4-Blatt auf, aber wenn ich die weiterführe, kreuzt sie in einer Reihe, noch sichtbar hier, dann weitergeführt, die chinesischen Pyramiden und die Yonaguni-Ruinen. Alle drei Punkte in einer Reihe. Jetzt kreuzt diese Linie von dem Punkt unterhalb von Mohenjo, genau hier."

Ich rekonstruierte die Kreuzung, zoomte ran und landete auf Malta, so wahr ich hier sitze.

„Was gibt's denn in Malta? Auch irgend so was wie Pyramiden?", gierte Cora, die offenbar mitgerissen wurde.

„Keine Ahnung, hab noch nie was von gehört, kleinen Moment, mal suchen … Malta …

,Künstliches, bisher aufgrund der Größe unerforschtes Höhlensystem, angelegt mit unbekannter, unerklärbarer Technik, von einer unbekannten Kultur.'

Wollt ihr sonst noch was wissen? Funktioniert doch! Und wartet, ich mess mal …, Leute, ich krieg grad 'n bisschen Bammel. Sechs Grad neben der Linie, die von Gizeh ausgeht, nach Chichen Itza … und damit hab ich meine sechsunddreißig Grad."

„Das glaub ich jetzt nicht!", platzte es Cora vor Begeisterung heraus. „Was bedeutet'n das jetzt?! Ich meine, ich bin grad bisschen durcheinander, was …?"

Ich wurde ernst und ruhig.

„Diese Linien hier, die vor mehr als zweieinhalbtausend Jahren in den Wüstenboden der Atacama gescharrt wurden, sind eine Karte. Eine Karte zu den bedeutendsten und wertvollsten Schätzen der Menschheit. Und ich weiß, wie man sie liest."

„Mit anderen Worten", sagte Volker, „du kannst jetzt nachgucken, wo schon irgendwas ist, das man kennt, und abhaken, oder genau bestimmen, wo etwas noch Unbekanntes zu finden wäre?"

„Theoretisch, ja. Ganz einfach, wie gerade bei Malta, wird das nicht immer werden. Wie gesagt, ich kann diese Verzerrung nicht genau ausgleichen und mal abgesehen davon, kann ich, egal wie groß der Maßstab einer Karte ist, nicht präzise messen, wie lang eine Linie ist. Hierbei gelten geringfügigste Ungenauigkeiten, die zu falschen Positionen führen würden. Ich müsste also bei jeder Linie den Sinn verstehen, um die reale Entfernung zu berechnen, wovon ich weit entfernt bin. Aber ich denke, teilweise werde ich das schon hinkriegen, und dann könnte man hingehen und dort Ausgrabungen anstellen, was natürlich keiner genehmigt, uns sowieso nicht, aber auch keinen anderen Archäologen. Was ich also tun muss, ist, all meine Aufzeichnungen und Kopien eines USB-Sticks bei einem Notar einschweißen zu lassen. Dann werde ich nach Vietnam reisen, und wenn ich dort finde, wonach ich suche, kann ich offiziell sagen, dass und warum ich genau wusste, wo ich hinmusste und was dort ist. Ich muss es beweisen, ansonsten spielt es keine Rolle, ob ich das hier lesen kann oder nicht. Aber jetzt würde ich ganz gerne mal in die Stadt, mir die Füße vertreten. Ich weiß nicht, was ihr vorhabt, aber ich werde nicht mehr lange hierbleiben, sondern nach Hause fahren und mich vorbereiten."

„Ich komm mit in die Stadt", meinte Cora. „Ganz ehrlich, ich hab mich in Granada verliebt."

Warum man sich in Granada verliebt, beschreibe ich jetzt net. Ich muss hier ja nicht auf alles eingehen.

„Es ist ne tolle Stadt, gelle. Ich hab hier auch mal ne Weile beziehungsweise immer mal wieder gewohnt", erzählte Volker. „In den Neunzigern war ich ne Zeitlang hier, aber da erinnere ich mich nicht so genau dran. Ich war richtig am Ende damals. In Deutschland hatte ich ne Frau, zwei kleine Kinder und ne eigene Bäckerei. Die Frau hatte ich kennengelernt, als mich einer meiner Gesellen zu ner Party eingeladen hatte, wo auch seine Freundin war. Und da hab ich dann mit sechsundzwanzig meinen ersten Joint geraucht.

Ja und ich hab mich in dem seine Freundin verliebt. Ich hab die 'n paar Tage später angerufen und ihr gesagt, dass wir uns nicht mehr sehen können, weil ich mich in sie verliebt habe, und sie sagte dann, dass sie sich auch in mich verliebt habe. Jetzt mussten wir halt noch den andern loswerden, was ja dann auch kein Problem war. Ich war ja sein Chef und nicht umgekehrt. Tja. Und so kam ich in nen Kreis von Leuten, die aus ner völlig anderen Welt kamen als ich. Vorher hätte ich wahrscheinlich jeden Kiffer angezeigt, aber dann hab ich natürlich nicht nur einmal 'n Joint geraucht, sondern sofort richtig angefangen, und dann kamen die neuen Freunde an mit Speed, LSD, Ecstasy. Als Bäcker musste ich früh raus, ich hatte immer um drei Uhr nachts in der Backstube zu sein, dann hatte ich ne Frau, die ihr erstes Kind bekam. Um das zu schaffen, hab ich nur noch Speed gezogen, und wenn man auf Speed ist, trinkt man auch, und wenn man trinkt, ist eh alles egal. Meine sogenannten Freunde kamen dann wieder an, ich müsste unbedingt mal Heroin probieren, was die ja auch selbst genommen haben. Einen, der wirklich mein Freund war, haben meine Frau und ich irgendwann mit ner Nadel im Arm gefunden, tot. Die anderen, für die war ich einfach nur 'n Dorftrottel, und das war ich auch. Die ham sich 'n Spaß draus gemacht, mich mit irgendwelchen Sachen wegzuschießen. Magic Mushrooms ham die mir gegeben. Ist ja auch in Ordnung, zwei, drei. Mir haben die 'n ganzen Teller voll gegeben. Das war dann die Sache, wo ich nach Marokko bin für 'n paar Wochen. Zu Hause ham die nix von mir gehört in der Zeit. Nach drei Wochen war mein Trip vorbei, stellt euch das mal vor, drei Wochen völlig ... Dass ich das überhaupt überlebt hab oder net behindert bin, ist 'n Wunder. Irgendwann bin ich dann wieder gekommen und meine Frau und ich haben's nochmal probiert. Wieder Kontakt zu den Leuten gekriegt, ich brauchte ja Zeug, und dann ham die gesagt, ich muss unbedingt Tollkirsche probieren und ham mir 'n Tee gekocht. Richtige Bastarde, und ich war einfach zu blöd, es zu schnallen. Wollte wahrscheinlich cool sein oder so, aber für die war ich 'n Affe. Tollkirsche. Ich saß vor meinem Haus, einem alten Bahnhofsgebäude und hatte gerade allen Blumen im Garten den Kopf abgeschnitten, als mein Schwiegervater kam und gesagt hat: ‚Komm Volker.' Und da wusste ich schon, wo's hingeht, und ich bin mitgekommen. Na ja, oder, keine Ahnung. Einer meiner Söhne hat mir mal erzählt, dass sein Opa, der mich damals geholt hatte, ihm gesagt hat, dass ich nicht ganz so ruhig und kooperativ mitgekommen sei, wie ich es in Erinnerung habe. Wird wohl so gewesen sein. Meine Frau konnte dem dann, direkt nachdem die mich in die Psychiatrie, in der sie grad ihre Ausbildung zur Krankenschwester gemacht hat, gefahren hatten, beichten, dass sie wieder schwanger ist.

Dann ham die der noch vorgeworfen, die hätte mir Drogen reingebracht. Ich hab die Beruhigungsmittel von morgens und mittags nämlich immer wieder ausgespuckt und abends alle drei genommen. Anstatt 'n Affen zu haben, saß ich dann ganz ruhig da. Irgendwann kam ich dann auch da raus und hab natürlich sofort wieder angefangen Heroin zu spritzen und alles andere. Das erste Wort meines ältesten Sohnes war ‚Bier', und einmal hab ich dem noch schnell die Filmdose mit Ecstasy aus der Hand genommen.

Ich war einfach dabei, wirklich verrückt zu werden, und irgendjemand hat mir erzählt, ich müsste unbedingt mal nach Spanien, wo die Hippies leben, und dann lag ich da, im Dachgeschoss in ner Hängematte. Tagelang. Vielleicht mehr, ich weiß es nicht und bin da nicht mehr rausgekommen. Meine Frau hat mich angefleht, angeschrien, geweint, aber ich war einfach nicht mehr da. Und dann. Dann musste ich weg. Ich hab gewusst, ich muss weg

– oder mich umbringen. Bin dann einfach raus, noch bei nem Freund vorbei, der mir noch knapp tausend Mark geschuldet hat, und hab gesagt, dass es jetzt so weit ist. Er hat mir das Geld auch sofort gegeben, weil der kannte mich und hat gewusst, dass er mich nicht überreden braucht zu bleiben, weil ich das nicht überlebt hätte. Bin dann in den nächsten Zug nach Frankfurt gestiegen und von da aus nach Spanien. Irgendwo in Spanien gibt's dann ne Vollbremsung und 'n Donner, alle fliegen durch den Zug. Alle raus aus 'm Zug, dann kam 'n Schaffner vorbei, der zwar unter Schock stand, aber trotzdem irgendwie die Kontrolle bewahrt hat, und der hat mir dann gesagt, dass hinter ner Kurve 'n Selbstmörder sich mit nem Auto hingestellt hat. Man konnte auch an manchen Stellen das Blut sehen und der Zug war beim Aufprall entgleist. Ich hab mich dann neben ne Frau gesetzt, die da irgendwo saß, hab angefangen mit ihr zu quatschen. Es hat ewig gedauert, bis die Busse organisiert hatten, die uns wegbringen sollten, wir waren ja auch mitten im Nirgendwo. Na ja, ich hab dann gesagt, dass ich noch 'n bisschen Shit in der Tasche hätte, die hat ne Flasche Rotwein ausgepackt und so haben wir uns kennen gelernt. 'N Bus sollte uns dann nach Valencia bringen, wo sie gewohnt hat, und als der irgendwann Pause gemacht hat, sind wir kurz ausgestiegen und haben uns versucht zu entspannen. Nach anderthalb Stunden kam dann der Bus zurück, und wir hatten betrunken und bekifft nicht mal gemerkt, dass der ohne uns weggefahren ist. Unter normalen Umständen wär kein Bus zurückgekommen, aber der Fahrer konnte ja net riskieren, dass uns verwirrt und unter Schock was passiert. Die anderen Fahrgäste waren auch net angepisst, die ham uns jubelnd begrüßt, sich kurz über uns lustig gemacht. Es war einfach kein Platz zum Angepisstsein, dass jetzt alle nochmal zurückmussten wegen uns Idioten. Wir hatten ein Zugunglück überlebt, jeder war vollgepumpt mit Adrenalin und Glückshormonen. War einfach nebensächlich. In Valencia sind wir dann erst mal in eine ihrer Bars, und da in Spanien hab ich gelernt, was es heißt zu feiern. In den Straßen waren Leute am Feiern, einfach so in jeder Bar war ne ausgelassene Stimmung, wie ich's noch nicht kannte, und in ihrer Stammbar wurden wir so richtig gefeiert, weil wir 'n Zugunglück überlebt hatten. Extra für uns ging das dann erst richtig los. Ich hab mich so volllaufen lassen. Mitten in der Menge alles vollgekotzt. ‚Egal!', ham die gesagt. ‚Du hast 'n Zugunglück überlebt!'

Irgendwie haben die mich dann zu der nach Hause geschleppt. Nächste Tag hat sie mir ihre Lebensgefährtin vorgestellt und klargemacht, dass, falls ich mir was erhofft hätte, das halt nicht ist, weil sie lesbisch ist, aber ich könne gerne 'n paar Tage hierbleiben. Dann ham die beiden sich natürlich doch drei Tage mit mir vergnügt, dann aber gesagt, dass ich jetzt langsam weitermüsse, und dann bin ich erst mal nach Granada."

„Du bist ja super ey!", empörte sich Cora. „Vergnügst dich mit zwei Lesben, während deine Frau und Kinder gerade um ihre Existenz bangen, und findest dich noch obercool dabei."

Volker senkte den Kopf.

„Ich hab einen Brief an meine Frau geschrieben: ‚Ich bin in Spanien. Mir gefällt's hier. Ich bleibe hier.' Mehr nicht. Und lass es einfach Cora. Aber sie hat es geschafft. Sie hat meine Söhne echt super hingekriegt, alleine, und ich weiß, dass die, wie die sind, nicht mein Verdienst sind, und ich bin unglaublich stolz auf sie, wie sie das geschafft hat."

Cora wandte ihren Kopf zur Seite, um Fassung ringend.

„Hast du ihr das wenigstens mal gesagt?"

„Nein. Das werd ich auch niemals können. Dafür schäm ich mich viel zu sehr für das, was ich gemacht hab. Lasst uns in die Stadt fahren. Was habt ihr denn vor?"

„Ich will noch 'n Freund von mir besuchen oben in den Höhlen und dann was für die Fahrt morgen einkaufen", antwortete ich, und wir gingen zur Bushaltestelle.

Wir gingen durchs Albaycin hoch Richtung San Nicolas, bogen aber vor den langen Treppen zum Sacro Monte rechts ab, an dem Haus vorbei, in dem mein Bruder während eines einjährigen Studiums gewohnt hatte und welches das höchstgelegene Haus Granadas war mit entsprechendem Ausblick, und kamen zu den Höhlen.

„Tejas!", rief ich, als wir vor seiner Höhle standen, er kam.

„Hola, Hombre! Whats goin' up man, what are you doin' here? Such a surprise!", begrüßte er mich, wir umarmten uns.

„Oh, I've just been since yesterday in town and me is leaving tomorrow, so I had to come around. Tejas, these are Cora and Volker, Cora, Volker, Tejas."

„I'm plessured, nice to meet you man! Especially you Cora. Can't believe he's bringin' a girl here man. At least!", begann er überschwänglich und schnell in indischem Akzent. „You know, every time he's coming up here, I was sayin' 'im, that he needs a girl man, I was tellin' it to 'im every time."

Ging das schon wieder los. Cora lächelte verlegen, offenbar verstand sie nicht alles.

„Kannst du kein Englisch?", fragte ich.

„Schon, aber das ist etwas schnell."

„You know, last year, when he was here …", fuhr er fort, „he just met two italian cuties, went through the bars with 'em the whole night, and next day, when they were invitin' 'im to another party, he just said no, I was thinkin' about, what is wrong with 'im man!"

„Actually it was a little bit different man", verteidigte ich mich.

„Ahhh, don't bother man, don't bother."

„The first night, they just didn't want to go in their fucked up tiny room, they hired for a few days, and expected me to invite them to my pretty house, where just my family were, you know? Second day, I wanted to meet up with you man, before I had to leave Spain and won't have seen you and we are seeing each other one time a year, so I just set priorities!"

So ging das los, noch ehe wir uns in den netten Innenhof vor seiner Höhle auf ein paar Plastikstühle gesetzt hatten.

„No, no, don't blame me for that man, they invited you to a party and it was so clear, that they wanted to spend the night with you man, and ..."

„They invited me to a fucking ‚balkan bombers party' and actually I was pretending to have a nice evening with you man and you were just talking about nothing else, than: ‚Dude, ya got to get to 'em, you can decide, which one you want, or you can get both, you need to man, what's wrong with you man, you gotta go fuck 'em both, and you're sitting here, you got my point!' What's wrong with YOU man? At least you haven't fucking seen them man, they were fucking children, you know? Thirty year old woman, acting like children, that's not what I'm going for on such a civil war party, or whatever it would have been and that's not what I wanted to change for meeting up with you! And actually they didn't want me to come with them to their ran down one room flophouse, they wanted me to take them to my nice house in Ogijares, where my mother, my brother and his children had been, great God."

„Great God? Great God, you've been going to have a fuckin' tripple man and ya failed!"

„Ich glaube, wir lassen euch zwei mal alleine", sagte Cora verlegen. „Komm Volker, lass uns irgendwo was trinken."

„Ist, glaube ich, besser", sagte ich. „Ich muss sowieso noch was Längeres mit dem besprechen, was ein etwas unangenehmes Thema ist. Volker, da oben beim Plaza de San Nicolás, geht am besten dahin, da find ich euch."

Cora und Volker verließen uns, sich im Gehen verständnislos über uns, kopfschüttelnd ansehend.

„You haven't kissed her goodby man?!"

„She's not my fucking girlfriend man."

„She is …? Hombre! I can't believe it!"

„Bro, I know her since yesterday."

„Yeah man, let's change the theme. What the hell are you wearing man? Black trousers, black shirt! Going to a funeral man? You so fuckin' tense man. You need to ease man, smoke some weed, drink a beer man, ya fuckin' got my point man?"

„Yes, I got your point. Look, I have not that much time and there is something I need to know from you."

„Also, was ist dein Problem?", wollte Cora von Volker wissen.

„Bitte? Ich hab kein Problem. Hab ich was Falsches gesagt?"

„Nein. Ich meine das bezogen auf dein Leben. Ich würde gerne wissen, was dein Problem ist, das mein' ich gar nicht böse."

Volker schien nicht recht zu wissen, was genau sie jetzt von ihm erwartete.

„Wie ist das denn alles ausgegangen? Mit deinen Kindern und alles. Ich will jetzt nicht deinen kompletten Lebenslauf wissen, aber wir ham doch jetzt Zeit. Und lass bitte das Unwichtige weg. Kavaliersgeschichten kannst du mir irgendwann immer noch erzählen."

Volker dachte nach darüber, wie er da anfangen sollte und ob er ihr das überhaupt erzählen wollte.

„Gut. Also erst mal … Ich bin dann erst mal wieder nach Deutschland, aber net nach Hause, sondern zu meinem Freund Michael im Wendland. Der hat da oben Spargel- und Heidelbeerplantagen. Wir sind zusammen groß geworden, und während ich halt immer alles Geld, das ich verdient hab, verschleudert hab, hat er gespart und investiert. Da bin ich immer hin, um zu arbeiten, wenn ich Geld brauchte. Und dann bin ich wieder nach Spanien, nach Menegras und hab San Pablo gefunden. Mittlerweile ist da ja alles voll mit Leuten. Ich wusste net wohin und bin völlig betrunken einfach an der Küste langgelaufen, bis ich irgendwann dahin kam und diese Burg gesehen hab. Da war noch niemand da. Ich war der Erste und hatte ne ganze Burg für mich allein, deswegen bin ich ne Weile geblieben, und in Menegras hab ich dann noch meine zweite Frau kennengelernt. Die wurde schwanger, in einer Höhle. Wir haben das Kind nach einem sehr guten Freund von uns benannt, der hat übrigens hier in Granada gelebt, ist aber mittlerweile tot. Nachdem sich rumgesprochen hatte, wie toll es in San Pablo ist, sind da immer mehr Leute hingekommen und ham sich dauerhaft in der Burg und den Höhlen eingerichtet, diese Affen. Dann ham wir gesagt, dass wir da nicht mehr bleiben können, wir hatten uns ja grad das Heroin entzogen, ich hab aber immer noch getrunken, und dann kannst du nicht mehr dort leben, wo das jeden Tag um dich herum ist, und jemand hat uns erzählt, dass irgendwo in den Bergen kleine Hütten stehen, also ist meine Frau los, hat die auch gefunden und ne Scheibe eingeschlagen. Irgendwann kam jemand vom Umweltschutz, hier dürfe man nicht leben, das sei

Naturschutzgebiet, und meine Frau hat gesagt: ‚Ich hab ein kleines Kind, kein Geld, keine Arbeit und kein Dach über'm Kopf, wollen Sie mich rausschmeißen?'

So wäre das nicht gemeint gewesen ... Das versuch mal in Deutschland. Da sitzt du wieder auf der Straße und dein Kind ist im Heim, so schnell kannst du gar nicht gucken. Und da haben wir dann eine Weile gelebt, bis der Kleine drei oder vier war. Meine anderen Söhne waren da schon über zehn Jahre alt, glaube ich. Sie ist dann mit dem Jungen nach Madrid zu ihrem Vater, einem Dreckschwein ohnegleichen. Der hat 'n Freund zu Besuch gehabt, der Junkie war und von dem er genau wusste, dass der Aids hat, und der Freund hat dann bei ihm zu Hause, während der Vater da war und während er davon wusste, mit der Schwester meiner Exfrau gefickt und die angesteckt. Der hat seine beiden Töchter als Kinder mit dem Fahrrad losgeschickt, seine Drogenverkäufe auszuliefern.

Aber meine Exfrau war halt auf den angewiesen in Madrid. Hat da in nem richtigen Getto gewohnt, mit Einschussloch in der Tür, bin selbst da zweimal überfallen worden. Der Junge hat sich da nicht mal getraut, alleine einkaufen zu gehen. Na ja. Ich bin noch ne Weile in San Pablo geblieben, immer mal wieder kurz nach Deutschland, hab's da aber nie lange ausgehalten."

„Du hast es, denke ich, nie irgendwo lange ausgehalten."

„Na ja, da in der Wüste hab ich fast zehn Jahre gelebt."

„Mit oder ohne Drogen und Alkohol?"

„Mit."

„Wann hast du aufgehört?"

„Ich hab sowieso nur noch getrunken und gekifft. Ne Zeit lang hab ich zwar da noch Chrystal Meth gezogen und Crack geraucht, aber später dann nicht mehr. Dann bin ich eines Nachts von San Pablo sturzbetrunken den Weg an den Klippen nach Hause gelaufen und bin abgerutscht. Ich bin an einer Felskante hängen geblieben, du kannst dir nicht vorstellen, wie knapp und unwahrscheinlich das war, da hängen zu bleiben, bevor es über fünfzig Meter in die Tiefe geht, und da hab ich gedacht, irgendjemand hat mir gerade noch eine Chance gegeben, und aufgehört zu trinken. Das Rauchen hör ich nicht auf."

„Und dann? Wie lange bist du noch geblieben?"

„Nicht mehr lange ... Ich bin dann mal nach Granada, mal nach Callahonda, hab da kurz gewohnt. Dort hab ich ne Frau kennengelernt, Rosa hieß die. Die war relativ frisch verwitwet und Millionenerbin. Ihr Mann war zwar Zahnarzt, hatte aber auch große Ländereien mit Schafen, und jeder wollte was von der, weil jeder an ihr Geld wollte, und dann hat die sich mit mir armen Hund eingelassen, weil mir der ihr Geld scheißegal war. Die war schwer depressiv und hat starke Tabletten bekommen, ich hab ihr dann gesagt, sie soll dieses Teufelszeug weglassen, und ihr Gras gegeben, woraufhin sie aufgeblüht ist. Wir ham uns dann aufgerafft und die völlig runtergekommene Schafzucht wieder in die Reihe gekriegt, aber ich hab der immer wieder gesagt: ‚Scheiß auf Schafe, du musst Rinder holen!'

Ich bin dann, weil ich 'n Idiot bin, wegen ner Kleinigkeit abgehauen, die sie falsch verstanden hatte. Wusste nicht wohin, bin wieder nach San Pablo zu Benito.

‚Du Idiot!', hat er zu mir gesagt. ‚Du hattest im Lotto gewonnen und es weggeschmissen! Jetzt kannst du wieder lernen, arm zu sein. Wenn du was zu fressen ham willst, geh abwaschen!'

Hab ich dann auch gemacht. Zu der Rosa hab ich auch bis heute noch Kontakt, wir telefonieren regelmäßig, und stell dir vor, sie hat auf mich gehört und heute hat sie Spaniens größte Rinderfarm.

Wieder kurze Zeit nach Berlin, und da hab ich dann eine Neuseeländerin kennengelernt, die ne Bäckerei aufmachen wollte und einen Bäckermeister gesucht hat, also bin ich nach Neuseeland."

„Nicht dein Ernst."

„Ja und dann war ich da, am anderen Ende der Welt, kannte niemanden, hab mich mit meiner Chefin zerstritten, weil die mich übers Ohr hauen wollte, und bin schwer depressiv geworden und hab mich erst mal einweisen lassen. Als ich wieder draußen war, saß ich in nem Bus auf dem Weg nach … ist ja auch egal wohin, und plötzlich wurden alle unruhig. Kam wohl irgendwas im Radio, aber ich versteh unheimlich schlecht Englisch. Weißt du, die Spanier hassen Englisch. Hat was mit der jahrhundertealten Konkurrenz und mit dieser Gibraltarsache zu tun. Wenn man die als Ausländer in Englisch anspricht, empfinden das viele als unhöflich, deswegen hab ich von vornherein mit Spanisch angefangen. Ja, und die wurden immer unruhiger und wir haben unsere Route verlassen, weil der Fahrer versucht hat, so schnell wie möglich in den Bergen an Höhe zu gewinnen, und dann hat man es auch irgendwie geschafft, mir verständlich zu machen, dass gerade ein gewaltiger Tsunami direkt auf uns zukommt, der schon in Japan ein Atomkraftwerk zerstört hätte. So was erzähl jemandem wie mir, der gerade aus der Psychiatrie entlassen wurde und anfällig für Psychosen ist. Das sei nicht weiter schlimm, haben die versucht mich zu beruhigen, die Nordhalbkugel sei möglicherweise nicht mehr bewohnbar, aber uns beträfe das nicht.

,Ich hab drei Kinder auf der Nordhalbkugel!', hab ich gesagt.

Danach hab ich meine Mutter angerufen, dass sie mir sofort Geld schicken muss, damit ich hier wegkann, bevor ich wieder in die Psychiatrie einwandere, also bin ich zurück nach Deutschland, und damit ich der das Geld wiedergeben konnte, bin ich mal wieder zum Michael ins Wendland. Da läuft mir dann ne alte Bekannte über den Weg …"

„Was auch sonst."

„Die hat mich gefragt, ob ich 'n Haus kaufen will, und ich hab ‚ja' gesagt."

„Von welchem Geld denn bitte?"

„Ja, warte, das war ne Bruchbude, in der ne Horde Punks gehaust hatte. Alles kaputt, kein Wasser, kein Boden, ungelogen viele, viele Tonnen Müll. Dreihundert Euro Mietkauf im Monat. Und dann hab ich mich an die Arbeit gemacht. Den ganzen Müll da rausgeschafft, Leitungen gelegt, Boden gelegt, Fenster und Türen eingesetzt und mir nen Ofen gekauft und angefangen Brot zu backen, um mir ein bisschen was zu verdienen. Dann hat mich die Mutter meines Jüngsten angerufen und gesagt, dass es in Madrid nicht mehr geht. Fünfzehn war der da. Ja, und dann ist er zu mir gekommen. Wir haben die Bäckerei gesundheitsamtreif gemacht, einen zweiten Ofen gekauft und gebacken. Bio-Dinkelbrot aus dem Holzofen, ohne Strom. Mein Freund Michael hat das dann für sechs Euro das Stück in Berlin auf dem Markt verkauft, und wir haben an alle Bioläden der Gegend geliefert. Hunderte jede Woche. Mein Sohn hat die Bäckerlehre bei mir gemacht, wir haben freitags noch Pizza angeboten, einen Lehrling eingestellt, mein Sohn hat ein Kind bekommen, hat mittlerweile die Bäckerei übernommen und ich, ich wollte dann doch noch die kurze Zeit meines Ruhestandes ohne viele Menschen in Ruhe verbringen und bin wieder in meine Wüste, und dann kam Hannes vorbei."

Cora dachte kurz nach, musterte Volker genau.

„Du bist sicher, dass du nichts ausgelassen hast?"

„Warum?"

„Na ja, du läufst weg. Du erzählst mir deine Lebensgeschichte und im Grunde erzählst du nur, wie du immer und immer wieder vor allem weggelaufen bist, sei es wörtlich oder durch Drogen. Ständig hin und her, dann ans andere Ende der Welt, obwohl dein Sohn in Spanien deine Hilfe gebraucht hätte? Und dann urplötzlich wirst du sesshaft, nimmst deinen Sohn zu dir, schaffst ihm eine Zukunft, trägst Verantwortung? Einfach so aus dem nichts? Und das soll ich dir abkaufen? Ich denke, dass du nie wirklich vor dem weggelaufen bist, was du denkst, wie Verantwortung, Streit oder Gefahr." Cora ließ ihm einen Moment. „Du hast ein anderes Problem, das in dir drin liegt. Du bist vor dir weggelaufen. Aber nicht vor deiner selbst. Was ist passiert, als du aus Neuseeland gekommen bist? Hast du deine Mutter oder deinen Vater nochmal gesehen, oder bist du direkt ins Wendland?"

„Mein Vater war da schon tot, meine Mutter hab ich zwei Tage nochmal besucht, die musste mir ja auch den Flug bezahlen, aber …"

„Da ist nicht etwa was zwischen euch vorgefallen? Ein alter Streit beigelegt oder so was?"

„Na ja … Das Einzige … Die hat mir was erzählt, über meinen Großvater …"

„War er 'n Serienkiller oder was?"

„Unterbrich mich nicht dauernd!"

„Tschuldige."

„Also warte, das ist ne etwas komplizierte Geschichte. Ich komm aus Frohnhausen, bei Dillenburg. Und mein Vater kam aus Eibach. Und meinen Großvater, Oskar Eisenkrämer, haben die den Schlächter von Eibach genannt. Aber das wusste ich nicht. Kurz bevor ich wieder nach Hause gekommen bin, ist ein Zeitungsartikel rausgekommen, in dem die NS-Vergangenheit der unmittelbaren Umgebung aufgearbeitet worden ist und die Verbrechen von vielen Leuten, die da jeder kennt, ans Licht gekommen sind. Mein Urgroßvater war bei der SA und hat eben die Leute abgeholt. Wenn du also im oberen Dillkreis diese Stolpersteine siehst, kannst du davon ausgehen, dass der was damit zu tun hatte. Unter anderem, und jetzt wird's verwirrend, also aufgepasst, hat er den damaligen Bürgermeister von Sinn, Hermann Schaub, abgeholt. Mein Urgroßvater und noch einer haben ihn verhaftet und ihn zu Fuß nach Herborn zum Bahnhof gebracht und ihn an jedem vollen Kilometer an einem Baum aufgehängt, sodass er immer gerade so überlebt hat. Deshalb heißt er der Schlächter von Eibach. Weil er seine Aufträge mit viel höherer Brutalität ausgeführt hat, als befohlen. In Herborn dann am Bahnhof ging's ab ins KZ. Der hat das aber überlebt.

Und Schaubs Haushälterin, die da war, als er mitgenommen wurde, war von ihm unehelich schwanger. Das war meine Oma Henni. Na ja, der Vater des Kindes war im KZ, also praktisch tot, und dann hat sie einen Mann geheiratet, der auch schon aus erster Ehe ein Kind mitbrachte. Patchwork nennt man das, glaube ich, heute.

Die beiden haben dann noch eine Tochter bekommen, meine Mutter. Der Sohn von ihm ist später in einer Kneipe in Frohnhausen erschossen worden. Einfach so, von einem Betrunkenen. Ich weiß noch wie heute, als mitten in der Nacht der Pfarrer geklingelt hat. Aber das ist ne andere Geschichte. Gut, meine Mutter, eine junge Frau, hat sich dann bei nem Fußballspiel in Eibach so nen jungen Kerl angelacht und ihrer Familie angekündigt, bald ihren Verlobten vorzustellen. Wer dann eines Tages mit ihr vor der Tür stand, war ausgerechnet der Sohn von Oskar Eisenkrämer."

„Alter!"

„Ja. Kann man sich nicht vorstellen, wie's meiner Oma gegangen sein muss. Aber es gab nix zu ändern. Krieg war längst vorbei, die haben geheiratet, drei Kinder bekommen, und so hatte man irgendwie mit dieser Situation umzugehen, dass man eben auch Kontakt zu diesem Schwein hat. Der beste Weg war wohl Schweigen.

Ja, und als dann der Artikel kam, konnte meine Mutter ja nicht mehr schweigen. Mir hat sich natürlich schon der Magen rumgedreht, als ich gehört hab, bei wem ich als Kind auf'm Schoß gesessen hab. Ich erinnre mich auch noch, mein Onkel war Kommunist und ich weiß noch, wie der Oskar keine Gelegenheit einer Familienfeier ausgelassen hat, ihm zu sagen: ‚Und dich bring ich auch noch ins KZ!'

Ich hab nie verstanden, was das heißen sollte.

Was ich verstanden hab, als mir meine Mutter das erzählt hat, war, warum mich nie jemand leiden konnte, warum mich in der Lehre alle grundlos gehasst und fertig gemacht haben, weil es nämlich jeder wusste, aus welcher Familie ich kam. Der einzige Idiot, der es nicht wusste, war ich."

„Schon klar, und die Eltern der anderen, die dich gehasst haben, haben schön bei ihren Kindern mit dem Finger auf dich gezeigt, um davon abzulenken, was sie oder ihre Familie selbst für einen Dreck am Stecken haben."

„Ja. In Eibach und Oberscheld gab es verhältnismäßig große SA-Ortsgruppen und ich glaube in Oberscheld sogar ein Zwangsarbeiterlager. In Niederscheld und Dillenburg wurden ja Teile für die V2-Rakete gebaut."

„Also gut, dann erzähl ich dir jetzt mal was. In der Psychologie gibt es nach Hellinger das Prinzip der Erbschuld. Die unaufgearbeitete Schuld innerhalb der Familie belastet die Familie, wobei die Schuld, warum auch immer, aber das ist typisch, immer eine Generation überspringt. Du passt also voll ins Schema. Dein Großvater ist ein Verbrecher und dein Vater kommt damit halbwegs klar. Die Probleme kriegst erst du. Natürlich ist es nicht nur die reine Schuld, sondern auch das Schweigen. Ein Kind merkt doch, wenn was nicht stimmt. Es kriegt doch die Anspannung mit, Blicke, Sprüche, die es nicht versteht, es bekommt mit, wenn auf scheinbar harmlose Fragen ausgewichen oder aggressiv reagiert wird. Ist dir echt nicht in den Sinn gekommen, dass die Aufklärung dieser Sache, das Brechen dieses Schweigens, dein Grundproblem deines gesamten Lebens gelöst hat?"

Volker blickte nachdenklich zu Boden, nickte dann mehrmals, kaum merklich.

„Nimm das nur nicht falsch auf, das ist kein Freischein, um sich von jeder Selbstverantwortung freizusprechen. Aber ganz hast du die Sache noch nicht gelöst. Eins gibt es noch für dich zu tun."

Volker schaute aufmerksam hoch.

„Hat deine Familie denn jemals nochmal etwas von diesem Hermann Schaub gehört?"

„Nicht dass ich wüsste."

„Du findest jetzt heraus, wer dieser Mann war, und gehst zu seiner Familie oder zu seinem Grab und bittest nicht um Vergebung, nein. Du bringst ihm einen kleinen Gedenkstein an sein Grab, unscheinbar und vor allem selbstgemacht, nichts aus dem nächsten Blumenladen, und versprichst ihm, dass du deinen Kindern und Enkelkindern erzählen wirst, was ihm widerfahren ist, und dass ihr ihn und sein Leid niemals vergessen werdet. Dabei geht es überhaupt nicht darum, ob seine Seele, möge so etwas existieren oder nicht, ob du das glaubst oder nicht, Frieden findet, sondern es geht darum, dass deine Seele Frieden findet und dass das alles ein Ende hat und nicht am Ende noch deine Kinder belastet."

„Das mache ich. Weißt du Cora, das werde ich dir nie vergessen."

Ich möchte noch kurz darauf aufmerksam machen, wie nachlässig bis heute mit so etwas umgegangen wird. Wenn Sie nach Oskar Eisenkrämer im Internet suchen, finden Sie nur eine Ehrung für die Verdienste im Sportverein und ein Bild des Eibacher Fußballplatzes. Fragen Sie im Dorf nach ihm, heißt es nur, was das für 'n toller Kerl gewesen sei. Sprechen Sie seine Verbrechen an, die er, wie gesagt, mit einer das befohlene Maß überschreitenden Brutalität ausgeführt hat, kriegen Sie nur zu hören: „Ach, das ham doch damals alle gemacht."

Denken Sie mal drüber nach.

Kapitel 12
Heimat

Getrennt voneinander trafen wir abends wieder im Haus ein, Cora und Volker hatten Schawarma mitgebracht, um mich kulinarisch zu entlasten. Volker und ich beschlossen, am nächsten Morgen aufzubrechen und möglichst schnell Spanien zu verlassen, da unklar war, in welchem Verhältnis wir momentan zum spanischen Staat standen, auch wenn wir den lokalen Medien nichts über eine Drogenrazzia in den Bergen und der damit verbundenen Suchannonce entnehmen konnten, was hoffentlich nicht nur daran lag, dass die Medien davon überschattet wurden, dass die ETA sich mal wieder am Flughafen in Madrid des groben Unfugs schuldig gemacht hatte, und von einem eher nebensächlichen Beitrag, dass ein mutmaßlich viertes Mitglied des NSU sich womöglich in Spanien aufhielt.

„Was ist denn eigentlich euer Plan?", begann ich und sah dabei Atze und Cora an.

„Also ich für meinen Teil muss nach Deutschland. Ich habe mir genauer angesehen, wo ich hinmuss, um ... diese Sache zu erledigen. Dieser Kreis liegt in Vietnam, nahe der kambodschanischen Grenze, im sogenannten Yok Don Nationalpark. Ich werde erst nach Hause fahren und mir dann in Frankfurt im Konsulat ein Visum besorgen und nach Vietnam fliegen."

„Ich werd', denk ich, nach Russland gehen, Hauptsache raus aus'm scheiß Westen. Aber vorher besuch ich nochmal meine Schwester", sagte Volker.

„Was zur Hölle willst du denn in Russland? Weißt du, wie scheiße kalt es da ist?", wollte ich wissen.

„Da ist man wenigstens willkommen als einer, der aus'm Westen rauswill!"

„Ach und du glaubst, dass Superputin scharf drauf ist, dich aufzunehmen? Alter, du bist kein Millionär, der scheißt auf dich. Die Russen scheißen auf dich. Mal abgesehen davon, was da an Menschenrechtsgeschichten geht."

„Was für Menschenrechtsgeschichten? Glaubst du etwa die Lügen auf'm Erst'n?"

„Ich glaub net die Lügen auf'm Ersten, ich guck Al Jazeera, und wenn ich da seh, dass 'n russisches Flugzeug ne Bombe auf ne Schule in Syrien wirft, weiß ich nicht, warum ich das nicht glauben sollte. Mal abgesehen davon, dass Superputin das doch überhaupt net leugnet! Das muss man ihm immerhin lassen. Wenn die Amis so was vorgeworfen kriegen, leugnen die das, aber wenn Superputin das von den Amis vorgeworfen kriegt, sagt der einfach: ‚Ihr macht das doch auch.' Und dann Frauenrechte. Vier Jahre Arbeitslager wegen nem Protest in ner scheiß Kirche."

„Scheiß auf Frauenrechte", sagte Volker.

„Scheiß auf Frauenrechte?!", mischte sich Cora ein und sprang auf.

Achso, äh, Heeiil Superputin!

„Ok, ok", versuchte ich sie zu beruhigen. „Wir können das später weiter ausdiskutieren, und du kannst ihm dafür gerne auf die Fresse hauen, aber können wir jetzt erst mal das eigentliche Thema klären? Ich will nämlich in ein paar Stunden los."
„Was hältst du denn davon, wenn ich mit nach Vietnam komme? Ich hätte nicht übel Lust auf so ne Aktion. Mir ist so scheiße langweilig", wollte Cora wissen.
Ich sah sie ernst und eindringlich an.
„Was denn? Hast du 'n Problem damit oder was?"
„Cora, wo ich hinwill, darf man nicht hin. Ich weiß noch nicht einmal, ob ich es überhaupt schaffe dorthin zu kommen, oder ob das weiträumig abgesperrt ist. Egal wie ich mir Zutritt zu diesem Nationalpark verschaffe, es ist verboten. Zudem liegt das in einem grenznahen Sperrgebiet. Und wenn ich dorthin gelange, hat das seinen Grund, warum das ein Nationalpark ist, da gibt es nämlich giftige Schlangen, Wölfe, Kaimane, Bären, Leoparden, Elefanten und das ist die Heimat des letzten gottverdammten asiatischen Tigers. Es ist hochgradig lebensgefährlich."
„Hannes, du brauchst mir nicht noch mehr Lust zu machen."
Ich entgegnete nichts mehr, hatte aber durchaus nicht vor, sie mitzunehmen. Es ist eine Sache, sein eigenes Leben aufs Spiel zu setzen für eine Idee, die falsch sein könnte, aber etwas anderes, noch jemanden mit hineinzuziehen.
„Und du Atze?", forderte ich ihn.
„Schaun wer mal."

„Schon klar. Also gut. Wir sind uns also einig, dass wir zumindest alle erst einmal nach Deutschland fahren."

„Wisst ihr, was mir grad einfällt?", fragte Volker.

Nein, das wussten wir natürlich nicht, was für eine dumme Frage.

„Ich hab schon mal in nem Hollywoodfilm mitgespielt, an der Seite von Jeff Goldblum.

Wie hieß der Film noch …? Ging um nen amerikanisch-jüdisch-kommunistischen Filmemacher in den Fünfzigern, der nen Film über das Elend der mexikanischen Bergarbeiter drehen wollte. Aber nach dem Krieg haben sich in Amerika eine hysterische Paranoia vor dem Kommunismus und ein Antisemitismus breitgemacht, und jeder hat versucht, seinen Film zu stoppen. Es ging irgendwie um zehn kommunistische Produzenten, ach, One Of The Hollywood Ten, so hieß er, oder auf Spanisch: Punto del Mira. Na ja, ist ja nicht so wichtig, worum es ging, jedenfalls kamen die hier in die Gegend und haben Statisten gesucht, die Englisch können, und ich konnte etwas Geld gebrauchen. Ich hab dann eine kurze Rolle bekommen als FBI-Agent, der gegen den Menschen da falsch aussagt. Hab den ganzen Tag auf meinen Auftritt gewartet, nur dass es dann hieß: ‚Wir machen morgen weiter.'

Also bin ich zur Bar, hab mir einen Cocktail bestellt und was geraucht. Auf einmal hieß es: ‚Es geht weiter, wir machen doch noch eine Szene.'

Ich hab gesagt: ‚Ich kann nicht.'

Die haben gesagt: ‚Du musst.'

Ende vom Lied, ich war total dicht (was man im Film deutlich sieht) und Jeff Goldblum war so angekotzt von mir." Volker grinste breit. „Wer kann das schon von sich behaupten?", betonte er stolz und lehnte sich zufrieden zurück. „Ich wollte auch schon mal Salz an die Saudis verkaufen. Ich hab in ner Bar jemanden kennengelernt, der mir erzählt hat, dass er für den saudischen König arbeiten würde und mehrere Tonnen Salz in Europa besorgen sollte. Da hab ich an Michael gedacht, der da wohnt, wo in Deutschland Salz abgebaut wird. Da ham Michael und ich uns noch richtig reingehängt, dem Saudi die Kontakte zu verschaffen, hat uns selbst 'n paar tausend Mark gekostet, aber schien ja lohnend zu werden. Damals konnte man noch nicht einfach googeln, welche Salzfirmen es gibt.

Dreißigtausend sollten für mich drin sein. Na ja, Ende vom Lied war, dass der Saudi ja jetzt wusste, an wen er sich in Deutschland wenden musste, und sich gefragt hat, warum er mir ein Stück vom Kuchen abgeben sollte. Blöder Arsch."

Wir ruhten uns einige Stunden aus und verließen Granada noch bei Dunkelheit und hofften die knapp dreiundzwanzig Stunden Fahrt am Stück durchzuhalten, wenn wir uns zu viert abwechseln würden. Bei Sonnenaufgang hörten wir erneut die Nachrichten im Spanischen, woraufhin Volker begann, sicherlich auch bedingt durch die gestrige Auseinandersetzung mit seiner Familiengeschichte, über den NSU zu schimpfen und über diese verfluchten Neonazis und diese AVSD (Alternative von sich Deutschland).

„Ich mein', was ist denn los mit den jungen Leuten, dass die so auf die reinfallen. Ihr habt alles, was man sich nur vorstellen kann und das seit Geburt, was wollt ihr eigentlich noch mehr?"

Er schien Cora und mich in seiner Empörung über die „Jugend" gerade einzuschließen.

„Ham alle keine Ahnung, was das mit Menschen macht, ihr scheiß Nationalstolz, ihr scheiß Deutschland."

„Nationalstolz hab ich auch noch nie verstanden", pflichtete Cora bei.

Ich hingegen war eher im Begriff, mich unbeliebt zu machen.

„Na ja, also Nationalstolz ist ja nicht gleich Nationalstolz. Das heißt ja nicht unbedingt, dass man bedingungslos mit allem einverstanden ist, was passiert und was passiert ist." Ich ließ die Schimpftirade über mich ergehen. „Och Mann, jetzt lasst mich doch mal ausreden. Ich finde es auch behindert, stolz auf ein Land zu sein, vor allem nur weil man Bürger dieses Landes ist. Stolz kann man sein, wenn man zu etwas beigetragen hat. Nehmt mal Willy Brandt. Warum sollte er nicht stolz auf das Deutschland sein, welches er mit verändert und geprägt hat, nur als Beispiel. Ich hatte das erste und bisher einzige Gefühl von Nationalstolz, nachdem ich einen Post gelesen habe, als die Amis diskutiert haben, ob man Statuen von Südstaaten-Generälen abreißen und Straßen mit deren Namen ändern sollte. Da stand in Englisch: ,Stellen Sie sich mal vor, man würde in Deutschland alle Hitlerstraßen und Göringplätze ändern und alle Peiper-Statuen abreißen lassen! Halt ... In Deutschland gibt es solche Straßen, Plätze und Statuen nicht ...'

Klar, ich kann nichts dafür, dass irgendeine Straße umbenannt wurde, und allein sich mit der Geschichte ausführlich auseinanderzusetzen, reicht nicht. Ich kann aber sagen, dass ich mich nicht nur überdurchschnittlich damit befasst habe, sondern dass ich meinen eigenen Anteil zur Aufarbeitung, nicht nur der persönlichen Familiengeschichte, sondern auch zu den übergeordneten Funktionsweisen der nationalsozialistischen Idee geleistet habe. Ich finde also, dass ich in diesem Fall stolz sein kann Deutscher zu sein, da unser Volk und ich, abgesehen von diesen paar gHI<ASDGHZUIOG, etwas geleistet haben, zu dem andere Länder nicht im Stande waren. So."

„Ja, aber du kannst uns doch nicht mit anderen Ländern da vergleichen!", protestierte Volker.

„Warum?", fragte ich. „Wir haben sechs Millionen Juden umgebracht, siebenundzwanzig Millionen Russen, und noch 'n paar andere. Unter Stalin sind auch zwanzig bis dreißig Millionen Menschen umgekommen. Mao Tse Tung: sechsundsiebzig Millionen Opfer. Die Japsen ham zehn Millionen Chinesen umgebracht. In Nanjing haben die in vier Wochen dreihunderttausend Menschen ermordet. Für diese Zahl hat das erste deutsche Vernichtungslager vier Jahre gebraucht, warum ist das nicht vergleichbar?"

„Du redest genauso wie die AVSD", schaltete sich Cora dazwischen.

„Was? Nein! Ich will doch überhaupt nix relativeren und die Frage ist doch, welchen Schluss man daraus zieht. Ich sag doch gar nicht, dass man es deswegen jetzt mal gut sein lassen kann, im Gegenteil. Ich sage, dass es an der Zeit wäre für andere, sich jetzt mal an uns ein Beispiel zu nehmen."

„Genau", sagte Volker. „Am deutschen Wesen muss die Welt genesen."

„Ach fick dich Mann. Ich weiß nicht, was mit euch ist, aber ich weiß, dass es eine kaum überwindbare Aufgabe ist, sich mit weit geringerer Schuld auseinanderzusetzen, wie sollte man sich solch großer Schuld, wie der unseren, stellen? Und trotzdem haben wir es getan. Und was ist denn jetzt mit den Franzosen, die, nachdem sie im Zweiten Weltkrieg zum weltweiten Kampf für die Freiheit der Völker aufgerufen haben und nach dessen Ende umgehend durch öffentliche Hinrichtungen und Massenerschießungen in Kolonien erst mal klargestellt haben, dass mit ‚Völker' die Franzosen gemeint waren und kein anderer."

„Wenn du von Algerien redest, das waren nur zehntausende", meinte Cora.

„Hörst du dich reden Alter? ‚Nur' zehntausende? Hat man denn weniger den Tod verdient, wenn man nur zehn Unschuldige umgebracht hat, als wenn man hundert umgebracht hat? Hat man weniger den Tod verdient, wenn man hundert anstatt tausend umgebracht hat?", fragte ich.

„Und weniger, wenn man tausend anstatt von Millionen umgebracht hat?", fragte Volker süffisant.

„Ist noch nicht ganz ausgereift die Überlegung Mann, aber ihr wisst, worauf ich rauswill."

„Schätze schon", meinte Cora. „Ich glaube ja auch eher, dass das Identitätsproblem der Deutschen nicht damit zusammenhängt, sondern eher damit, dass es dieses eine Deutschland gar net gibt. Ich meine, Frankreich, Spanien, England und so weiter, alles Länder, die es als Staaten seit Jahrhunderten gibt. Ist doch klar, dass die sich besser definieren können als wir. Ich meine, seit wann gibt es uns? Achtzehnhundertsiebzig? Einundsiebzig? Wir sind ein Staatenbund aus Einzelstaaten, deswegen heißen wir doch auch Bundesrepublik. Es heißt immer, Deutsche könnten nicht beschreiben, was deutsch ist und darin liegt der Fehler. Nationalisten gehen hin und versuchen, diese innere Zerrissenheit, die dieses Problem schafft, dadurch zu lösen, dass sie in ihrem Kopf ein Deutschland bilden, das es nicht gibt, und reden was von deutscher Kultur. Es gibt keine deutsche Kultur. Aber daran muss man ja nicht verzweifeln. Der Bayer hat ne andere Kultur als der Ostfriese, der Berliner ne andere als der Elsässer und der Hamburger ne andere als der Sachse, und das ist doch in Ordnung und das muss man verstehen, dass das in Ordnung ist, und froh darüber sein, dass Deutschland so vielfältig ist. Dann kommt 'n Libanese nach Deutschland und wirft nem Deutschen vor, dass er seine Kultur net beschreiben kann und der Deutsche denkt, es stimme mit ihm was nicht. Ja verdammt, der Libanon ist ja auch winzig und da leben so viele Menschen wie in Berlin-Brandenburg. Klar, dass der dann seine Kultur, seine Musik, sein Essen gezielter beschreiben kann."

„Im Grunde hast du ja recht", meinte Volker. „Aber das geht nicht nur uns so. Denk mal an die Basken oder die Schotten oder Iren. Für nen Deutschen ist spanische Kultur Flamenco, Gazpacho und Paella, dabei ist das die andalusische Kultur. Geh mal nach Santander und erzähl, dass Flamenco typisch spanisch ist, da kriegst du aber Ärger, weil Flamenco nämlich die Musik und der Tanz der spanischen Zigeuner ist."

„Oh mein Gott, du hast das böse Z-Wort gesagt!", sagte ich.

„Ja, stimmt schon", fuhr Cora fort. „Dann ham meinetwegen auch andere die Probleme. Aber die Frage ist doch: Wie lösen wir dieses Problem? Unser Land gibt es erst seit rund hundertfünfzig Jahren, und davon waren wir sogar noch vierzig Jahre geteilt, wie sollen wir also zu einem nationalen Konsens kommen? Die Antwort auf die Frage lautet Nationalsozialismus!"

Fragend schauten wir sie an.

„Der Nationalsozialismus, der Holocaust! Das ist das, was jeder Deutsche mit jedem anderen Deutschen gemeinsam hat. Egal ob Täter oder Opfer, in welcher Hinsicht auch immer. Die Aufarbeitung dieser Geschichte, die trennungsübergreifend ist, ist das, was uns alle zusammenschweißt, ob wir es wollen oder nicht. Setz dich mit zwanzig Leuten in einen Stuhlkreis und sage in irgendeinem unbedeutenden Kontext das Wort ‚Jude' und du siehst in kleinsten Veränderungen in der Haltung und den

Blicken, wer im Raum deutsch ist, beziehungsweise wer deutsche Vorfahren hat und wer nicht. Und diese Pisser von AVSD und Begida, die erreichen mit ihrer Verdrängung der Geschichte das genaue Gegenteil dessen, was sie eigentlich erreichen wollen, nämlich ein definiertes deutsches Volk. How, ich habe gesprochen!"

„Und das willst du, Cora? Ein definiertes deutsches Volk? Und du Hannes? Ein Volk, auf das du stolz sein kannst?", fragte Volker höhnisch und bitter.

Cora und ich schauten uns an.

„Das haben wir gar nicht gesagt", meinte sie. „Wir wissen es auch nicht."

Ich nickte.

„Aber wir arbeiten anscheinend wenigstens an dem Problem, im Gegensatz zu dir."

„Aber ihr habt ein Problem, das ihr lösen müsst, also ist euer ganzes Geschwätz hinfällig, richtig?"

„Hinfällig würde ich jetzt nicht sagen ... ", sagte ich.

„Es ist aber auch nicht nur das", fuhr Cora fort. „Volker, du sagst, wir haben doch alles und genau das ist das Problem. Wir haben viel zu viel und es kommt uns zu den Ohren raus, dass wir es nicht mehr sehen können. Alles ist künstlich und alles ist im Überfluss und wir sehnen uns nach etwas Natürlichem. Damit mein' ich jetzt nicht, dass jeder unbedingt in der Natur leben will, nein. Was viele junge Neonazis suchen, sind Echtheit, Realität, Unerbittlichkeit, Abenteuer. Eine Welt, die nicht nur im Fernseher, im Computer oder in Büchern existiert. Etwas, für das es sich zu sterben lohnt, bevor es nichts gibt, wofür es sich zu leben lohnt. Vielleicht ist das der Grund, warum ich unbedingt mitwill nach Vietnam. Der Nationalsozialismus verspricht das, auch wenn er es nicht halten kann. Was diese Trottel nicht verstehen, ist, dass der Nationalsozialismus der Inbegriff der Dekadenz war und zum Teil auch daran zugrunde gegangen ist."

„Ich will davon überhaupt nichts wissen. Lasst mich einfach in Ruhe mit eurem scheiß Deutschland."

„Na gut, anderes Thema", raffte sich Cora auf. „Ich hab jetzt 'n groben Überblick über diese Vietnamsache, aber wir haben noch einige Stunden Fahrt vor uns. Jetzt könntest du uns das Ganze mal ausführlich erklären."

„Eins nach dem anderen", meinte ich. „Als wir uns das erste Mal unterhalten haben, hast du von deiner Mutter und deiner Schwester erzählt, aber hast dann geendet, mit den Worten: ‚Aber fürs Erste ist das genug.' Wie geht's weiter?"

„Ach verdammt. Na ja, ich hab ja erwähnt, dass mein Neffe etwas schwieriger ist. Und als der in der zweiten Klasse war, ging das los, dass es schlimmer wurde. Erst hat ihn der Religionslehrer, ein Pfarrer, gewaltsam misshandelt. Passiert ist dem natürlich nichts. Also dem Lehrer."

„Überraschung!", merkte ich an.

„Dann haben sich meine Eltern an ihm vergangen, haben ihn verprügelt. Net mal geschlagen, sondern richtig gedroschen. Jedenfalls ging es dem dann so schlecht, dass er in die Kinder- und Jugendpsychiatrie musste. Und meine Schwester hat natürlich unseren Eltern den Kontakt zu den Kindern untersagt, und was dann kam, das kannst du dir nicht vorstellen. Dann ist die Hölle losgebrochen. Meine Mutter hat sich an das Jugendamt gewandt und an die Psychiatrie, meine Schwester wäre gewalttätig und drogenabhängig und ihr Mann hätte die Kinder sexuell missbraucht. Die hat die ganze Familie gegen meine Schwester aufgehetzt, mit Erfolg muss man leider sagen. Und dann wollte die auch mich gegen die aufhetzen. Die Art und Weise, mit welcher Penetranz die das macht, kannst du dir nicht denken, und ich kann und will es auch gar nicht so detailliert beschreiben. Aber damit du eine Vorstellung hast … Der Junge war also in der Psychiatrie und nach zwei Wochen gab es plötzlich ein Notfallgespräch mit dem leitenden Arzt, weil sage und schreibe dreiviertel aller Mitarbeiter plötzlich die Behandlung verweigert haben, weil meine Mutter, wie die sagten, sie in ihrem Privatraum derart bedrängt hätte Informationen rauszugeben und reinzutragen, dass ihnen das zu viel sei. Kannst du dir vorstellen, wie ein Mensch agieren muss, damit es zu so etwas kommt? Deswegen bin ich irgendwo hin, wo die mich nicht findet, und jetzt wollte ich mal wieder nach Deutschland, um meine Schwester zu besuchen.

Das Schlimmste war dann noch, dass die beste Freundin meiner Mutter eine ehemalige Arbeitskollegin des leitenden Arztes war. Dieser, gewillt der ganzen Sache auf den Grund zu gehen, hat sich an diese gewandt mit der Bitte um Rat, und was macht die natürlich? Erzählt dem, dass meine Mutter die beste Großmutter sei, die man sich nur denken kann, dass die die Kinder niemals schlagen würde und so weiter. Daraufhin hat der Arzt beschlossen, wer gut und wer böse ist, und hat sich geweigert, vor Gericht gegen meine Mutter zu auszusagen, auf welche perfide Weise sie agiert hat, und hat noch der Freundin meiner Mutter den Behandlungsstand geschildert und ihr erzählt, in welche andere Psychiatrie der Junge überwiesen wird, und die hat es natürlich sofort weitergegeben. Schweigepflicht? Wird überbewertet. Das hat meine Schwester von der behandelnden Ärztin erfahren, die nicht in Ordnung fand, was da passierte. Natürlich völlig unverbindlich. Und jetzt ist gut, ich krieg keine Luft mehr. Du bist dran!"

„Warte, gleich", unterbrach Volker. „Ich muss euch erst ma was erzählen. Wir kommen bald an die französische Grenze. Hannes, du erinnerst dich an die eine Frau, an die wir was verkauft haben, die Mutter des Sängers von _____?"

„Ich hab überhaupt nichts verkauft."

„Schon klar. Also jedenfalls bin ich mal mit der an der französischen Grenze hochgegangen. Hatten 'n paar Kilo im Kofferraum. Kamen an die Grenzkontrolle und natürlich durchsuchen die ausgerechnet unser Auto. Machen den Kofferraum auf und der Typ schreit und sofort kommen die angerannt, mit Maschinenpistolen und umstellen uns. Dann sitzen wir da am Tisch und der Offizier droht uns scharf und eindringlich, der einzige Grund, warum wir gehen dürften, sei, weil wir uns hier noch nie hätten was zu Schulden kommen lassen. Aber wir sollten uns hier nie wieder blicken lassen."

„Da bin ich ja froh, dass wir dich dabeihaben", lachte ich.

„Mach dir nicht ins Hemd Mann, sind doch alle Grenzen offen, mittlerweile.

Jedenfalls, mir ist nichts passiert, aber das Auto, das war ihr und sie musste paar tausend Mark Strafe zahlen. Paar Wochen später kam sie zu mir, sagte: ‚Volker, ich hab 'n Haufen Strafe, das müssen wir irgendwie wieder rausholen. Aber ab jetzt fliegen wir nur noch.'

Ja, und ab da sind wir nur noch geflogen. Wir ham dann immer etliche Karamellos geschluckt. Stücke Haschisch gut in Folie eingewickelt, da gibt's ne bestimmte Technik, dann in Olivenöl getunkt und geschluckt. 'N Mann wie Benito schafft so neun Gramm große Stücke, ne Frau sechs. Einmal hab ich mich in Marokko vollgemacht und an der Grenze, da konnte ich nicht mehr. Bin aufs Klo an der Raststätte und hab alles ausgekotzt. Und dann alles wieder rein unter Schmerzen und Krämpfen und so schnell wie möglich über die Grenze. 'N anderes Mal war ich am Flughafen in Madrid nach Frankfurt.

‚Selektive Kontrolle', hieß es dann. Ab zum Durchleuchten. So'n Copper bringt mich in einen Raum, wo vor mir noch einige andere warteten, und ich wusste, jetzt ist's vorbei, jetzt gehste in' Knast. Und das dauerte und dauerte, es waren noch vier Leute vor mir und das dauerte so immer zwanzig Minuten, und dann wollte ich nicht mehr, ich wollte einfach, dass die mich als Nächstes drannehmen und es vorbei ist. Ich bin zu dem Copper hin, hab mein ganzes Spanisch zusammengerissen und gesagt: ‚Mein Flug geht in einer Viertelstunde, könnten Sie mich vielleicht als Erstes drannehmen, damit ich den noch kriege? Ich hab nichts dabei.'

‚In einer Viertelstunde?', meint der. ‚Ist gut, gehen Sie.'"

„Du hast so ein verficktes Schwein, Alter", sagte ich.

„Ich hab so viel Schwein gehabt in meinem Leben. Nur Scheiße gebaut und immer Schwein gehabt. Kein Glück, aber Schwein."

„Also gut, du willst also mehr wissen, Cora", begann ich.

„Ich glaube nicht nur ich." Sie sah sich um.

„Ich denke doch. Volker, der weiß für seinen Teil eh schon zu viel und Atze ... Der ist eh jenseits von Gut und Böse. Ich hab noch nie einen so teilnahmslosen Menschen gesehen Mann. Aber dann fährt jetzt bitte jemand anderes."

Atze setzte sich ans Steuer.

„Oh Gott, wo fange ich nur an? Es is so ... Wenn ne Kultur ihre Geschichte überliefert, dann könnte man doch davon ausgehen, dass sie sich rühmt, aus sich selbst entstanden zu sein. Aber es gibt keine Hochkultur, die dieses von sich behauptet. Die offiziell älteste Hochkultur zum Beispiel, die Sumerer. Die haben die Schrift erfunden und die ersten Städte und Tempel gebaut. Aber sie überlieferten, dass ihnen die Zivilisation erst gebracht wurde, nämlich von den sogenannten Sieben Weisen, die zu Leuten gehörten, die ‚Schwarzköpfe' genannt wurden.

Aber auch andere. Alle schreiben sie einstimmig, dass ihnen ihre Kultur gebracht wurde. In Südamerika waren es Manco Capac und seine Frau als auch Schwester Mama Ocllo, die kamen und den Menschen die Kultur brachten und das Inkareich gründeten. In Ägypten waren es Isis und Osiris, ein verheiratetes Geschwisterpaar, das die ägyptische Kultur gründete, um ein sogenanntes Goldenes Zeitalter wieder zu errichten. In China waren es das Geschwisterpaar Fuxi und Nuwa, die als Schlangen dargestellt wurden, die am Schwanz miteinander verbunden waren, und dann gibt es noch den Drachen, den Großvater des ersten Kaisers, der den Menschen die Schrift, die Mathematik und die Astronomie brachte. Auch in Südamerika gibt es sowohl die doppelköpfige als auch die gefiederte Schlange, wobei ich nicht genau weiß, wie oder ob beide zu trennen sind. Alles total kompliziert. Vor allem, weil die Spanier alle Bücher verbrannt haben, die ihnen in die Finger gekommen sind. Soweit ich weiß, haben ganze fünf oder sieben Bücher einer ganzen Kultur die Bücherverbrennungen überlebt. Und die Schrift wurde leider noch nicht entschlüsselt.

Ein Franzose hat mal behauptet, er hätte es geschafft und einen dieser Texte übersetzt, aber man ist sich einig, dass es falsch ist, denn die Geschichte handelt von einer großen Flut und von einer Königin oder Prinzessin, die überlebte und zur Göttin Isis wurde. Wie der allerdings aus einem südamerikanischen Schriftstück den Namen Isis herleitet, ist selbst mir unklar. Trotzdem: Alle Kulturen erzählen von dieser Flut, nach der die Überlebenden ihnen die Kultur gebracht haben, auch in Indien. Dann gibt es da noch die Sieben Weisen, die die gleiche Rolle erfüllen, und ob diese Geschwister dazugehörten, weiß ich auch nicht."

Ich bitte um Verzeihung, dass ich nicht auf jeden Punkt noch ausführlicher eingehen kann, aber die Fülle der Informationen, die ich hier mit hineinbringen könnte oder müsste, ist gewaltig und es würde einfach den Rahmen sprengen.

„Es gibt noch so unendlich viel rauszufinden, aber es läuft jedenfalls darauf hinaus, dass es eine große Flut gab und es Menschen überlebt haben, die danach systematisch die Errungenschaften ihrer Kultur erhalten und bestimmte Informationen, die sie für wichtig erachteten, sowohl in ihren Monumenten als auch in den Verbindungen der Monumente untereinander versteckt haben."
„Könnten das nicht auch Außerirdische gewesen sein?", mischte sich Volker ein.
„Sehr gute Frage Volker. Ich halte nicht viel davon, aber um korrekt vorzugehen, gestatten wir dieser Überlegung kurze Aufmerksamkeit."
„Hör auf so geschwollen zu reden Mann", bemängelte Cora.
„Na gut. Klar ist es anhand der Anzahl der Galaxien im Universum und der entsprechenden Anzahl der jeweils dazugehörigen Sterne und Planeten praktisch unmöglich, dass es kein weiteres Leben im Universum gibt, und rein theoretisch wäre es denkbar, dass eine Kultur, die unserer weit voraus ist, unsere Erde besucht oder besucht hat und diese Aliens dann als Götter wahrgenommen wurden. Allerdings kann ich das in diesem Fall unter Garantie ausschließen. Schauen wir mal auf die Informationen, die ich glaube herausgefiltert zu haben. Zweiundsiebzig, vierundfünfzig, zweiundzwanzig, elf, zwölf,

Pi und Phi. Darauf basiert das System. Zweiundsiebzig und vierundfünfzig sind, soweit ich das herausfinden konnte, sogenannte Präzessionszahlen. Präzession ist die Kreiselbewegung der Erdachse, hervorgerufen durch die Drehung. In zweiundsiebzig Jahren ändert sich die Erdachse durch die Präzession so, dass sich der Himmel von der Erde aus gesehen beziehungsweise die Sterne um ein Grad verändern. Das muss man zum Beispiel wissen, wenn man als Seefahrernation alte Sternenkarten benutzt und diese Karten noch über Generationen weitergeben will. Berechnet man nicht die Präzession mit ein, sind die Sternenkarten irgendwann ungültig. So einfach. Vierundfünfzig ist ein Teil von zweiundsiebzig, so wie hundertvierundvierzig ein Vielfaches davon ist. Zweiundzwanzig und elf? Teilt man jede beliebige elfstellige Zahl durch elf oder zweiundzwanzig, ergibt es, wenn das Ergebnis nicht glatt oder mit null Komma fünf ist, eine periodische null neun, eins acht, zwei sieben, drei sechs, vier fünf, fünf vier, sechs drei, sieben zwei, acht eins oder neun null, also das Neuner-Einmaleins. Warum, keine Ahnung. Hat also auch mit der Präzession zu tun. Das ist natürlich Zufall, oder meinetwegen mathematisch logisch, keine Ahnung. Aber stellt euch Menschen vor, die in einer mythischen Welt leben, in der Zahlen die Sprache der Natur beziehungsweise die Sprache der Götter sind. In der Sprache der Götter gibt es keine Zufälle und wer diese Sprache beherrscht … Versteht ihr, was ich meine?"

„Und warum vierundfünfzig als Dreiviertel? Warum nicht die Hälfte von zweiundsiebzig?", wollte Cora wissen.

„Ich habe mal die Zahlenreihen der Fibonaccifolge neben die der Neun und der Zwölf gestellt. Die zwölfte Stelle der Zwölferreihe ist hundertvierundvierzig, die zwölfte Stelle der Fibonaccifolge ist hundertvierundvierzig, was natürlich Zufall ist, und die zwölfte Stelle der Neunerreihe ist hundertacht. Außerdem ist die Zweiundsiebzig der größte gemeinsame Teiler von hundertvierundvierzig und zweihundertsechzehn.

Diese Menschen haben Zusammenhänge gefunden, die sie überinterpretiert haben.

Also, zweiundsiebzig, Kreiszahl. Pi ist eine Kreiszahl, Phi beschreibt eine Spirale, also auch einen Kreis. Mit anderen Worten, was dieses gewaltige System zum Ausdruck bringt, ist die epische, bahnbrechende Erkenntnis, dass die Erde rund ist, sich dreht und sich nicht nur einfach dreht, sondern dabei schlackert. Polizei, Polizei."

„Echt jetzt?", raunte Cora. „Jetzt bin ich aber schon ein bisschen enttäuscht."

„Glaub mir, ich auch. Irgendwann ging das aber alles irgendwie unter und verloren, allerdings heißt es, dass es wiedergefunden wurde, von den Templern, aus denen die Freimaurer hervorgingen. Es gibt noch eine ganze Reihe Geheimorden, die sich heimlich rühmten, Hüter dieses Wissens zu sein, zum Beispiel die Rosenkreuzer, der Hermetische Orden der Goldenen Morgendämmerung, der angeblich die Henochsche Sprache beherrschte. Ich kann wirklich nicht auf all das hier genauer eingehen. Was ich mich jedoch frage, ist, ob die das Ganze wirklich verstanden haben. Weil ernsthaft Alter, die Grundinfos sind jetzt … na ja, ihr wisst ja. Warum sollte man so eine Szene daraus machen, zumindest als fortschrittliche Gesellschaft."

„Vorausgesetzt, du hast das richtig verstanden", wandte Volker richtig ein.

„Sicher. Aber nehmen wir das mal an, dann muss man sich doch fragen, warum sollte eine außerirdische Kultur einen solch gewaltigen Aufwand betreiben, um Erkenntnisse zu erhalten, die sicher für alte

Zivilisationen bahnbrechend sind, für Fortgeschrittene aber selbstverständlich."

Als ich geendet hatte, dachte ich plötzlich wieder daran, was in der Wüste passiert war, und ob ich mich nicht am Ende wirklich gerade mit Mächten anlegte, die ich nicht verstand oder die zu groß für mich waren. Seit der Flucht aus der Wüste hatte ich das ganz verdrängt. Es war ja auch einiges los gewesen.

„Aber offenbar haben über Jahrhunderte sogar moderne Menschen diese Vorhaben weitergeführt. Ich habe einen Fernsehbericht gesehen über eine englische Dame, die sich mit der Architektur Londoner Freimaurergebäude beschäftigt hat wie dem Shakespearetheater. Shakespeare war Freimaurer, und ihr war aufgefallen, dass in der Architektur dieser Gebäude systematisch die Zweiundsiebzig und die Zweiundzwanzig verwendet wurden.

Während der Kreuzzüge richteten sich die Tempelritter auf dem Tempelberg in Jerusalem ein, auf dem einst der Tempel des Salomo stand. Es heißt, dass sie tiefer und tiefer in den Berg hinein gegraben und geforscht haben und letztlich den verschollenen Schatz des Königs Salomo fanden, dessen wichtigster Bestandteil die zweihundertsechzehnstellige Zahl, der wahre Name Gottes ist. Nun glaube ich nicht, dass es sich dabei um den tatsächlichen Namen irgendeines Gottes handelt, nein. Diese Zahl ist der Schlüssel zum Verständnis der praktischen Anwendung dieses Systems. Und die haben ihn gefunden. Aber die Templer wurden zu mächtig und die Könige Europas fühlten sich bedroht. So wurden sie verfolgt und ermordet, aber einige konnten fliehen nach England, oder nach Irland, ich erinnere mich nicht mehr. Dort gründeten sie entweder die Freimaurer oder beeinflussten diese maßgeblich, auch das weiß ich nicht mehr genau. Jedenfalls prägten sie diese. Heute stellt man sich die Freimaurer als mächtigen Wirtschaftsclan vor, aber damals waren die Freimaurer Maurer. Oder besser, hochspezialisierte Architekten, die frei, also ungebunden, an den Dienst gegenüber einem Fürsten oder König umherzogen und die Kathedralen bauten, was ein enormes mathematisches Wissen erforderte, allein die Statik zu berechnen. Wissen, das sie in einem engen Kreis für sich behielten, einschließlich des mythischen Wissens des Schatzes des König Salomo.

Später sicher sind die Freimaurer zu einer dekadenten Elitegemeinschaft geworden.

Zum Beispiel wurde irgendein deutscher Kaiser oder König, war es Friedrich oder Wilhelm, in einer Nacht direkt zum Großmeister ernannt. Klar, dass der keine Ahnung von irgendeinem Geheimwissen hatte. Aber er konnte sagen, er ist Freimaurer, und die Freimaurer konnten damit angeben, den dabeizuhaben.

Auch die Nazis haben die Freimaurer verfolgt. Himmler war immer auf der Suche nach mächtigen Artefakten wie dem Heiligen Gral oder der Bundeslade, so hat er auch die Freimaurerloge in Frankfurt nicht einfach abreißen lassen, sondern Stück für Stück vorsichtig zerlegen lassen, in der Hoffnung, wenn nicht den Schatz selbst, dann doch einen Hinweis auf seinen Aufenthaltsort zu finden."

„Mit anderen Worten", wollte Cora wissen, „ist das, was du herausgefunden hast, das geheime Wissen der Freimaurer, der Schatz des König Salomo?"

„Bei Gott, ich hoffe nicht."

So fuhren wir allmählich Richtung Heimat. Hier und da erläuterte ich weitere Feinheiten oder Volker erzählte eine seiner Geschichten, und seit dem Fahrerwechsel fuhr durchgehend Atze, der nie müde zu werden schien. Ich sag ja, Kokser.

Zweiter Akt

Kapitel 13
Heimat 2

Wir fuhren möglichst langsam und leise vor, parkten, aber kaum war ich ausgestiegen, da stand schon meine Vermieterin vor mir.

„Mein lieber Mann, wo warst du denn, ich hab wie oft versucht dich anzurufen, ich hab geklingelt, ich hab bei dir auf der Arbeit angerufen, da du nicht da warst, musste ich, ohne dich zu fragen, in die Wohnung, um den Heizungsdruck einzustellen, außerdem hab ich mir Sorgen gemacht, hab mich gefragt, was is mit dem Jung, und du hast seit zwei Monaten deine Miete nicht gezahlt, ich hab schon gedacht, es wär was passiert, hätte ja alles Mögliche sein können, heute weiß man ja nie, ich hab mir schon Sorgen gemacht, der Schornsteinfeger war da, aber so weit wollte ich jetzt auch nicht in die Wohnung, du musst die Kaminschächte ausfegen und wir müssen uns um die Nebenkostenabrechnung kümmern, du hast da ne Nachzahlung bekommen, ich hab jetzt einfach mal das Geld statt der Miete behalten, dann müsstest du mir noch zweihundertsiebenunddreißig Euro und vierundsiebzig Cent nachzahlen Mensch, wo hast du denn gesteckt, du musst doch was sagen, ich hab mir schon Sorgen gemacht, wenn …"

Ich wollte sterben. „Jaja, tut mir leid."

Ich kramte dreihundert Euro vom Geld, das Volker mir gegeben hatte, aus meiner Tasche und drückte sie ihr in die Hand.

„Tut mir wirklich leid, aber es hat sich alles etwas überschlagen, ich hatte einen Hörsturz und bin in Kur."

„Wo warst du denn in Kur?", fragte sie neugierig.

Fuck.

„Bitte, ich bin gerade sehr lange Auto gefahren. Ich erzähl's dir übermorgen. Ok?"

„Ok. Wen hast'n da mitgebracht, oh haste ne Freundin, hihi. Und wer sind die andern beiden?"

EMS.

„Ich muss jetzt wirklich ins Bett und zwei Tage lang schlafen, bis übermorgen."

„Ich denk, du kommst grad aus Kur, da müssteste dich doch eigentlich erholt haben."

AAAAAAAHHHHHHHHHH.

Wir betraten meine Wohnung und ich musste erst mal pissen, die anderen wies ich ins Wohnzimmer.

Als ich wiederkam, war ich entsetzt und schrie: „Ey! Runter mit den Schuhen von meinem Teppich!"

Volker blickte sich verdutzt um, bevor er merkte, dass er gemeint war und machte einen schuldbewussten Schritt zur Seite.

„Ist'n Perserteppich Alter."

Da ich vorhatte, schon am nächsten Morgen nach Frankfurt zu fahren und keinen Grund sah, wenn ich schon einmal dort wäre, nachdem ich mein Visum erhalten hatte, nicht umgehend in das nächste Flugzeug zu steigen, packte ich noch ein Paar Klamotten und überlegte, was ich wohl mitnehmen sollte, weil ich es brauchte oder wollte. Denn ich war mir unsicher, ob ich vorhatte zurückzukommen. Springerstiefel, Kompass, Fernglas? Brauche ich glaube nicht. Verstärkte Schutzhandschuhe, schnittfeste Ärmel, Gamaschen. Ich kramte alles aus der großen massiven, antiken Holztruhe, in der ich alles lagerte, was man so brauchte, wenn die Welt untergeht. Ganz unten holte ich eine schwarze Tasche hervor, in der zerlegt eine schwere Hochgeschwindigkeits-Präzisionsarmbrust lag, die ich persönlich eher als Balliste bezeichnen würde, und musste grinsen bei der Überlegung, sie mit nach Vietnam zu nehmen, was aber albern war. Viel zu schwer, viel zu auffällig. Allerdings waren die Gefahren in Vietnam nicht zu unterschätzen und es könnte erforderlich werden sich zu verteidigen. Nunchakus? Nein. Wurfmesser? Nein. Miniarmbrust? Zu schwach. Meine Wahl fiel auf meinen Compoundbogen. In drei Teile zerlegbar, Pfeile in zwei Teile zerlegbar. Ideal und platzsparend. Mit ein bisschen Pech bekam ich ihn nicht mit ins Flugzeug, aber in der Regel war das nicht das Problem. Ich hatte schon öfter eine Harpune, eine Armbrust oder Messer, Dolche, Schwerter in Flugzeugen transportiert, die ich in anderen Ländern gekauft hatte. Sie werden speziell verpackt und in einen extra Raum im Flugzeugbauch verstaut. Außer das eine Mal, da habe ich erst nach dem Flug gemerkt, dass ich ein Springmesser in der Hosentasche hatte. Gemerkt hat's keiner. Solange es legale Waffen sind, fragt kein Mensch danach, was man damit vorhat, und in Deutschland zählt ein Bogen immer noch als Sportgerät. Frei verkäuflich, auch an Kinder. Dass dieser Bogen nach fünfzig Metern eine größere Durchschlagskraft hat als eine Neun-Millimeter-Pistole, ist dabei unerheblich, was ich bedenklich finde. Und wenn die am Flughafen nein sagen, dann hab ich halt Pech. Ist auch egal. Das Kupfermesser mit dem Griff aus Mammutelfenbein, das ich selbst gefertigt hatte? Eher ein Schmuckstück. Das Bajonett aus dem Zweiten Weltkrieg, das ich an dem Bogen montieren konnte? Wäre wohl etwas übertrieben. Ein Messer würde ich mir einfach da kaufen. Ich glaube, mehr brauchte ich nicht.

Ich öffnete zwei Gläser Kichererbsen, die ich mit etwas altem Knoblauch erhitzte und mit libanesischem Olivenöl und arabisch eingelegtem Gemüse servierte, mehr hatte ich nicht da, weil irgendein Idiot vergessen hatte, auf dem Weg hierher nochmal in nem Laden zu halten.

Wir aßen auf dem Sofa und versanken jeder für sich in Gedanken.

Wie vom Schlag getroffen war ich erstarrt, so hatte mich das Klingeln des Telefons aus dem Schlaf gerissen. Es klingelte wieder, mein Herz raste, ich ging hin und sah mir die Nummer an. Schönbacher Vorwahl. Ich kannte nur eine Person in Schönbach und dessen Nummer war es nicht, ich wusste, dass das nur eins bedeuten konnte. Ich ging dran.

„Hallo?"
„Hallo, hier ist Hentschel. Ich bin die Nachbarin von Ihrem Großvater. Wäre es möglich, dass Sie vorbeikommen?"
„Ist was nicht in Ordnung?", fragte ich mangels besserer Worte, obwohl natürlich klar war, was passiert war.
„Er ist tot."
„Ich bin gleich da."
Einen dämlicheren Zeitpunkt dafür hätte es wohl kaum geben können.
„Ich muss nach Schönbach, das ist zehn Minuten von hier, mein Großvater ist gestorben."

Ich parkte das Auto fünfzig Meter vor dem Haus und bat Volker und Atze, sitzen zu bleiben, Cora begleitete mich, um mir Beistand zu leisten. In der Einfahrt stand, uns schon erwartend, ein mir unbekannter Mann, Mitte fünfzig, der uns beiden die Hand schüttelte und einen gewohnten, souveränen Umgang mit einer solchen Situation zu haben schien.

„Erst einmal, mein herzliches Beileid. Ich bin Doktor Breger, ich habe Ihren Großvater gekannt und wohne nur sechs Häuser weiter, erst letzte Woche war er noch bei uns zum Mittagessen." Kunstpause. „Vielleicht erzähle ich Ihnen erst einmal, wie der Stand der Dinge ist. Sie wissen ja, dass Ihr Großvater ein Notrufsystem im Haus hatte, bei dem er morgens um acht und abends um acht einen Knopf drücken musste, der mit der Notrufzentrale in Frankfurt verbunden ist, damit die wissen, dass alles in Ordnung ist. Heute Morgen hat er wohl noch den Knopf gedrückt. Das vereinbarte Prozedere, sollte er nicht den Knopf drücken, war, dass die Zentrale bei ihm zu Hause anruft, um zu überprüfen, ob er es vielleicht nur vergessen hat. Für den Fall, dass niemand drangeht, hat Ihr Großvater die Nummer seiner Nachbarn, welche Sie auch eben angerufen haben, hinterlegt und denen den Schlüssel zu seinem Haus gegeben. So wurden die informiert und Herr Hentschel hat ihn dann in seinem Arbeitszimmer gefunden und eben mich noch dazugerufen. Er ist schätzungsweise seit zwölf Stunden tot, es muss also passiert sein, kurz nachdem er den Knopf betätigt hatte. Jetzt muss ich erst einmal fragen, möchten Sie denn Ihren Großvater noch einmal sehen?"

„Natürlich", antwortete ich.

„Ok. Aber bevor wir dann hochgehen, möchte ich Sie trotzdem noch etwas vorbereiten. Herr Hentschel ist Polizist und ich bin Arzt, wir haben beide so etwas nicht zum ersten Mal gesehen, aber für Sie ist es bestimmt nicht so einfach. Selbstverständlich kann ich die Todesursache auch nur vermuten, aber alles deutet darauf hin, dass er an einem Herzinfarkt oder an einem Schlaganfall gestorben ist. Beides hat er zuvor schon einmal gehabt, und er hatte ja schon seit langem Probleme mit verstopften Arterien und bekam Blutverdünnungsmittel. Dazu kommt allerdings, dass er viel Blut verloren hat, hauptsächlich durch den Mund und natürlich durch die Wunde, die er sich beim Sturz am Kopf zugezogen hat. Ich versichere Ihnen aber, dass der Blutverlust nicht zum Tod führte, dazu ist es wiederum zu wenig, aber wenn jemand Blutverdünnungsmittel nimmt, braucht es eben nicht viel, auch der Sturz war nicht ausschlaggebend. Ich sage es nur, damit Sie vorbereitet sind, wenn Sie hochgehen, auch wenn wir versucht haben, so viel wie möglich schon aufzuwischen. Trotzdem möchte ich einmal fragen, wissen Sie, ob er irgendetwas mit dem Magen hatte?"

„Na ja, er ist ja schon … bestimmt dreimal einfach ohnmächtig geworden, und er hatte mir mal erzählt, dass es jedes Mal direkt nach dem Essen passiert ist. Einmal war ich mit ihm zusammen unterwegs und wir hatten zu Mittag gegessen. Eine halbe Stunde später sagte er, er müsse sich mal auf eine Bank setzten, auf der er erst etwas benommen wirkte und dann weggedriftet ist. Kurze Zeit später ging es aber wieder."

„Ja, stimmt, das eine Mal, als er umgefallen ist, war bei mir zu Hause, auch nach dem Essen."

„Soweit ich weiß, hat er aber auch mit seiner Hausärztin darüber gesprochen, aber was dabei herausgekommen ist, weiß ich nicht."

„Nun gut. Herr Hentschel ist, wie schon gesagt, Polizist und wir haben auch schon das ganze Haus nach Einbruchsmerkmalen abgesucht, konnten aber nichts dergleichen feststellen und haben darauf verzichtet, die Polizei anzurufen, ich hoffe, das war in Ordnung für Sie."

„Ja, wollen wir mal hochgehen?", fragte ich schon etwas ungeduldig.

Der Arzt nickte und ging vor in das Haus, welches ein einziges selbstgeschaffenes Kunstwerk war. Wir betraten den Flur, in dem einen gleich zur Rechten auf einem Sockel ein hölzerner Löwe mit menschlichem Kopf und vier Gesichtern erwartete. Dort hinter stand auf einem Schrank ein gut achtzig Zentimeter hohes Holzsegelschiff, das mein Großvater schon als Schüler aus einem Stück Holz von Grund auf selbst gefertigt hatte, „Das Wappen von Hamburg". Decken und Wände waren flächendeckend mit Spiegeln ausgestattet.

An einer hohen Heizung im Flur hing ein prächtig verziertes Füllhorn, ein Geschenk des Patriarchen von Georgien, Ilias II. Eine fragwürdige Ehre. Am unteren Ende der Treppe, den Sicherungskasten verdeckend, hing ein Gemälde, das Salvador Dali für die Kieler Wochen 1972 gemalt hatte. Sinnlos zu versuchen, ein Bild von Dali vorstellbar zu beschreiben. Naheliegenderweise hatte es was mit Meer zu tun. Die Treppe hinauf, vorbei an einer abstrakten Holzplastik, an der ein Apfel baumelte und aus der eine Schlange hervorragte. Nächste Treppe, jetzt wurde es ernst. Missachten wir einfach mal auf gar frevlerische Weise die weiteren bis zum Arbeitszimmer folgenden Schätze.

Vor der Zimmertür wartete Herr Hentschel, auch er wünschte noch sein Beileid und dann betraten wir das Zimmer. Rechts der Tür stand ein kleines ausklappbares Sofa, daneben ein Computertisch, dann ein Schreibtisch. Der Rest des Zimmers war bis in alle Ecken mit Bücherregalen gepflastert, sodass in der Mitte des Raumes gerade noch Platz für eine gewölbte Decke war. Und noch wenige Quadratmeter, sodass sich noch drei Leute im Zimmer aufhalten konnten. Dr. Breger schaute noch einmal eine

Bestätigung suchend zu mir, dann nahm er die Decke ab. Ich schaute in das vertraute Gesicht, die grauen, mit Gel nach hinten gekämmten Haaren mit der mittigen Glatze, die wuchernden Augenbrauen, der graue, nur an den Backen rasierte Rauschebart. Die bis ins hohe Alter quicklebendig leuchtenden Augen hatten wahrscheinlich die beiden geschlossen. Ich hatte ihn nie Opa genannt, einmal weil mir Großvater beigebracht wurde und weil dieser Doktor Professor der Theologie, wenn er mit seinem Rauschebart im Schaukelstuhl saß und Pfeife rauchte, einfach das Bilderbuchstereotyp eines Großvaters darstellte und nicht das eines Opas.

Sein Gesicht war ganz offensichtlich nicht schmerzgeprägt, nur seine Lippe war abstrakt nach rechts oben verzerrt. Seine Haut aschfahl, grau, seine Zähne, sein Bart, Augenbrauen, Augen und Ohren waren blutverkrustet, das Blut an den Haaren teils noch nicht getrocknet. Ich nahm mir einen Stuhl, Cora setzte sich auf das Sofa und Herr Breger nahm Platz auf einem schmalen, aber langen Schrank, der das niedrige Unterteil eines hohen Bücherregals bildete. So betrachteten wir ihn eine Weile. Ich dachte an meine To-do-Liste der Dinge, die ich vor seinem Tod noch mit ihm hatte machen wollen. Den riesengroßen Drachen in Form eines Segelschiffes, welchen wir kürzlich vom Dachboden geholt und repariert hatten, am Drachenfest bei der Keltenwelt am Glauberg steigen lassen. Sich von ihm ein unfassbar cooles Tattoo malen lassen, welches eine toltekische Plastik darstellt, bei der einem Jaguar ein Gott aus dem Maul herauskommt und dem Jaguar ein kleiner Kerl auf dem Kopf sitzt, dem wiederum eine gefiederte Schlange auf dem Kopf sitzt. Dann hatte mein Großvater in letzter Zeit häufiger sein Unverständnis über den Genuss eines Schnitzels kundgetan und ich wollte ihm beim nächsten Besuch in meinem

Restaurant beweisen, dass ein Schnitzel nicht bloß eine plattgedrückte, gebackene Schuhsohle sein muss, sondern dass sich durch die richtige Wahl des Fleisches, des richtigen Paniermehls, der abgestimmten und besonders der exakt temperierten Mischung aus Ei und Sahne ein Produkt erzeugen lässt, das in seiner Konsistenz eher einem mit Brotkrumen bestreuten Stück warmer Butter gleicht. Tatsächlich esse ich meine Schnitzel grundsätzlich mit einem Löffel. Und zuletzt noch das Buch fertigstellen, über all die verrückten Dinge, die ich in letzter Zeit erlebt hatte, damit mein Großvater es noch lesen konnte.

Aber nun wird er Teil dieses Buches. Tja. Nach angemessener Zeit bemerkte Cora, dass, obwohl sie ihn nicht kenne, er selbst im Tod noch würdevoll aussehe, und nach kurzer Pause: „Mann, was machst du denn für Sachen?"

Dr. Breger nutzte die Unterbrechung der Stille, um das weitere Verfahren anzukurbeln, und erklärte, dass er und Herr Hentschel erst nicht wussten, wie sie mich erreichen sollten, die Nummer hatten sie dann in meinem Restaurant erfahren, von dem sie wussten, dass ich dort arbeite und sie irgendwie hätten weiterkommen müssen und schon einmal einen Bestatter angerufen hatten, der auf Abruf stünde, sobald hier alles so weit sei, oder ob ich etwas davon wisse, dass schon eine Vorabvereinbarung mit einem anderen Bestattungsunternehmen bestehe.

Ich wusste von nichts, empfahl aber, bei dem Bestattungsunternehmen, welches meine Großmutter beerdigt hatte, nachzufragen. Da dem Unternehmen nichts von einer Vereinbarung bekannt war, wurde dem schon informierten Unternehmen der Auftrag bestätigt. Sie seien die ganze Nacht erreichbar und wir könnten jederzeit anrufen, egal wann. Als ich den Telefonhörer wegstellte, fiel mir erstmals auf, dass neben Dr. Breger etwas in Papppapier eingerollt war. Es machte den Eindruck, kürzlichst per Post gekommen, auf Inhalt überprüft und zur Seite gelegt worden zu sein. Dr. Breger erklärte noch, welchen Papierkram er noch zu erledigen habe und dass er erst einmal nach Hause müsse, aber ich hörte kaum zu, ständig musste ich auf das Papierbündel blicken. Als er geendet hatte, sagte ich zu Cora: „Ich würde gerne jetzt erst mal hier sauber machen."

„Aber das können wir doch machen", entgegnete der Arzt.

„Nein, wir machen das schon, wirklich."

„Sind Sie sicher? Es wäre kein Problem ..."

„Schon in Ordnung", mischte sich Cora ein. „Sie haben doch schon das Meiste gemacht, aber hätten Sie vielleicht noch welche von den Einweghandschuhen?"

„Natürlich, ich bringe Ihnen noch welche vorbei."

„Ich geh mit Ihnen", sagte ich.

„Wir müssen leise sein, meine Kinder schlafen schon", sagte Dr. Breger, während wir sein Haus betraten. Er öffnete die Tür zu seinem Arbeitszimmer. „Setzten Sie sich ruhig kurz dorthin", sagte er, wies auf einen Stuhl und verschwand kurz.

Etwas verlegen setzte ich mich in das dunkle Zimmer und schaute mich um. Ziemlich zugestellt, selbst auf der Liege lag ein Kronleuchter.

„Oh, tut mir leid, ich hab vergessen Ihnen Licht anzumachen", bemerkte Dr. Breger, als er wiederkam.

„Kein Problem", sagte ich.

Während Dr. Breger nach Handschuhen kramte, sagte er: „Das ganze Zeug ist noch von meinem Vater, er ist vor zwei Jahren gestorben und ich weiß immer noch nicht, wohin mit seinem ganzen Nachlass."

„Ja, das sehe ich auch auf mich zukommen."

„Ah, hier sind sie."

Er gab mir eine Packung Gummihandschuhe.

„Ich werde dann in etwa einer Stunde wieder bei Ihnen sein."

„Alles klar, ich werde die Tür einen Spalt auflassen. Kommen Sie einfach rein und danke für alles."

„Sie brauchen sich nicht zu bedanken."

Ich ging zurück zum Haus, wo Cora im Treppenhaus auf mich wartete.

„So!", sagte ich mit einem Anflug von Heiterkeit in der Stimme. „Jetzt gehen wir erst mal in die Küche."

Ich kramte zwei Whiskeygläser aus dem Küchenregal und nahm nach einer kurzen Spirituosen-Bestandsprüfung eine Flasche Scotch vom Kühlschrank, schenkte ein und betrachtete die Flasche.

„Auf deinen Großvater!", sagte Cora.

„Ich hätte mir sowieso heute einen Whiskey gegönnt, aber lang nicht so einen guten", sagte ich anerkennend.

„Tu nicht so abgebrüht."

Ich schaute sie an und schmunzelte. Natürlich war ich traurig über den Tod meines Großvaters, aber ich war schon immer der Meinung, dass alte Menschen sterben würden. Meine Oma starb vor fast sechs Jahren. Meine Großeltern hatten zusammen ihren fünfundsiebzigsten Geburtstag gefeiert, in dem Schloss, in dem sich das Theologische Seminar befindet und in dem mein Großvater als Theologieprofessor gearbeitet hatte. Kurz darauf machten sie eine ausgedehnte Russlandreise. Fünfundfünfzig Jahre waren sie schon zusammen, und sie waren nicht die bekannte Art von knorzigem Ehepaar, das sich nach fünfzig Jahren nur noch hasst, sondern sie waren lebensfreudig, unternehmungslustig und glücklich. Auf dem Geburtstag wurde betont, dass sie in all den Jahren nie eine einzige ernsthafte Beziehungskrise hatten. Fast schon unheimlich.

Auf der die Reise abschließenden Bootsfahrt von Moskau nach St. Petersburg saßen beide auf Deck und sahen einem kleinen Orchester zu, als meine Großmutter vom Stuhl fiel. Als mein Großvater ihr in die Augen sah, wusste er, dass es ein Schlaganfall war. Mitten im Nirgendwo verbrachte er die ganze Nacht in der Kajüte neben ihr, bevor sie St. Petersburg erreichten, wo sie endlich in ein Krankenhaus eingeliefert werden konnte. Im Krankenhaus betrachtete er sie gerade zusammen mit einem Arzt durch ein Fenster, als sie starb. Und er fing an zu weinen. Gerührt von der Szene weinte auch der Arzt, was meinem Großvater später als ein sehr positives Erlebnis empfand, zu merken, dass man es nicht mit emotional völlig verstumpften Menschen zu tun hat. Weniger positiv war, dass sie auf unerklärliche Weise im Krankenwagen all ihren Schmuck verloren hatte. Diese Nacht der Hilflosigkeit auf dem Schiff muss die Hölle gewesen sein, aber was wäre gewesen, wenn sie direkt in ein Krankenhaus gekommen wäre? Hätte sie überlebt? Hätte sie noch zehn Jahre ohnmächtig der Sprache und Motorik vor sich hingesiecht? Ich war mir sicher, dass mein Großvater sich danach gewünscht hatte, seiner Frau baldmöglichst zu folgen, ich war mir so sicher, dass auch ich es mir damals für ihn wünschte. Ich wurde ohne jede Veranlagung zur Romantik geboren, oder vielleicht kommt es durch meine rundweg rationale Betrachtungsweise der Dinge, dass mir jede Form von Romantik fremd ist, wobei dies nicht nur auf die Liebesromantik zu beziehen ist, da dies nur eine von vielen Varianten ist. Meiner Meinung nach sollten Romantiker besser zu Hause bleiben. Romantik ist etwas für die blanke Theorie. Nach fast einem ganzen Leben aber, glücklich zusammen, Kinder, Enkelkinder, Ur-Enkelkinder, nach einer gemeinsamen großangelegten Geburtstagsfeier und der anschließenden und abschließenden Reise, zeitlich nah beieinander zu sterben, das hätte ich wirklich romantisch gefunden. Aber es kam anders und ich merkte auch, dass mein Großvater schon bald wieder voll da war. Anfängliche Überlegungen, in ein Altersheim zu ziehen, wurden schnell verworfen. Wahrscheinlich hatte er in den letzten fünfzig Jahren, abgesehen von dem morgendlichen Ei, sagen wir … drei warme Mahlzeiten zubereitet, eignete sich aber nach kurzer Zeit, unter häufiger Nachfrage von Tricks bei mir, eine Küchenfertigkeit an, die die häufigen Besuche von Freunden in Staunen versetzte. Er bastelte, fuhr Ski und reiste. An seinem achtzigsten Geburtstag, seinem letzten Geburtstag, betonte er in einer Rede, er vermisse seine Frau jeden Tag, aber trotzdem sei er noch gerne auf der Erde, auch wenn er nicht wisse, wie lange das noch sei. Kurz darauf sang er dann Sinatras My Way: „And now – the end is near – and so I face – the final curtain …"

Tja und jetzt lag er da. Aber worauf ich eigentlich hinauswollte, ist, dass ich erleichtert war, dass meinen Großvater, wie auch meine Großmutter, ein gnädiges Schicksal ereilt hatte und dieser jetzt, zwar nicht in meinem Weltbild, aber denn in dem seinen, bei seiner vermissten Frau war. Auch hatte ich mir schon lange gewünscht, wenn es denn so weit sei, vor Ort zu sein und ich war zufrieden, dass dies jetzt auch der Fall war. All dies gab mir das Gefühl, dass alles, wie es jetzt war, schon seine Richtigkeit und Ordnung hatte. Auch das Blut und die Vorstellung, es gleich aufzuwischen, empfand ich nicht als besonders erschütternd.

Das Blut seines Großvaters wegzuwischen, dachte ich, ist etwas, das man einfach abkönnen muss, und es barg für mich keinen Grund zu hadern. Und eine Leiche an sich zu waschen, hatte ja ohnehin etwas Rituelles und, wie ich finde, Würdevolles. Aber diese Gedanken behielt ich für mich und schaute lieber leicht verschämt weg.

„Also, hier ist Küchenpapier, hier Handtücher. Schau mal in dem Wandschrank vorm Arbeitszimmer, was du da an Putzzeug findest, ich geh mal in den Keller und hol 'n Eimer."

Als ich in der Vorratskammer keinen Eimer fand, ging ich in den Raum nebenan. Den Eisenbahnraum. Ein etwa sechzehn Quadratmeter großer Raum, der einen absolut durchgeknallten, auf fünf Etagen verteilten Modelleisenbahnkomplex beinhaltete.

Ich betrachtete das Gebilde andächtig. Vom Boden links in der Ecke begann es mit dem ersten Zug, der an einem kleinen Steinkreis und ein paar griechischen Säulen auf einer Wiese wartete, die von Schienen umringt waren. Diese Schienen führten an der Wand entlang, an der Kellertür vorbei zu einem alten mechanischen Kran am hinteren Ende des Raumes hin zu einem prächtigen Bahnhofsgebäude aus weißen Holzstreben, zwischen denen dicke Plastikfolie gespannt war. Mit Schaschlikspießen waren kleine dicke Engelsfigürchen in die Eckpfeiler des Gebäudes gesteckt. Am Bahnhof warteten drei weitere Züge, dann ging die Schiene mit leichter Steigung über die Hälfte aller bisher erschienenen GEO-Hefte, die andere Hälfte stand im Schrank, bis hin zum Eingangsende des Raumes, wo sie eine Linkskurve machte und an der rechten Wand aus dem Boden in den Hauptteil führte. Eine große Platte, die mehr als den halben Raum ausfüllte, mit zahlreichen Abstellgleisen, die rundherum um einen See angelegt waren. Auf dem See befand sich ein turmartiger Felsen mit winzigen kleinen nackten Frauen an seinem Strand. Mehrere sehr kleine Enten und zwei lebensgroße Holzenten, die echt unheimlich waren, daneben ein Kohlefrachter und ein Fischerboot. Am Seeufer standen zwei goldene Kiwi-Vögel, ein Sägewerk mit einem Rummelplatz, das Ischtar-Tor und noch zahlreiche andere Kleinigkeiten. Am hinteren Ende des Sees ragte ein aus Pappmaché gefertigtes Bergmassiv, an dem eine kurvenreiche Schiene hinaufführte durch verwinkelte Tunnel hindurch. Auf dem Berg stand eine Wachskerzenkobra, die Sphinx, und an einer Bergspitze kraxelte einer der sieben Zwerge. In der Mitte des Berges führte eine Schiene kurz durch die Luft und umrandete den turmartigen Felsen, auf dem eine Kirche stand. An der Hinterseite des Berges führte die Schiene an Burgruinen vorbei bis zur Spitze und lief entlang der Wand frei bis in „Die Stadt in den Wolken", einer Stadt direkt unter der Zimmerdecke mit der kleinsten Eisenbahn der Welt, welche auf eine Zahnstocherspitze geschnitzt war. Von der Decke hing ein Heißluftballon und von der „Stadt in den Wolken" führten drei Gondeln hinab ins Tal, welche ich gebaut und den Gondeln in Ischgl nachempfunden hatte, die wir immer im Skiurlaub genutzt hatten und die mit Gitarrensaiten auf Träger aus einem Holzbaukasten gespannt waren. Das elektrische Bedienungspult hatte außer meinem Großvater nie jemand verstanden. Zahllose, nur dürftig beschriftete Knöpfe, selbstgebaute, hölzerne Schalter. Hätte ich meinem Drang nachgegeben, die Bahn zu starten, ich hätte sie wahrscheinlich zerstört. Also ging ich weiter in den Werkkeller, den zu beschreiben ich mir spare, aufgrund des heillosen Chaos' eines Genies. Also Eimer und ab nach oben. Noch ein Schluck Whiskey. Cora und ich betraten das Arbeitszimmer. Aber bevor wir uns ranmachten, musste ich noch etwas tun. Ich setzte mich auf den Schrank, den Kopf meines Großvaters direkt zu meinen Füßen, nahm das Papierbündel zur Hand und öffnete es. In diesem Moment begegnete ich zum ersten Mal dem Tod.

„Guter Moment, dir von meiner neuen Theorie zu erzählen!", begann Volker eine neue, recht einseitige Konversation. „Ich hab mir da eine neue Zahl ausgedacht. Meine neue Zahl nenne ich Psi!"

„Psi wegen Psichopath?", wollte Atze höhnisch wissen.

„Nein, Psi in Anlehnung an Pi und Phi, du Banause. Folgendes: Du nimmst eine Linie auf einem Blatt Papier. So weit klar? Diese Linie kannst du einmal in eine Hälfte teilen, dann nochmal und nochmal und nochmal, und die Linie wird immer kleiner. Irgendwann kannst du sie aus technischen Gründen einfach nicht mehr teilen, ist klar, aber theoretisch ließe sie sich immer weiter teilen, bis die Linie nur noch die Länge oder die Größe eines Atoms hat, und auch dann könnte man, rein theoretisch versteht sich, diese Linie immer um noch eine Hälfte kleiner machen. Unendlich oft.

Das bedeutet, die kleinstmögliche Größe dieser Linie wäre unendlich klein, aber keinesfalls nichts.

So klein sie auch sein mag, sie hat eine Größe. Die Größe dieser Linie ist gleichzeitig die kleinstmögliche Zahl. Aber wie groß ist sie denn? Wie können wir ihre unendlich kleine Größe mathematisch verständlich darstellen? Null Komma Periode null, Periode weg, eins. Klar ich weiß, eigentlich darf ich eine Periode nicht einfach abbrechen. Mach ich aber trotzdem. Wem's nicht passt, Pech gehabt. Sicher, auf den ersten Blick, scheint diese Zahl sinnlos, denn was sollte man schon mit ihr anfangen. Psi mal fünf ist Psi. Psi mal hundert ist Psi, und Psi mal unendlich ist immer noch Psi, Psi mal Psi ist wahrscheinlich auch Psi.

Im Übrigen meine ich, dass Zenos Paradox von Achilles und der Schildkröte eine metaphorische Darstellung von Psi ist. Offensichtlich, dass Psi eigentlich nicht möglich ist und somit in der Mathematik nichts verloren hat. Ich muss allerdings einwenden, dass Pi ja wohl auch nicht so richtig möglich ist, da die Nachkommastellen von Pi bis in die Unendlichkeit reichen und nur Rechnungen mit vereinfachten Formen von Pi vorgenommen werden können. Eine Rechnung mit Pi selbst durchzuführen, ist nicht machbar.

An dieser Stelle kommen wir zum Kern der Sache, mein lieber Freund. Bevor ich jedoch meinen Standpunkt weiter darlegen werde, muss ich eingestehen, dass ich nicht über die neunte Klasse hinaus bin und lediglich den akademischen Grad eines Hauptschulabschlusses vorzuweisen habe und es daher meine Kenntnis und mein Verständnis bei weitem überschreitet, wie man wohl die Nachkommastellen von Pi errechnen könnte. Aber ich kann es mir in aller Bescheidenheit nur so erklären, dass es im Prinzip überhaupt keine Kreise gibt, sondern ausschließlich kreisähnliche Vielecke, und der Vorgang des Errechnens von Pi darauf gründet, dass man die Kanten eines Drei- oder Viereckes, keine Ahnung Mann, in immer mehr Ecken ‚zerbricht', um es zu einem immer feinmaschigeren Gebilde zu machen, dass der menschlichen Vorstellung eines Kreises doch sehr nahe kommt. Mit jeder weiteren Ecke, die den ‚Kreis' feiner macht, davon gehe ich aus, kann man dann eine weitere Nachkommastelle errechnen, die Pi genauer macht. Weil man aber den ‚Kreis' immer um noch eine Ecke genauer machen kann, sprich in immer mehr Ecken ..."

Scheiße Mann, ich weiß nicht, wie ich das erklären soll. Ich bin zu müde, um nachzudenken, ich bin so verfickt müde.

Ich schreibe besser morgen weiter.

„Der springende Punkt ist, dass man einen ‚Kreis' und damit Pi unendlich oft noch ein kleines bisschen genauer machen kann. Genau wie Psi.

Meiner Meinung nach war das Universum vor dem Urknall auf einen Punkt zusammengepresst, der unendlich klein ist, aber doch eine Größe hat, also so, wie ich später erfuhr, wie man es auch von schwarzen Löchern annimmt. Denn alles kann nicht aus nichts entstehen, und es kann nicht alles in seiner jetzigen Grundform schon immer gegeben haben. Außerdem sage ich, dass Materie eine, nennen wir es, kalt gewordene Form von Energie ist (siehe meine kommende Theorie zum Sinn des Lebens). Nehmen wir also einen Punkt an, der wie gesagt unendlich klein, aber nicht nichts ist. Die Größe dieses Punktes wäre Psi und in diesem Falle wäre Psi mitnichten bloß ein Maß, vielmehr beschreibt es einen Zustand. Den Zustand Psi.

Im Zustand Psi ist alle heute im Universum vorhandene Materie in Form von Energie zusammengepresst. Und zwar absolut und lückenlos. Ohne jeden Raum und Zwischenraum. Ohne Raum gibt es keine Möglichkeit der Bewegung. Weder für Materie noch für Energie. Zeit ist lediglich eine Messung der Geschwindigkeit der Bewegung von Materie oder Energie im Raum. Ohne Bewegung im Raum also keine Zeit. Folglich erübrigt sich die Frage, wie lange es die Muttersuppe vor dem Urknall schon gab, denn die Antwort auf diese Frage ist: sowohl unendlich lang als auch unendlich kurz. Das Universum bestand vor dem Urknall schon eine Unendlichkeit lang, die kaum mehr als einen Wimpernschlag dauerte. Ohne Raum, Bewegung und Zeit keine Relativitätstheorie. Wir befinden uns also in einem Zustand, in dem die Gesetze der allgemeinen Relativitätstheorie keine Gültigkeit besitzen.

Stellen wir uns unseren Punkt einmal nicht dreidimensional vor, was ohnehin Unsinn wäre ohne Raum, sondern zweidimensional als Kreis.

Sagte ich gerade *Kreis*? Oh ja, denn da alle Energie absolut lückenlos zusammengepresst und zusammengeschlossen ist, gibt es keinen Raum für Kanten. Der Kreis wäre perfekt. Und Pi könnte im Zustand Psi endlich endlich sein und seine wahre Natur und seinen wahren Charakter (habe noch kein passendes Verb gefunden)."

Um es noch einmal bildlich zu untermauern:
Wenn man eine Videokamera mit Direktübertragung an einen Fernseher anschließt und die Kamera auf den Fernseher richtet, so nah, dass weder der Rand des Fernsehers noch irgendwelche anderen äußeren Einflüsse zu sehen sind, wird der Fernseher, um es in menschlichen Worten zu sagen, die Krise kriegen. Er wäre gezwungen, ein und dasselbe im selben Moment aufzunehmen und anzuzeigen. Er wäre praktisch gezwungen, sein Innerstes, sein Selbst, zu offenbaren und darzustellen. Wie gesagt, bildlich gesprochen. Schon klar, dass ein verfickter Fernseher kein „Selbst" hat. Da er dies aber (unter den gegebenen Umständen) nicht kann, zeigt er nur verzerrtes, chaotisches „visuelles Rauschen" an.

So wie es dem Fernseher nicht möglich ist, sein Selbst oder seine Natur zu offenbaren, ist es auch Pi unter den Gesetzen der allgemeinen Relativitätstheorie nicht möglich, seine Natur zu offenbaren und es entsteht ein nicht zu ordnendes Chaos.

Erst im Zustand Psi wird dieses Chaos geordnet, wenn auch nicht für den Menschen fassbar.

Jaa ... okaayy ... Wenn mir das jemand erzählt hätte, hätte ich mal die Nummer eines Psychiaters rausgesucht, aber Atze nickte zufrieden.

„Wie cool", entfuhr es mir. Ich schaute neben mich auf den Boden, schaute zurück auf das Objekt und sagte: „Scheiße Mann, wie übel!" In dem Papier war eingerollt eine etwa fünfundzwanzig Zentimeter große Holzplastik des Sensenmannes, der auf einer nur weniger als halb so großen Erdkugel stand. Auf seinem knöchernen Körper und Kopf trug er die blauschwarze Wachskleidung eines Seemanns. In der linken Hand hielt er eine abgelaufene Sanduhr, auf die er mit dem ausgemergelten Zeigefinger seiner Rechten zeigte.

„Ich würde lieber 'n Wein trinken als Whiskey", sagte Cora.

Ich holte eine angebrochene Flasche Barrique vom Kühlschrank und gab ihr ein Glas.

Wir tranken erst mal ein paar Schlücke und grübelten. Dann schaute Cora auf ihr leeres Glas, auf die Sanduhr und bekam die Idee, dass das keine Sanduhr, sondern eher ein Rotweinglas sei. Es dauerte einen Moment, bis ich sie vom Gegenteil überzeugt hatte und sie sich keine Sorgen machen brauche, dass ihr Wein vergiftet wäre.

Natürlich war sehr skurril, dass nach offensichtlichem Stand mein Großvater an dem Tag starb, an dem er das Paket öffnete. Wie sich allerdings später herausstellte, lag das Päckchen schon einige Tage da. Die Tochter eines ehemaligen Kirchenpräsidenten hatte dieses Stück, mit dem Wissen um die Kunstfertigkeit meines Großvaters in Bezug auf Holzplastiken, aus dem Nachlass ihres Vaters an ihn gesandt, mit der Bitte um farbliche Restauration, was ich im Übrigen als unverzeihliche Schandtat empfinde, und falls Sie, ja Sie, diejenige Person sind, schämen Sie sich! So etwas malt man nicht neu an.

Das macht doch den ganzen Stil kaputt!

Na ja, wie auch immer, wir zogen uns Handschuhe an.

Cora nahm einen feuchten Lappen und benetzte sanft das verkrustete Blut in Augen und Ohren, reinigte Mund und Nase, aus denen es einst ausgetreten war, wischte dann Erstere vorsichtig aus.

Sie drückte vorsichtig den Kopf nach oben, wusch ihm die Haare und kämmte sie.

Nachdem sie kurz den Boden unter dem Kopf abgewischt hatte, legt sie ein Kissen unter den Kopf und bettete ihn darauf.

Ich hatte bereits um ihn herum weiter aufgewischt, obwohl Herr Breger, wie gesagt, schon einiges geleistet hatte. Allerdings war viel Blut unter das Ausklappsofa gelaufen. Also musste ich es zur Seite schieben und begann erst mit Küchenpapier, dann mit Wasser und Lappen nach und nach das Blut meines Großvaters aufzuwischen.

Wegen des geringen Platzes im Raum war es kaum möglich, nicht aus Versehen hineinzutreten, und schließlich richtete ich mich auf, sah mich um, den Tod, meinen toten Großvater, mich in all dem Blut stehend und musste plötzlich lachen aufgrund der Absurdität der Szene. Cora meinte, sie habe ihn zwar nicht gekannt, aber er sehe aus, als hätte er die Ironie der Situation zu verstehen gewusst.

Es dauerte mittlerweile alles etwas länger, also bat ich Atze und Volker hinein, wo sie im Wohnzimmer warteten und den Fernseher anschalteten, während Cora und ich uns um das Weitere kümmerten. Als wir fertig waren, rief ich den Bestattungsdienst an, um meinen Großvater abholen zu lassen, und ging mit Cora ins Wohnzimmer, wo sie einem Schwert, welches an der Wand hing, Beachtung schenkte.

„Ist das ein geiles Schwert", sagte sie und betrachtete es. „Was sind das für Zeichen?"

Ich ging zu ihr hin, nahm das Schwert behutsam von der Wand und hielt es zwischen uns.

Die Klinge war von oben bis unten kunstvoll mit Blumen und Ranken verziert, hervorstehende Ornamente, an deren Kanten man noch an mancher Stelle unsaubere Kerben von dem Meißel sah, mit der der Stahl herum abgetragen wurde. Am unteren Ende der Klinge, kurz über dem Griff, waren japanische Schriftzeichen eingraviert.

„Ich weiß nicht, was die bedeuten", sagte ich.

„Und was ist das für ein Material?", wollte Cora wissen.

„Rochenleder." Ich ließ das Schwert behutsam in die Hülle mit den vier bronzenen Hakenkreuzen gleiten. „Die bedeuten in Asien was anderes", betonte ich. Ich blickte Cora kurz an, dann hing ich das Schwert an die Wand, drehte mich zu Volker, der meinte, wir sollten uns unbedingt mal was angucken, also gingen wir zum Fernseher.

„… schalten wir live nach Spanien zu unserem Korrespondenten Cayetano Esparcia. Cayetano, was können Sie uns über die aktuellen Ereignisse berichten? Gibt es schon Ermittlungsergebnisse?"

„Ja, die gibt es in der Tat. Für alle, die gerade erst reingeschaltet haben, vor zwei Tagen haben drei bislang noch unidentifizierte mutmaßliche Deutsche, die im andalusischen Gebirge enorme Mengen Rauschgift produziert haben, im Zuge einer Rettungsaktion für eine Frau, die sich in den Bergen ein Bein gebrochen hatte, wohl aus Angst entdeckt zu werden, das Gelände in Brand gesteckt."

„Dein scheiß Joint, den du verloren hast!", plärrte ich.

„Wie wir schon gestern erfahren konnten, breitete sich das Feuer bei dieser enormen Trockenheit hier so rasend schnell aus, dass es für acht Beamte der Guardia Civil kein Entkommen gab. Ein weiterer Polizist, dem es noch gelang einen Laptop sicherzustellen, bevor er nur knapp und mit schweren Verbrennungen den Flammen entkam, erlag heute Morgen im Krankenhaus seinen Verletzungen. Nach einer vorläufigen Auswertung der Computerdaten lässt sich laut der spanischen Polizei auf eine Verbindung mit internationalen Drogenkartellen schließen, genauer gesagt mit der peruanischen Mafia in Cuzco und dem vietnamesischen organisierten Verbrechen. Des Weiteren wurden unter anderem schwere Waffen gefunden ..."

Es wurde ein Ausschnitt meines „Sturmgewehres" gezeigt, welches verkohlt irgendwo auf dem Boden lag.

„... und laut des Polizeisprechers von Salmeria gibt es Anhaltspunkte zu einer Verbindung zu den zwei kürzlich auf offener Straße erschossenen russischen Waffenhändlern."

„Ey, woll'n die uns verarschen?!", hauchte ich.

Wir alle saßen mit heruntergefallenem Kiefer auf dem Sofa.

„Unbestätigten Zeugenberichten zufolge sollen die drei mutmaßlichen Täter zusammen mit der aus Deutschland nach Spanien geflohenen vierten Terroristin des nationalsozialistischen Untergrunds gesehen worden sein."

Volker sprang auf und hielt den Arm ausgestreckt mit erhobenem Finger auf Cora, als wolle er sich mit einem Kreuz vor einem Vampir schützen.

„Bitte? Das glaubt ihr doch nicht etwa?!"

„Danke für die präzise Einschätzung Cayetano."

„Gerne."

„Wir zeigen Ihnen noch kurz die von den spanischen Behörden veröffentlichten Fahndungsbilder, und jetzt weiter zur Börse."

Es wurden Phantombilder gezeigt, die uns zum Glück nur mäßig ähnlich sahen.

„Und bevor ihr hier mich wegen irgendwas beschuldigt …", Cora sprang ebenfalls auf.

„Was stimmt denn mit euch nicht? Ihr seid hier ja wohl die Terroristen!"

Auch ich stand auf und versuchte zu beschwichtigen, wenn auch äußerst nervös und leicht panisch.

„Okay, ihr zwei. Die versuchen uns allen was anzuhängen. Cora, wir sind nicht vom südamerikanischen Kartell und auch nicht von der russischen Mafia. Wir ham das nicht mit Absicht gemacht und das Gewehr war nur Spielzeug. Volker, Alter, Cora ist kein Nazi, Mann!"

Nur Atze saß seelenruhig in der Ecke.

„Scheiße", sagte ich. „Scheiße, Scheiße, Scheiße. Wir müssen sofort hier weg. Visum und Flugzeug können wir vergessen. Wir müssen … Scheiße, lasst mich nachdenken! Also, wir müssen mit dem Auto, anders geht's nicht. Wir fahren nach Österreich mit Skiern auf dem Dach zur Tarnung. Nach Ungarn, Rumänien und Bulgarien. Alles EU-Staaten mit offenen Grenzen. Von dort müssen wir irgendwie in die Türkei gelangen. Nach Osten geht's nicht weiter, wir können nicht ohne weiteres dreitausend Kilometer durch den Iran und Pakistan fahren ohne aufzufallen. In der Türkei müssen wir Kontakt mit Kurden aufnehmen, die müssen uns Kontakt mit den Palästinensern verschaffen. Denen weiß ich, was ich erzählen muss. Außerdem haben wir genug Geld, dass im Grunde jeder alles für uns macht. Die Palästinenser müssen uns durch Israel und Jordanien schleusen, von da geht's nach Saudi-Arabien. Sind wir erst mal in Abu Dhabi, fragt kein Schwein mehr nach nem Pass, solange wir wohlhabende Touristen sind. Dann fahren wir per Schiff Richtung Asien. Wir brauchen Dollars, müssen dringend Euro in Dollars tauschen."

Cora starrte mich fassungslos an.

„Hast du 'n totalen Schaden? Hast du dich reden hören? Warst du schon mal in Saudi-Arabien? Kurden sollen uns Kontakt mit den Palästinensern verschaffen? Kurdistan liegt im Osten du Held und nach Palästina geht's nach Süden und …"

Volker schaltete sich ein: „Wie willst'n du eh in die Türkei kommen ohne Visum, he?"

„Mann, die sollen froh sein über jeden Touristen, der noch dahinwill!", wandte ich ein.

Es wurde laut.

Volker: „Warum sollte uns irgendeiner für Geld helfen, die bringen uns einfach um und haben alles, was wir besitzen, hast du darüber schon mal nachgedacht?"

Cora: „Können nicht einfach durch den Iran, dädädä, aber einfach durch Saudi-Arabien oder was?!"

Ich: „Ok, der Plan hat noch ein paar Lücken, aber habt ihr vielleicht ne bessere Idee?!"

Cora. „Jede scheiß Idee ist besser als deine!"

„Fuck! Schnauze halten!", schrie ich. „Haltet beide die Schnauze! Du bist ne Terroristin und du 'n verdammter Drogenbaron. Außerdem hab ich hier immer noch das verfickte Oberkommando!"

„Bist du jetzt vollkommen übergeschnappt?", zischte Cora.

„Ok, ok. Tut mir leid", sagte ich. „Wir könnten erst mal nach Griechenland. Da müssten wir ohne Probleme hinkommen. Aber wie dann weiter? Über den … warte. Wir könnten über den Libanon. Lasst mich erst ausreden. Ich kenn da jemanden, der uns helfen könnte. Er ist Libanese und er schuldet mir noch etwas. Zumindest hat er das Gefühl, er wäre mir noch etwas schuldig. Araber, insbesondere Libanesen, sind anders als wir. Wir mit unserem kalten Nordblut lieben das Mittelmaß. Die aber, wenn du einen betrügst, tötet er dich. Tust du ihm einen Gefallen, hilft er dir. Bedingungslos.

Wir fahren also mit dem Auto nach Griechenland, von da aus kommen wir in den Libanon. Der kriegt das für uns geregelt. Der kriegt alles geregelt und er kennt alle, und vor allem legt sich keiner mit ihm an. Unter seinem Schutz zu stehen, wäre von Vorteil.

Vom Libanon aus lassen wir uns nach Israel schmuggeln und von dort mit dem Schiff übers Rote Meer nach Asien, vielleicht erst mal nach Indien."

Die Idee war zwar nicht bedeutend weniger schwachsinnig als die vorherige, aber Griechenland war erst mal ein guter Anfang, und wie es dann tatsächlich weitergehen würde, was weiß ich.

Aber wie sollten wir denn anders nach Südostasien kommen? Über Russland und China? Allein logistisch für uns unmöglich. Und im Nahen Osten führt jeder Weg über den Iran. Selbst wenn wir innerhalb des Irans unbehelligt blieben, gab es keine Grenze, an der wir nicht hängen bleiben würden. Einmal in Israel, würden wir als Weiße zumindest weniger auffallen. Und an die Ostpazifikküste, um dann Afrika umschiffen zu können, war ja wohl hinfällig, da man uns in Spanien suchte und mit Sicherheit auch die Franzosen damit rechneten, dass wir ihr Land betreten und verlassen könnten.

Cora merkte an, dass ich ein hoffnungsloser Fall sei, gestand aber zu, dass uns womöglich in Griechenland keiner vermuten würde und wir schließlich dringend mal das Land verlassen sollten und auch Ägypten von dort aus eine Option sei, wie man das Rote Meer erreichen könnte.

Da wir uns aber über zwei Dinge im Klaren waren, nämlich erstens, dass wir, egal welchen Weg wir nehmen würden, ein Visum für Vietnam brauchten und zweitens, keiner von uns aktuell das Urteilsvermögen besaß, einen umsetzbaren Plan zu schmieden, mussten wir folglich nach Frankfurt ins vietnamesische Konsulat und dann weitersehen.

Ich wäre gerne geblieben, hätte mich neben ihn gesetzt und nachgedacht, aber es war klar, dass wir besser nicht noch länger bleiben sollten. Als wir meinen Großvater andächtig zurechtgemacht hatten, schaute ich mich noch kurz im Bücherregal um, ob nicht etwa brauchbare Bücher für mich dabei wären, um der Lösung meines Rätsels auf die Schliche zu kommen. Ich nahm mit: Das Gilgameschepos, Die zweiundsiebzig Namen Gottes, Sie bauten die ersten Tempel …

Dann fiel mir ein Buch über Ägypten ins Auge, schlug es auf und keine Ahnung Mann. Offensichtlich war mein Großvater genau wie ich ein ziemlicher Vollfreak. In das Buch eingelegt waren gedruckte Skizzen und Baupläne sämtlicher ägyptischen Tempel und Grabmäler. Mir fiel sofort auf, dass einige vom Grundriss her baugleich mit den Tempeln in Angkor und der Verbotenen Stadt in China waren. Wie sich die Maßstäbe, Längen und Winkel verhielten, galt es bei Gelegenheit zu prüfen.

Ich blätterte noch ein Geo-Heft über Südamerika durch und blieb an dem Bild eines riesigen Steinkopfes eines Olmeken hängen. Die Olmeken waren ein Volk, das von Westen nach Südamerika kam, mit Schiffen, die keine Ruder brauchten. Sie bauten dort die ersten amerikanischen Pyramiden und entwickelten die Grundlage für den späteren Maya-Kalender. Ich sah mir das Gesicht an und dachte: „Mensch, der ist aber nem alten Klassenkameraden von mir wie aus dem Gesicht geschnitten. Minh Lu hieß der, glaube ich, aber wo kam der denn nochmal her? Ach stimmt, aus Vietnam …"

Meine Lunge begann zu zittern. Ich betrachtete weitere Bilder von anderen Köpfen. Alle wiesen unverkennbare Merkmale von Südostasiaten auf. Sie kamen von Westen. Was liegt im Westen? Vietnam.

Ich packte die Flasche Whiskey, das Schwert und die Holzplastik, welche ich stilvoll auf das Armaturenbrett des Autos stellte, und wir fuhren los.

So. Und bis zu diesem Punkt, Seite hundertbatsch in DIN A4, habe ich dieses Buch in der dritten Person geschrieben, als ich beschloss, es doch lieber aus der ersten Person schreiben zu wollen. Prost Mahlzeit. Ändern Sie so was mal.

Kapitel 14
Arya

Da wir, bevor irgendetwas passierte, schlafen mussten, beschlossen wir, alle gemeinsam nach Frankfurt zu fahren, und von dort könnte dann jeder seiner Wege gehen, denn da gab es Züge und Flugzeuge. Es war halb eins nachts, als wir in einem kleinen Hotel in der Frankfurter Vorstadt eincheckten, aber da keinem von uns wirklich nach Schlafen zumute war, gingen wir noch in eine Bar ein paar Häuser weiter, die sehr voll war und wir mussten einen Moment warten, bis ein Tisch mit fünf Stühlen für uns frei wurde. Wir tranken etwas, nebenan saß jemand alleine an einem Dreiertisch, der drei Personen Platz machte, die sich nach einem Tisch umsahen, und fragte, ob er nicht unseren einen übrigen Stuhl haben und sich zu uns setzen könne. Ich redete zunächst nicht, aber Cora unterhielt sich eine Weile mit ihm. Erst als ich ein paar Whiskey getrunken hatte, war ich in der Stimmung mich mit einzubringen. Der Mensch sprach gebrochen Deutsch mit französischem Akzent und war Geschäftsreisender aus Kanada, der sich als Micael vorstellte. Die Stimmung wurde lockerer, und es fiel anscheinend auch hier und da ein Wort wie Steinkreis oder Linien. Da wir uns gut verstanden, bestellten wir eine Flasche Whiskey zum Mitnehmen und gingen alle zusammen nochmal zu uns aufs Zimmer des Hotels, von dem er sagte, dass auch er dort gebucht habe.

Vor etwa viertausendfünfhundert Jahren tauchte, ich glaube im Raum des heutigen Nord-Westindien, Pakistan, Iran, ein Volk auf, welches den Überlieferungen zufolge die lokale Herrschaft übernahm, den einheimischen Menschen die vedische Sprache, die Schrift, und sonstige kulturelle Feinheiten brachte, die Religion des Hinduismus entweder dort begründete oder schon mitbrachte, die mündlich überlieferte Mythensammlung der Veden verfasste und das Kastensystem einführte.

Diese Menschen, von denen die tatsächliche und genaue Herkunft bis heute nicht genau geklärt ist, bezeichneten sich selbst als „Arya", zu Deutsch Arier, was so viel heißt wie die „Reinen" oder die „Hellen".

Später wurde diese Bezeichnung auf uns alle wohlbekannte und fatalste Weise fehlinterpretiert, indem man das Wort „rein" auf „reines Blut" bezog und durch die

Übersetzung die „Hellen" annahm, es müsse sich um „Weiße" im nordeuropäischen Sinne gehandelt haben.

Wie das Volk der Arier sich vor ihrer Ankunft in Indien nannte, ist nicht bekannt, und sie nannten sich durchaus so, weil sie laut eigener Aussage eine hellere Haut hatten als die einheimische Bevölkerung. Indien ist ein großes Land, mit vielen Ethnien, und Inder haben, genau wie alle anderen Völker, nicht „die eine Hautfarbe", dennoch gilt klar zu betonen, dass hellere Haut in diesem Bezug längst nicht bedeuten muss, dass es Weiße waren.

Was das Kastensystem angeht, gibt es keine ganz klaren einheitlichen Erkenntnisse über dessen genaue Entwicklung, aber einigen Quellen zufolge basierte das Prinzip der Hierarchie auf der Hautfarbe, wobei Menschen mit dunkleren Hauttönen herabgestuft wurden, während die hellhäutigeren Arier die oberste Kaste bildeten. Da es die Arier faktisch nicht mehr gibt, gelten heute die Bramahnen als oberste Kaste, soweit mein Verständnis.

Sollte ich hier in Unkenntnis komplizierter kultureller Begebenheiten einen Fehler gemacht haben, bitte ich aufrichtig um Entschuldigung und bildende Aufklärung.

Man sollte jedoch vorsichtig sein, den Ariern, in Anbetracht der Unterteilung der Gesellschaft nach Wertigkeit aufgrund der Hautfarbe, einen Bezug oder Parallelen zu der späteren rassischen und rassistischen Ideologie der Nationalsozialisten zu unterstellen.

Ich habe meinen Freund Tejas, welcher indischer Herkunft, gebürtiger Hindu ist und Theologie sowie indische Geschichte studiert hat, gefragt, als er zu Besuch in Deutschland war, was für ihn als Inder eigentlich ein Arier ist. Wir saßen in Marburg in einem Biergarten am Lahnufer und tranken etwas, als ich vorsichtig und leise dieses sensible Thema ansprach. Natürlich war er erfreut und überrascht, dass ich mich für seine Kultur interessierte und ... na ja, wie soll ich sagen, man kann von einem Inder, der in Spanien in einer Höhle wohnt, auch bei hohem Bildungsgrad und absoluter Kenntnis der Geschehnisse im Dritten Reich, nicht zwangsläufig erwarten, dass er mit den kulturellen Gepflogenheiten der unseren Kultur bis ins Detail vertraut ist.

Also musste ich ihn direkt bei Beginn seiner Erklärung in seiner Begeisterung und Lautstärke bremsen und in Englisch anpflaumen:

„Alter, bist du bescheuert, du kannst das A-Wort doch hier nicht so laut sagen, die kreuzigen uns!"

Verbittert gestand er ein, dass er dies schon gemerkt hatte.

Tatsächlich hatte er zufällig am Vorabend eine Erfahrung gemacht, die mir zu denken gibt.

Wer die Marburger kennt, weiß, dass sie manchmal ein merkwürdiges Völklein sein können, was politische Korrektheit angeht. Sicher, meistens ist es absolut gut gemeint und ich will mich hüten, es verwerflich zu finden, wenn man in bestimmten Kreisen nicht sagt: „Man geht in die Kneipe", sondern „man / Frau geht in die Kneipe", auch wenn ich es übertrieben finde, aber das ist meine persönliche Ansicht, da man Respekt oder Respektlosigkeit gegenüber anderen, in diesem Fall Frauen, nicht durch korrekte Worte, sondern durch korrektes Verhalten zum Ausdruck bringt, was so mancher von denen noch nicht ganz verstanden hat.

Nun war es aber so, dass mein Freund alleine in einer Lokalität saß und hörte, wie irgendjemand das Wort Arier benutzte. In welchem Zusammenhang, ist sowohl mir als auch ihm unbekannt.

Er jedenfalls sagte auf Englisch: „Arier? Das sind doch meine Vorfahren."

Prompt wurde er rausgeworfen und von einer Gruppe aufgebrachter Studenten, die ihn verprügeln wollten, durch die nächtlichen Straßen Marburgs gejagt.

Privilegierte, wohlhabende Bewohner der allerersten Welt jagen einen Inder mit leicht zerlumpten Klamotten, der in einer Höhle wohnt und oft nicht weiß, wo er seine nächste Mahlzeit hernehmen soll, weil sie ihre eigene, angeblich linke und weltgewandte Weise so sehr für das einzig Richtige halten, so überhöhen und so missverstanden haben, dass sie erwarten, jeder Mensch auf der Erde müsse ihnen entsprechen. Das ist sie also, die berühmte Marburger Weltgewandtheit.

„Am deutschen Wesen muss die Welt genesen."

Was einst ein Slogan der Rechten war, beanspruchen heute, ich will nicht unbedingt sagen Linke, sondern eher aufgeschlossene, gebildete Teile der deutschen Gesellschaft mit vorgeblich hohem humanistischen Stand für sich.

Ich werde meinen Standpunkt so darlegen:

Wir Deutschen haben den Nationalismus überwunden. Wir Deutschen haben das Gefühl überwunden, besser zu sein als andere Völker. Und damit haben wir allen anderen Völkern etwas voraus.

Denken Sie mal drüber nach.

Was hier auf den ersten Blick wie ein Paradoxon wirkt, ist aber keines, sondern es ist ein sich wiederholender Entwicklungsprozess. Am Anfang steht der Nationalismus. Dieser wird überwunden, was zu Erkenntnis führt und für einen kurzen Moment ist alles gut. Die Erkenntnis lässt einen sich über andere erheben und am Ende steht wieder der Anfang.

Aber ich bin abgeschweift.

„They are fucking Gods man!", sagte Tejas, als wir dieses geklärt hatten, erläuterte mir aber, dass er „Gods" nicht im religiösen Sinne meinte, sondern dass das einfach Superhelden seien, die Kulturgründer, wenn man auch in seiner Heimat Kashmir ihnen eine größere Bedeutung und Ehre zukommen lässt als in südlicheren Teilen des Landes.

Was den Vorwurf des Rassismus angeht, erklärte er mir, dass die Einteilung in Kasten dennoch nichts anderes sei als die bei uns in Europa über Jahrhunderte, wenn nicht Jahrtausende, übliche Einteilung der Gesellschaft in Königsfamilie und Adel, Klerus, Ritter, Krieger, Kaufleute, Bürger, Bauern und Leibeigene.

So viel zu dem, was ich über die „echten" Arier weiß oder zu wissen glaube. Eine Sache noch, bevor wir die Frage aller Fragen stellen, den letzten Nachweis zu diesem Volk finden wir im Grabmal König Dareios I. von Persien: „Ich bin Dareios, König der Perser, Sohn eines Persers, ein Arier, arischer Abstammung."

Im Übrigen kam ich zu der Forschung über dieses Thema, als ich meinen Großvater danach fragte, der bei Ende des Krieges zehn Jahre alt war, in der Annahme, man hätte denen etwas darüber in den Nazischulen erzählt.

Aber das Einzige, was er wusste, war, dass der Begriff Iran sich von dem Wort der Arier ableitet und so viel bedeutet wie Land der Arier, was mich doch sehr verdutze und mich veranlasste, in Ohnmacht der seriösen Wissenschaftler sich mit diesem Thema auseinanderzusetzen, in der berechtigten Angst, nie wieder eine Anstellung zu bekommen, der Sache selbst auf den Grund zu gehen. Und die folgende, hoffentlich ausreichend lückengeschlossene Antwort auf die Frage, wie um alles in der Welt aus dieser historisch belegten Kultur das wurde, was wir in der westlichen Welt als Arier verstehen, und von dem nahezu alle Menschen glauben, bei den Ariern würde es sich um ein fiktives Volk handeln, eine kranke Erfindung kranker Menschen, dessen Namen auszusprechen so ist, als würde man in Hogwarts laut „Voldemort" rufen, ist das Ergebnis über ein Jahr hinwegdauernder Forschung und der Auswertung einer Vielzahl von Einzelquellen.

Wie schon gesagt, ist nicht geklärt, woher sie wirklich stammten. Über sich selbst behaupteten sie, dass sie die Nachfahren der Bewohner eines einst mächtigen Inselkönigreiches waren, welches durch eine große Flut vernichtet wurde.

Im neunzehnten Jahrhundert begannen dann seriöse wie unseriöse Anthropologen, sich mit der Kultur der Arier zu beschäftigen. Eine meiner Ansicht nach eher unseriöse Quelle, aber dieses muss jeder selbst entscheiden, war die Okkultistin Helena Blavatsky, die behauptete, während einer Reise nach Tibet Zugang zu geheimem Wissen gewährt bekommen zu haben, unter anderem, Wissen zu eben jenem Volk und manifestierte Thesen über Gottmenschen, die mit anderen „Rassen" in einem, ich nenne es mal evolutionärem, sozialdarwinistischem Konflikt stehen.

Und sie setzte dieses versunkene Reich der Arier mit Atlantis gleich, aber dazu gleich mehr.

Andere stellten die Überlegung an – und jetzt bitte die nächsten Sätze zu Ende lesen, bevor Sie mich für diese Worte, welche nicht die meinen sind, verurteilen –, dass es sich bei Ariern und Semiten um das gleiche Volk gehandelt haben könnte.

Vorweg, linguistisch haut es nicht hin, und Semiten sind nicht in jedem Fall Juden und man muss Historikern, die sich vor über hundertfünfzig Jahren damit beschäftigt haben, nachsehen, dass sie in, ich nenne es: kindlicher Unbedarftheit und Unwissenheit, Überlegungen angestellt haben, die heute nicht nur nicht in unser Weltbild passen, sondern auch nachweislich falsch sind.

Solche Überlegungen sind darauf zurückzuführen, dass es keine klar geschlossenen geographischen und kulturellen Grenzen gibt und natürlich in Gebieten, die über lange Zeit von verschiedenen Kulturen beeinflusst werden, es zu Verschmelzungen kommt, und so kommt es in Grenzgebieten zu einem Begriff, den ich nur einmal in einem hundertfünfzig Jahre alten Buch in der historischen Bibliothek eines alten Schlosses gefunden habe und danach nie wieder und für dessen Verwendung ich mich entschuldigen möchte, nämlich „Ariosemitische Gottheiten".

Auch kommt hinzu, dass sowohl Arier als auch Semiten ihre Abstammung auf die Überlebenden einer oder der großen Flut zurückführen und beide an nur einen Gott glauben, den sie „Den Einen" nenne. Tatsächlich nämlich, so schilderte mir Tejas, glauben Hindus nicht, wie im Westen allgemein angenommen, an hunderte Götter, sondern nur an einen, „Den Einen", der in drei verschiedenen Erscheinungsformen auftritt, und alles andere seien keine Götter, sondern Gottheiten oder himmlische Wesen, vergleichbar mit Engeln oder Heiligen.

Es gilt zu betonen, dass diese Forscher von Tuten und Blasen keine Ahnung hatten und nicht wissen konnten, wie diese beiden Begriffe einmal in Konflikt miteinander geraten könnten, und alle, die sich jetzt empören, sollten bedenken, dass es doch nichts Ärgerlicheres für die Nazis gegeben hätte als einen solchen Zusammenhang. Und ich denke, dass auch gerade solche oberflächlichen und vor allem wenigen Gemeinsamkeiten es waren, die im Endeffekt das Geschehen im Dritten Reich auf ideologischer Ebene beeinflusst haben könnten, aber das ist eine andere Überlegung.

Jetzt, gegen Ende des neunzehnten Jahrhunderts, wird es ernst.

In München wird die sogenannte „Thule-Gesellschaft" gegründet. Eine rechtsextreme, rassistische und faschistische Gruppierung, die die Grundlage für den „Modernen Arier" schuf, indem sie alles durcheinanderbrachte und durch einen unverantwortbaren Mangel an Reflektiertheit eine Ideologie schuf, die auf Missverständnissen und Verwechselungen basiert, und die ich nun nach bestem Wissen schildern möchte.

Dreihundertfünfundzwanzig vor Christus hat so 'n Grieche, Pytheas, eine Atlantikkreuzfahrt unternommen und geschildert, dabei eine bewohnte Insel besucht zu haben, die er Thule nannte und bei der es sich möglicherweise, oder wahrscheinlich, um Island gehandelt hat.

Die Mitglieder der Thule-Gesellschaft sagten nun: „Wir kennen heute keine Insel namens Thule, folglich ist sie untergegangen, folglich ist Thule Atlantis, die Arier stammten von einer versunkenen Insel, also stammten die Arier aus Atlantis sprich Thule, Thule liegt im Nordatlantik, folglich sind Arier Nordmänner."

Oh Mann, ich brauch ne Pause. Diesen Satz auseinanderzuklabustern wird ein Akt, und ich kann nur nochmal und schon mal im Voraus betonen, um was für eine Bande von ausgemachten Idioten es sich gehandelt haben muss. Bis gleich.

Lassen wir die Überlegung, ob es Atlantis, oder so etwas wie Atlantis, tatsächlich gegeben hat, einmal beiseite. Die Geschichte von Atlantis wurde überliefert von dem Griechen Platon.

Platon behauptet nicht, dass er Atlantis besucht habe, sondern schreibt, diese Geschichte habe ihm ein Freund erzählt, der sie während einer Ägyptenreise von einem ägyptischen Priester erzählt bekommen habe. Es ist also eine ägyptische Geschichte und keine griechische, was ich immer wieder von Fachleuten, die sich im Fernsehen damit beschäftigen, ignoriert sehe, und garantiert haben die Ägypter diese Insel nicht Atlantis genannt, dies ist ein griechischer Name in Anlehnung an den Titanen Atlas, welcher auch Namensgeber für den Atlantischen Ozean war. Der Name Atlantis bedeutet also nicht zwangsläufig, dass diese Insel im Atlantik lag. Und die von Platon angegebene grobe Lage, nämlich hinter den Säulen des Herakles, was geographisch gesehen schon der Atlantik ist, kann aber praktisch auf gut Deutsch übersetzt werden mit: am Ende der Welt, wo der Pfeffer wächst, in der Pampa oder Gott weiß wo. Es gibt kaum einen stichhaltigen Anhaltspunkt für die mögliche Lage.

Dann waren Pytheas und Platon Zeitgenossen. Laut Platon ist Atlantis, ob Fakt oder Fiktion, zu seiner Zeit seit über zehntausend Jahren untergegangen, also nach unserer Zeitrechnung etwa im Jahre zehntausendfünfhundert vor Christus. Bei Thule kann es sich also nur schwerlich um Atlantis gehandelt haben, da Atlantis zur Zeit Pytheas' Besuch auf Thule schon längst untergegangen war.

Laut Platons Bericht wurde Atlantis bewohnt von göttlichen Menschen, die begannen, sich mit normalen Menschen zu paaren, was die Götter so erzürnte, dass sie Atlantis vernichteten.

In der Thule-Gesellschaft sah man darin eine Verbindung zu den Ariern, die durch das Kastensystem eine Vermischung verschiedener Kasten untersagten, und man vermischte die indische, die griechische und die ägyptische Legende, welchen Ursprung und welche Gemeinsamkeiten sic auch haben mochten, und setzte es mit einem tatsächlichen Reisebericht gleich.

Ebenso untermauerten sie mit diesem Mythos ihre eigene rassistische Weltanschauung, in dem sich „Deutsche Arier" nicht mit anderen Völkern mischen sollten.

Ein paar Jahre später endete der Erste Weltkrieg.

Der Kaiser ging ins Exil und Deutschland war dabei sich zu spalten, in die von Scheidemann in Berlin ausgerufene Weimarer Republik auf sozialdemokratischer Basis unter Regierungschef Ebert und in die von Liebknecht und Luxemburg in München ausgerufene Räterepublik nach dem Vorbild der Sowjetunion. Sowjet ist das russische Wort für Rat.

In dieser Münchener Räterepublik galt die Thule-Gesellschaft aufgrund ihrer rechtsextremen Haltung natürlich als staatsfeindliche Gruppierung, also tat man, was man mit staatsfeindlichen Gruppierungen eben macht, vorausgesetzt, es werden nicht gleich alle erschossen, man bespitzelte sie. Man beauftragte einen verdeckten Ermittler, einen Rätekommunisten, Mitglied der kommunistischen Partei, Weltkriegsveteran, Leiter eines sozialistischen Soldatenrates, der sich in den Kellerkneipen an Nebentische setzen sollte, um zu belauschen, was besprochen wurde.

Dieser Mann war Adolf Hitler.

Um eine Teilung Deutschlands zu verhindern, suchte Reichspräsident Ebert, mangels faktischer Macht, Hilfe bei den sogenannten Freicorps, faschistisch gesinnter Veteranenverbände, die München gewaltsam eroberten. Aktive Waffenhilfe im Häuserkampf Münchens bekamen die Freicorps von den bewaffneten Mitgliedern der Thule-Gesellschaft, von denen später viele hochrangige SS-Offiziere wurden.

Da mit Kommunisten kurzer Prozess gemacht wurde, bot sich Hitler an und verriet Verstecke seiner Parteigenossen. Ob er dies tat, um selbst nicht erschossen zu werden, – und bei aller Verachtung gegen diesen Mann sollte man sich nicht herausnehmen zu urteilen, ist man selbst nicht mit einer solchen Situation konfrontiert gewesen – oder aus Opportunismus oder aus tatsächlichem Gesinnungswandel, bleibt offen.

Die Ansichten der Thule-Gesellschaft jedenfalls prägen ihn nachhaltig, und die folgenden Jahre bis zur Machtergreifung kennen wir und müssen jetzt nicht einzeln geschildert werden.

Das Hakenkreuz Swastika.

Immer wieder höre ich, dass Leute sagen, das indische Swastika sei etwas ganz anderes und sei linksdrehend, somit nicht gleichbedeutend, oder sogar, das Gegenteil bedeutend, mit dem Hakenkreuz der Nazis.

Es hat die gleiche Bedeutung. Es war ein Sonnensymbol. Ein, wenn nicht das Aushängesymbol der Indoarier, weshalb die Nazis als „Nachfahren der Arier" dieses Zeichen auch für sich beanspruchten. Und auch das indische Hakenkreuz ist rechtsdrehend. Der Unterschied liegt nicht in dem, was es bedeutet, sondern darin, was Menschen damit verbinden.

Inder, wie mein Freund, verbinden damit Weisheit, Wissen, Kultur.

Wir hingegen Hass, Zerstörung und Tod.

Linksdrehend hingegen ist es im Buddhismus, der ja auf dem Hinduismus basiert, aber welche Rolle die Arier hier noch spielen, weiß ich nicht.

Auch die Kelten kannten das linksdrehende Hakenkreuz, von dem ein in Stein graviertes von der „Forschungsgemeinschaft Deutsches Ahnenerbe" während der Zeit des Nationalsozialismus ausgegraben und stolz präsentiert wurde.

Himmler, der sich wohl mehr noch als Hitler für mythologische Zusammenhänge begeisterte und interessierte, beauftragte die Forschungsgemeinschaft Deutsches

Ahnenerbe auch damit, die Urheimat der Arier ausfindig zu machen, welche sie, bei allen wahnwitzigen Vorstellungen Himmlers über goldüberzogene Felsen des einstigen Atlantis in der Ostsee, glaubten, im Himalaya lokalisiert zu haben, was ja im krassen Widerspruch zu der These der Thule-Gesellschaft steht. Und so wurden Expeditionen zu den Sherpas in Nepal durchgeführt, um durch Vermessung und Formabdruck der einheimischen Bevölkerung auf der Grundlage rassentheoretischer Gesichtsmerkmale – heute würde man es wohl biometrisches Profil nennen – herauszufinden, ob oder „in welchem Reinheitsgrad" die derzeitigen Sherpas noch mutmaßlich arische Merkmale aufwiesen.

Für Himmler im Übrigen galten Begriffe des Hinduismus zum Vokabular der okkulten Quasireligion des innersten SS-Zirkels, und ich erinnere mich daran, wie der Autor eines Erlebnisberichtes im Zweiten Weltkrieg, dessen Verfilmung eines seiner Bücher jeder kennen dürfte, den ich aber nicht namentlich in diese äußerst unangenehme Angelegenheit hier reinziehen möchte, beschreibt, wie er und ein paar andere Deutsche in der Normandie, während der Tage der alliierten Landung, auf die mit Deutschland verbündeten Truppen der Legion Freies Indien stießen, die aufgrund der englischen Besatzung Indiens sicher ihre eigenen Gründe gehabt haben mochten, aber von der deutschen Regierung als Arier und somit wehrwürdig anerkannt wurden, was die deutschen Soldaten nicht recht verstanden, im Sinne von „erst erzählen die uns was von blond und blauäugig und jetzt sowas".

Allen Neonazis heute möchte ich bei der umgreifenden Ausländerfeindlichkeit, vor allem gegen Menschen arabischer Herkunft, bei dieser Gelegenheit unter die Nase reiben, dass Hitler die arabischen Völker als genetisch hochwertig anerkannt hat.

Ob ich mich von dieser Aussage Hitlers jetzt aus Gründen der politischen Korrektheit distanzieren sollte oder nicht, bleibt für mich ein unlösbares Dilemma. Tue ich es nicht, könnte man mir unterstellen, ich würde mich auf Hitler berufen, tue ich es, könnte man mir vorwerfen, ich erachte Araber als genetisch minderwertig. Ich bin überfordert und überlege, die letzten Zeilen zu löschen, tue es aber nicht.

Ohnehin überlege ich ständig, ob es nicht besser wäre, jedes Wort über die Arier zu löschen und zu verbannen, da ich unentwegt merke, wie sehr ich mich in die Scheiße reite und wie sehr mir allein Gedanken zu diesem Thema zum Nachteil ausgelegt werden könnten, aber ich fühle mich verpflichtet, Wissen zu teilen, das ich für wissenswert halte, von dem ich denke, dass es wichtig wäre, wenn mehr Menschen dies wüssten, und weil ich noch nie jemanden kennengelernt habe, der Vergleichbares hierüber wüsste.

Es ist doch so, dass normale Menschen wie Sie und ich den Nationalsozialismus und dessen Gedankengut als abstoßend empfinden.

Es gibt aber Menschen, die, welcher Weg auch immer dorthin geführt haben mag, nicht einmal unbedingt von der Bosheit, denn Gut und Böse können subjektiv sein, aber von der Macht und von dem mystischen Alleinstellungsmerkmal, das Hitler und den Nazis nicht nur von sich selbst, sondern ebenso von den Feinden und Gegnern in guter Absicht auferlegt wurde, fasziniert und geblendet sind. Und wenn wir uns verbieten, über die Ideologie der Nazis vorbehaltlos zu diskutieren, wenn jeder, der weiß, dass es ein Volk der Arier gegeben hat, Angst haben muss, sich dem Vorwurf stellen zu müssen, er schenke den Ideen und den Lügen Wahnsinniger Glauben, dann halten wir diese mythische Aura, die diesen Begriff „Arier" umgibt, aufrecht.

Wenn wir uns aber trauen, uns damit zu beschäftigen, uns trauen, darüber zu reden, dann bestätigen wir doch nicht solche Vorstellungen, sondern dann können wir doch feststellen und auch besonders jungen, formbaren, ideologisch anfälligen Menschen und natürlich allen anderen Menschen auch erklären, um was für einen ausgemachten Schwachsinn es sich dabei handelt und wie naiv die Menschen doch waren, die sich so etwas ausgedacht haben, und ich bin mit dem Adjektiv *naiv* unzufrieden, aber es gibt keine Beschreibung, mit der ich meine Gedanken und Empfindungen in diesem Satz ausdrücken kann, außerdem ist es nachts um halb vier, ich schreibe seit über drei Stunden an wenigen Seiten und ich bin wirklich, wirklich müde, und ich weiß, dass ich noch lange nicht werde schlafen können.

Ich habe gerade beschlossen, meinen tiefsitzenden Atheismus beiseitezulegen und festgestellt, dass es ganz klar einen Gott gibt. Außerdem habe ich beschlossen, dass dieser Gott ein zynischer Schelm ist, dessen Sinn für Humor ich durchaus teilen würde, hätte er es nicht offensichtlich auf mich abgesehen.

Ich habe ja schon mal erwähnt, im Besitz eines japanischen Schwertes zu sein, auf dessen Scheide auf jeder Seite zwei, im Übrigen linksdrehende, Hakenkreuze graviert sind. Bevor ich dann gestern ins Bett gehen wollte, nachdem ich hier über Hakenkreuze philosophiert hatte, nahm ich es noch einmal von der Wand, um es zu betrachten. Dabei beschloss ich, dass es jetzt an der Zeit sei, einmal herauszufinden, was die gravierten Schriftzeichen auf der Klinge wohl bedeuten mochten. Es gilt zu betonen, dass ich dieses Schwert besitze, seit ich vierzehn bin, und ich es mir von einem Freund über das Internet für einen lächerlichen Preis habe ersteigern lassen.

Wissen Sie... jetzt mal die Arier beiseitegelassen. Worüber ich hier so schreibe, mit den ganzen Zahlen und dem anderen Zeug...

Was das alles bedeuten soll und ob am Ende etwas dran ist, ich weiß es nicht. Ich weiß es wirklich nicht. Es sind Gedankenspiele.

Und bei diesen fixen, oft lustigen Gedankenspielen gab es immer wieder Momente wie diesen hier, in denen ich dachte, Mensch, das gibt es doch nicht.

Na ja. Ich habe dann meinen Stiefvater gefragt, ob er das nicht mal herausfinden könne, und ihm Fotos des Schwertes geschickt. Es war auch kein großer Akt, da er beruflich Kontakt zum japanischen Konsulat hatte und dort jemanden gefragt hat. Der musste es erstmal weiterleiten, da es wohl ein etwas älteres Japanisch sei, das er nicht zweifelsfrei lesen könne. Nun gut. Man besinne sich des bisher Geschilderten.

Das eine Wort bedeutet Futoshi Noda, wahrscheinlich der Schmied, das andere bedeutet Joji Gannen, eine sechs Jahre dauernde Ära ab dreizehnhundertzweiundsechzig. Ob das das Produktionsdatum sein soll, sei dahingestellt.

Dann gibt es noch das Symbol des Fenghuang, eines mythischen Vogels, der bei der Erschaffung der Welt geholfen hat und Gemahlin des Urvaters der Kaiser, des Drachen war.

Die nach Fenghuang benannten Schwerttechniken in der japanischen Schwertkunst sind die mit den Nummern sechsunddreißig, zweiundsiebzig und hundertacht.

Dann die Namen Fuxi und Nuwa. Zwei verheiratete Geschwister, die als zweiköpfiger Drache dargestellt werden und die gemäß der Legende nach der Großen Flut nach

China kamen, um die Zivilisation zu bringen, die erste chinesische Schrift sowie astronomisches und mathematisches Wissen und das Maß.

Wollt ihr mich denn eigentlich alle verarschen?

So gesehen, für uns Europäer ist ein Drache ein gefiederter Dinosaurier. Für Asiaten doch eher ... eine gefiederte Schlange ...

Eins steht fest. Sollte das alles, diese ganzen Zusammenhänge in diesem Buch, bloßer Zufall sein, dann habe ich, wenn ich sterbe, ein ganz ernstes Wörtchen mit Gott zu reden.

Ich denke, ich lass es jetzt gut sein mit den Ariern. Es gäbe noch einige Details zu erwähnen über einen Guido von List, einem aus der Klapse abgehauenen Pfosten, der maßgeblichen Einfluss auf Hitler hatte und dessen Schwachsinnigkeit meiner Worte nicht würdig ist, über einen Chamberlain, auf dessen Vorname ich gerade nicht komme, einem Engländer, der die Idee hatte, dass von allen europäischen Völkern die Deutschen am arischsten geblieben seien, und Näheres zu Madame Blavatsky, oder die genauere Entwicklung in der Zeit zwischen den Kriegen, aber das Maßgebliche meine ich erwähnt zu haben, und was es mit indogermanischen Sprachen und den darunterfallenden Unterbegriffen indoarische und indogermanische Sprachen auf sich hat, das überlasse ich Linguisten, auch was jeder auf Wikipedia dazu lesen kann, muss ich hier nicht wiederholen.

Achso, eins noch. Saugut. Wissen Sie, welches Volk aus Indien stammt und ein ausgewiesener indoarischer Volksstamm ist und dessen Sprache zum indoarischen Stamm gehört?????

Ich weiß, ich darf das Wort nicht sagen, ich hoffe, mir wird es nachgesehen, denn ich benutze dieses Wort nicht, um diese Personengruppe zu ärgern, sondern um eben jene zu ärgern, die diese Menschen so sehr verachten und um jenen unmissverständlich klarzumachen, von wem ich rede. Ich rede von den Zigeunern.

Nun, da diese Fassung und diese Wortwahl sicher nicht die ist, die man in einer gelösten Unterhaltung verwendet, zumal unter dem Einfluss von Alkohol, sagte ich eher so etwas wie: „Weiß du Mann, ich weiß was voll Cooles. Hast du gewusst, dass es die Arier wirklich gegeben hat? Is nich irgend'n Humbug Alter. Und rate, was deren Zeichen war."
Ich drehte das Schwert, das an meinem Sofa lehnte so, dass Micael die Swastika sehen konnte, und wies vielsagend, mit beschränkt wirkendem, angeberischem Blick darauf.
„Aber das Tollste ist, die größte Ironie der Geschichte ist, dass es sich bei den Ariern und den Juden um dasselbe Volk gehandelt hat. Einfach großartig!"
Ich setzte, glaube ich, noch eine etwas detailliertere, aber unprofessionell vorgetragene Version davon ab, wie ich zu dieser Einsicht kam und eventuell noch irgendwas anderes zum Thema Nazca-Linien, an das ich mich beides nicht mehr genau erinnern kann.
Ich weiß nur noch, dass ich großzügig an dem Whiskey nippte und in den Schlaf dämmerte, mit den Worten: „Gibt keine Nazis, aber Juden. Oder was hat der Hirbel noch gleich gesagt ...?"

Ich wachte auf, mein Schädel dröhnte, ich befand mich in dem Sessel eines Hotelzimmers und eine Stimme in meinem Kopf ratterte ununterbrochen irgendwelche Zahlenkombinationen rauf und runter.
Volker lag schlafend auf dem Boden, Cora im Bett. Das andere Sackgesicht saß wie immer unbeteiligt da.

Ich weckte die anderen und ohne große Worte nahmen wir unsere Sachen und verließen das Zimmer, um wer weiß wohin aufzubrechen.

Ich ging zur Nebentür und wollte bei Micael klopfen, bemerkte aber, dass das Schloss zerbrochen war und die Tür einen Spalt aufstand. Ich schaute die anderen nervös an, die sofort verstanden und kamen.

Wir öffneten die Tür zum Apartment, in welchem sich uns ein schicker Anblick bot.

Micael hing dort mit Händen und Füßen an die Wand genagelt, ein Davidsstern auf der entblößten Brust eingebrannt, die Zunge herausgeschnitten und auch sonst auf die fürchterlichsten Weisen, welche hier nicht näher beschrieben werden müssen, malträtiert. Den hatte mal so richtig jemand durch die Mangel genommen und Unmengen von Blut zierten den Boden, und ich bemerkte, dass ihm schon eine Made aus dem Nasenloch fiel. Volker stand kurz vorm Nervenzusammenbruch und Atze verhielt sich gewohnt teilnahmslos, also war es an mir, der ich offenbar, so erkläre ich es mir, in einer Art Schutzmechanismus vor der Überwältigung durch Angst die Ruhe weg wurde, und Cora, der es wohl ähnlich ging, den Dialog zu eröffnen.

Cora sprach: „Hm. Das is ja doof."

Ich: „Ne, is nich so doof."

„Warum?"

„Weil er Kanadier war."

„Ja und? Ich mein', gut, ok, aber ..."

„Achso, ne, ich mein' ... Dass ich gestern noch nich drauf gekommen bin ..., war wohl zu betrunken. Das war bestimmt 'n Mossadsen. Weiß doch jedes Kind, dass die sich am liebsten als Kanadier ausgeben. Wir sollten froh sein, dass wir den los sind.

Andererseits? Das eingebrannte Davidskreuz, nee jetzt hab ich den Stern mit dem an die Wandnageln durcheinandergebracht. Weißt schon. Also, vielleicht wurde er auch eher von Mossadsen umgebracht."

„Heißen die wirklich so? Mossadsen?"

„Ne, ich nenn die nur immer so."

„Und jetzt?"

„Hm, sollen wir … müssen wir … willst du …?"

„Was? Ach das? Nee, weiß net, was denkst du?"

„Weiß net, wär vielleicht 'n bisschen übertrieben."

„Ja, hab eh kein Bock."

„Ich auch net."

„Sollten besser hier verschwinden."

Volker mischte sich mit verzweifelter, fiepsiger Stimme ein.

„Was stimmt 'n nich mit euch beiden, hä? Hier wurde jemand ermordet, auf … Außerdem wahrscheinlich wegen uns und ihr labert hier so eine Scheiße! Außerdem kommen bestimmt bald die Bullen? Die werden nach uns suchen, und selbst wenn die unsere Unschuld an der ganzen Sache feststellen, dann finden die bestimmt mein ganzes Gras, das ich hinter der Karosserie versteckt habe!"

„Du hast was?", fragte ich fassungslos. „Du beschissener Wichser hast was? Wir passieren drei Grenzen und du hast das Auto voll mit Drogen?"

Volker war die Erkenntnis, zu viel gesagt zu haben, noch anzusehen, dann flog ihm meine Faust ins Gesicht. Ich befand es an der Zeit, den einzigen Trumpf auszuspielen, den ich noch hatte. Eine Nachricht an meinen Freund zu schicken. Ich schilderte knapp, was ich von ihm wollte. Wenig später kam eine Sprachnachricht: „Du kannst deiner Freundin und wer auch immer die anderen sein sollen ausrichten, ihr könnt mich alle mal."

Unmittelbar rief er mich an.

„War nur Quatsch, ist doch kein Problem, aber sag mal, was ist denn los?"

Ich stellte die anderen vor und erklärte, was wir angerichtet hatten, dass ein paar Leute tot sein und wir dringend das Land verlassen müssten.

„Oh Mann, du bist mir vielleicht eine Pappnase. Ich meld mich bei dir."

Das mag zwar hier arg banal rüberkommen, aber ich versichere Ihnen, wenn ich in Wirklichkeit vor einer solchen Situation stehen würde, es würde genauso laufen, ansonsten würde ich mir hier einen naheliegenderen Plan überlegen. Diese Libanesen, die sind nicht normal.

Wir versammelten uns im Zimmer, ich lief ein paar Sekunden im Zimmer auf und ab, dann nahm ich meine Tasche. Wir mussten sofort gehen. Ich öffnete die Tür und wurde sofort mit einem heftigen Stoß in die Brust zurückgeschleudert. Die anderen drückten sich zur Wand, ich lag um Fassung ringend auf dem Boden. In das Zimmer traten fünf Männer in Trenchcoats, die sie umgehend ablegten und ihre dunkel-lila bis schwarzen Gewänder enthüllten, deren Kapuzen sie aufzogen, und sich skurrile Masken aufsetzten, welche offenbar eher einen kulturellen Zweck hatten, als den, ihre Identität zu schützen. Auf den Umhängen prangte je ein goldenes Kreuz, in der Mitte eine rote Rose. Sie zückten lange Dolche, die sie alle auf die gleiche Weise nach oben vor ihre Brust hielten. Ganz klar stand ein Ritualmord bevor, ähnlich dem im Nachbarzimmer. Ich raffte mich auf, die fünf umzingelten uns langsam, der Mittlere trat hervor und streckte seinen edel verzierten Dolch mit zitternd angespannter Hand nach vorne. Ich trat so feste gegen seine Hand, dass sie ihm ins Gesicht flog und der Dolch sich durch die Maske in sein Gesicht bohrte. Die anderen stutzten, blickten auf ihren Anführer. Blitzschnell machte ich einen Satz zum

Sofa und ergriff das Schwert, noch mit dem Zug aus der Scheide schnitt ich dem ersten tief in den linken Arm, mit dem rechten stürzte er sich mit dem Messer auf mich, ich wich einen Schritt zur Seite, er taumelte an mir vorbei, ich beugte meinen Oberkörper nach hinten und trat dem nächsten mit einem seitlichen Tritt, den Fuß nach unten gedreht, in den Unterleib, dass er zusammensackte. Während des Aufrichtens schnitt ich einem weiteren quer über die Brust. Der fünfte schwang sein Messer und streifte mich am rechten Arm, woraufhin ich das Schwert fallen ließ. Zorn kochte in mir hoch. Er holte zu einem neuen Streich aus, mit der Linken wehrte ich seinen Arm zur Seite, packte ihn mit der Rechten am Hals, drückte ihn zur Wand, biss ihm in die Kehle und riss ihm mit den Zähnen die Schlagader raus. Röchelnd sackte er zusammen. Ich drehte mich um zu den Dreien, die sich wieder aufgerafft hatten. Blankes Entsetzen und blanker Hass standen in meinem blutverschmierten Gesicht. Ich begann zu schreien. Ich schrie, wie ich noch nie in meinem Leben geschrien hatte, dass es meinen Angreifern das Blut in den Adern gefrieren ließ. Ohne weiter zu zögern, sprang ich auf sie zu, trat einem das Messer aus der Hand und zog meinen Ellbogen über seinen seitlichen Hals, dass ihm die Luft wegblieb und er bewusstlos wurde. Wieder ergriff ich das Schwert vom Boden und schleuderte es mit aller Wut auf einen der beiden Verbleibenden, sodass es ihm den Bauch durchbohrte. Zitternd, wie angewurzelt stand der Letzte im Raum, als Cora, die sich ein Messer vom Boden geschnappt hatte, ihm von hinten die Kehle durchschnitt, dann zog ich das Schwert aus dem Bauch und stieß es dem Bewusstlosen auf dem Boden in die Brust.

Volker saß winselnd in der Ecke, Atze auf dem Sessel seelenruhig.

Mit aufgeblähter Brust, schnaubend, stapfte ich unruhig durchs Zimmer, Cora prüfte, ob ich verletzt sei.

„Wie fühlst du dich?"

„Wie ich mich fühle?", schrie ich fast. „Ich versuche gerade mich nicht wie Gott zu fühlen!"

Dann blickte ich erneut auf Atze. „Und du! Sitz da einfach! Hast du mal dran gedacht, mir zu helfen? Die Pussy da, ist klar." Ich wies auf Volker. „Aber du!"

Ich nahm das Schwert und hielt es drohend vor sein Gesicht, ohne dass er mit der Wimper zuckte.

„Ich darf nicht", sagte er. „Ich bin ein Engel. Adriel heiß ich."

„Ach fick dich!", schrie ich, warf die Klinge durch den Raum und wollte ihm an die Gurgel gehen.

Da verfinsterte sich seine Miene zum ersten Mal, seit ich ihn kannte. Er packt mich fest an meinen Arm, seine Hand wurde glühend heiß, dass ich unter Schmerzensschreien von ihm abließ. Er erhob sich, tat aber nichts weiter. Ich schaute Cora an, die ratlos dastand, Volker, der immer noch in der Ecke kauerte, blickte auf das Blutbad, welches ich angerichtet hatte, und ich verlor plötzlich all mein Adrenalin, all meine Kraft, Angst stand mir im Gesicht, ich rang nach Luft und drehte mich im Kreis immer wieder auf das blickend, was ich Menschen angetan hatte. Ich raufte mir die Haare, fuhr mir über mein blutiges Gesicht und begann zu zittern, meine Beine wurden schwach. Dann begann es zu kribbeln. Überall. Ich hatte das Gefühl, Insekten würden an mir heraufkrabbeln. Ich riss meine Kleider vom Leib und begann verzweifelt überall zu kratzen und unsichtbare Angreifer von mir abzustreifen. Cora kam, um mich zu halten, aber ich erkannte sie nicht und stieß sie unter entsetztem, verschlucktem Schreien von mir, drehte mich wieder und wieder im Kreis. Dann wurde es dunkel.

Kapitel 15
Das Büro

Soundso1 und Soundso2 liefen hastigen Schrittes den langen Gang entlang, Aktentaschen unter dem Arm, zu dem Raum, in dem der Premierminister auf sie wartete. Soundso1 konnte nur an eines denken: „Unterschreib einfach, unterschreib einfach, wie immer, unterschreib einfach."

Ohne umständliche Formalitäten unterbreiteten sie dem Chef die Unterlagen zum Abhaken.

Abduhl? Haken. Ahmet? Haken. Adriel? Haken. Cem? Haken. Cora? Fast hätte er auch hier einen Haken gesetzt, wurde aber stutzig. Soundso1 verdrehte genervt die Augen.

„Was soll das hier?", fragte der Chef pampig, ohne dass er direkt eine Antwort bekam. Er blätterte weiter. „Und das hier? Hannes? Volker? Und warten Sie mal. Adriel? Das ist doch ein hebräischer Name. Und die anderen. Das sind Deutsche. Wollen Sie mich auf den Arm nehmen?"

„Herr Premierminister, wir haben allen Grund zu der Annahme …", erwiderte Soundso2, wurde aber unsanft unterbrochen.

„Was denken Sie sich denn eigentlich? Haben Sie etwa gehofft, ich bemerke das nicht?"

„Tun Sie doch sonst auch nicht", dachte Soundso1 für sich.

„Ich meine …", sagte der Chef, hielt kurz inne, stand auf und lief durch den Raum.

„Einen eigenen Staatsbürger. Das ist … das wäre ja nicht das Problem. Aber Deutsche?

Auch noch drei? Sind Sie sich denn nicht über die diplomatischen Konsequenzen im Klaren? Was ich alles erklären müsste. Wir können nicht einfach Staatsbürger eines verbündeten Staates liquidieren."

„Herr Minister!", fuhr ihm Soundso 2 dazwischen. Dieser wirkte verdutzt und empört über solch unverschämtes Verhalten, erkannte aber die leichte Panik 2s, und dass dieser wohl nicht ohne Grund eine solche Szene machte.

„Seit einigen Tagen schon beobachten wir äußerst besorgniserregende irrationale Vorgänge.

Unser Team in Spanien wurde darauf aufmerksam, nachdem Mitglieder eines mutmaßlichen Drogen- und Waffenhändlerringes mehrere Polizisten töteten. Sie konnten fliehen, ließen aber einen Laptop zurück, voll mit Daten, die niemand in der spanischen Polizei zu deuten vermochte. Eher nebenbei interessierten sich unsere Leute also dafür und verschafften sich Zugang zu diesen Daten, welche auch für sie kaum, aber teilweise verständlich waren."

„Jetzt kommen Sie aber mal auf den Punkt!"

2 atmete tief durch, sucht nach Worten.

„Was dort gespeichert war, ließ uns aufhorchen und wir haben einen unserer besten Agenten auf diesen Fall angesetzt. Unverzüglich, wie immer, hat er es geschafft, jene Gruppe zu infiltrieren und an Informationen zu der Bedeutung dieser Daten zu kommen. Außerdem war da noch diese eine Sache."

Kurz starrte er mit Tausendyardsblick ins Nichts.

„Herr Minister, ich muss betonen, dass es sich bei unserem Agenten um eine äußerst professionelle und seriöse Quelle handelt. Gestern Nacht noch nahm er Kontakt zu uns auf.

Herr Minister, ich …

Ich kann Ihnen nur mit Bestimmtheit versichern, Herr Premierminister, dass diese Leute im Besitz von Informationen sind, die, wenn sie an die Öffentlichkeit gelangen, die Grundfesten unserer Kultur, unserer Religion, unseres Staates, unseres gesamten Selbstverständnisses nicht nur erschüttern ..."

2 hatte sich in Rage geredet.

„Die Nummer zwei, Cora, ist das mutmaßliche vierte Mitglied des NSU, aber es handelt sich hier nicht um die übliche Dorfglatzenart von Neonazis.

Des Weiteren hat ihr Anführer Kontakte in den Libanon und versucht, sich mit den Palästinensern in Verbindung zu setzen. Wir haben die Situation analysiert und es besteht äußerste existenzielle Gefahr."

Er schlug mit der Hand auf den Tisch, fasste sich aber wieder.

„Der Anführer, Hannes, dessen erklärtes Ziel offenbar kein geringeres ist als die Nihilierung des Jüdischen Staates, führt als symbolische Standarte ihres heiligen Feldzuges im Namen des Antisemitismus ein uraltes mit Hakenkreuzen versehenes Schwert mit sich.

Außerdem sagte mir unser Agent, dass dieser Hannes stichhaltige Beweise dafür besäße, dass Juden und Arier ... ein und dasselbe Volk sind."

Fassungslos stand der Chef da, beide Hände auf den Tisch gestützt. Panik in den Augen.

Sekunden später nahm er den Stift und setzte seine Haken.

„Wann werden Sie wieder von Ihrem Mann hören?"

1 und 2 schauten sich beide hilfesuchend an, bis 1 nachgab.

„Kurz nach unserem letzten Telefonat brach der Kontakt ab. Wir hatten von Anfang an die Befürchtung, dass er aufgeflogen sein könnte. Heute Morgen erhielten wir die Nachricht, dass er tot in seinem Hotelzimmer aufgefunden wurde. Die Gruppe, welche ab sofort den Codenamen

‚Jaffa' hat, vollzog an ihm einen grausamen Ritualmord, der an Antisemitismus nicht zu überbieten ist."

Er zeigte ihm das Bild des Doron Nachfheim mit dem Davidsstern auf der Brust.

Kapitel 16
Gilgamesch

Nie zuvor hatte ich einen vergleichbaren Haufen Idioten vor mir gehabt.

Sie kamen hier einfach hereingefahren, mit ihrem Auto durch den Vordereingang meines schönen Konsulats, ein Wunder, dass niemand verletzt wurde, und erzählten mir diese vollkommen schwachsinnige Geschichte vom Grundstein der Zivilisation in Vietnam, einem toten Großvater, einem Juden, dem eine Made aus dem Nasenloch gefallen sei, und einem Orden von Rosenrittern.

Tatsächlich sahen sie aus, als wären sie unter die Tiger geraten. Dann wollte einer von ihnen auch noch ein Engel sein und der andere war völlig nackt. Buddha bewahre, dass man mir nochmal solche Spinner hier hereinlasse. Die Wachen hätten sofort schießen sollen.

Aber irgendwie hatten sie auch etwas Rührendes, wie sie so dasaßen. Jetzt fängt der Nackte auch schon wieder an zu quasseln, dachte Nguyen Phat Tan.

Ja, er heißt Nguyen. Wie soll er auch sonst heißen? Ist schon mal jemandem aufgefallen, dass alle Vietnamesen Nguyen heißen? Ernsthaft Mann.

„Wir ham's ja auf die formelle Weise versucht ...", versuchte ich uns irgendwie aus der Scheiße zu reiten. „Wir haben versucht über das Auswärtige Amt und über das Goethe-Institut Kontakte nach Vietnam herzustellen, um uns diese Sache mal anzusehen. Ein alter Lehrer von mir hat sich die größte Mühe gegeben, Beziehungen für uns herzustellen. Der war nämlich mal in Vietnam. Hat als Arzt auf diesem Schiff gearbeitet, wie hieß das noch gleich, Helvetia ... Helgoland. Genau, Helgoland. Als Kinderarzt." (gelogen)

Das steife bürokratische Gesicht Nguyens verklärte sich zu einer in Erinnerungen schwelgenden kindlichen Miene. Er selbst war als Kind mit schweren Brandverletzungen nur durch die Ärzte der Helgoland gerettet worden. Er nahm den Antrag auf politisches Asyl an.

Schon klar, so doof ist der jetzt auch net. Nee, aber sein Gedanke dahinter war natürlich praktischen Ursprungs. Er hatte uns schon einige Stunden warten lassen und erst einmal nachgeforscht. Israel wollte uns, Spanien. Ronald Thump hatte proklamiert, dass diese Bande an ihn auszuhändigen sei, ansonsten wäre er sehr, sehr unzufrieden und das wäre nicht gut, nicht gut wäre das. Merkel hatte gefordert, dass die deutschen Staatsbürger zu ihrem eigenen Schutz der Heimat übergeben werden müssen. Und Superputin? Der kam auch irgendwie auf die Idee, er habe Anspruch auf uns.

Achso, äh, heil Superputin!

„Wenn die alle sie wollten? Sollten sie doch erst mal mit nach Vietnam kommen und dann würde man sie an den Höchstbietenden verscherbeln. Und wenn dadurch ein paar Mark in die Taschen von irgendwelchen Parteibonzen fließen, springt ja vielleicht eine Beförderung raus", überlegte Nguyen zu Ende.

Auch wenn mein alter Biologielehrer nicht speziell auf diesem Schiff war, lohnt es sich doch, nebenbei seine

Geschichte zu erwähnen. Als Siebzehnjähriger hatte er sich sehnlichst gewünscht nach Amerika zu gehen, um die Welt zu entdecken, ganz normal halt. Seine Eltern aber hatten es ihm verboten. Als er dann achtzehn wurde, brach der Vietnamkrieg aus und ihn zog es dorthin, um zu helfen, wer auch immer dort Hilfe benötigen würde. Seine Eltern protestierten natürlich, aber er sagte: „Ich wollte nach Amerika, ihr habt mich nicht gelassen, jetzt geh ich dahin."

Also machte er sich auf, um irgendwo im vietnamesischen Nirgendwo humanitäre Hilfe zu leisten, so weit, so gut. Bis dann der Krieg zu Ende ging und sich die Ereignisse überschlugen.

Von der Hilfsorganisation, für die er arbeitete, kam nur eine knappe Meldung: Die Amerikaner ziehen sich zurück, er solle so schnell wie möglich das Land verlassen. Natürlich war er kein Amerikaner und hätte somit nichts zu befürchten haben sollen und um sich als Weißer von den Amerikanern zu unterscheiden, trugen Deutsche in der Regel lange Bärte, was GIs untersagt war.

Dennoch kam es vor, dass weiße Unabhängige, wie zum Beispiel deutsche Ärzte in Hue, in der Raserei der Sieger einfach erschossen wurden.

Gemeinsam mit einem Kollegen machte er sich auf Richtung Küste, und in der Nähe von Nha Trang, wo am Strand unzählige tote Zivilisten lagen, die von desertierenden südvietnamesischen Soldaten erschossen und ausgeplündert worden waren, fanden sie einen Fischer, der sie unter Einsatz seines eigenen Lebens in der Nähe einer kleinen Insel versteckte. Über sie flogen die Hubschrauber, mit denen südvietnamesische Soldaten, nachdem sie diese aus ihrer Basis entwendet hatten, in den Gärten ihrer Häuser landeten, ihre Familien abholten, um zu versuchen, auf einem amerikanischen Schiff landen zu können, was aufgrund eines Mangels an Landeplätzen auf Zerstörern und Flugzeugträgern zu den uns gut bekannten Bildern führte, in denen ein Hubschrauber nach dem anderen über Bord geschoben wurde, um Platz für den nächsten zu machen.

Die Hilfsorganisation hatte bereits den Eltern mitgeteilt, dass der Kontakt zu ihrem Sohn abgebrochen war und es keine Möglichkeit gab, ihm zu helfen.

Nach zwei Nächten hinter einer Insel fuhren sie zu einer mir gerade nicht in den Sinn kommenden Stadt, an der sie von Bord gingen. Sie schafften es, sich ein Auto zu besorgen und sich durch das Chaos zum Flughafen durchzuschlagen. Unmittelbar am Flughafen angekommen, fielen Schüsse.

Offiziere leisteten sich Gefechte mit den eigenen desertierenden Soldaten. Sie schafften eines der Flugzeuge zu besteigen, welche bereits den Motor laufen hatten und kurz darauf starteten. Beide Flugzeuge waren besetzt von Waisenkindern, die nach Australien ausgeflogen werden sollten.

Das andere Flugzeug stürzte unmittelbar nach dem Start ab.

In Australien dann konnte er endlich seine Eltern anrufen und ihnen mitteilen, dass er am Leben war.

Man gab mir kurzerhand neue Kleider und bevor noch jemand hätte Anspruch auf uns erheben können, saßen wir auch schon in einer Limousine mit verdunkelten Scheiben auf dem Weg zum Flughafen. Mit Diplomatenpapieren versteht sich, wenn auch mit einem bewaffneten Sicherheitsbeamten an unserer Seite. Aber in Anbetracht unserer Gefährdungslage war das beruhigend und mehr als angebracht.

Kapitel 17
Breakdown 3.0

Wir hatten es also geschafft. Vorerst. Das heißt, wir waren nicht tot und nicht im Gefängnis und flogen in die richtige Richtung. Alles andere würde sich zeigen, zumal wir derzeit keinen großen Einfluss auf das Geschehen ausüben konnten. Das vietnamesische Konsulat hatte uns allen Ernstes ein Visum ausgestellt und uns bereitwillig auf Staatskosten in ein Linienflugzeug eingeladen. So saßen wir nun da, völlig erschöpft. Jetzt durfte nur im letzten Moment nichts mehr schiefgehen.

Wann startete dieses verdammte Flugzeug endlich? Unruhig schaute ich aus dem Fenster. Dann endlich, die Triebwerke liefen an und das Flugzeug begann langsam auf die Startbahn zu rollen. Ich griff fest an meine Sitzlehnen, schloss die Augen und genoss das Gefühl, wenn das Flugzeug die Geschwindigkeit erhöht und endlich abhebt. Der Aufenthalt an Bord wurde angenehm gestaltet, es gab ein Abendessen, welches dem Besuch in einem asiatischen Restaurant Mitteleuropas glich, und dazu gratis Rotwein von nicht schlechter Qualität. Jeder Sitz hatte einen eigenen kleinen Monitor mit zehn Hollywood-Filmen, Musik, Radio und Computerspielen, für die man die Fernbedienung aus dem Sitz herausnehmen konnte. Ich spielte eine Runde Schach gegen den schwierigsten CPU, der aber lächerlich einfach war. Cora schlief nach einer Weile ein, Volker schaute Godzilla und Adriel schaute einfach vor sich hin. Unsere Habseligkeiten hatte man zwar im Gepäckraum verstaut, aber irgendwie dachte ich, dass man uns das nicht so einfach zurückgeben würde. Ich glaube, man hielt uns für nicht zurechnungsfähig und nahm uns auch nicht so richtig ernst. Neben uns beobachtete ich ein

Gewitter in der Ferne, jedes Mal, wenn ein Blitz erzuckte, erstrahlten die Wolken kilometerweit, ein wirklich erhabener Anblick. Godzilla war fertig, da wandte sich Volker zu mir, schien noch kurz nachzudenken und sagte: „Wie war das? Die Entfernung von diesem Kreis zu was auch immer geteilt durch dreihundertvierundsechzig Komma zwei fünf ergibt zweiundzwanzig. Deswegen denkst du, dass dies der richtige Ort ist, ja?"

Ich blickte ihn stumm an.

„Aber das Jahr hat doch dreihundertfünfundsechzig Komma zwei fünf Tage."

Ich blickte auf die Kopflehne vor mir, dann schlug ich meinen Kopf dagegen.

„Scheiße. Scheiße", flüsterte ich. „Scheiße! Scheißeeeee! Was ist das hier eigentlich alles für eine gottverfickte Scheiße?!", schrie ich.

Der Mann vom Bordsicherheitsdienst, ein kleiner, aber kräftig gebauter Vietnamese mit bedrohlichem Gesichtsausdruck, kam auf mich zu und forderte mich auf, mich zu beruhigen.

„Ich soll mich beruhigen?"

Ich sprang auf, worauf der Sicherheitsmann einen Schritt zurückwich.

„Ich soll mich beruhigen?! Fick dich! Fick dich!", plärrte ich ihn an.

Der Mann zog seine Pistole und wollte mich auffordern mich hinzusetzen, mir wurde schwarz vor Augen. Blitzschnell ergriff ich seinen Arm, drehte ihn herum, brach diesen mit meinem Knie, nahm ihm die Pistole aus der Hand und pustete dem Mann das Hirn weg. Panik brach aus.

Entkräftet ließ ich mich auf meinen Sitz fallen. Adriel meinte nur: „Mensch Hannes, das hast du echt klasse hingekriegt."

Ich dachte noch darüber nach, inwieweit labile Hypertonie wohl die Weltgeschichte beeinflusst hatte, wenn Herrscher sich dadurch einfach zu schnell aufregten, sah aber ein, dass dies wohl nicht der richtige Zeitpunkt war, um meine Theorie weiter auszufeilen, dann schwand mir vor Überforderung das Bewusstsein.

Dunkle Träume ergriffen mich. Um mich herum wirbelten in hektischen Bewegungen bunte Linien, die sich zu Ballungspunkten zusammenfanden, sich dann wieder auflösten, um die Gestalt anzunehmen von Engeln und Riesen, Außerirdischen, merkwürdigen Zwergen, Neandertalern und Menschen, die es völlig ungeniert allesamt miteinander trieben, um in verzerrten Fibonaccispiralen zu verschwinden, aus denen die abstrakten Produkte einer solchen Liaison herauspurzelten und auf Teppichen aus Zahlen durch die Dunkelheit schwebten, in der sich letztlich Fetzen der um mich herum herrschenden Realität einmischten.

Ich öffnete benommen die Augen einen Spalt breit, ohne mich momentan an das Geschehene zu erinnern. Ich sah Cora, wie sie mit der Knarre in der Hand einer alten, knottrigen vietnamesischen Dame direkt ins Gesicht schrie. Was sie schrie, konnte ich nicht hören, meine Ohren waren dicht. Volker saß wimmernd in der Ecke und ich dämmerte wieder weg. Ich träumte von einem sehr alten Volk auf einer Insel. Emsig sammelten die Frauen eines kleinwüchsigen Volkes Muscheln und Seetang vom Strand. Kinder liefen hin und her, Männer ernteten auf Einbäumen die Samen von Wassergräsern. Unsichtbar lief ich zwischen ihnen und beobachtete interessiert ihr Treiben. Ich folgte ihnen zu ihren Hütten. Ich sah auch weise Schamanen, die aus hartem Holz kunstvoll verzierte, einfache Messgeräte bauten, mit denen sie nachts die Abstände der Sterne berechneten und gewissenhaft auf einer Karte aus Leder maßstabsgetreu eintrugen, und nach getaner Arbeit lauschte ich den Geschichten über die Götter, die die Weisen erzählten. Es waren primitive Geschichten, die nichts mit dem zu tun hatten, womit ich mich befasste, auch die Berechnungen, welche sie anstellten, steckten zweifelsfrei noch in den Kinderschuhen.

Als ich abermals wach wurde, hatte sich die Situation etwas verändert. Mittlerweile war Volker im Besitz der Pistole, mit welcher er einem gut gekleideten Geschäftsmann vor der Nase herumwedelte und ihm in psychopathischer Gelassenheit erklärte, dass er seinesgleichen noch nie habe leiden können, während Cora sich bei ihm in pädagogisch wertvollen Beruhigungen versuchte. Wieder wurde ich ohnmächtig. Die Weisen bereiteten einen Opfertisch vor, auf dem sie den Göttern eine Fülle an Früchten darboten. Sie legten ein großes Feuer auf einem geräumigen Platz und begannen einen sonoren Sprechgesang, hoben dabei die Hände und schwenkten heilige Stäbe. Das ganze Dorf hatte sich versammelt, um der Zeremonie beizuwohnen, und als die Weisen die Opfergaben in das Feuer warfen, blitzte ein Licht am Himmel im Westen auf. Erst sehr klein, entwickelte es sich rasch zu einem riesigen Feuerball, der die Nacht zum Tage machte. Die Menschen warfen sich ehrfürchtig auf den Boden. Das Licht der Götter raste auf sie zu und schlug mit einem mächtigen Donnern in der Nähe des Dorfes ein. Die Druckwelle war so groß, dass die Dächer der Holzhütten abgedeckt wurden und umherwirbelten. Auch so manches Haus stürzte ganz ein. Staub verdichtete die Luft. Angstvoll zitternd gingen die Weisen voran zu der Stelle des Einschlags. Das Volk folgte ihnen in gebührendem Abstand. Je näher sie dem Ort kamen, desto heißer wurde es, überall lagen zerrissene Bäume und riesige Felsbrocken. Der Staub senkte sich langsam und vor ihnen ragte halb im Boden steckend ein riesiges, silbern glänzendes, venusmuschelförmiges Objekt mit Flügeln, die denen der Vögel glichen. Alle fielen auf die Knie, als dampfend eine Luke nach unten klappte und drei hünenhafte Lichtgestalten heraustraten. Na ja, eher heraustaumelten. Grölend betraten die drei irdischen Boden. Besonders zwei von ihnen konnten sich vor Lachen kaum halten. Ich kniff die Augen zusammen und erkannte einen von ihnen. Es war Adriel. Offensichtlich waren hier ein paar besoffene Außerirdische in den Graben gefahren. Der Vordere war um Haltung bemüht, aber ihm war anzusehen, dass es ihn sehr viel Beherrschung kostete, sich vor Lachen nicht in die Hose zu pinkeln. Alle drei hielten merkwürdige pyramidenförmige Gegenstände in ihren Händen. Adriel musste seinen Kollegen an die Schulter nehmen, damit dieser nicht umfiel. Der eine trat erhaben vor das sich beugende Volk und hob die Arme.

„Oh ihr Erdlinge!"

Adriel platzte ein ungebändigtes Lachen heraus.

„Pscht!", fuhr der eine ihn grinsend an.

„Wir sind gekommen, um euch zu erleuchten! Oh ihr Erdlinge! Ich bin King Ramsi vom Stern Sirius! Das sind Scheich Manfred – womit Adriel gemeint war – und Kanisterkopf Dimitri!"

Schreiend fielen Manfred und Kanisterkopf zu Boden und hielten sich die Bäuche.

„Oh ihr Erdlinge! Höret mich an und lauschet den Worten der Weisheit! Ich befehle euch und allen Generationen, die nach euch kommen, erkundet die Welt und leget an jedem Ort, der den Göttern gefällt, ein Monument an. Welche Orte den Göttern lieb sind, errechnet ihr anhand der Heiligen Zahl!" Zu den anderen flüsterte er: „Ey, sagt mir mal ne Zahl."

„Dreihundertvierzweiunddreißigundtausendfünfundneununddreißigzehnzig!", rief Kanisterkopf Dimitri.

„Nein!", schrie Scheich Manfred und hielt ehrfürchtig seine Pyramide hoch. „Einundsiebzig mal habe ich heute schon hier dran gezogen!" Er hielt mit dem Daumen ein Loch an der Pyramide zu, legte seinen Mund an die Spitze und zog. Rauch quoll aus der Spitze und aus seinen Lungen, er keuchte: „Nein! Zweiundsiebzig mal!"

„Zweiundsiebzig!", rief King Ramsi. „Zweiundsiebzig ist die Zahl der Götter! Nehmt sie an euch! Bauet darauf eure Kultur und werdet ein mächtiges Königreich mit Hilfe der göttlichen Zahl! Nicht wahllos sollt ihr die Form eurer Monumente anlegen, nein, die Götter haben diese Form für euch bestimmt!"

Er hielt seine Pfeife in die Luft und dann konnte auch er sich nicht mehr halten, fiel prustend zusammen und nässte sich tatsächlich ein. Adriel zog ihn kichernd zurück ins Raumschiff, sie schlossen die Luke, das Ufo rüttelte sich und schüttelte sich, erhob sich aus der Erde, drehte sich ein paarmal im Kreis und sauste davon.

Ich kam wieder zu mir. Langsam entsann ich mich, was passiert war, war aber immer noch benommen. Wo war Adriel!? Jetzt reichte es mir. Dieser Bastard. Wenn das gerade eine Vision war, Mann ... Kaum war ich wach, da spürte ich auch schon wieder die Wut, die dieses Mal absolut zielgerichtet war. Ich war absolut bereit und gewillt, den Nächsten zu töten. Ich schaute noch einmal kurz aus dem Fenster, um festzustellen, dass das Flugzeug zwar nicht bedrohlich tief, aber dennoch nicht so weit oben flog, wie es sich gehört.

„Wo ist Atze?", fauchte ich Volker an.

„Mensch Hannes, auferstanden von den Toten?! Der ist im Cockpit, mach dir keine Sorgen, wir haben die Situation voll unter Kontrolle."

Ich wankte wutschnaubend durch den Gang zwischen den verängstigten Menschen hindurch zur Cockpit-Tür.

Als ich sie aufmachte, wurde sie heftig nach innen aufgerissen, ein ohrenbetäubendes Dröhnen erfüllte das Flugzeug, gemischt mit dem Geschrei der Menschen. Die Außentür des Cockpits stand offen. Ich hielt mich mit aller Kraft fest und rief, so laut ich konnte: „Adriel! Wo ist denn der Pilot?"

„Wer?", rief Adriel laut zurück. „Ach der, ich hab ihm meine Engelsaugen gezeigt und gesagt, entweder er springt oder ich fress ihn auf."

„Und der Copilot?"

„Den hab ich gegessen!"

„Was?!"

„Mensch Hannes, du glaubst auch alles. Nein, der ist auch gehüpft."

„Bist du wahnsinnig?!", brüllte ich gegen das Getöse.

„Das sagt der Richtige", lachte Adriel. „Ich hatte noch nie so einen Spaß in meinem ganzen Leheeben!", rief er begeistert, während er mit dem Flugzeug auf Berg- und Talfahrt ging.

Ich machte mit aller Kraft die Tür zum Cockpit wieder zu und als sich das Flugzeug wieder einpendelte, sank ich mit dem Rücken zur Tür zu Boden. Die gesamte Unternehmung war definitiv außer Kontrolle geraten. Direkt vor mir saß eine Stewardess angeschnallt auf ihrem Sitz und hatte das blanke Entsetzen in den Augen. Ich schaute neben sie, dort war kürzlich ein Platz frei geworden. Es war der des Sicherheitsbeamten. Schnell setzte ich mich darauf und zog den Gurt fest, schaute die Stewardess an, inneren Halt suchend.

Durch den Lautsprecher kam eine Ansage, die natürlich außer uns niemand verstand: „Ladies and gentlemen! Hier spricht Ihr Kapitän. Wir befinden uns gerade im Landeanflug, bitte begeben Sie sich auf Ihre Plätze und schnallen Sie sich an, es könnte holprig werden!"

Es war Nacht, und der Mond ließ das dichte Nebelmeer unter uns erstrahlen, nur zwei Bergspitzen verrieten, in welcher Höhe wir uns befanden. Wir sanken stetig ab, mein Magen drehte sich um vor Angst. Wir tauchten ein in die Nebelwand und dann wurde mein Kopf durch den Aufprall nach vorn und nach hinten geschlagen, dass ich fast bewusstlos wurde, ein ununterbrochenes Krachen und Bersten, neben uns rasten die Bäume vorbei und wurden von den Tragflächen der Reihe nach zerschnitten. Ich muss zu der Beschaffenheit dieses Gebietes sagen, dass es sich weitgehend um Flachland handelt und die Bäume hier relativ dünn und hoch sind. Ich kann beim besten Willen nicht herausfinden, wie die heißen, aber es gibt hier keine Steineichen oder Mammutbäume oder so. Was es hier gibt, sind vereinzelte Hügel, die auch irgend 'n speziellen Namen haben. Und gegen einen dieser Hügel prallte die rechte Tragfläche, der Flügel brach ab, das Flugzeug wurde herumgerissen, das vordere und das linke Fahrgestell brachen weg, das Flugzeug neigte sich und der linke Flügel knickte ein. Stille.

Benommen und verwirrt erkannte ich die Notwendigkeit zu handeln, ging wankend durch den Gang. Überall schrien und weinten die Menschen, aus Angst, oder weil sie sich verletzt hatten. Ich sah Cora, der es nicht besser als mir ging, sie blutete aus der Nase und an der Stirn. Adriel stieß die Kabinentür auf und schrie: „YEAHA! War das geil, hä?"

Ich fiel kurz nach hinten um, berappelte mich aber schnell wieder. Volker schien am wenigsten abbekommen zu haben und ergriff die Initiative. Ein Mann in den vorderen Reihen an einem Fensterplatz verlor die Nerven, schnallte sich ab, wühlte sich über seine Sitznachbarn und war im Begriff zur Tür zu rennen, aber Volker war schnell bei ihm und schlug ihn mit dem Knauf der Pistole nieder, richtete diese dann auf die Stewardess und schrie sie an, merkte aber schnell, dass sie kein Wort verstand, und zeigte auf die Flugzeugtür. Zitternd und flehend ging sie zur Tür und versuchte sich zu entsinnen, wie das wohl funktioniert hatte, aber sie konnte nicht mehr klar denken. Volker stieß sie zur Seite und betätigte selbst den Hebel. Dann packte er grob eine andere Stewardess.

„English?", fragte er. Sie nickte. Er forderte sie auf, diese scheiß Gummirutsche klarzumachen, was sie dann auch tat. Er wies sie an, seine englischen Worte den Passagieren ins Vietnamesische zu übersetzen.

„Hört alle her! Meine Freunde und ich werden jetzt das Flugzeug verlassen. Für euch gilt, solange ich das Flugzeug in Sichtweite habe, werde ich jeden erschießen, der es frühzeitig verlassen sollte. Bewahrt Ruhe und wartet, bis ihr gerettet werdet."

Ich, Cora und Adriel rutschten aus dem Flugzeug, immer noch unfähig zu aktivem Handeln taten wir einfach, was Volker sagte. Er schubste noch die Stewardess die Rutsche runter, sammelte ein paar Decken ein und folgte. Er wies die Stewardess an, die Gepäckluken zu öffnen. Fragt mich nicht, wie so was geht, also keine Ahnung, wie die das gemacht hat, sie hat es einfach gemacht, klar?

Die Gepäckstücke purzelten heraus und wir wühlten zwischen den Taschen von über hundert Menschen nach unseren Stücken. Ich fand den in Folie gewickelten Bogen und meinen grünen Rucksack, Cora hatte ihren Rucksack und Volker hatte eh nie was dabei. Langsam schaltete sich auch mein Gehirn wieder ein, ich sagte der Stewardess, sie solle wieder zurück ins Flugzeug steigen und uns viel Wasser und zu essen die Rutsche herunterlassen, was sie dann auch tat. Wir stopften uns die Rucksäcke voll, mussten aber einen Teil liegen lassen. Cora schaltete auf ihrem Handy die Karte ein und schnell wurden wir per GPS geortet.

„Gib her!", sagte ich. Ich blickte mich um, die Satellitenbilder waren bemerkenswert scharf, man konnte sogar einzelne Bäume erkennen. Wir befanden uns etwa acht Kilometer westlich der Grenze zu Vietnam in Kambodscha. Anerkennend blickte ich kurz Adriel an, da er uns bewusst nicht in Vietnam hatte „landen" lassen.

„Wir müssen nach Westen", sagte ich zu den anderen. Sie starrten mich fragend an, aber ich lief einfach los und sie folgten mir. Zweihundert Meter vom Flugzeug entfernt, es war noch in Sichtweite, hielt ich an.

„Ich weiß nicht, wie weit wir vom Nationalpark entfernt sind und was hier so lebt. Denkt dran, was es alles hier geben könnte. Wie gefährlich das alles wirklich ist, ist schwer einzuschätzen als Weißbrot, aber wir müssen aufpassen."

Was hätte ich jetzt für meine Armbrust gegeben. Um meinen Bogen zusammenzubauen, war es zu dunkel, also hatten wir nur eine Pistole in Volkers Besitz, was mich etwas beunruhigte, war aber offenbar nicht in der Position, irgendjemandes Zurechnungsfähigkeit anzuzweifeln.

„Warum jetzt nach Westen? Ich dachte, dass wir nach Vietnam müssen", wollte Cora wissen.

„Die Leute sollen doch nur denken, wir würden nach Westen gehen", erklärte ich. „Wenn wir außer Sichtweite sind, machen wir einen weiten Bogen …"

Da lenkte ein Lichtblitz seine Aufmerksamkeit auf uns. Das linke Triebwerk hatte Feuer gefangen. Innerhalb weniger Sekunden explodierte der Treibstofftank der linken Tragfläche, entzündete den der rechten, eine weitere Explosion und eine gewaltige Feuerwalze durchdrang den gesamten Innenraum des Flugzeuges und flammte aus der offenen Tür. Der Wald war hell erleuchtet und mir schlug die Hitze ins Gesicht, aber den Schrei von hundertfünfunddreißig Menschen, den kein Adjektiv zu umschreiben vermag, konnte selbst das prasselnde Donnern des Feuers nicht überdecken. Ich sank auf die Knie und betrachtete mit berstendem Herzen die einigen Wenigen, welche es zur Tür geschafft hatten. Am ganzen Körper brennend rutschten sie die Rutsche herunter oder sprangen einfach hinab, um kreischend und zappelnd am Boden zu verenden. Cora packte mich an der Schulter und schüttelte mich, mit verzerrtem Gesicht und den Wangen voller Tränen flehte sie mich an, endlich aufzustehen, um hier zu verschwinden. Ich versuchte mich zusammenzureißen.

So schnell wir konnten, bewegten wir uns Richtung Osten. Den Bogen zu machen, die Zeit konnten wir sparen. Ohnehin war es schwierig genug voranzukommen. Wir sahen genug durch den Schein des prasselnden Feuers, aber der Boden war verwuchert mit langen, in sich verschlungenen Gräsern, die nur mit sehr hohen, anstrengenden Schritten überwunden werden konnten. Aber wir schafften es, weit genug zu kommen, dass wir uns keine Sorgen mehr machen brauchten, dass das Feuer, welches die Wipfel der hohen Bäume erklommen hatte, uns einholen könnte, solange wir in dem Tempo weiterkamen. Ein Gutes hatte es immerhin, jedes Raubtier hatte allein durch den Geruch sicher das Weite gesucht und vor allem würde es Tage dauern, den Brand bis zu seinem Herd gelöscht zu haben, um das Wrack zu untersuchen, und dann müsste erst mal jemand feststellen, dass wir nicht mehr an Bord gewesen waren. Ein schmaler Fluss, der einen sehr tiefen Graben gezogen hatte, versperrte uns zunächst den Weg, ließ sich aber einige hundert Meter weiter überqueren, mit großer Erleichterung, denn jetzt konnte das Feuer uns nichts mehr anhaben. Noch sahen wir den roten Schein im Himmel, aber mit jedem Meter wurde es finsterer um uns. Kein Wort hatten wir bisher geredet, andauernd stolperte einer von uns und es erschien sinnvoller eine Pause einzulegen. Mit jedem Lumen weniger kroch auch die Angst unsere Rücken herauf. Es war so schrecklich still um uns herum, wir setzten uns auf den Boden, Rücken an Rücken und hielten still.

Kapitel 18
Good morning Vietnam

So harrten wir aus, bis die ersten Sonnenstrahlen das Blätterdach durchdrangen.

Volker schien das alles am wenigsten mitgenommen zu haben, auch sein Verhalten im Flugzeug, seine gnadenlose Kälte ließen mich erschaudern. Damals in Spanien, als ich ihm die Pistole gegeben hatte, da hatte ich es in seinem Blick gesehen. „Damals", sage ich, dabei war es erst wenige Wochen her, aber es schien mir aus einem anderen Leben.

Trotzdem erschien ihn gerade ein Anflug von Sentimentalität ereilt zu haben, denn nachdenklich fragte er: „Adriel? Sag mal, was wird eigentlich aus den Menschen werden? Ich meine, wird der Mensch in einer Millionen Jahren ausgestorben sein? Kannst du das sagen?"

Cora kam ihm zuvor.

„Na ja, nimm doch mal an, er wird nicht ausgestorben sein, dann können wir doch in einer Million Jahre sicher nicht mehr von einem ‚Menschen' nach unserer Vorstellung sprechen. In fünfundzwanzigtausend Jahren spätestens wird der Mensch doch evolutionär so weit fortgeschritten sein, dass er nicht mehr mit Homo sapiens zu bezeichnen ist. Eine mögliche Veränderung zum Beispiel wäre ja, da wir heutzutage immer mehr Wissen müssen und ununterbrochen einer nie dagewesenen Flut von Informationen ausgeliefert sind, dass sich das Gehirn überproportional zum restlichen Körper vergrößert, und aufgrund der Beckenstruktur aufrechtgehender, lebendgebärender, humanoider Weibchen wird sich der Schädel nicht in die Breite, sondern in die Länge entwickeln, oder? Wär doch möglich."

Zwei Minuten später blickten sich Cora, Adriel und Volker suchend um und bemerkten, dass ich wie angewurzelt stehen- und zurückgeblieben war.

Die Gedanken in meinem Kopf überschlugen sich. Alles, was ich zur Lösung gebraucht hatte, war eine Frau. Besorgt kamen die drei zu mir, begeistert schrie ich: „Heureka!!! Ich habe es! Das ist es! Das ist die Lösung! In Anbetracht der Tatsache, dass die Menschen der Zivilisation S in ihren Fertigkeiten und Kenntnissen und in der gesamten anthropologischen Entwicklung dem Rest der Welt um Jahrtausende voraus waren und sie aller Wahrscheinlichkeit nach der Landmasse im Pazifik, welche während der Eiszeit vorhanden war und die man Mu oder respektlos Atlantis nennt, entstammten, stellt sich die Überlegung, ob sie zum Stamm Homo sapiens gehörten oder nicht. Da wir wissen, dass sich in Asien und Afrika unabhängig voneinander moderne Menschen entwickelt haben und sich vermischten und auch in Europa sich der Neandertaler eigenständig entwickelte und sich mit unserer Gattung vermischte, ist die Überlegung, dass sich auch auf einem Pazifikkontinent ein unabhängiger Mensch entwickelt haben könnte, nicht abwegig. Die Ägypter stellten ihre Gottkönige mit nach hinten länglich verformten Schädeln dar, die Südamerikaner verformten die Schädel ihrer Babys durch Bandagen, um sie den Göttern gleichzumachen. Steinskulpturen von Göttern mit länglichen Schädeln sind in Südamerika erhalten, wir finden Darstellungen dieser eierköpfigen Götter bei den Hethitern und den Phöniziern. Darstellung von Menschen mit langen Schädeln bei den Israeliten und in Ägypten, wo nicht zuletzt die Tochter Echnatons und der göttliche Baumeister Imothep diese Merkmale besitzen."

Gematrischer Wert für das hebräische Wort für Eierkopf: siebenunddreißig.

„Imothep war der Architekt der ersten ägyptischen Pyramide und es heißt, in den Tontafeln auf seinem Schoß hielte er das gesamte Wissen der Welt. Alle besagten Darstellungen zeichnen sich ebenfalls gemeinsam durch einen sehr schmächtigen Körperbau aus, und die Maya verehrten Zwergenwüchsige als göttliche Wesen. Ich denke jetzt, dass die Menschen der Zivilisation S nicht nur kulturell und technisch, sondern auch evolutionär weiterentwickelt waren.

Der kleine Körperbau stimmt auch überein mit der dauerhaften Entwicklung auf Inseln. Vielleicht war es kein großer Kontinent, sondern ein Reich von vielen kleinen Inseln, auf denen sich große Säugetiere zwangsläufig kleiner entwickeln. Zum Beispiel gab es auf vielen Inseln Zwergelefanten. Auch Platon berichtet von Zwergelefanten auf Atlantis. Gehen wir doch mal gedanklich weiter. Auf kleinen Inseln werden sie sich ernährt haben von Meeresfrüchten, Fisch, Vögeln, frischem Obst, Algen und eventuell den Samen von Wassergräsern. Alter, gesünder kann man überhaupt nicht leben. Gekoppelt mit einem hohen Hygieneverständnis werden sie eine vergleichsweise hohe Lebenserwartung gehabt haben. Die Maya erzählen davon, dass die Götter aus dem Westen mit Booten, welche keine Ruder brauchen, nach Südamerika kamen und das Coca mitbrachten. Jetzt kommen diese kleinen zarten Wesen mit fremdartigen Köpfen auf ‚fliegenden' Segelschiffen, erzählen ne unheimlich komplizierte Scheiße von wegen Sprache des Himmels, leben länger als alle anderen und sind auch noch trotz ihrer Statur übermenschlich stark, weil sie einfach voll auf Koks sind Mann! Isis und Osiris. Die ham wahrscheinlich sowieso schon länger gelebt als die nativen Ägypter. Osiris stirbt, oder aber er erkrankt an etwas, an dem man normalerweise sterben würde, fällt vielleicht sogar ins Koma. Isis erweckt ihn dank ihrer ‚Zauberkräfte', sprich simple Naturheilkünste, wieder zum Leben, stopft ihm 'n bisschen Coca in den Mund, er fühlt sich prompt wieder gelassen und unangreifbar und der Pöbel ist begeistert. Klar, dass das ein unsterblicher Gott sein muss, und wenn ein Unsterblicher dann mal wirklich krepiert, kann es natürlich nur eine Frage der Zeit sein, bis er wieder aufersteht. Und Osiris wird dargestellt als kleinwüchsiger Zwerg mit Eierkopf, der auf einem Sockel neben seiner weit größeren Frau Osiris und seinem Sohn Horus hockt. Außerdem wurde er mit einem echt knuffigen Gesichtsausdruck dargestellt. Alter, Osiris Mann, Gottkönig, Herr der Unterwelt, Gebieter über die Lebenden und die Toten. Keine Kultur, die sich eine Figur mit dieser Funktion ausdenken würde, würde sie so darstellen. Ich sage, Osiris, den hat's gegeben. Die ganze ägyptische theistische Entwicklung wäre ganz anders zu beurteilen, ebenso das inzestuöse Verhalten der Pharaonen. Was, wenn der Inzest der Pharaonen keine perverse Neigung von Menschen war, die nie Grenzen kennengelernt haben, sondern der verzweifelte Versuch, eine vom Aussterben bedrohte Art zu erhalten? Bei der Tochter Echnatons geht man davon aus, dass der längliche Schädel eine Fehlbildung infolge mehrerer Generationen Inzest ist. Glaub ich nicht. Der Schädel ist im Vergleich zu anderen Bildnissen mit Eierköpfen nur mäßig ausgeprägt, bei ihrem Bruder Tutanchamun findet sich eine solche Verformung nicht. Hier würde ich so nicht viel reininterpretieren, aber es gilt zu beachten, dass Echnaton das erste monotheistische Glaubenssystem einrichtete, natürlich mit ihm selbst als Gott. Wenn dieser Typ möglicherweise noch von den alten Göttern abstammte, sprich von Kultur S, seine Frau Nofretete aber nicht, erben seine Kinder, natürlich nicht völlig, seinen Eierkopf. Und stellt euch mal vor, ihr werdet als Gottkönig geboren und wisst ganz genau, nicht aus irrem Größenwahn, sondern aus historischer Gewissheit, dass ihr von den alten Göttern abstammt, und ihr wisst ebenso gut, dass ihr der Allerletzte dieser Art seid, dann ist die Bildung des Monotheismus beruhend auf der eigenen Person kein abgrundtiefer egozentrischer Realitätsverlust mehr, sondern das Logische, Naheliegende.

Im Übrigen taufe ich diese neue Menschengattung: Homo docens. Den lehrenden Mensch. Steht mir ja wohl zu. Aber sag mal Volker, wie kamst 'n jetzt da drauf?"

„Ach, ich hab nur grad 'n bisschen über das Leben und den Sinn des Lebens nachgedacht."

„Und?", fragte Cora. „Was dabei rausgekommen?"

„Wenn du so fragst, ja. Ich habe mir das so gedacht: Also ein Atom besteht aus Proton, Neutron und Elektron. Die Anzahl der Protonen und Neutronen bestimmen, welchem Element ein Atom angehört. Hat ein Atom eins von beidem, ist es Wasserstoff, zwei dann Helium, drei Lithium und so weiter. Die Anzahl der Elektronen beeinflusst die Masse eines Atoms. Protonen und Neutronen bilden den Atomkern. Manche Atome haben so viele Protonen und Elektronen, dass das Konstrukt instabil wird, und so kommt es vor, dass eines der paar hundert Teilchen die Sause macht, und so ein absausendes Teilchen, das viel zu schnell durch die Gegend brettert, nennt man dann Strahlung. Glaub ich. Und wenn das Ding mit hoher Geschwindigkeit einen am Kopf trifft, gibt's halt ne Brandblase und und und, ist im Grunde unerheblich.

Bei einer Atombombe wird diese Zerspaltung der Kerne künstlich herbeigeführt.

Nimmt man jetzt aber eine Atombombe und packt zum Beispiel ne Ladung Tritium und Deuterium daneben, führt die Energie der Atombombe dazu, dass die Kerne dieser beiden Wasserstoffisotope sich nicht spalten, sondern schmelzen, wodurch, soweit mein hoffentlich ansatzweise richtiges Verständnis, ein Großteil der Materie in Energie umgewandelt wird, genauso wie es im Inneren der Sonne oder einem Fusionskraftwerk passiert. Und hier kommen wir zum Kern der Sache. Haha, verstanden? Der *KERN* der Sache."

Oh Mann, wird offenbar mal wieder Zeit ins Bett zu gehen. Aber noch nicht, das muss jetzt noch fertig werden.

„Wenn es möglich ist, dass Materie in Energie umwandelbar ist, dann ist Materie nur eine andere Form von Energie. Ich nenne es, um es anschaulich zu machen, kalt gewordene Energie.

Vor dem Urknall also ist alles, was es im Universum gibt, auf einem Punkt in Form von Energie gebündelt. Aus irgendeinem Grund platzt diese Energieblase und die gesamte Energie wird in den Raum entlassen, in dem sie ‚erkalten' kann und zu Materie wird. Dieser neue Aggregatzustand der Energie ist im Grunde ein unnatürlicher, und jede Daseinsform, welche in einem für sie unnatürlichen Zustand verharren muss, strebt danach, in den ihm gemäßen natürlichen Zustand zurückzukehren.

Wir wollen hier nicht zu sehr ins Detail gehen über die Entstehung des Lebens und wann es unter welchen

Bedingungen wo zum Vorschein kam, aber eines ist doch die Grundlage und die Gemeinsamkeit allen Lebens, nämlich der Stoffwechsel, sprich die Umwandlung von Materie in Energie, und bevor es so etwas Komplexes wie Einzellern oder Bakterien gab, lag der Anfang in chemischen Verbindungen, die Materie, welcher Art auch immer, in Energie umgewandelt haben.

Die spätere hohe Entwicklung der Lebensformen ist eine Weiterentwicklung, welche eine Eigendynamik entwickelt hat, die dem ursprünglichen Sinn nicht zwangsläufig völlig entspricht.

Schwarze Löcher saugen alle verfügbare Materie an und verwandeln sie wieder in reinste Energie, Sterne lassen Materie schmelzen und verwandeln sie in Energie, Lebewesen jeder Form verwandeln Materie in Energie, und ich denke nicht, dass die Verbrennung von Materie im chemisch-physikalischen Sinne, wie im biologischen Sinne, die Zweckdienlichkeit hat, Leben zu schaffen, sondern umgekehrt.

Hiermit halte ich also Folgendes fest: Das grundlegende universelle Streben aller Materie, und der damit verbundene Sinn des Lebens, ist die Rückkehr in den von der Natur vorgesehenen Ausgangszustand: Energie."

„Gar nicht mal schlecht", lobte Cora. „Gar nicht mal schlecht."

Unsere Landezone lag etwa fünfundzwanzig Kilometer östlich der Stadt Krong Saen Monourom in Kambodscha, dreizehn Kilometer von der vietnamesischen Grenze.

Wir hatten etwa fünf Kilometer in der Nacht zurückgelegt und schon nach weiteren zwei lichtete sich der Wald in ein paar Feldern, die wir umgehen mussten, indem wir uns im Wald hielten, was den Weg etwas verlängerte.

Die Grenze war leicht zu erkennen, nicht weil sie gesichert gewesen wäre, sondern weil, soweit das Auge reichte, scharf getrennt die Wildnis in gewaltig ausgedehnte Agrarfläche umschlug. Wir wuschen uns, so gut es ging, mit etwas Trinkwasser und hielten uns auf den Wegen. Zwar gab es hier kein Dorf in dem Sinne, aber an den Straßen standen unzählige Häuser der Bauern und es war kein Problem, eine Bushaltestelle zu finden. Trotz mangelnder Vietnamesisch-Kenntnisse: Auch diese Menschen nicken, um ja zu sagen, und beim vierten Bus nickte der Fahrer, als wir „Buôn Ma Thuột?" sagten. Er war nicht begeistert davon, dass wir nur Euro anzubieten hatten, aber immerhin hatten Euros immer noch einen exorbitant vielfachen Wert des Dong. Volker schlief sofort auf seinem Sitz ein, Adriel schaute starr nach vorne, Cora und ich saßen nebeneinander.

„Können wir jetzt mal darüber reden, was das in dem Hotel war?", wollte sie wissen.

„Was soll ich sagen, hatte ich doch schon mal erwähnt, diese Rosenkreuzer", antwortete ich.

„Aha. Und meinst du, das hatte was damit zu tun, dass du das den Abend vorher alles ins Internet gestellt hast?"

„Was hab ich gemacht?!"

„Äh, ja, erinnerst du dich nicht mehr dran?"

„Äh, nein?!"

„Aber eigentlich kann das unmöglich infolge dessen gewesen sein, die müssen uns schon vorher auf der Spur gewesen sein, viel zu kurzfristig sonst."

„Scheiße, ich glaub's nicht, ich hab das veröffentlicht."

„Was ist daran denn so schlimm?"

Tja, so schlimm daran war, dass Superputin uns jetzt umso mehr wollte, weil er sich das Ganze angeschaut hatte und jetzt der Meinung war, dass der Ursprung der menschlichen Zivilisation in Sibirien lag, und das jetzt bewiesen haben wollte. Vielleicht wollte er auch nur die Schänder der christlichen Orthodoxie kreuzigen lassen, wer weiß. Jedenfalls drohte er damit, ganz Europa den Gashahn zuzudrehen, sollten wir nicht innerhalb von zwölf Stunden auf russischem Boden sein, was die NATO ihrerseits mit Truppenverlegungen nach Polen beantwortete. Die Palästinenser wollten unsere Hilfe bei der Vernichtung Israels, die Hisbollah und der IS wollten uns, weil ich die Kaaba in Verbindung mit heidnischen Kulten gebracht hatte, auch wenn jeder Muslim wissen müsste, ach so, äh, Heil Superputin, dass die Kaaba von Mohammed nur übernommen wurde, China wollte uns, weil wir uns über das Verbot hinweggesetzt hatten, die chinesischen Pyramiden zu erforschen.

Im Übrigen habe ich schon viel über die Pyramiden Chinas im Fernsehen gesehen oder gelesen, genau wie über das Grabmal dieses Kaisers mit der Terrakotta Armee. Aber nie ist jemand auf die Idee gekommen, mal zu erwähnen, dass beides nebeneinanderliegt, Alter.

Na ja, und Ronald Thump wollte uns, ohne zu wissen, warum er uns wollte, Hauptsache, die anderen wollten uns und dann wollte er uns eben mehr. Er hatte online verlauten lassen, dass es nicht gut für das Land sei, welches uns aufgenommen hatte, würde es uns ihm nicht schenken, gar nicht gut, überhaupt nicht gut. Er habe einen Plan, der dieses Land ganz sicher vielleicht erst verärgern würde, aber dann wirklich sehr, sehr gut für das Land sei, welches er noch nicht kenne, aber vielleicht doch, er werde sehen, und würde es aber auch ein anderes sein, aber auf jeden Fall make dieses Land great again, wenn man uns rausrücke, könne man vielleicht erst dann dieses Land bombardieren, andernfalls würde man direkt damit anfangen, er habe ja gesagt, es würde, welches Land auch immer, zunächst vielleicht ganz sicher ärgern, aber es sei wirklich gut für das Land, schließlich würden die ganzen zerstörten Häuser aufgebaut werden müssen und so die Arbeitslosigkeit sinken.

Wie Sie alle gemerkt haben, habe ich mir nichts Geringeres zur Aufgabe gemacht, als mich mit Gott und der gesamten verdammten Welt anzulegen. Allerdings werden Sie verstehen, dass es sich als äußerst schwierig erweist, hierbei flächendeckend vorzugehen und jedes Spektrum abzudecken.

Sie fühlen sich übergangen? Sich und ihre Schandtaten nicht gebührend gewürdigt?

Sie sind Kinderschänder, Kriegsverbrecher, Arbeitsamtsmitarbeiter oder treten auf sonstige Weise die Menschenwürde mit Füßen? Dann schreiben Sie mir jetzt und bewerben Sie sich für eine Statistenrolle in meinem nächsten Roman „Ich, Volker".

Und so kamen wir spät abends schon bei Dunkelheit an, in Buôn Ma Thuột.

Cora suchte im Internet ein kleines Hotel heraus, das nur hundert Meter vom Hauptverkehrskreisel, in dessen Nähe der Bus hielt, lag und in das wir eincheckten.

Uns empfing ein eher jugendlicher Vietnamese, dem es nur schwer zu vermitteln war, wie lange wir bleiben wollten, aber irgendwie schafften wir es. Allerdings musste ich meinen Reisepass abgeben, solange wir nicht bezahlt hatten, und er wollte keine Euro haben. Na ja. Volker und Adriel bekamen ein Zimmer und Cora und ich bekamen eins.

In dem Moment, in dem die Tür zuging, schauten wir uns an, kamen aufeinander zu, küssten uns. Sie schwang ihr rechtes Bein um mich, ich nahm ihr linkes am Oberschenkel und hob sie hoch, lehnte sie leicht gegen die

Wand, küsste sie erst sanft am Hals, dann intensiver. Leicht drückte sie mich nach hinten, um ihr Oberteil auszuziehen. Ich wandte uns von der Wand weg, legte sie langsam auf das Bett und drehte sie leicht zur Seite, während sie mich mit ihren Beinen umschlang, damit ich mit der einen Hand ihren BH öffnen konnte, während ich mit der anderen langsam über ihren Schenkel strich, über den Bauch, über ihren Busen. Ich küsste sie auf den Mund, an ihrer Kehle, dann seitlich an ihren Brüsten, wanderte langsam mit meinen Lippen ihren Bauch entlang, dann seitlich an ihre Hüfte und über ihren Schenkel ...

Ernsthaft jetzt? Ihr seid immer noch da? Kann ja nicht euer Ernst sein, verschwindet gefälligst!

Kapitel 19
Die Stadt der Söhne von Thuột

Cora war eingeschlafen und hatte sich zur Seite gedreht, worüber ich sehr froh war, da ich zu langes Im-Arm-Liegen als beengend empfinde. Es heißt ja, Löffelchenstellung sei die gemütlichste Schlafposition, was ich subjektiv anfechte, da ich Schlafen im Sinne der primären Duden-Definition lieber alleine mache. Dennoch war an Schlaf für mich nicht zu denken, die Stille um mich herum war erdrückend, und wie sehr hätte ich diese Stille in mir drin gewünscht. Ich blickte auf Cora. Wie schaffte sie das? Wie konnte sie einfach so seelenruhig daliegen und schlafen? In meinem Kopf hingegen dröhnten diese unfassbaren Schreie der Sterbenden fast noch intensiver als in Wirklichkeit. Es schrie so laut in mir, dass es wie

Schmirgelpapier an allen Nervenenden zu reiben schien und ich spürte die Erleichterung, als aus einem Nebenzimmer ein regelmäßiges Quietschen zu mir herüberdrang, und ich musste schmunzeln über die Akustik des Bettgestells, welche auf langweiligen, monotonen Sex zurückzuführen war. Ich lauschte dem Geräusch und verbitte mir eine voreilige Verurteilung meiner Person, da ich momentan nichts anderes zu lauschen hatte, abgesehen von dem Wahnsinn in meinem Kopf, und mir sowieso nichts anderes übriggeblieben wäre. Also versuchte ich, konzentriert auf das Geräusch, meine Augen zu schließen und sofort blitzte der zerberstende Kopf des Vietnamesen im Flugzeug vor mir auf. In Sekundenbruchteilen sah ich all dieses Wasser umherspritzen, kein Blut, nur Wasser. Sofort riss ich die Augen wieder auf, und im selben Moment kroch mir der Gestank in die Nase, der unglaubliche Gestank des Gehirns des Menschen, den ich getötet hatte. Es brachte nichts mehr, die Augen offenzuhalten. Alles flackerte vor meinen Augen, wie bei einer alten Kamera, brennende Körper Unschuldiger, die wild um sich wedelnd aus der Bruchstelle des Flugzeuges sprangen, die erstickten Laute der Entsetzten aus dem Hotelzimmer, den Blick desjenigen, dem ich aus nächster Nähe in die Augen sah, als ich ihm das Schwert unter dem Brustbein hindurch in die Lunge stieß. All diese Toten. Nicht dass es mir um diese scheiß Rosenpisser leidgetan hätte, aber die Bilder konnte ich nicht verwischen. Ich wollte heulen, aber es ging nicht, wie immer.

Die Kinderjahre außer Acht gelassen, wo man schon mal weint, hatte ich es mit Heulen noch nie so besonders, was ich persönlich mir aber nicht als besondere Härte zuschreiben würde, sondern eher als emotionale Schwäche. Ich finde Weinen für einen Mann nichts Verwerfliches oder Schämenswertes und zu viele dieser Typen mit der

Männer-dürfen-nicht-weinen-Mentalität habe ich schon kennengelernt, die auch ihren Söhnen beibringen, Jungs dürften nicht weinen, was das Katastrophalste ist, da bewusst unterdrückte Tränen in Aggression umschlagen, und meiner Erfahrung nach sind dies die größten Heuler von allen. Mit Heulen meine ich in zuletzt genanntem Sinne nicht das Vergießen von Tränen, sondern das unaufhörliche weinerliche Jammern über Nichtigkeiten. Diese großspurigen, minimalgebildeten, stets eifersüchtigen, ach so empfindlichen und verletzlichen Proleten, womit ich hier nicht den Begriff des Proletariers abkürzen will, da sich diese beiden Wörter im heutigen Sprachgebrauch durchaus unterscheiden, und angebracht wäre es ohnehin nicht, da es sich bei besagten Typen zumeist um denkbar faule Nichtsnutze handelt, die durch ihr Gebaren zu überdecken versuchen, dass sie eigentlich die allergrößten Pussys sind. Und allen die jetzt gerade „Sexismus!" geschrien haben, kann ich nur zum zweiten Mal innerhalb weniger Zeilen nahelegen, im Duden nachzuschlagen. Primäre Wortbedeutung Alter! Und viel eher sollten Sie sich selbst einmal fragen, aus welchem Grund Sie gerade an die tertiäre Bedeutung gedacht haben.

„Jungs müssen den Geruch von Benzin mögen!", „Jungs dürfen nichts Rosanes schön finden!"

Was hab ich nicht schon für Sprüche gehört. Allzu oft wird noch versucht, durch den regelmäßigen Besuch im Fitnessstudio dem zerbrechlichen Selbstbild eine künstliche stützende Hülle zu bieten, welches, wenn es denn durch den einfachen, natürlichen Akt des Weinens ins Bröckeln gerät, wirklich verdammt zerbrechlich sein muss. Jetzt ist natürlich überhaupt nichts gegen körperliche Ertüchtigung einzuwenden, aber es würde schon alleine einen attraktiven, ansehnlichen Effekt haben, sein Kind mal öfter auf den Arm zu nehmen, ach stimmt, davon könnte es zu weich werden, oder hart zu arbeiten, oder auch sonst einfach mal mit anzupacken. Und wer unbedingt gefährlich aussehen will und auch nur den Hauch eines Stiles hat, der widmet sich sowieso der Kampfkunst. Aber nicht Boxen. Dennoch ist es immer das Gleiche, dass immer, wenn ihre Stärke mal von Nutzen wäre, sie sich stets als Taugenichtse erweisen. Oft sagt man, solche Menschen hätten ein sehr großes, oder vielleicht auch ein zu großes, Selbstbewusstsein, was aber ein stets falsch angebrachter Begriff ist. Wenn man ein großes Selbstbewusstsein hat, dann bedeutet es, dass man sich seiner Selbst bewusst ist. Ich bin selbstbewusst, was bedeutet, dass ich mir über meine Stärken, aber – viel wichtiger – auch über meine Schwächen vollkommen bewusst bin. Jene aber sind sich in keinster Weise über sich selbst im Klaren, sie haben einfach nur ein fettes Ego. Tag für Tag gaukeln sie sich ein provisorisch zusammengebasteltes Trugbild vor, weil sie sich eben selbst für das Erkennen der eigenen Schwächen und der eigenen begangenen Fehler zu sehr schämen würden, dabei ist der einzige Weg, diese Schwächen zu überwinden, sie zu erkennen. Fehler begehen wir alle, und es gibt Fehler, für die man sich schämen muss, und es gibt Fehler, die so schlimm wirken, dass sie nicht wiedergutzumachen sind. Schlimmer jedoch als jeder Fehler ist der Fehler, der immer wieder begangen wird, weil man nicht die Stärke aufbringen konnte, sich diesen einzugestehen, und ekelhafter als jeder Fehler ist das Selbstmitleid, in das diese ach so harten Kerle zu oft verfallen, in den kurzen Momenten der Einsicht, wenn ihre Freundin es ihnen zu deutlich vor Augen gehalten hat, die aber schon so kurz danach wieder in der gewohnten Hülle verschwindet.

Kohelet hatte recht, als er schrieb: „Der Verstand des Gebildeten wählt den linken Weg, der Verstand des

Ungebildeten den rechten; der Dumme jedoch, welchen Weg er auch einschlägt, er tut es ohne Verstand, obwohl er von jedem anderen gesagt hat, er sei dumm."

Zutreffend ist gerade letzter Absatz bei diesem Thema. Obwohl Kohelet recht hat, dass einen ein und dasselbe Geschick trifft, gleich ob man den linken Weg wählt oder den rechten, gleich ob man gebildet ist oder nicht, hat er dennoch nicht die ganze Wahrheit erkannt, denn es gibt noch einen dritten Weg, den zu gehen einen wahren Mann ausmacht, und das ist geradeaus, nicht zu verwechseln mit dem mittleren Weg, den philosophisch zu behandeln an dieser Stelle den Rahmen sprengen würde, und selbstverständlich gilt dieses auch für eine echte Frau. Für einen Menschen. Nur der Weg geradeaus führt zum wahren Menschsein. Alles andere setzt einen auf den Stand einer geduckten Maus zurück, aus dem wir beginnen und aus dem wir durch Selbstreflexion sowie Erkennung von Fehlern und Anerkennung von Schwächen entwachsen können.

Nur zu gerne hätte ich mir in diesem Moment die Schwäche oder die Stärke erlaubt zu weinen, in der Hoffnung dadurch einen Teil der mich erdrückenden Last loszuwerden.

Mein Sohn steht vor mir, schreit.

Schreit und schlägt seinen Kopf immer wieder gegen die Bettkante.

Gegen die Wand.

Mein Sohn sitzt vor mir, weint.

Fleht: „Papa! Bitte bring mich um. Papa bitte …"

Aber ich stehe vor ihm und kann nicht weinen.

Auch morgen werde ich nicht weinen.

Ich habe das Weinen längst verlernt.

Wohl dem, der noch weinen kann.

So lag ich hier mit diesen Bildern im Kopf und versuchte meine Nerven unter Kontrolle zu halten und nicht den Verstand zu verlieren. Jeder Muskel in meinem Körper war zum Zerbersten gespannt, ich zitterte mit den Beinen und klapperte mit den rechten Backen- und Eckzähnen, während mein linker Daumen und Ringfinger nervös aneinander klackerten, Luft bekam ich kaum. Im Nebenzimmer war man dazu übergegangen den Fernseher anzustellen und sich zu unterhalten. Beides in einer für die Uhrzeit unerhörten Lautstärke, aber es war immer noch besser als Stille. Langsam wurde ich von einer derartigen Müdigkeit ergriffen, dass ich kurz davor war, endlich das Bewusstsein zu verlieren, als um fucking vier Uhr nachts diese gottverfickten kommunistischen Propagandalautsprecher, die an allen Straßenecken standen, anfingen, unerträgliche vietnamesische Schlager zu spielen. Der letzte Kraftausdruck war noch das Beherrschteste, was mir dazu einfällt.

Ich schwöre, die Flüche haben sich gerade in mir überschlagen bei dem Gedanken daran, und ich hatte das ganz plötzliche Bedürfnis, etwas zu zerstören, habe es aber unterlassen. Aber ohne Witz, ich war so fix und fertig mit der Welt und dann so eine Scheiße. Das war nicht nur Musik, die ich subjektiv nicht gut fand, es war jedes verkackte Lied so schief und so grottenschlecht gejault, dass es nicht zum Aushalten war, und das auch noch aus staatlichen Lautsprechern. Diese beschissenen Kommunisten! Ich richtete mich auf dem Bett auf, knetete mit den Fingern meine Stirn und meine Augen. Ich sah meinen Großvater in seinem Blut liegen und diesen Kanadier, der völlig zerfetzt da hing und dem diese Made aus der Nase fiel, und dann beschloss ich, den Fernseher anzustellen. Auf dem einzig englischsprachigen Programm lief The Sixth Sense. Völlig benommen starrte ich auf den Fernseher.

„I see dead people."
„How often do you see 'em?"
„All the time."
Mein linkes Auge begann zu zucken.

Ich knipste den Fernseher aus und stand auf, ich lief im Zimmer umher, zuckte mit den Händen, dann blieb ich stehen, spannte erst den Muskel der linken Kniekehle an und ließ locker, dann Achillessehne links, Achillessehne rechts, Kniekehle rechts. Jetzt Kniekehle links und Achillessehne links gleichzeitig anspannen und locker. Kniekehle rechts, Achillessehne rechts und locker. Beide Achillessehnen und locker. Beide Kniekehlen, dann beide Achillessehnen und Kniekehle links, beide Achillessehnen und Kniekehle rechts. Beide Kniekehlen und Achilles links, beide Kniekehlen und Achilles rechts und locker. Dann alle vier so feste wie möglich verkrampfen, um endlich das ersehnte Gleichgewicht wiederherzustellen. Ich setzte mich auf die Bettkante. Jetzt nahm ich noch die Gesäßmuskeln und die Ellenbeugen dazu. Zuerst alles einzeln. Achilles links und Knie links. Achilles links und Gesäß links. Achilles links und Ellenbeuge links. Das gleiche Programm mit rechts, dann immer die beiden zusammengehörigen, dann Achilles links, Knie rechts, Achilles links, Gesäß rechts, Achilles links, Elle rechts. Gleiches Programm umgekehrt. So arbeitete ich alle möglichen Varianten mit zwei Anspannungen durch. Es folgten Achilles links und rechts, plus Knie und Gesäß links. Elle links und rechts plus Knie links. Ich spannte Gesäß links und rechts plus Achilles links und Elle rechts und Knie rechts, merkte, dass ich durcheinandergeraten war und außerdem die Dreier-Varianten vergessen hatte, worüber ich am liebsten geschrien und mir die Haut vom Gesicht gerissen hätte. Ich sackte zu Boden. Ich bekam plötzlich Panik. Was, wenn ich einschlafen würde? Selbst im Traum würden mich die Toten bis in alle Enden des Alls verfolgen, was, wenn die Lebenden kamen, um mich zu holen, während ich schlief? Meine Ohren verschlossen sich und ein unerhört lautes schmerzhaftes Piepsen durchfuhr meinen ganzen Kopf, dann fing ich an nachzurechnen. Gizeh zu Cuzco zwölftausend. Zwölftausend geteilt durch zweiundzwanzig ist gleich fünfhundertfünfundvierzig Komma vier fünf vier fünf vier Periode.

Mein ganzes Gesicht zuckte und alle Zähne klapperten, wobei ich versuchte, ein wenig Ordnung dadurch hereinzubekommen, indem ich die äußeren Backenzähne und die Schneidezähne als Eckpunkte verwendete und immer wieder alle Möglichkeiten von Kombinationen gleichzeitiger Berührungen der Eckpunkte durchspielte. Ich musste wach bleiben. Auf gar keinen Fall durfte ich ins Bett und Gefahr laufen einzuschlafen, denn ich wusste, wenn ich die Augen schließen würde, wäre das das Ende. Ich schlurfte zur Dusche und drehte das Wasser an. So saß ich zitternd mit dem Rücken zur Wand unter der eiskalten Dusche. Kaffee brauchte ich jetzt. Ich würde heute nicht mehr schlafen und mein Kopf kam einfach nicht zur Ruhe. Ich war so verzweifelt, so am Ende und Gott was würde ich für eine Tasse Kaffee geben. So dachte ich, während ich eine daumengroße Schabe dabei beobachtete, wie sie aus dem Abfluss herauskrabbelte, um sich ein wenig im Bad umzuschauen. Keine Ahnung, wie lange ich dort saß. Minuten? Stunden? Ich wurde hin und her geschüttelt, erhielt ein paar Klatscher auf die Backe, versuchte mich zu orientieren. Das Wasser prasselte nicht mehr auf mich, was mich in eine extreme Unruhe versetzte, weil es so ein stabiler Faktor gewesen war. Verschwommen nur konnte ich die Umrisse einer Frau erkennen, die natürlich Cora war, aber ich konnte mich nicht erinnern. Inneren Halt suchend blickte ich umher, dann wieder auf Cora, ihr

Mund bewegte sich hektisch, aber ich wunderte mich, dass kein Laut herauskam. Sie redete auf mich ein, aber ich starrte sie nur mit entsetzt verzerrtem Blick und offenem Mund mit klappernden Zähnen an. Sie versuchte mich wegzuzerren, aber ich hielt mich an irgendeinem Rohr fest und riss den Mund zu einem stummen Schreien noch weiter auf, dann gab es einen Ruck und ich konnte mich nicht mehr halten. Cora schleifte mich zum Bett, zog mich darauf und drehte mich mit dem Gesicht zur Wand, dann schmiegte sie ihren nackten Körper an mich und deckte uns zu. Ich spürte ihre Brüste an meinem Rücken und ihren Atem im Nacken, meinen Kopf an ihrem linken Arm und die rechte Hand an meiner Hand, dann schlief ich ein.

Ich wachte auf, und sofort traf mich die Erkenntnis, dass ich unverzeihbar lange geschlafen hatte, ich schreckte hoch und sah zuerst Volker und Adriel im Raum, was mich schon mal beruhigte. Cora kam sofort zu mir, um sich um mich zu kümmern, aber ich hob leicht Arm und Hand, um zweierlei zu signalisieren, dass es erstens schon gut war und zweitens meine momentane Abneigung zu jeglichem Körperkontakt.

Ich verschwendete für den Moment keine Zeit an das, was passiert war und wir begannen mit der Planung. Wir konnten wohl davon ausgehen, dass wir uns relativ unbehelligt in dieser Stadt bewegen konnten. In den Nachrichten wurde zwar von einem Absturz in Kambodscha berichtet, aber von uns war nicht die Rede. Ohnehin würden wohl nur wenige Beamte von uns gewusst haben, und die hatten sicher kein Interesse, an die große Glocke zu hängen, dass sie eventuell was verbockt haben könnten. Dann müssten erst einmal vietnamesische Ermittler nach Kambodscha, das Wrack untersuchen, was kurz- oder langwieriger, aber zumindest wieriger Diplomatie bedurfte. Selbst wenn jemand feststellen sollte, dass wir überlebt hatten, müsste er erst einmal wissen, welchen Dreck wir am Stecken hatten und dass wir es den ganzen Weg durch den Dschungel geschafft hatten.

Folglich, erste Amtshandlung: Basis chillen.

Buôn Ma Thuột, so hatte ich gelesen, war eine Tourismusstadt, mit der Hauptattraktion Elefantenreiten im Nationalpark. Im Internet waren schöne Bilder von Weißen zu sehen, die auf Elefanten ritten oder in Wasserfällen badeten. Beste Bedingungen also, nicht aufzufallen.

Wir schauten uns über Satellitenbilder die Gegend genau an, legten eine grobe mögliche Straßenroute fest, um so weit wie möglich in die Nähe zu kommen und dann zu Fuß weiterzugehen. Tatsächlich schien es möglich, auf einer Straße bis sage und schreibe drei Kilometer an unser Ziel heranzukommen. Zwar gab es noch einen Fluss, aber er hatte eine sichtbare seichte Stelle, an der wir ihn überqueren könnten.

Klang ja erst mal ganz vernünftig.

Wir beschlossen uns aufzuteilen, um Besorgungen zu machen und verschiedene Dinge in Erfahrung zu bringen. Cora sollte versuchen, einen Mietwagen zu organisieren, Volker würde versuchen Fahrräder klarzumachen, nur für den Zweifelsfall und einen umfassenden Busfahrplan besorgen. Adriel sollte Nahrungsmittel beschaffen und ich?

Ich würde mich mit den lokalen Begebenheiten auseinandersetzen und so viel wie möglich über den Nationalpark herausfinden.

Buôn Ma Thuột, die Stadt der Söhne von Thuột.

Mal abgesehen davon, dass ich natürlich nicht in Wirklichkeit für den Absturz eines Flugzeuges verantwortlich war, hatte ich nichts Geringeres vor, als in einer kommunistischen Diktatur ohne Erlaubnis mich in ein abgesperrtes Reservat zu schmuggeln, in dem es neben giftigen Schlangen auch Bären, Wölfe, Kaimane, wilde Hunde, Leoparden, Elefanten und gottverdammte Tiger gab, wie gesagt, im Roman nur noch einen letzten Tiger.

Dort musste ich mich in unbekanntem Terrain einem grenznahen Sperrgebiet nähern, und das alles in der wegen des wichtigen Flughafens minenverseuchtesten Region eines minenverseuchten Landes, das Ganze mitten auf dem Ho-Chi-Minh-Pfad, einem etwa tausend Kilometer langen Streifen, über dem mehr Bomben und dementsprechend Blindgänger abgeworfen wurden als im gesamten Zweiten Weltkrieg weltweit, von allen Parteien. Allerbeste Chancen draufzugehen.

Was die rechtliche Sache anging, hatte ich etwas Geld in Dollar umgetauscht. Zweihundertfünfzig mussten reichen, um ein, zwei Militärpolizisten zu bestechen.

Wissen Sie, ich hatte gehofft, hier in einer touristisch attraktiven Stadt unauffällig, sauber und leise meine Aktion durchzuführen, über deren hohes Risiko und Illegalität ich mir absolut im Klaren war.

Nachts, bei der Ankunft im Hotel, konnte ich mir noch keinen Eindruck vermitteln ...

Also, na ja, es war halt so, versuchen Sie sich das mal bildlich vorzustellen und sich in mich hineinzuversetzen:

Ich verließ morgens das Hotel in eine Stadt, etwa so groß wie Gießen, und stellte fest, dass es hier keine Touristen gab. Überhaupt gab es hier keine Weißen, und ich war mir sicher, dass die zuvor auch noch nie welche gesehen hatten. Es gab hier auch keine Touristenattraktionen. Die Attraktion, das war ich.

Ich habe dort jeden Menschen um mindestens ein bis zwei Köpfe überragt, hatte die doppelte Schulterbreite eines jeden hier und vor allem wundervolle, lange, blonde Haare.

In Buôn Ma Thuột, und ich denke grundsätzlich in Vietnam, gibt es nur wenige Autos, und wenn, dann nagelneue und gute. Normale Bürger fahren Mopeds, mit denen sie zu Abertausenden in dicht gedrängten Schwärmen, ungeachtet aller Verkehrsregeln, die Straßen überfluten und die sich alle, wo ich auch war, zu Hunderten gleichzeitig zu mir umdrehten.

Ich will hier von ganzem Herzen betonen, als was für ein freundliches Volk ich die Vietnamesen dort erlebt habe. Wo ich auch hinkam, begrüßten mich die Menschen auf der Straße, einfache Bürger, Polizisten, Soldaten, und es waren keine einfachen Begrüßungen, sondern jeder Mensch dort vermittelte mir im Vorbeigehen offenherzig sein uneingeschränktes Wohlwollen gegenüber meiner Person, wie man es in Deutschland niemals erleben würde. Einer – ein gut gekleideter Mann – wollte mir einfach einmal die Hand gegeben haben, andere luden mich ein, im Café sitzend, zu sich an den Tisch. So weit, so gut.

Ich jetzt aber, vom Jetlag übernächtigt, vom Kulturschock überfordert, von dem Gedanken geängstigt, in den nächsten Tagen sterben zu können, in meinem Streben nach Unauffälligkeit gescheitert, fand das erstmal überhaupt nicht witzig. Ich verspürte den Wunsch, die nächsten vier Tage nichts zu essen und mich zwei Tage lang im Hotelzimmer zu verkriechen und erst wieder herauszukommen, um mir wenigstens Rosinen zu kaufen und zu versuchen, ein paar davon runterzukriegen, was ich in Wirklichkeit auch tat, hier jetzt aber keine Zeit für habe.

Ich war so überfordert, dass ich mich sehr gehetzt fühlte und es vermied, stehenzubleiben, um möglichst wenig Angriffsfläche für Annäherungsversuche zu bieten. Ich schaute mich immer um, wo ich hinwollte, und versuchte dann durch Seitengassen dorthin zu gelangen, was in dieser Stadt total einfach war, da sie von französischen Kolonialherren geplant und gebaut wurde, mit dem Effekt, dass alle Straßen und Häuser in gleichmäßigen rechteckigen Vierteln, symmetrisch in vier Himmelsrichtungen um den Hauptverkehrskreisel herum angelegt wurden, was es praktisch unmöglich machte, sich zu verlaufen, und auch hier möchte ich nochmal betonen, dass ich mich zu keiner Zeit, selbst in den dunkelsten Gassen, bedroht oder auch nur unwohl gefühlt habe. Aber aller Mühe zum Trotz kam ich aus einer Seitengasse und lief dem wahrscheinlich einzigen Englisch sprechenden Menschen in dieser Stadt unausweichlich in die Arme.

Er, Mofataxifahrer, von denen mich ständig welche ansprachen, aber er hier, na ja, konnte halt reden.

Blablabla, total aufdringlich, aber ich ergriff die Gelegenheit und erkundigte mich, ob es in Ea Súp eine Übernachtungsmöglichkeit gäbe. Ea Súp ist nämlich ein winziges Dorf, das mit einer Entfernung von siebenundzwanzig Kilometern das nahegelegenste zu meinem Zielort war.

„Bah", winkte er ab. Was ich denn in Ea Súp wolle, ich müsse nach Ho-Chi-Minh-Stadt und hierhin und dorthin, in Ea Súp gäbe es doch nichts. Aber ich blieb standhaft und entgegnete: „Das interessiert mich alles nicht, ich will nach Ea Súp."

Tatsächlich gab es dort ein Gästezimmer, auch wenn der Kerl kein Verständnis aufbringen konnte.

Blablabla, total aufdringlich, dann kam eine junge Frau, womöglich seine Schwester, die er mir natürlich umgehend zur Heirat anbot. Gegenwehr zwecklos. Das arme Ding schaute nur verlegen grinsend, genauso überfordert wie ich.

„Warum willst du sie nicht heiraten? Du hast keinen Ring am Finger. Findest du sie nicht hübsch?"

Tolle Frage, was sollte ich denn jetzt darauf antworten, ohne die zu kränken, und hübsch war sie ja, was einzugestehen, aber ihn nur noch mehr befeuert hätte. Ich hob die Arme und mit den Worten: „Ich war schon mal verheiratet", und entfernte mich.

Dann kam ich zufällig genau zu dem Ort, den ich unwissentlich gesucht hatte. Dem Heimatmuseum.

Ich ging durch den vorgelagerten Park, die Marmortreppe hinauf, hinein. Die Hauptthemen waren Stadtgeschichte, hauptsächlich in der Kriegszeit, der Nationalpark und die Ureinwohner des Parks ...

Verdammt, die gab es ja auch noch.

Als Erstes, zur Entspannung, schaute ich mir die Ausstellung über den Krieg an. Ausgestellt waren unter anderem Bilder und Erklärungen über die Kampftaktiken der Vietcong, alle möglichen Waffen aller Parteien und andere Requisiten, Minen, Bomben, Sprengfallen, Falllöcher, Punjisticks, stachelstrotzende Holzklötze, die von den Bäumen fielen und wer weiß noch was alles, was mich so richtig ermutigte, in diesen scheiß Wald da reinzugehen. Hier im Museum erfuhr ich auch erst so richtig etwas über die Tierwelt, die ich oben erwähnt habe, anhand von ausgestopften Exemplaren, und ich muss sagen, von allem, noch mehr als so ne riesen fucking Anakonda, gruselte es mich am meisten vor den kleineren giftigen, grünen Baumschlangen, die aus dem Blätterdach hervorkommen. Abeäh.

Nicht, dass ich mich nicht vorher informiert hätte, was sich hier so rumtreibt, aber das dann zu sehen, ist schon was anderes. Von allem war ein Tier ausgestellt, aber keine Elefanten. Von denen standen da nur ne Hand voll Füße. Ja, irgendwie ein bisschen merkwürdig. Noch merkwürdiger aber ist, um mal kurz abzuweichen, dass die Stoßzähne des kleinen Holzelefanten, den ich später im Shop des Nationalpark-Naturschutzgebietsmuseums kaufte, bei näherer Betrachtung zu Hause und im Materialvergleich zu Mammutelfenbein ... Aber man muss nur in einen Trödel-Laden gehen, und wenn die alte Frau an der Ladentheke den Kopf schüttelt, wenn man auf ein bestimmtes Schmuckstück weist, mit der Bitte um Kauf, dann weiß man Bescheid. Die wollen ja nicht, dass so ein dahergelaufener Wessi damit am Flughafen hochgeht und den Bullen sagt, wo man das herhat.

Ein weiteres Thema neben Wilderei ist hier illegaler Holzabbau, aber damit würde ich noch konfrontiert werden.

Was die Ureinwohner angeht ...

Na ja, die bestatten ihre Toten in Hügelgräbern, die sie nach den Sternen ausrichten.

Wo hab ich so was bloß schon mal gehört? Und ihr Ohrschmuck ist der gleiche wie der der Olmeken. Überraschung!

Anschließend nahm ich Platz im Museumscafé, in dem man wundervoll draußen sitzen konnte.

Ich bestellte einen Kaffee. Leute, ich trinke gerne und viel Kaffee. Nein verflucht, ich trank gerne und viel Kaffee, ich hab aufgehört, weil ich vollkommen koffeinabhängig bin, verfickt und ich einen kalten Entzug gemacht habe, weil ich oft so viel Kaffee getrunken habe, bis mir die Nase blutete. ICH LIEBE KAFFEE! Kaffee ist das Getränk der Götter, eine Mischung aus Nektar und Ambrosia, der Gedanke daran macht mich gerade völlig durcheinander und auch ein wenig aggressiv, ich habe viele Kaffees probiert, auch sehr guten, aber nie, nie habe ich einen so vollkommenen Kaffee getrunken wie in diesem Café, dessen Kaffee selbstverständlich nur wenige Kilometer weiter angebaut wurde, aber da komme ich noch vorbei.

Dieser Kaffee wurde in Espressotassen serviert und war so extrem stark, aber ohne jede Säure oder Bitterkeit.

Die unübertriebene Perfektion dieses Kaffees macht mich noch heute fassungslos.

Ich bestellte einen zweiten. Die Leute an den umliegenden Tischen wollten mich überzeugen, ihn auf Eiswürfel zu geben, oder reichten mir Zucker und Milch, weil die den da, wegen seiner Stärke, nicht pur trinken. Was für Weicheier. Ich hielt die Hand auf meine Tasse und machte klar, dass sie meinen Kaffee in Ruhe lassen sollten. Ich bestellte noch eine Tasse, woraufhin alle Gäste und auch die Kellner verschmitzt und höhnisch grinsten. Schon klar, diese Penner. Langfristige Nebenwirkung ist Durchfall und der Urin riecht nach reinem Kaffee. Kurzfristige Wirkung von drei Tassen?

Ich lehnte mich genussvoll und entspannt zurück und schloss die Augen. Brrdrrdrrdrr, machte es und meine Augen flackerten unter den Lidern hin und her, als hätte ich Amphetamine zu mir genommen. Ich riss sie erschrocken auf und setzte mich wieder gerade hin, schaute nach vorne und dachte: „Mann, das ist aber mit Abstand die heißeste Vietnamesin, die ich bisher gesehen hab."

Sie stand ein paar Meter weiter und tippte etwas in ihr Handy, dann ging sie ins Café hinein.

Ach, vergiss sie, dachte ich, mal abgesehen davon, dass Cora ja auch noch irgendwo umherschwirrte.

Ein paar Sekunden später saß sie dann an meinem Tisch.

Nachdem wir nicht herausfinden konnten, welche Sprache ich spreche und aus welchem Land ich komme, ließ sie ihr Handy ins Englische übersetzen und hielt mir ihr Handy hin:

„I love you."

Ich dachte, ich müsse sterben und ich dankte Gott dafür, dass es mir nicht möglich war, darauf etwas zu entgegnen, also faselte ich in Deutsch irgendeinen Unsinn daher, um … keine Ahnung Mann.

Klar war sie wirklich verdammt heiß, aber Alter, das war mir jetzt doch etwas voreilig und übertrieben. Wir tranken noch was, versuchten mehr schlecht als recht irgendwie uns zu artikulieren, dann musste sie los, ihren Sohn aus dem Kindergarten holen, bot mir aber an, mich zu meinem Hotel zu fahren, was sie dann auch ohne weitere Infos tat. Als wir vor dem Hotel standen und es an den Abschied ging, wunderte ich mich doch sehr, woher sie wusste, in welchem Hotel ich untergebracht war. Wahrscheinlich hab ich das in dem ganzen Dahergerede erwähnt, oder aber jeder in der ganzen verdammten Stadt wusste, wo der Weiße wohnt, aber das checkte ich gerade nicht und ich zeigte mehrfach fragend auf das Hotel, aber sie checkte nicht, was ich meinte, schien kurz gedankenversunken, hin- und hergerissen und beteuerte, dass sie in Kürze am Kindergarten sein müsse. Erst nachdem sie weg war, verstand ich, dass sie mein wiederholtes fragendes Weisen auf das Hotel als eine Einladung verstanden hatte, mit auf mein Zimmer zu kommen. Das Ende vom Lied war dann, dass ich, da wir Facebooknamen ausgetauscht hatten, noch einige Wochen längere Nachrichten erhielt, mit irgendwelchen Geschichten von zwei Liebenden auf zwei Kontinenten. Himmel, also mit Romantik hab ich es ja so gar nicht.

Da Cora, Volker und Atze noch nicht da waren, zog ich noch einmal los und besorgte auf dem Markt eine Machete, ein Messer und Hanffasermatten, die ich zu Beinschützern gegen Schlangenbisse für die anderen zurechtschneiden wollte, ich hatte meine Gamaschen, außerdem noch ein paar Bier und mehrere Portionen gegrilltes Fleisch mit Reis und Süß-Sauersoße, was man hier an jeder Ecke kaufen kann. Mir tat es in der Seele weh, dass wir keine Küche in unseren Zimmern hatten, bei dem Nahrungsmittelangebot, das es hier gab. Überall gab es die tollsten Lebensmittel. Vor allem die Diversität an Insekten hätte mich unheimlich gereizt. Allerdings waren die hygienischen Bedingungen die reinste Katastrophe. Klar weiß ich, dass ein deutscher Koch einen hohen Standard hat, der unter anderen Bedingungen übertrieben ist, aber hier lag alles, Gemüse, tote Kleintiere und so weiter, einfach auf der Straße und wurden zum Verkauf angeboten, auch wenn es im Supermarkt natürlich saubere Insekten zu kaufen gab.

Und obwohl ich gegen Hepatitis A geimpft war, umging ich es, ungegarte Sachen, auch in Restaurants, zu essen. Auf die Impfung gegen Hepatitis B hatte ich verzichtet. Meine Ärztin erzählte mir, gegen was ich mich alles impfen müsse, wenn ich nach Südostasien wolle, gegen Tollwut, Hepatitis A wegen der Hygiene, Hepatitis B für ungeschützten Sex.

„Das brauch ich nicht", sagte ich, worauf sie mich überrascht ansah und sagte: „Aber ... ich dachte ... da gibt's doch so ne Insel mit Clubs, da treffen sich alle, ziehen sich 'n Haufen Zeug durch die Nase und dann geht's los ...?"

Ich erklärte ihr, dass ich vorhatte mir ein Fahrrad zu kaufen, um die Natur zu erkunden.

Verständnislos und gelangweilt sagte sie: „Dann eben kein B."

Ich denke, dass ein alter Freund von mir, der auch bei ihr in Behandlung war, besagte Insel besucht haben musste, was zu dem Vorurteil geführt haben muss, ich wolle es ihm nachmachen. Whatever.

Der Gipfel aber war nicht auf dem Markt, sondern etwas außerhalb der Stadt. Dort fand ich einen kleinen Stand, nur ein normaler Tisch beziehungsweise ein total dreckiger Tisch, auf dem in der prallen Sonne bei über dreißig Grad „frisches" Geflügel samt Innereien aufgebahrt war und denen ihr Sonnenstich schon deutlich anzusehen war. Besonders die Schüssel mit den Innereien. Das kauft doch keiner, oder doch?

Viel abgefahrener aber war der Stand unmittelbar nebenan.

Nochmal, Trockenzeit Südostasien, über dreißig Grad, keine Wolke, kein Wind, nicht mal anderthalbtausend Kilometer über dem Äquator, stand da einer und verkaufte, wohlgemerkt ausschließlich, Winterdaunenjacken.

Na ja gut, ich ging zurück ins Zimmer und wartete kurz auf die anderen, die auch bald eintrudelten. Nachdem wir etwas gegessen hatten, hielten wir eine Lagebesprechung ab.

„Also, lasst mal hören."

„Auto kannst du vergessen", begann Cora. „Selbst wenn ich einen Mietwagen gefunden hätte, oder wir einen finden würden, dürfen Ausländer in Vietnam kein Auto fahren. Aus Sicherheitsgründen, weil die das nicht überleben würden. Das hat mir eine bei der Bank erzählt. Ich hab übrigens Euro in Dong und in Dollar umgetauscht, hier, hat jeder erst mal was."

„Scheiße. Andererseits sehr weise. Was ist mit Fahrrädern?", bemerkte ich und dachte an diese verrückten Mopedfahrer.

In Deutschland herrscht das System der gegenseitigen Rücksicht. Jeder achtet auf den anderen. In Vietnam, da achtet im Straßenverkehr jeder nur auf sich selbst und dass er nicht draufgeht, ohne Rücksicht. Funktioniert auch, aber wenn man es nicht gewohnt ist, geht man unter. Wie oft stand ich viel zu lange an der Straße, ohne dass ich mich getraut hätte, rüberzugehen? Wie hätte ich da Auto fahren sollen?

„Ich hab nirgendwo Räder gefunden und ich hab hier auch niemanden eins fahren sehen. Einen Busfahrplan hab ich."

„Ja, mir ist auch kein Radfahrer aufgefallen", sagte ich. „Kein Auto, kein Fahrrad. Das macht das Ganze nicht gerade einfacher. Was hast du zu essen für den Trip Adriel?"

Er packte eine Tüte mit Tiefkühlzeug und Süßigkeiten aus.

„Was kannst du eigentlich du Penner? Hast du mir in Spanien nie beim Kochen zugeguckt? Gottverdammter Idiot", fluchte ich, dann holte ich das Handy raus und öffnete die Karte.

„Also, schaut mal her. Wir haben Luftlinie gut sechzig Kilometer. Selbst mit Fahrrädern wäre das schwer geworden. Die einzige Möglichkeit, es sei denn, wir wollen nicht laufen und zwei Nächte in der Wildnis verbringen, was wir wohl nicht noch mal überleben werden, ist, mit dem Taxi so weit wie möglich heranzukommen. Hier führen Straßen oder Wege lang, wie man sieht. Ich habe nur ein Gesamtbild der Grenze des Nationalparks im Museum gesehen, aber wo wir hinwollen, ist so knapp an der Grenze, dass ich nicht sagen kann, ob der Kreis innerhalb oder außerhalb liegt. Wenn er innerhalb liegt, liegt er hinter abgezäuntem Gebiet, in das man nur durch drei offizielle Eingänge kommt. Zur Not vielleicht dann eben mit offiziellem Ticket. Hauptsache, wir kommen erst mal rein, danach … keine Ahnung. Aber mal angenommen, die Straßen sind befahrbar, dann fahren wir mit dem Taxi in die Nähe dieser Stelle hier. Sieht aus wie eine Farm oder so. Weiter oben wäre zwar der direkte Weg kürzer, aber es gibt einen Fluss, der, wie hier gut sichtbar ist, an dieser Stelle über Steine passierbar sein sollte. Wir steigen irgendwo aus, wo uns kein Bauer sehen kann. Unmittelbar neben der Straße beginnt die Waldgrenze, und wenn wir erstmals da drin sind, sieht uns so schnell keiner. Wenn wir genau dort aussteigen, sind wir auch nicht unbedingt auf GPS angewiesen, falls wir im Wald keine Verbindung kriegen, weil wir praktisch genau nach Westen müssen. Das sollte mit Kompass machbar sein. Wir haben fast genau drei Kilometer vor uns, um hierhin zu kommen."

Beim Anblick des Satellitenbildes des ominösen Kreises mit den vier grauen Punkten am Rand wurde mir der Atem schwer und meine linke Hand begann stark zu zittern, was ich schnell verbarg, indem ich sie zusammenpresste. Ich war mir meiner Sache überhaupt nicht mehr so sicher wie noch vor einigen Tagen. Sollte hier wirklich ein prähistorischer Steinkreis stehen, warum hat den noch niemand gesehen, so nahe an der Straße – Bauern, Waldarbeiter, Park-Ranger? Sind drei Kilometer in die Wildnis hier viel? Und wenn ich mich verrechnet hatte? Aber Durchmesser mal Pi gleich ein Zehntel der Entfernung zu Mohenjo Daro, genau wie bei Gizeh, das konnte doch kein Zufall sein. Außerdem die Nazca-Linien. Hiermit ergaben sie Sinn, und zwar genau. Eine weitere Abweichung von wenigen Kilometern, und es haute nicht mehr richtig hin. Ob diese Leute einen Fehler gemacht hatten? Unwahrscheinlich, aber ich meine, wir reden hier immer noch, so beeindruckend das alles auch sein mag, von Primitiven, die mit primitiven Mitteln Unglaubliches geschaffen hatten. Dürfen die denn keine Fehler machen? Ich weiß es nicht. (Henoch gibt das Sonnenjahr eindeutig mit dreihundertvierundsechzig Tagen an.)

„Wir verlassen das Haus um fünf Uhr morgens, wenn es noch halb dunkel ist. Besorgen ein Taxi, halbe Stunde. Lassen uns dorthin bringen. Bei der Strecke, eine Stunde. Drei Kilometer durch die Wildnis, dreiviertel Stunde. Was auch immer uns dort erwarten mag, ich weiß es nicht, aber wir sollten es so schnell wie möglich hinter uns bringen. Halbe Stunde?"

Ich sah in die Runde. Keiner sagte etwas. Auch Adriel sagte nichts, was ja nicht anders zu erwarten war, aber ich hatte den Eindruck, dass auch er es nicht voraussehen konnte, was uns im Einzelnen widerfahren würde.

„Also gut, halbe Stunde und dann müssen wir da raus! Drei Kilometer zurück und dann ..."

Ich verschob die Sattelitenansicht. „... haben wir einen siebenundzwanzig Kilometer langen Fußweg vor uns bis nach Ea Súp. Immerhin auf einer Straße. Halten wir uns an den Zeitplan, haben wir zwölf Stunden Zeit, diese Strecke zurückzulegen, bevor es dunkel wird. In Ea Súp gibt es Fremdenzimmer. Sicher nichts Tolles, aber ich denke, das wird uns nicht interessieren. Am nächsten Tag dann mit dem Bus von dort zurück hierher.

Wie es dann weitergeht. Ich weiß es nicht. Ich kann euch diese Frage nicht beantworten. Ich denke, es hängt viel davon ab, was danach passieren wird und ob wir bis dahin immer noch nicht aufgeflogen sind. Außerdem bin ich ehrlich gesagt noch nicht ganz fertig mit Rechnen, ich weiß es einfach noch nicht."

Niemand sagte etwas. Natürlich gefiel mein Plan keinem so richtig beziehungsweise der Plan war nicht das Problem, es war ja sogar ein guter Plan, klappen musste er nur.

Aber es hatte auch keiner einen besseren und ein Zurück gab es nicht. Selbst ohne den Druck, verschwinden zu müssen, um nicht am Ende verhaftet zu werden, gab es zumindest für mich keinen anderen Weg. Eine Nacht lang hatte ich mich jetzt der Angst hingegeben. Eine Nacht lang hatte ich mich dem Gedanken gestellt, in den nächsten Tagen zu sterben. Danach war meine Angst verflogen. Und ich wusste, dass all das, was ich herausgefunden hatte, größer war als ich. So viel größer, dass selbst die Fünfzig-Fünfzig-Chance, hier zu finden, wonach ich suche, es wert war, dafür zu sterben. Für mich gab es kein Zurück mehr.

Cora legte ihre Hand auf meine, ich drehte sie, streichelte die ihre und ich sah sie melancholisch und schicksalsergeben an, schmunzelte aus Verlegenheit und wandte meinen Blick ab. Schnell schob ich diesen Anflug von Sentimentalität zur Seite.

„Könnt ihr beide bitte nochmal einkaufen gehen?", sagte ich zu Cora und Volker.

„Ich brauche etwas Ruhe, ich muss nachdenken und noch einiges berechnen. Bitte besorgt was Vernünftiges zu essen." Vorwurfsvoller Blick Richtung Idiot. „Auf jeden Fall ein paar Trockenfrüchte und Salz. Ganz wichtig. Und eine Menge Wasser."

Ich warf Cora einen um Verzeihung bittenden Blick zu, drehte mich rum und ging.

Diesmal in die entgegengesetzte Richtung. Mein Plan war, mir ein realistisches Bild von tatsächlichen Entfernungen zu machen. Siebenundzwanzig Kilometer laufen. Ob das realistisch war, konnten wir nicht erst vor Ort herausfinden. Wohlgemerkt, siebenundzwanzig Kilometer für vier Weißbrote in der Tropensonne, mit viel Gepäck. Von der Stadtmitte aus waren es siebzehn Kilometer bis zu einem Vorort, den ich erreichen wollte, um dann mit dem Bus zurückzufahren, und nein das ist nicht dämlich, das nennt man Planungssicherheit. Am Stadtrand kam ich an einer perlweißen Amtsvilla vorbei, mit kleinem Park, abgezäunt und mit Soldaten bewacht, die mir wohlwollend zunickten, was ich erwiderte. Natürlich Autos vor der Tür. Oben auf der Terrasse der Villa standen Parteibonzen in adretten Uniformen und tranken Champagner. Ich schüttelte den Kopf und dabei erblickte ich eine am gegenüberliegenden Straßenrand hockende, alte, zerknitterte, von Armut gezeichnete Frau, die in einer Holzschüssel nichts weiter zum Verkauf anzubieten hatte als ein paar Wurzeln.

Gottverdammte Kommunisten, dachte ich. Berichtigte aber meine Gedanken und musste an Marx denken. „Kommunismus ist das Opium des Volkes."

Oder was hatte er nochmal gesagt? Vietnam gilt als kommunistisches oder meinetwegen sozialistisches Land. Sowohl selbstbezeichnend als auch fremdbezeichnet. Aber wie waren diese Begriffe mit diesem extremen Kontrast des Bildes, das sich mir bot, zu vereinen? Bei uns gilt die Religion des Kapitalismus und der Marktwirtschaft, und das Opium ist der Gedanke eines jeden, dass rein theoretisch jeder, also auch er, reich werden könne. Somit gibt sich selbst ein weniger Betuchter damit zufrieden und hat keinen Grund, für etwas wie Gleichverteilung der Güter einzutreten, denn damit würde er in dem unwahrscheinlichen, aber nicht unmöglichen Fall des unverhofften Wohlstandes selbst zu viel abgeben müssen und sich ja selbst seinen Traum zerstören.

Hier ist die Religion der Kommunismus und sein Opiat ist der Glaube der Menschen daran, dass es gerechter zugeht und es weder Arm noch Reich gibt, also geben die Leute sich zufrieden, denn warum sollten sie für eine freiere Marktwirtschaft eintreten, wenn das die Möglichkeit einschließt, am Ende als einer der Armen dazustehen. Aber das hier war kein Kommunismus und auch kein Sozialismus, und ich denke, es betrifft so ziemlich jeden anderen aktuellen oder einstigen „kommunistischen" Staat, wenn ich sage, dass das Einzige, was sie mit der Idee von Marx gemein haben, die Planwirtschaft ist. Es gibt genauso Arm und Reich wie in kapitalistischen Ländern mit freier oder sozialer Marktwirtschaft auch. Der

Unterschied ist eben, dass, wer wirtschaftlichen Erfolg haben und in seiner Firma oder wo auch immer aufsteigen möchte, Mitglied der Kommunistischen Partei sein muss und somit eine systemstützende Funktion hat, die er, ob ihm dieses System nun gefällt oder nicht, nicht aufgeben wird, um nicht in die Armut zu rutschen.

Ich hoffe, ich fehle nicht, wenn ich sage, dass Vietnam im Vergleich zu den anderen bekannten Planwirtschaften in jeder Hinsicht moderater ist. Aber grundsätzlich gilt, dass entsprechende autoritäre Regime den Mythos des Kommunismus, oder die Lüge, einen Kommunismus erreichen zu wollen, als Mittel einsetzen, um eine breite, in Armut lebende Masse zu manipulieren und zu beruhigen, genau wie es lange die Funktion religiöser Institutionen war und teils ist, ein armes Volk dazu zu bringen, ihr Los zu akzeptieren.

Und die wirklichen Gegner eines wahren Kommunismus, ich meine hier nicht Regimekritiker in Diktaturen, sondern Banker und Fabrikbesitzer, echte Kapitalisten eben, greifen nur zu gerne diese Lüge, in Kenntnis ihrer Unwahrheit und Funktion, auf, um in eigenem Interesse fingerzeigend zu behaupten, Kommunismus und Sozialismus seien grundlegend gleichzusetzen mit Diktatur und Armut.

Ich möchte hier nicht den Eindruck erwecken, ich wolle hier im Sinne eines anderen, vielleicht wahreren Kommunismus Propaganda machen. Es sind einfach meine Gedanken zu dem, was ich beobachte.

Und leider muss ich sagen, dass ich zu viele Menschen kenne, die nach Kommunismus streben und die aus den Fehlern, dem Leid und den Betrügern der Geschichte lernen könnten, um losgelöst davon eine neue Vision einer gerechteren, gleichbegüterten Gesellschaft zu kreieren. Aber leider, leider wird immer noch dogmatisch an der Unfehlbarkeit und Zeitgemäßheit von Ideen festhalten, die vor über hundert Jahren unter völligst anderen, uns kaum vorstellbaren Bedingungen erdacht wurden. Westliche Wohlstandskinder, ich beziehe das auch auf Erwachsene, propagieren bis heute, dass gewisse restriktive Maßnahmen eben notwendig und unumgänglich seien, um ein höheres, gerechteres Ziel zu erreichen, und sie tun die unfassbaren Schandtaten eines Stalin oder eines Mao Tse Tung als kapitalistische Propaganda ab.

Mit vierzehn, lange ist's her, lernte ich einige coole Leute kennen, die Mitglieder einer marxistisch orientierten Partei waren, welche ich hier nicht näher benennen möchte, und die versuchten, mich davon zu überzeugen mitzumachen und in die Partei einzutreten. Hoch gepriesen war parteiintern die sogenannte Streitkultur, deren Ziel es sei, durch offene, basisdemokratische Diskussionen hochwertige ideologische Ziele zu benennen.

Hört sich ja ganz vernünftig an.

Dann sah ich deren Banner und fragte, warum neben Marx und so weiter auch das Gesicht Stalins aufgereiht sei.

„Wirtschaftlicher Aufschwung", wurde mir gesagt. Befreiung der Arbeiterklasse, Verdienste für den Kommunismus, und so weiter. Deportationen? Gulags? Alles gelogen, alles Propaganda.

Sah ich halt anders.

Das könne ich zwar so sehen, aber wenn ich Mitglied in der Partei werden wolle, müsste ich mich der Parteilinie beugen und diese auch in der Öffentlichkeit vertreten. Punkt.

Was für eine Streitkultur.

Dann sah ich Plakate aufgehängt, mit dem Zitat Lenins: „Vertrauen ist gut, Kontrolle ist besser."

Wie kann man im Angesicht der Geschichte der DDR und ihrer Kontrollmechanismen, um es mal milde auszudrücken, noch so etwas vertreten, oder anders gesagt, wie kann man sich, wenn man gewisse Dinge anders sieht, was meinetwegen eines jeden Recht sein soll, sich nicht über die abtörnende Wirkung im Klaren sein, die solche Worte in der Gesellschaft haben.

Darüber dachte ich nach, wie ich gedankenverloren dastand und die Frau betrachtete.

Ich wollte rübergehen und ihr die hundert Dollar in meiner Tasche im Tausch für ein Stück Wurzel geben, traute mich aber nicht über die vierspurige Straße voller Terroristen und beschloss, auf einem anderen Weg noch einmal zurückzukommen, traf sie aber nie mehr dort an.

Mit Zorn im Bauch über diese schmierigen, selbstgerechten Operettenoffiziere ging ich weiter, an den Kaffeeplantagen vorbei. Geruch, umwerfend, weitere Beschreibung, langweilig.

Ich hatte rund zehn Kilometer zurückgelegt und stellte zu meiner Zufriedenheit eine durchschnittliche Zeit von etwa fünfzehn Minuten pro Kilometer fest. Ich hätte es schneller geschafft, aber musste ja bedenken, dass ich mit weit mehr Gepäck langsamer sein würde und nicht jeder in meinem Team unbedingt mithalten konnte. Trotzdem war ja wohl genug Spielraum, um zu sagen, dass es nicht unmöglich war, siebenundzwanzig Kilometer nach Ea Súp in zwölf Stunden zu schaffen.

Dann wurde ich aus meinen Gedanken über sportliche Leistung und verdammte Kommunisten gerissen, mit denen ich wohl versucht hatte den Ernst meiner Lage zu verdrängen.

Ein Soldat auf einem Moped hielt neben mir und sprach mich an. Ich verstand ihn zwar nicht, aber es war offensichtlich, dass er wissen wollte, wo ich hinwolle. Ich habe den Namen des Ortes vergessen, sagte ich. Also, das sagte ich so nicht, sondern ich sagte den Namen des

Ortes, dessen Namen ich vergessen habe. Er wies mir aufzusteigen.

Ich war etwas verunsichert, was ich tun sollte. Die Überlegungen, zu türmen oder ihn zu überwältigen, konnte ich mir sparen. Ich war mitten im Nirgendwo an einer abgefuckten „Straße", vielleicht hatte ich hier einfach nicht rumzulatschen. Er stieg ab, klappte den Sitz auf und holte einen Helm raus, den er mir gab, und erneut forderte er mich auf, aufzusteigen. Eine Kommunikation über die Frage, ob ich eine Wahl hatte, war nicht möglich, also stieg ich ergeben mit leicht zittrigen Knien auf. Ich hatte mich kaum an den Griffen unter mir festgehalten, da rast dieser Penner schon los wie ein Irrer, jeden am Überholen. Mir rutschte der Helm nach hinten und wirkte wie ein Segel, das mich nach hinten riss. Die größten Schlaglöcher in ungeteerter Sandstraße, hektische Kurven und Überholmanöver, der Fahrtwind im Helm, der meinen ganzen Oberkörper nach hinten riss. Hätte ich eine Hand gelöst, um den Helm zu richten, es wäre mein Ende gewesen.

Ich versuchte ihm zuzurufen, hatte aber jeden Muskel im Körper unter solcher Spannung, dass ich es nicht geschafft habe, meinen Mund zu öffnen. Nach einigen Minuten, die mir wie eine Ewigkeit vorkamen und in denen mein Leben an mir vorbeigezogen war, kamen wir zu dem Ort, in den ich wollte. Er fuhr langsamer und fragte wohl nach hinten, wo ich genau hinwolle.

„Bus", sagte ich, was er verstand.

Als der mich dann an der Bushaltestelle abgesetzt hatte, lachte er und ich checkte, dass er mich aus Höflichkeit einfach ein Stück mitnehmen wollte. Ich wollte ihm den Helm zurückgeben, aber er lehnte ab und wollte ihn mir schenken, ich lehnte ab und er zeigte auf seinen Stahlhelm. Himmel, was wollte ich denn mit seinem scheiß Mofahelm? Nach Hin und Her akzeptierte er, dass ich kein Interesse daran hatte. Ob ihn das beleidigte, war mir egal, ich hatte echt kein Bock, den die ganze Zeit rumzuschleppen.

Ach so, ich hatte auch die ganze Zeit nichts getrunken, um zu testen, wie gut ich ohne Wasser auskam. Egal.

Dann erkundigte er sich mit Blick auf die Busfahrplantafel, wohin ich denn eigentlich mit dem Bus wollte.

„Buôn Ma Thuột", antwortete ich.

Da war er wieder, dieser verständnislose Blick. Versteh einer die Weißen.

Cora rief entgeistert an, von wegen sie hätten die ganze Zeit versucht mich anzurufen, warum ich nicht drangegangen sei und so weiter und so fort, ich erzählte von meinem Höllenritt und musste ihr zustimmen, dass die Alleingänge hier eine beschissene Idee seien und wir vier uns ab sofort nicht mehr aus den Augen verlieren würden. Ich schlug vor, dass wir uns in einem Park treffen könnten, an dem ich vorbeigekommen war, sie mir aber unbedingt meine Unterlagen mitbringen müsse.

Eine halbe Stunde später kam dann ein Bus und ich fuhr zurück.

Wissen Sie, ich bin kein sehr emotionsbetonter Mensch. Ich vertraue Emotionen nicht, sie entbehren der Logik und ich mag die Logik. Bevor ich Gefühle zulasse, gehe ich gerne auf Nummer sicher, ob es sich lohnt, und die letzten Stunden hatte ich mich ganz gut unter Kontrolle gehabt, aber jetzt auf dem Weg zu Cora in den Park ging es doch etwas mit mir durch, mein Herz klopfte, ich hatte Kribbeln im Bauch und freute mich riesig darauf, sie zu sehen. Scheiße.

Ich betrat den Park, in dessen Mitte ein aufwendig gestalteter, großer Brunnen stand, und sah Cora mir zuwinken. Betont beherrscht gingen wir aufeinander zu, dann machte sie einen Satz und sprang auf meine Hüften und legte die Arme um mich. Ich fasste sie am Rücken und am Po, wir sahen uns an, küssten uns kurz, aber energisch, dann legte ich mein Gesicht an ihren Hals und drückte sie eine Weile an mich, bis ich sie gehen ließ und sie mich an der Hand Richtung der anderen zog, die, Adriel auf einer Bank, Volker auf der Wiese, unter einem prächtigen Lotusbaum saßen. Wir setzten uns neben Adriel und schauten Volker dabei zu, wie er eine Tüte drehte, die er in genussvoller Ruhe mit Adriel teilte.

Weiß der Himmel, wo er das aufgetrieben hatte.

Cora lehnte ihren Kopf an meine Schulter, schloss die Augen und drückte meine Hand an sich und die pralle Hitze wich einem warmen Wind, während am Horizont langsam der Himmel rot wurde.

Keiner von uns sagte etwas, um nicht durch ein falsches Wort diese Idylle zu zerstören, wussten wir doch alle, welcher Schatten über uns lag.

Kapitel 20
Die Stadt der Söhne von Thuột 2

Gedankenverloren gingen wir durch die anbrechende Dunkelheit, holten uns gegrilltes Fleisch mit Reis und hielten noch kurz am beleuchteten Siegesdenkmal inne, bevor wir ins Hotel gingen.

Das Chaos in unserem Zimmer holte uns zurück in die Realität, aber wir alle hatten Kraft geschöpft und bereiteten uns auf den nächsten Morgen vor.

„Also", sagte ich und dachte doch noch einmal kurz nach. „Es ist schwer einzuschätzen, wie gefährlich es werden kann, sobald wir das Naturschutzgebiet betreten haben. Vorausgesetzt, wir schaffen es. Vielleicht würde ein Einheimischer lachen, wenn man die Gefahr durch Leoparden, Wölfe, was auch immer, in Betracht zieht. Sicher sind sie selten, aber wir wollen schließlich richtig da rein und müssen zumindest die Möglichkeit einer Begegnung mit Raubtieren erwägen."

„Ich nehm' die Machete", sagte Cora.

Adriel grinste vielsagend und holte etwas herbei, das in Papier eingewickelt war. Es war eine Holzarmbrust, wie ich sie sowohl im Museum als Waffe der Vietcong als auch in vielen Trödelläden als Souvenir gesehen hatte, Volker hatte die Pistole, auch wenn ganz klar sein musste, dass diese nur im äußersten Notfall eingesetzt werden dürfe, weil ein Schuss im Nationalpark uns jeden Ranger und jeden Militärpolizisten der Gegend auf den Hals hetzen würde. Mit Wilderern kennen die hier keine Gnade. Ich hatte den Bogen und das Messer. „Die meisten Sorgen bereiten mir Schlangen. Eine Schlange würde einen Menschen nicht einfach so angreifen, dazu gibt es keinen Grund. Unfälle passieren, wenn Menschen unachtsam sind und auf Schlangen drauf oder knapp daneben treten . Dann beißen sie zu, in der Regel in den Knöchel, wodurch einen allein schon gutes Schuhwerk schützen kann."

Leicht vorwurfsvoll sah ich Cora und Adriel an. Ich hatte meine Tactical Boots plus Gamaschen und Volker, der das Leben in den Bergen gewohnt war, hatte ohnehin immer feste Stiefel an.

„Alle, zur Sicherheit auch Volker, werden sich die Beine hiermit umwickeln."

Ich zeigte die Hanffasermatten und eine Rolle Panzertape.

„Ich hab zu Hause so welche vor meine Zielscheibe gehängt, damit die Armbrustpfeile nicht immer da durchfliegen und die prallen einfach daran ab. Es sollte also reichen. Wir haben sechs Pfeile für die Armbrust und acht für den Bogen. Für die Pistole haben wir ein Magazin mit acht Schuss. Nicht gerade viel für eine bewaffnete Auseinandersetzung mit Menschen, aber zur Abwehr von Wildtieren sollte es reichen."

Ich nickte Cora zu als Zeichen, dass sie jetzt dran war.

„Wir haben für jeden einen Drei-Liter-Kanister und zwei Ein-Liter-Flaschen gekauft. Das sollten wir trotz Gewicht auch alles mitnehmen. Bei unserer Route und dem Klima denke ich, ist das das Mindeste, aber mehr werden wir kaum tragen können. Wir haben zwei Pack getrocknetes Fleisch, zwei Pack Rosinen, einen Pack gemischtes Trockenobst, Kräcker, Brot, vier Dosen Glasnudelsuppe. Wir müssen uns ja nicht vollfressen, nur bei Kräften bleiben."

Jeder packte seinen Rucksack und ich schnitt die Hanfmatten zurecht. Ernst und mit klopfenden Herzen sahen wir uns alle an. Ich nickte mehrfach leicht mit dem Kopf, als Zeichen der Annahme, dass unsere Planung abgeschlossen sei und Volker und Adriel gingen in ihr Zimmer. In vier Stunden würde es losgehen.

Ich drehte mich zu Cora, und sie legte melancholisch ihren Arm um mich und sagte: „Ich hab dich die ganze Zeit noch nicht einmal lachen sehen."

„Ja klar", sagte ich. „Als ob's dafür in letzter Zeit 'n Grund gegeben hätte."

„Ach komm, erzähl mir nicht sowas."

„Ich habe dir schon gesagt, dass meine Gedanken meistens ernst sind. Ich bin einfach kein heiterer Mensch."

„Ja, ich weiß auch warum."

„Nein, das denke ich nicht."

„Ja, nicht jetzt speziell, aber grundsätzlich. Hast du schon mal drüber nachgedacht, warum Menschen sich selbst verletzen?"

Ich schaute sie mit runzelnder Stirn an.

„Ich verletzte mich nicht selbst."

„Sag ich ja auch gar nicht. Was ist dein Rekord, im Nicht-Lachen? Wie lange?"

Ich überlegte, bewegte mit schätzender Drehung die Hand.

„Zwei Jahre? Etwa, würde ich sagen. Lag aber nicht daran, dass ich depressiv war. Ich neige nicht zu Depressionen. Irgendwie funktionieren die bei mir nicht."

„Gut, da muss man ja auch unterscheiden. Ich finde, der Begriff wird oft falsch angewendet. Depression ist, wenn es einem schlecht geht, ohne dass es einen Grund dafür gäbe. Solange man weiß, was der Grund ist, und solange das ein guter Grund ist, ist das ja keine psychische Störung, oder?"

„Schätze schon."

„Jedenfalls glaube ich, dass du einfach nur Angst davor hast, dich zu freuen."

Ich blickte sie schief an.

„Ist ganz einfach. Du hast zwei Jahre lang nicht gelacht. Wird 'n Grund dafür gegeben haben. Die Sache ist, der Mensch kann sich an alles gewöhnen. Folterknechte in Geheimdiensten bekommen in ihrer Ausbildung beigebracht, nicht zu viel zu foltern, damit der Gefangene sich nicht an den Schmerz gewöhnt. Das gilt auch für seelischen Schmerz.

Und der Mensch ist ein Gewohnheitstier, der in ganz vielerlei Hinsicht in schädlichen Verhaltensmustern oder in einer destruktiven Beziehung feststeckt, weil er es nicht über sich bringt, aus einer Gewohnheit zu entfliehen. Glücksempfinden ist ein biochemischer Prozess, und wenn Glückshormone zu selten ausgeschüttet werden, verliert der Körper die Fähigkeit sie zu deuten und sie können ein unangenehmes, fast brennendes Gefühl auslösen. Dieses dann zu manipulieren, was ja jetzt gar nicht dein Problem ist, hat nicht mal was mit masochistischem Verhalten zu tun. Des Weiteren kann Unglück sehr befriedigenden sein, bis hin zu einer Sucht, wie bei Menschen, die sich tatsächlich selbst verletzten, durch Schnitte oder durch negative Manipulation des eigenen Lebens, wie das Zerstören einer guten Beziehung oder Ähnliches. Die Antwort auf die Frage, warum das so ist, ist eigentlich ganz einfach. Wenn man genug Geld, einen tollen Partner, gesunde Kinder, viele Freunde hat, dann hat man sehr viel zu verlieren und das kann unheimlich beängstigend und überfordernd sein. Wenn aber alles den Bach runtergeht und die Welt am Abgrund steht, dann kann doch eh nichts mehr schiefgehen, wozu also aufregen? Und das kann sehr beruhigend sein. Wenn man sich jetzt aber über diese Vorgänge im Klaren ist, dann kann man damit umgehen, zum Beispiel das nächste Mal, wenn man glücklich ist, einfach sagen: ‚Du armer Kerl, da musst du jetzt durch', und grinsen. Schwierig ist natürlich der Umgang mit anderen Menschen, denen es so geht. Als Beispiel, die Schwester, Freundin, Frau, wie auch immer begibt sich acht Wochen stationär in Behandlung wegen vermeintlicher Depressionen. Kommt nach Hause, und was macht jede gute Familie? Schmeißt eine große Willkommensparty. Die Person kann so viel Gutes auf einmal nicht aushalten und sabotiert auf irgendeine Weise, kriegt 'n Nervenzusammenbruch oder denkt sich: Scheiße, was stimmt nicht mit mir? Alle sind so gut zu mir und ich ertrag das nicht, ich bin krank, ich bin schlecht, ich lass mich wieder einweisen. Jetzt kann man die Person aufklären, damit die sich in einer solchen Situation über sich selbst bewusst ist und das aushalten kann, wissentlich, dass ihre Gefühle völlig normal sind, oder man macht erst mal halblang. Keine große Party, sondern ein Glas Rotwein mit zwei Freunden. Eine Liebesbekundung, aber keinen Heiratsantrag. Einen Kaffee trinken gehen und nicht in den Vergnügungspark. Problematisch ist es, wenn jemand größere Sachen nicht verträgt, diese aber erwartet. Bei einer Party ausflippen würde, aber eine Szene macht, wenn keine stattfindet. Einen Heiratsantrag nicht verkraften würde, diesen aber verlangt. Dann kann man sich eigentlich nur noch von diesem Menschen fernhalten."

„Hm", machte ich.

Wir gingen zusammen Duschen, stellten uns unter die Brause, ich legte meine Arme um ihre Hüfte, drückte sie an mich und wir küssten uns inständig und voller Erregung, aber wohl wissend, dass wir keine Sekunde des kostbaren Schlafes vergeuden durften.

Wir legten uns aufs Bett, sie schlang Arme und Beine um mich und legte ihren Kopf in meinen Hals.

Vorsichtig schob ich Stück für Stück ihre Glieder von mir, als sie eingeschlafen war, stand auf und dachte nach.

Bei den Babyloniern hatte der Tag zwölf Stunden, wobei eine Stunde zwei heutigen Stunden entsprach. Eine babylonische Doppelstunde hatte hundertzwanzig Minuten, also siebentausendzweihundert Sekunden. Ein Tag, eintausendvierhundertvierzig Minuten.

Ein K'atun der Maya hatte siebentausendzweihundert Tage. Ein Baktun einhundertvierundvierzigtausend Tage.

Vier Uhr dreißig. Zeit, die anderen zu wecken. Mit roten, ausgetrockneten Augen und nebligen Ohren nahm ich den Handywecker wahr. Ich ging zu Cora und sah sie an. Ich wollte mich zu ihr setzen und sie sanft und liebevoll wecken, besann mich aber eines Besseren, legte meine Hand auf ihre Schulter und rüttelte leicht.

Mühsam brachte sie die verklebten Augen auf und sah mich an.

„Zeit aufzustehen", sagte ich ernst, senkte in einem Ansatz verschämt meinen Blick und richtete mich wieder auf.

Zwanzig Minuten später waren wir alle fertig und verließen ohne weiteres den Raum, gingen die Treppe herunter und stellten zu unserem Verdutzen fest, dass der Eingangsbereich mit einem Garagentor verschlossen war. Ich schaute hinter die Rezeption und sah den netten jungen Mann auf einer Isomatte dahinter auf dem Boden liegen, sprach ihn mehrfach an, bis er verdutzt aufstand und uns rausließ.

Wir mussten durch die halbe Stadt, bis ein paar hundert Meter hinter dem Museum einige Taxis zu sehen waren. Wir signalisierten einem Fahrer unsere Bereitschaft zur Fahrt und er stieg aus, um uns den Kofferraum zu öffnen. Wir luden unsere Taschen hinein und stiegen ein. Ich nahm mein Handy und zeigte ihm auf der Karte, wo wir hinwollten. Ohne lange zu überlegen, schüttelte er den Kopf, kurbelte das Fenster herunter und rief einem anderen Taxifahrer auf der gegenüberliegenden Straßenseite zu. Der fuhr los, wendete und stellte sich hinter uns.

Und ja, das hat sich im Übrigen genauso abgespielt.

Er wies uns, in das andere Auto zu steigen. Wir also wieder raus, Gepäck raus, Gepäck rein, einsteigen.

Ich nahm mein Handy und zeigte ihm auf der Karte, wo wir hinwollten. Er blickte mich überrascht an. Und forderte eine Bestätigung. Ich zeigte ihm die berechnete Route und tippte mehrfach darauf. Er blickte nach vorne aus dem Fenster, dachte eine Sekunde lang nach, nahm das Handy raus, wählte eine Nummer und in dem Moment, als abgenommen wurde, platzte er vor Lachen und konnte sich nur schwer einkriegen. Als er sich beruhigt hatte, konnte er seinem Gesprächspartner dann erklären, was er für Vollidioten an Bord hatte. Das Gespräch wurde beendet und wir fuhren endlich los. Aber nicht da lang, wo es hätte langgehen sollen, sondern gut zwanzig Minuten quer durch die Stadt, hinten raus, entgegengesetzt zu unserer Richtung, bis wir an die Zentrale des Taxiunternehmens kamen, wo schon drei Männer grinsend auf uns warteten. Der Fahrer stieg aus und deutete mir, es ihm gleichzutun. Die anderen blieben sitzen.

Einer der Männer konnte akzeptabel Englisch und ihm sollte ich dann nochmal zeigen, wo ich hinwollte.

Ich mein', klar. Die wollen auf Nummer sicher gehen. Der Fahrer hatte natürlich Angst, dass es Missverständnisse gibt und er dahinfährt und sich dann rausstellt, dass ich ganz sicher nicht dahin gewollt habe. Aber ich sagte dem einen dann in Englisch, dass ich wirklich dahin will, und als er mich wortlos ansah, die Lippen zu einem leichten Lächeln gezogen, das fragte, ob ich den Verstand verloren habe, erklärte ich ihm, dass Freunde von uns von Norden aus einem anderen Ort kämen und wir uns dort mit ihnen treffen wollten, um gemeinsam nach Ea Súp zu wandern, und da war er dann wieder, dieser verständnislose Blick über die Angehörigen meiner Kultur.

Aber, Himmel, der Kunde war König, also wurde unsere Fahrt genehmigt.

Wir fuhren wieder quer durch die ganze Stadt und wieder hinaus, auf staubigen Straßen, die voll mit Mofas, Fußgängern und Menschen waren, welche auf alle Weisen versuchten, irgendwelche Waren auf völlig überpackten Gefährten und Karren von A nach B zu bringen. Aber je weiter wir kamen und je entlegener die Gegend, desto lichter wurde der Verkehr. Etwa nach vierzig der paarundsechzig Kilometer unserer Strecke begann dann der Zaun.

Hoher Zaun mit Stacheldraht. Und spätestens, als wir am ersten offiziellen Nationalparkeingang vorbeifuhren, wurde deutlich, dass unser Ziel mal voll im Nationalpark lag. Wir fuhren weiter und weiter am zweiten Eingangstor vorbei, weiter und weiter und am dritten vorbei.

Noch ein paar Kilometer weiter gabelte sich der Weg. Rechts ging es die normale Straße entlang.

Wir aber mussten nach links.

Auf einem Satellitenbild sieht die Welt eben anders aus. Der Staubstreifen war viel, viel schmaler. An den Seiten wuchsen so hohe Sträucher, die über die Straße ragten und sie unheimlich verdunkelten.

Unsicher sahen der Fahrer und ich uns an. Ich nickte und er fuhr weiter, links von uns immer noch Zaun, er fuhr weiter, sorgsam um die tiefen Schlaglöcher manövrierend, in denen wir hoffnungslos stecken geblieben wären, weiter und weiter, und dann hörte der Zaun auf, auch an der rechten Seite wurde es lichter und nach noch zwei Kilometern im Schritttempo, ich konnte es kaum glauben, sagte ich: „Stopp!"

Erleichtert sahen der Fahrer und ich uns an. Unnötig zu erwähnen, dass ich ihm ein saftiges und wohlverdientes Trinkgeld gab, und das Beste war, wir hatten die Umzäunung so weit umfahren bis zu einem Ort, an den zu fahren und dort auszusteigen so abwegig war, dass ein Zaun einfach keinen Sinn ergab.

Der Fahrer wendete, warf uns noch diesen verständnislosen Blick zu und dann waren wir auf uns allein gestellt. Wir gingen noch etwas Richtung Norden auf der Straße bis zu der Stelle, an der ich vorhatte den Wald zu betreten.

Ich benutze das Wort *Wald*, ich denke, von *Dschungel* kann man hier in der Regenzeit sprechen. Sie müssen wissen, hier gibt es nicht Frühling, Sommer, Herbst und

Winter, sondern Regenzeit und Trockenzeit. In der Regenzeit hätte ich diese Aktion vergessen können.

Interessant hier war die extreme Grenze, die unser Weg darstellte, denn auch wenn er die meiste Zeit ganzseitig von Wald umringt gewesen war, gab es hier auf der rechten Seite eine große, offene Fläche. Dann stand dort ein Schild. Es war ein recht kleines Schild, nicht auffällig. Dort stand etwas in Vietnamesisch, Französisch und Englisch. In Englisch ein mir unbekanntes Wort und dann: „Area." Auch wenn ich das erste Wort nicht kannte und mich auch nicht mehr daran erinnere, sodass ich es nachschlagen könnte und auch wenn das Schild unscheinbar war, drückte es doch eine ganz klare, unmissverständliche Botschaft aus: „Geh hier nicht weiter!"

Als wir weitergingen und das sahen, von dem ich angenommen hatte, es wären Bauernhäuser, die ich mir als Wegmarke gemerkt hatte, überprüfte ich kurz unsere Position auf dem Handy, bis wir an genau der Stelle waren, zu der ich wollte. Das waren aber keine Bauernhäuser, nicht mal mehr Ruinen, sondern verrottete Holzreste auf dem Boden, die wer weiß wann einmal Ställe gewesen waren. Einerseits war es gut und die Sorge, von Bauern entdeckt zu werden, war weg, andererseits zeigte es, wie weit ab vom Schuss wir waren.

„Genau hier müssen wir rein", sagte ich. „Jeder sucht sich noch einen harten langen Stock. Erstens, trotz unserer Waffen sollte man gegen wild streunende Hunde einen dabeihaben, zweitens reagieren Schlangen auf Geräusche. Laut stapfen und mit dem Stock auf den Boden klopfen verscheucht sie. Wenn wir da drin sind, dann gehe ich vor und jeder sollte unmittelbar auf meiner Fährte bleiben."

Ja, hier gab es aber keine verkackten harten Stöcke. Alles, was es gab, waren labbelige dünne Äste, mit denen wir uns begnügen mussten.

Ich weiß nicht, wie es den anderen ging, als sie in die Wildnis blickten. Ich würde gerne schreiben, dass ich aufgeregt gewesen wäre oder voll freudiger Erregung, oder meinetwegen Angst gehabt hätte, aber hier, wo ich mich der Reinheit und Brutalität der Natur ausgesetzt sah, fühlte ich einfach nichts. Ich war so ruhig, wie man nur sein kann, und ich denke, dass das eine sehr gute Voraussetzung im Angesicht solcher Situationen ist.

Ein letztes Mal schauten wir uns um, ob uns auch niemand sah, dann huschten wir in das Dickicht.

Hier kamen wir noch gut durch und nach wenigen Minuten erreichten wir den Fluss. Seine seichte Stelle bestand aus breiten, flach geschliffenen Felsen, auf denen wir unser Gepäck absetzten und ein paar Bissen zu uns nahmen. Wir wickelten uns die Matten beziehungsweise Gamaschen um die Unterschenkel, ich setzte meinen Bogen zusammen und steckte vier Pfeile in die Halterung, Adriel steckte die Wurfarme an seine Armbrust. Cora hing sich die Machete an den Gürtel und Volker steckte sich die Pistole geladen und gesichert in die Hosentasche. Wir verstauten die leeren Waffentaschen in unseren Rucksäcken und tranken noch etwas. Ich sah uns an. Wie wir da standen, so unvorbereitet, so unprofessionell, so naiv.

Aber mehr ergaben einfach unsere Möglichkeiten nicht. Unsere Waffen, von denen wir ernsthaft glaubten, oder vielleicht auch nur hofften, dass sie uns vor wirklicher Gefahr hier hätten schützen können.

Unsere Beinschützer. Die Armbrust. Wir waren die geisteskranken Mörder in Kettenhemd und Stulpenstiefeln.

Kapitel 21
Yok Don

Auf den Steinen im Fluss, da hatte es noch etwas Sonne gegeben. Man hatte das Plätschern gehört. Man hatte den Wind gespürt. Mit jedem Meter aber, den wir tiefer in den Wald gingen, wurde es dunkler, weil kein Sonnenstrahl es durch das Blätterdach schaffte, und es war so verflucht leise. Wenn wir stehen blieben, war nichts zu hören. Gar nichts. Kein Tier, kein Wind, der an Blättern raschelt. Es war unheimlich, und kein Tier zu hören war auch nichts wert, denn das Raubtier in der Deckung hört man nicht.

Der Boden war überwuchert mit einem zähen Geflecht aus Gräsern, in denen man ständig hängenblieb, und die Beine so extrem heben zu müssen, machte das Laufen äußerst anstrengend. Immer wieder mussten wir umgestürzte Bäume, Felsen und verwucherte Stellen umgehen, was sich auf die Gesamtstrecke natürlich summierte.

Ich fühlte den Kompass in meiner Tasche, den ich mitgenommen hatte, falls das Handy versagen sollte. Wir mussten eigentlich nur genau nach Westen und mich ergriff der Ehrgeiz, es auf die traditionelle Weise zu versuchen, also steckte ich das Handy weg.

Wir liefen weiter, ohne dass etwas passierte, außer dass wir zwei Mäuse hatten rascheln hören.

Irgendwann dachte ich mir, dass wir eigentlich längst hätten ankommen müssen und ich sah doch nochmal auf das Handy. Wir waren zwar zum Glück noch nicht zu weit gelaufen, hatten unser Ziel aber um volle vierhundert Meter nördlich verfehlt. Tja. Was soll ich sagen? Gott kennt eben keine Gnade mit Idioten.

„Ähm. Wir müssen da lang." Ich wies neunzig Grad nach links.

„Warum das denn?", wollte Volker wissen. Ich gab zu, was ich angerichtet hatte.

„Bist du bescheuert?", platze Cora. „Willst du uns verarschen?"

„Nicht so laut", beteuerte ich.

„Leck mich! Ausgerechnet jetzt ziehst du hier so eine Machonummer ab?"

Aber sieh sah ein, dass es zwecklos war weiter zu diskutieren und wir liefen eben jetzt nach GPS.

Bisschen peinlich.

Wir hatten noch dreihundert Meter bis zu dem Kreis, als Cora sagte: „Ich kann nicht mehr."

Und da war sie nicht alleine. Ich kann mir bis heute nicht erklären warum, aber plötzlich war es, als gäbe es hier schlicht keinen Sauerstoff mehr. Wir mussten unsere Rucksäcke absetzen, keiner von uns konnte sie mehr auf den Schultern tragen. Wir tranken etwas, ohne dass es eine Wirkung gehabt hätte. Wir machten mit wie Feuer brennenden Gliedern einen Schritt, zogen das Gepäck mit der Hand nach, machten wieder einen Schritt, mir wurde schwarz vor Augen.

„Wer hat das Salz?", wollte ich wissen.

Cora und Volker sahen sich an.

„Was für Salz?"

„Ich hatte euch gesagt, dass ihr Salz kaufen müsst. Verdammt, wisst ihr nicht, wie …? Egal, vergesst es." Zum Glück hatte jetzt nicht nur ich was verkackt.

Aber das hier hatte nichts mit Elektrolytmangel zu tun.

Und das ist im Übrigen auch kein Witz hier.

Wir stemmten uns weiter, krochen mehr, als dass wir liefen, immer das Gepäck hinter uns herhievend. Irgendwann merkte ich, dass ich meinen Stock verloren hatte, ohne es mitbekommen zu haben.

Benommen setzten wir uns auf einen umgestürzten Baumstamm, aber der Griff meines Messers stach mir in der Seite, also nahm ich es heraus und steckte es in den Baum.

„Wie weit noch?", keuchte Volker.

Ich sah nach, blickte in die Runde.

„Weniger als hundert Meter."

Merkwürdige Unruhe durchzog uns.

„Lasst es uns hinter uns bringen." Ich konnte kaum sehen, alles war verschwommen vor meinen Augen. Ich richtete mich mühsam auf und versuchte es doch noch einmal meinen Rucksack auf die Schulter zu nehmen, worunter ich beinahe zusammengebrochen wäre, und zog das Messer aus dem Stamm, bevor wir weitergingen.

Ich erinnere mich genau, wie ich das Messer aus dem Stamm gezogen habe, ich schwöre es.

Kurze Zeit später war es einfach weg, genau wie der Stock. So wenig Herr meiner Sinne und so wenig bei Bewusstsein war ich. Ich habe in einem Nationalpark, einem letzten Refugium einer ganzen Reihe vom Aussterben bedrohter Tiere, ein Messer verloren. Es ist so unverzeihlich, es ist mir so peinlich. Es tut mir so leid.

Buchstäblich mit letzter Kraft schleppten wir uns weiter und dann, dann lichtete es sich hinter den Bäumen. Graue Umrisse waren zu erkennen. Mit erstarrtem Blick setzte ich weiter einen Fuß vor den nächsten, ich ließ den Bogen fallen, ließ den Rucksack von meinen Schultern rutschen und stellte mich an die Schwelle zwischen dem Wald und meinem Steinkreis. Die anderen stellten sich an meine Seite, aber davon nahm ich keine Kenntnis. Mit vor Ehrfurcht erstarrtem Herz betrachteten wir die vier Megalithen. Keine sauber behauenen wie bei Stonehenge.

Nein, diese hier waren zerklüftet, beinahe primitiv. Furchteinflößende Relikte rauer Vorzeit.

Langsam betrat ich das Innere. Kein Baum, kein Sprössling wuchs hier auf dieser kreisrunden Fläche, mitten im Urwald. Nur durch die Sonne verbranntes kurzes Gras wuchs hier, ohne dass ich einen Grund für die fehlende Vegetation, wie einen Steinboden, hätte erkennen konnte.

Schritt für Schritt näherte ich mich der Mitte, mich immer wieder fassungslos im Kreis drehend, und dann sah ich ihn.

Ich übergab mich.

Adriel kam zu mir und lachte mich aus, was mir beinahe den Rest gegeben hätte.

„Was hast du denn erwartet?", fragte er mich und bepisste sich dabei vor Lachen.

„Ihr seid krank!", entfuhr es mir. „Ihr kranken widerwärtigen Wichser!"

Ich brachte nur noch abstrakte Laute hervor, so hatte mir die Abscheu, die ich gerade gegenüber Adriel und seiner Drecksbande empfand, die Sprache geraubt.

Vor uns lag auf dem Boden die Häsin.

An ihren Bauch gemummelt ein winziger menschlicher Körper mit einem überproportional großen Hasenkopf, der an ihrer Brust nuckelte, und natürlich, wie hätte es anders sein können, hatte er kein Fell, er hatte Federn. Jetzt kamen auch die anderen beiden herbei und starrten entsetzt auf das entstellte Geschöpf.

„Habt ihr etwa geglaubt", kicherte dieser Bastard, „dass die Ägypter sich ihre Gottheiten einfach so ausgedacht haben?"

„Ich hasse dich. Du und dein Gott, ich verfluche euch, ihr, ihr seid, so, so eine Schande, anders kann ich es nicht sagen und jetzt sag mir, welches Datum wir haben."

„Schau doch nach auf deinem Eifon."

Wutentbrannt nahm ich es heraus. In der letzten Zeit hatte ich das irgendwie aus den Augen verloren. Es war der fünfundzwanzigste Dezember.

Ich sank langsam nach hinten auf den Boden.

„Sag mir bitte …, dass wir nicht …"

„Doch", sagte Adriel triumphierend. „Ihr drei. Ihr seid die drei Weisen."

Ich fing an zu lachen, aber es war ein Lachen, das die Schwelle zum Wahnsinn erkennen ließ.

Jetzt mussten sich auch Volker und Cora setzen. Cora stotterte: „Aber … aber …, Kaspar, Melchior und Balthasar, aber ich bin …"

„Kaspar, Melchior und Balthasa", korrigierte Adriel. „Der dritte Weise ist immer eine Frau."

Er setzte sich zu uns, denn auch er konnte kaum mehr stehen und wir setzten uns um die beiden Hasen herum.

„Ihr seid offenbar nicht mehr in der Lage zu denken, also erklär ich es euch. Gold, Weihrauch und Myrrhe, das sind nur Metaphern. Die Gaben, die ihr eurem Heiland mitbringt, sind keine teuren Waren, sie sind in euch drin. Ihr wurdet nicht auserwählt. Dass ihr hier seid, das habt ihr allein euch selbst zu verdanken. Ihr seid die Weisen, weil jeder von euch es zu einer der drei Weisheiten gebracht hat. Du Volker, hast das Wissen über das Wesen des Universums erlangt. Deine Weisheit entspricht dem Vater.

Du Hannes hast es, indem du den Schlüssel zu dem, was du System S nennst, gefunden hast, geschafft, das Wissen über das weltliche Streben der Menschen zu erlangen. Deine Weisheit, deren Hüter ich bin, entspricht dem Sohn.

Cora, du hast die Erkenntnis über die Seele der Menschen erlangt. Deine Weisheit entspricht dem Heiligen Geist.

Dieses heilige Geschöpf besitzt die Gabe der Weisheit wie jeder Messias vor ihm.

Was ihr wisst, mögt ihr wissen. Ihr begreift die Funktionsweisen. Aber versteht ihr sie auch?

Wie könntet ihr, wo ihr doch nur Menschen seid? Nur jener kann all eure Gaben in sich vereinen und verstehen, um zum Lehrer der Menschen zu werden."

Adriel nahm ihn sanft aus den Armen seiner Mutter, die die Entlastung nach den Strapazen der Geburt dankend anzunehmen schien und reichte ihn mir.

Mit zitternden Händen nahm ich das zierliche Wesen in meine Hände und sah ihn an.

Er öffnete zaghaft seine Augen, die Augen eines neugeborenen Tieres, die, als ihr Blick den meinen traf, größer zu werden schienen und vor Wachheit erstrahlten. Er richtete sein Gesicht ganz zu mir und ich wusste, dass er mich erkannte, und mit Zufriedenheit in seinem Blick schien er mir zu danken für diese Gabe der Erkenntnis, die er in diesem Moment von mir empfangen hatte und um ein Haar hätte ich vor Freude geweint. Ich reichte ihn an Cora, die das Gleiche durchzumachen schien und der ein kurzer Schluchzer und ein paar Tränen entfuhren, bevor sie ihn an Volker weitergab.

Erschöpft von dieser unverhofften Fülle an Informationen schlief er ein und Volker legte ihn behutsam in den Schoß seiner Mutter zurück.

„Dein Name ist nicht Adriel", sagte ich langsam.

„Es tut mir leid, dass ich euch darin angelogen habe. Aber kennst du denn meinen Namen?"

„Du musst Metatron sein. Der Vermesser. Übermittler des Willens des Schöpfers an seine Propheten. Du hast das Volk Israel aus der Wüste geführt. Noah war dein Urenkelsohn, als du noch Henoch und ein Mensch warst."

„Ein Mensch war ich nie Hannes." Adriel erhob sich. Würdevoll stand er dort, die Armbrust in der Hand. „Diese Gestalt hier, das ist nur eine Hülle.

Ich habe gelebt, als von den Menschen noch kaum jemand Notiz genommen hat. Ich habe gelebt, als die Annuaki sich noch nicht von dem Leben auf der Erde abgewandt hatten.

Und ich war Metatron. Dieser Name jedoch ist nun nicht mehr von Bedeutung. Ich habe mich dem Willen meines Herrn widersetzt und wurde verbannt, jetzt bin ich einer der Gefallenen.

Es wird viele geben, die das freut. Die meisten der anderen Engel haben mir meine Position an der Seite des Herrn schon immer missgönnt und nur darauf gewartet, dass ich fehle. Sie haben mich nie als einen der ihren anerkannt und konnten nicht ertragen, dass einer mit unreinem Blut ihnen vorgezogen wurde. Als mein Urenkel mir berichtete, was Enki ihm im Traum gezeigt hatte, beschloss ich, mich dem Willen der Götter und auch dem Willen Enkis zu widersetzen. Seit tausenden von Jahren hatten unsere Weisen das Wissen ihrer Ahnen mündlich überliefert, und es war unter der Strafe des Todes verboten, das Wissen über den Himmel, die Erde und das Leben durch Aufzeichnungen an Unwissende zu geben, da diese es nur für den niederen Zweck der Unterdrückung und Verführung missbraucht hätten.

Ich hätte mich dem Willen der Götter gefügt, wäre es nur um mein Leben gegangen.

Aber das mit der Flut auch das Wissen meiner Väter, für das sie sich unter der Sonne angestrengt hatten, einfach im Windhauch verschwinden sollte, war mir unerträglich.

Im Geheimen erarbeitete ich einen Plan, um das Wissen meiner Väter sowohl zu erhalten, als auch den Unwissenden unzugänglich zu machen. Noah verriet ich nichts, denn er hätte es nie gewagt, gegen Enki aufzubegehren, also versammelte ich meine Kinder um mich, vier Söhne und vier Töchter. Zu Paaren sandte ich sie aus, in der Welt der Nachgeborenen unser Goldenes Zeitalter, in dem wir und alle, die vor uns kamen, leben durften, neu zu erstreben. Zwei sandte ich nach Amerika, zwei nach Afrika. Zwei nach Indien und zwei nach Asien. Wir kannten die primitiven Völker der Menschen, mit denen wir bereits Handel getrieben hatten, und wussten um ihre Kraft und Widerstandsfähigkeit. Werte, die wir nie gebraucht hatten, da uns unsere Inseln und der Ozean seit jeher alles in Fülle gegeben hatten, was wir zum Leben brauchten, weshalb es unserem Volk gegönnt war, sich auf geistiger Ebene zu entwickeln und seine Energie in das Streben nach Erkenntnis zu leiten. Mir war klar, dass unser Land versinken würde und dass unser Volk niemals alleine in den harten Bedingungen der Kontinente würde bestehen können.

Und da ich die Menschen kannte, wusste ich etwas, das die Götter, die in ihrem Hochmut die Menschen bestenfalls am Rande wahrgenommen hatten, nicht wussten. Nämlich dass es ihnen niemals gelingen würde, eine solch zähe Art von der Erde zu tilgen. Meine Hoffnung lag darin, wenn meine Kinder das Risiko eingehen würden, Kinder zu zeugen, dass ein Königsgeschlecht erwachsen könnte, unter dessen Führung die Kraft der Menschen in eine aufstrebende Bahn gelenkt werden könnte und dass, wenn die Nachkommen meiner Kinder sich unter die Menschen vermischten, eine Kultur hervorkommen würde, in der die Stärken unserer beiden Rassen vereint wären und mit der es möglich wäre, das Wissen meiner Ahnen zu bewahren. Doch waren meine Kinder nach unserer Sicht noch jung und so kannten sie noch nicht alle Geheimnisse und alles Wissen unserer Ahnen. So wies ich sieben unserer gelehrtesten Frauen und Männer an, sie in dem geheimen Wissen zu unterrichten. Jedem der vier Paare wies ich einen der Sieben Weisen zu, und drei sandte ich getrennt von meinen Kindern los. Auf die Segel ihrer Schiffe malten sie das Zeichen unseres Königshauses, die gefiederte Schlange. Einst lebte auf unseren Inseln eine Schlangenart, die es schaffte, sich mit gespreizten Hautsegeln durch die Lüfte zu bewegen und so mit einem starken Wind von Insel zu Insel zu fliegen. Sie waren extrem giftig und nie war es einem unserer Heiler gelungen, einem Gebissenen vor dem Tod zu bewahren, doch sagte man ihnen nach, dass sie in die Seele eines jeden Wesens schauen könnten, da sie, so sagte man, noch nie einem Lebewesen Schaden zugefügt hätten, welches nicht in böswilliger Absicht ihnen etwas zu Leide gewollt hätte. So sahen wir in der Gefiederten Schlange die Dreifaltigkeit unserer Weisheit über den Himmel, die Erde und den Geist vereint.

Den Untergang vor Augen schuf ich in meiner Verzweiflung ein System, mit dem es möglich sein sollte, unser Wissen über Jahrtausende unvergänglich zu erhalten, ohne dass es einem Unwissenden möglich sein sollte, daraus unsere geistigen Geheimnisse zu stehlen, es aber einem Wissenden, in dessen Volk vielleicht nicht alles weitergegeben werden konnte, möglich sein sollte, alles zu erfahren, was nötig ist, um zu verstehen und zu erhalten, wofür unser Volk sich unter der Sonne angestrengt hatte. Jedem Wissenden sollte es möglich sein, die Stätten unserer Weisheit zu finden, um sein Wissen zu vergrößern. Außerdem sollten die Kulturen, die entstehen würden, wenn sie einen bestimmten Kenntnisstand erreicht hatten, einige der ihren aussenden, dass sie im Sinne eines kosmischen Kreislaufes zu den heiligen Stätten ihrer Ahnen finden würden, um daraus zu lernen und sie zu erneuern. Nicht nur im Sinne des materiellen Verfalls. Sondern, wenn in einem Land das Wissen der Sieben Weisen verloren gegangen sein würde und niemand mehr in der Lage sein würde ihre Lehre zu erkennen, so sollte dort erneut eine Kaste von Priestern herausgebildet werden, die den heiligen Weg weiter begehen würden. Vor zweitausendachthundert Jahren aber wurde durch einen gewaltigen Vulkanausbruch der Himmel in weiten Teilen der Welt über Jahre hinweg verdunkelt und die Sterne verschwanden. Auch die Sonne war verdunkelt und es war nicht mehr möglich, mit der überlieferten Methode, mit Hilfe des Heiligen Stabes, seine Position auf der Erde, und damit die Position der anderen, zu errechnen. Einige Weise schafften es dennoch, zueinanderzufinden, um sich zu beraten. Aus Angst, der Himmel könnte nie wieder sich lichten und ihre Völker könnten verenden, beschlossen sie, mit den alten Traditionen zu brechen und doch mein Werk in einem Gesamtbild zu erhalten. Dieses nun sind die berühmten Linien, die nur die Götter lesen können.

Was mich angeht, so traf mich die Flut. Enki jedoch forderte in der Unterwelt meine Seele ein und nahm mich in sein Himmelsreich auf, indem er mich zu dem wandelte, was ihr Engel nennt, einen weißen Lil, einem Wesen des Windhauches des Lichtes. Ein schwarzer Lil ist das, was ihr einen Dämon nennen würdet.

Da die übrigen Götter sich von der Erde abgewandt hatten, war es an Enki, ihr Reich neu zu ordnen, und aus Anerkennung für meine Weitsicht und um sich meines Wissens zu bereichern und weil ich die Stärke der Menschen klarer erkannt hatte als er selbst, der sie geschaffen hatte, setzte er mich als seinen Engsten, seinen Schreiber und seinen Botschafter an seine Seite. Seine einzige Bedingung aber, dass ich mich nie wieder seinem Willen widersetzen dürfe, machte mich zu seinem Sklaven. Er gestattete mir, meinen Plan für die Erde zu fördern und zu überwachen und die Weisen der Menschen zu begleiten, untersagte mir aber, mich aktiv in den Lauf der Dinge einzumischen. Im Grunde hatte er kein Interesse an dem Erhalt dessen, woran ich hing, sah aber die Möglichkeiten, die mein Vorhaben bot, um die Entwicklung der Menschen voranzutreiben. Er achtete zwar meine Weisheit, nahm aber meine Sentimentalität in Bezug auf meine Väter nie richtig ernst, und Enki ... hatte seine ganz eigene Art von Humor."

„Enki war ein Schelm, genau wie auch ich einer war", zitierte ich aus dem Gilgamesch-Epos.

„Genau. So machte er sich einen Spaß daraus, zwar förderlich, aber auf merkwürdige Weise, in mein Werk einzugreifen, mit ... eben mit Dingen wie diesem hier."

Adriel wies auf den gefiederten Hasen.

„Ich konnte nichts dagegen tun, auch wenn ich es mit Missmut betrachtete, wie er die Menschen mit dem Erscheinen von realen gefiederten Schlangen auf den Arm nahm.

Hannes, du sagtest eben, ich hätte die Israeliten aus der Wüste geführt, aber das stimmt so nicht. Den Weg hatte Moses alleine zu finden, die Berechnungen hatte er selbst vorzunehmen, sowie ich auch dir nicht behilflich sein konnte in deiner Forschung. Bis jetzt. Denn in dem Moment, in dem du den Mann in dem Flugzeug erschossen hast, war euer Vorhaben gescheitert. Ihr, die einzigen verbliebenen Weisen, wäret alle ins Gefängnis gekommen und Hannes womöglich hingerichtet worden. Ich stritt mit Enki, ich flehte ihn an, euren Weg zu leiten, aber er hatte kein Interesse mehr, meinen Plan zu fördern, da die Menschen zu seiner Zufriedenheit in ihrer Entwicklung fortgeschritten waren und jetzt bin ich ein Verdammter, ein Gefallener, ein Mensch nun, der Unterwelt versprochen, um ein letztes Mal den Erhalt der großen Erkenntnisse zu sichern, indem ich die Kontrolle über das Flugzeug übernahm, euch Zeit zu verschaffen. Denn erneut bewies ich mehr Weitsicht über die Menschen als Enki und erkannte, was er nicht wahrhaben wollte und dass, wenn ihr scheitert, es keinem Menschen mehr möglich sein würde, das Geheimnis der Nazca-Linien zu entschlüsseln.

Krieg zieht auf meine Freunde. Die Menschheit, wie ihr sie kennt, steht vor dem Abgrund.

Noch ein letztes Mal verharrt die Welt in Stille, lauernd auf den einen Moment.

Was ihr nun tun müsst, und das ist wichtig, ist den Neugeborenen zu schützen und zu einem Ort zu bringen, der auf keiner Karte und in keinem Satellitenbild verzeichnet ist. Hannes, du weißt wohin.

Cora. Du trägst ein Kind in deinem Bauch und es wird nicht euer letztes sein."

Ich griff nach ihrer Hand, wir blickten uns erschrocken an, noch unfähig, unsere Gefühle zu ordnen.

„Zögert nicht euch zu freuen, doch vergesst dabei nicht die Dunkelheit, die sich über die Erde legt. Der sorglose Blick ist verblendet, eine ungetrübte Stimme bezeugt Gleichgültigkeit, der Heitere hat die schrecklichen Zeichen nur noch nicht erkannt.

Aber eure beiden Kinder werden aufwachsen, ungeachtet der Offenbarung, die über die Menschen einbricht, als Schüler des Gefiederten Hasen werden sie zu wahrer Erkenntnis erlangen, die ihr nur erträumen könnt. Sie werden wachsen zu großen Weisen, in Wissen und Weisheit unübertroffen, und wenn der Sturm sich über der Welt gelegt hat, werden sie losziehen, von ihrer Insel entfliehen, mit einem Schiff, welches keine Ruder braucht, werden sie von Westen her kommen. Den Menschen der alten Welt, verkümmert und entstellt, in ihre einstige Primitivität zurückgeworfen, durch die so nahestehende Katastrophe, werden die Euren in ihrer blendenden Schönheit, ihrer Größe und jugendlichen Kraft, in ihrer Weisheit und in ihrem Wissen um die Sprache des Himmels, wie Götter erscheinen, sich an deren Spitze stellen und mit ihrem neuen Volk nach Nord-Westen wandern, ein neues Reich zu errichten, als Begründer eines neuen Königsgeschlechts einzuziehen in Teotihuacan …"

„… dem Ort, an dem Menschen zu Göttern werden", beendete ich halb ohnmächtig seine Worte.

„Hab ich das gerade richtig verstanden?", fauchte Cora. „Du und dein Scheißgott habt für meine Kinder den Inzest vorausgeplant? Das kannst du vergessen, ich …"

„Das ist nicht deine Entscheidung und es steht auch nicht in deiner Macht Cora", entgegnete er trocken, obwohl er erstaunt war, dass seine Rede offenbar den erhabenen Effekt verfehlt hatte, und außerdem hatte er doch gegen Ende versucht, das nicht ganz so deutlich durchschimmern zu lassen.

Sie schäumte vor Wut, sprang auf Adriel zu, um ihm an die Gurgel zu gehen, es gab ein Sirren und ein Klacken, als sich seine Armbrust löste.

„Styxsche Hure!", schrie ich. „Du Nazi!"

Blankes Entsetzen stand in Adriels erstarrtes Gesicht geschrieben. Wir stellten uns neben ihn und lauschten dem pulsierenden Röcheln der des Pfeiles durchbohrten Lunge.

Ich legte meine Hand auf Adriels Schulter.

„Weißt du Atze, dafür werden die uns kreuzigen."

Denn dort legte sich zum Sterben hin, der letzte Tiger.

Adriel stammelte herum: „Ich … ich weiß nicht …"

„Ist schon gut", sagte Cora und legte ihre Hände an seine Wangen. „Du hattest Angst. Wir haben alle Angst. Willkommen bei den Menschen."

Sie ließ ihn einen Moment verharren und nahm ihren Rucksack. Es war definitiv Zeit zu verschwinden. Die Häsin und das andere Ding legten wir in die Armbrusttasche, und Volker, der am wenigsten zu tragen hatte, nahm sie. Was wir nicht gesehen hatten, war der GPS-Tracker am Ohr des Tigers.

Mir fällt gerade ein, wozu brauchen wir eigentlich noch Volker? In Adriels Plan spielt er keine Rolle mehr. Hm. Ich könnte ihn einfach explodieren lassen. Vielleicht fällt mir aber auch noch was Besseres ein.

Wir verließen das Innere des Kreises und gingen zurück in den Wald. Als schon wenige Bäume zwischen uns und der Sicht auf den Kreis waren, hielt ich noch einmal inne und ging ein paar Schritte zurück. Ich nahm das Handy und wollte zum Foto ansetzen, ließ dann aber die Hände sinken. Welchen Nutzen hätte es, wenn die Welt von diesem Ort erfährt? Jeder würde meine Arbeit zerreißen und in eigenem Interesse umdeuten. Außerirdischenfreaks. Orthodoxe jeder Glaubensrichtung. Nein, niemand sollte diesen Ort je zu Gesicht bekommen.

Später, als ich zurück nach Deutschland kam, habe ich allerdings festgestellt, dass auf einer kurzen Videoaufnahme ganz kurz eine kleine Ecke dessen zu sehen war, was an diesem Ort wirklich war.

Aber, weil ich einfach witzig bin, habe ich diese Aufnahme, just in diesem Moment, gelöscht. Ätsch!

Niemand wird es je erfahren. (Warum habe ich das Gefühl, dass mich irgendwann jemand für dieses Buch umbringen wird?) Und die Daten, über die ich hier immer so schreibe, habe ich zu wenig abgeändert, als dass die Sache mit den Nazca-Linien nicht mehr funktionieren würde, zumindest im groben Maßstab, aber genug, dass Sie, für den Fall, dass Sie meine mahnenden Worte missachtet haben, ihn nicht auf eigene Faust finden werden.

Es sei denn natürlich ... Sie schaffen es selbst, den Code zu knacken, die genaue Position zu berechnen, denn:

Ich habe mein Wissen immerzu vergrößert, so dass ich jetzt jeden darin übertreffe, der vor mir kam.

Oft konnte ich Wissen und Können beobachten. So habe ich mir vorgenommen zu erkennen, was Verblendung und Unwissen wirklich sind.

Mich verdross mein ganzes Wissen, für das ich mich unter der Sonne angestrengt habe und das ich dem lassen muss, der nach mir kommt. Wer weiß denn, ob er ein Wissender oder ein Unwissender ist, jedenfalls wird er über alles verfügen, wofür ich mich unter der Sonne angestrengt und mein Wissen eingesetzt habe.

Auf allen Wegen habe ich es mit dem Wissen versucht. Ich habe gesagt: „Ich möchte lernen und dadurch gebildet werden." Aber das Wissen blieb für mich in der Ferne. Fern ist alles, was geschehen ist und tief, tief versunken. Wer könnte es wiederfinden?

So habe ich, genauer: mein Verstand mich umgestellt. Ich wollte forschend und suchend erkennen, was dasjenige Wissen wirklich ist, das Einzelbeobachtungen zusammenrechnet.

Sieh dir an, was ich, Beobachtung um Beobachtung, herausgefunden habe, bis ich schließlich das Rechenergebnis fand.

Wer ist hier gebildet? Wer versteht es, ein Wort zu deuten?

Kapitel 22
WTF

Liebe Leser,
in den nächsten Zeilen möchte ich nicht an die Geschichte des Romans gebunden sein, sondern einfach beschreiben, was mir ab hier widerfahren ist. Der einzige Unterschied zu dem, was ich hier schreiben müsste, ist, dass ich alleine war und keinen beschissenen Homo Hasensis und auch keine Bande bekiffter Idioten bei mir hatte. Aber Sie können sie sich natürlich an meine Seite denken, wenn Sie wollen.

Hier stand ich also. An der Schwelle zwischen Wald und Kreis. Ich hatte meinen Job erledigt. Und mal abgesehen von diesem unangenehmen Patzer mit dem Kompass, meines Erachtens nach ziemlich sauber. Ja, ok. Das mit dem Messer hätte echt nicht sein müssen. Und der Stock war auch weg und meinen Rambobogen hätte ich zwar gerne auch in Wirklichkeit mitgenommen, dachte mir aber, dass die Vietnamesen wegen „Rambo 2" bestimmt nicht so gut darauf zu sprechen sein würden, wenn hier einer mit so was herumturnt, und ich hatte nur zweihundert Dollar Bestechungsgeld, welches bei dem Vorwurf der Wilderei kaum ausgereicht hätte. Alles, was mir also blieb, um mich zu Wehr zu setzen, war die kurze, schwere, handgeschmiedete Machete.

Das war aber mein kleinstes Problem. Die lustige Aktion mit den Taxifahrern in der Stadt hatte mich eine Dreiviertelstunde gekostet, mal abgesehen davon, dass ich erst mal durch die halbe Stadt latschen musste, um ein Taxi zu finden. Die Fahrt hatte fürchterlich viel länger gedauert als geplant und ich war jetzt schon seit fast drei Stunden in diesem verfickten Urwald. Ich erinnere mich nicht mehr, wie viel Uhr es genau war, nur dass es außerhalb jeder Realität lag, Ea Súp vor Einbruch der Dunkelheit erreichen zu können. Und die Szene, wie ich die letzten dreihundert Meter zu meinem Ziel zurückgelegt hatte, hat sich genauso zugetragen, wie beschrieben. Es gab hier faktisch keinen Sauerstoff und die Luft stand komplett still. Ich hatte mein Ziel erreicht, aber es genauer zu untersuchen?

Ich stand da und blickte die Ränder entlang. Ein Durchmesser von hundertvierzig Meter. Mal Pi.

Vierhundertneununddreißig Komma acht Meter, die ich hätte zurücklegen müssen, um ihn einmal komplett zu umrunden. Nicht ausführbar. Ich war kurz vorm Kollabieren. Körperlich. Ich wusste, dass es mir nicht möglich sein würde, einmal herumzugehen. Ich wusste, dass ich gerade in richtigen, absoluten und ernsten Schwierigkeiten steckte und dass, wenn ich nicht umgehend hier verschwinden würde, ich es nicht überleben würde. Mein Geist war in diesem Moment völlig klar und auf eine Weise entspannt und beruhigt, wie ich es bis dahin nicht kannte. Ich hatte keine Panik, keine Angst. Wozu auch? Ich sehne mich, wie ich hier sitze und schreibe, zu diesem Moment zurück.

Ich habe fast ein Jahr gebraucht, um danach wieder auf mein normales Leben klarzukommen.

Dieser Moment hatte in mir ein mich verzehrendes Feuer erweckt, das nur schwer aushaltbar und schwer beherrschbar war. Danach war einfach alles langweilig und ich habe von morgens bis abends an nichts anderes gedacht, als mich Hals über Kopf in irgendein waghalsiges Abenteuer zu stürzen und es nur aus Verantwortungsbewusstsein gegenüber meiner Familie nicht getan, da ich mir für sie versprochen hatte, nicht noch einmal mein

Leben so sehr aufs Spiel zu setzen. Verstehen Sie mich nicht falsch. Ich bin kein Adrenalinjunkie, es geht hier nicht um den Kick. Mein Problem wäre zu einfach zu lösen gewesen, hätte ich mich nur mit einem Bungeeseil die nächste Brücke herabstürzen müssen.

Ich hatte zu keiner Zeit einen Adrenalinausstoß. Ich war noch nicht einmal aufgeregt.

In vielen gefährlichen Situationen kann man aufgeregt sein, kann man Angst haben. Warum? Weil es meistens Optionen gibt. Sie können sich der Gefahr stellen, auf diese oder jene Art, oder weglaufen, und der Zweifel über den rechten Weg bringt die Angst. So erkläre ich es mir.

Ich hatte keine Optionen. Schon vorher, zumindest bis nach dieser einen Nacht im Hotel, gab es keine Optionen mehr für mich. Es gab für mich nur diesen einen Weg, ein Abbruch kam nicht in Frage. Jetzt kann man natürlich sagen, dass es theoretisch schon diese Option gegeben hätte, nur für mich nicht mehr. Aber jetzt, wo ich hier stand, gab es faktisch nur einen Weg, ich musste zurück, raus aus dem Wald und den Weg nach Ea Súp bewältigen, wenn ich nicht sterben wollte. Und in Anbetracht der vielen Zweifel des alltäglichen Lebens, in dem man ständig sich den Kopf zerbrechen muss, um hin- und hergerissen Entscheidungen zu fällen, von denen keine wirklich befriedigend scheint, war es befreiend und reinigend, diese Klarheit zu fühlen. Natürlich kamen dieses Feuer und diese Erregung erst später in Deutschland, als ich gemerkt habe, was mir fehlt und das ist kein billiges „back to the roots"-Gequatsche. Ach ich weiß nicht, wie ich es besser erklären soll. Ich bin nicht besonders zufrieden mit den letzten Zeilen. Es ist schwer das in Worte zu fassen, was ich fühle. Es war einfach befreiend, natürlich. Irgendwie so, wie es sein soll.

Ich verließ also diesen Ort und stapfte durch das Gestrüpp, völlig am Ende. Auf einmal, keine Ahnung warum, ging es mir blendend und ich fühlte mich gelassen und unangreifbar.

Laut GPS-Karte des Handys war ich die gleiche Distanz von etwa dreihundert Metern von diesem Ort entfernt wie zu dem Moment, an dem ich begonnen hatte abzubauen. Ich habe einige Thesen zu hören bekommen, von den Wenigen, die eingeweiht waren, von wegen Fluch des Pharaos oder moderne Mächte, die für Abstand sorgen wollen. Ich gebe nichts auf so etwas. Ich kenne den Grund für diese Merkwürdigkeit nicht, aber schließe nicht aus, dass es psychischer Natur war, hervorgerufen durch den immensen Druck, den dieser Ort im langen Vorfeld auf mich ausgeübt hat.

Und mit der veränderten Situation kamen dann doch noch einmal Zweifel. Ich dachte: „Alter, du bist jetzt zehntausend Kilometer hierhergereist und hast das jetzt nicht ausgiebig untersucht?"

Und als ich so im Laufen darüber nachdachte, umzukehren und es richtig zu machen, blieb ich abrupt stehen, weil, ohne Übertreibung, einen Meter direkt vor mir steckten zwei etwa zehn Zentimeter hohe Bambusstöcke im Boden. Hier wächst kein Bambus. Dazwischengespannt, – beziehungsweise war die Spannung mit dem Alter schon verloren gegangen – ein fast durchgerosteter Draht, den ich mit einem weiteren Schritt Unachtsamkeit berührt hätte. Ich bin mir sicher, dagegenzukommen ist nicht gesund und ich wusste wieder, dass ich hier zu verschwinden hatte. Ich sah noch eine gespannte Astfalle, aber neuer, eher von Wilderern, und noch drei weitere Male solche Bambusstäbe, in gleicher Höhe und Abstand, allerdings fehlte schon der Draht und ich erkannte sie früh genug, um sie zu umlaufen. Ach so, als ich noch nicht wieder gut drauf war, habe ich kurz vor Erschöpfung meine Machete auf den Boden fallen lassen, auf etwas Metallisches und bin schnell weggerannt, weil das hier überhaupt nicht gut kommt, und irgendwann bin ich dann endlich zum Fluss gekommen, wo ich mich erst mal ausgeruht und gestärkt habe. Das letzte Stück bis zur Straße war dann kein Problem, ich nutzte nochmal die Deckung des Waldes, um zu pinkeln, und war wieder unter freiem Himmel. Herrlich. Nein, nicht herrlich. Verfickt heiß und sengend Mann. Ich ging die paarhundert Meter Richtung Norden, bis sich der Weg nach links Richtung Nord-Westen und Osten teilte und bog nach Osten ab. Ja, und dann lief ich.

Wenn man am Flughafen zwölf Stunden warten muss, ist das eine Sache. Wenn man aber dabei zwölf Stunden lang auf eine Uhr schauen muss und den Sekundenzeiger beobachtet, ist das ätzend.

Die Vorstellung, siebenundzwanzig Kilometer laufen zu müssen, unabhängig jetzt von der späten Uhrzeit und bevorstehenden Dunkelheit, störte mich nicht.

Was mich störte, war, dass alle fünfhundert Meter so ein Bastard einen Markierungsstein aufgestellt hat! Und auf jeden zweiten die Anzahl der Kilometer bis nach Ea Súp geschrieben hat, nur um mir ständig vor Augen zu halten, wie wenig ich erst zurückgelegt hatte! Wenn du das hier liest: Fick dich!

Etwa bei Kilometer fünfundzwanzig hat sich dann der Himmel zusammengezogen.

Geil, hab ich zuerst gedacht. Endlich Frische. Dann wurde klar, dass sich da was zusammenbraute. Ich nahm's mit Humor, ich konnte es ja eh nicht ändern. Der Staubweg ging wenige Meter nach oben, und auf dem Kamm sah ich schon, wie stärkerer Wind den Sand und Staub bedrohlich aufwirbelte. War dann doch kein Sturm, war Rauch, und hinter dem Kamm wütete ein ausgewachsener

Buschbrand. Irgendjemand wollte mich hier ganz klar verarschen. Aber auf der Straße war ich sicher und ich ließ den Brand einige Zeit mein Wegbegleiter sein.

Ich lief und lief, die Gurte des Rucksackes schnitten in meine Schultern, es wurde wieder heiß, meine Kehle brannte, ohne dass Trinken mehr geholfen hätte, als dass ich weniger Gewicht zu schleppen hatte.

Bei Kilometer zweiundzwanzig konnte ich das Gewicht der Machete im Rucksack nicht mehr ertragen und legte sie, offen sichtbar, dass sie der nächste Bauer mitnähme und sie nicht in der Natur läge, an den Wegrand und lief weiter. Und bei Kilometer achtzehn dann hörte ich hinter mir ein Tuckern.

Ein Mensch kam angefahren, der hatte so etwas wie einen Pferdewagen, nur statt Pferden war angekoppelt ein Motor mit zwei Rädern und zwei Lenkstangen. Geladen hatte er angebranntes Holz und ich wusste, dass hier Holzabbau verboten war. Wahrscheinlich dürfen die Leute hier nur Brandholz mitnehmen, und dann wurde mir auch klar, warum es eben gebrannt hatte, und vorhin im Wald übrigens auch schon. Nämlich legen die Säcke hier Feuer, um sich dann das Holz holen zu können. Es gab nur einen Fahrersitz, also stieg er ab, zurrte das Holz auf seinem Wagen mit Spanngurten fest, warf mein Gepäck darauf und ich durfte aufsteigen.

Diese Karre ... hatte keine Federung. Ich saß viel zu weit oberhalb des Schwerpunktes und die Straße, das Thema hatten wir schon, die können Sie sich nicht vorstellen. Mit jedem kleinsten Hüppel sprang der ganze Holzhaufen samt mir hoch, von den tiefen Schlaglöchern und Gräben ganz zu schweigen. Ich saß da, mich mit allen Gliedern in den Spanngurten verhakend und die Zähne zusammenbeißend. Vergessen Sie die Leoparden dahinten. Vergessen Sie die Dehydration und den Beinahe-Kollaps. Vergessen

Sie die alten Sprengfallen da hinten und die Wildfalle. Ich glaube, diese Fahrt war das mit Abstand Gefährlichste, was ich je gemacht habe. Und ja, ich hatte Angst. Ich hatte ja die Wahl, abzusteigen und zu laufen. Der Typ war ganz nett, hat mir Wasser angeboten – aber ich hatte ja selbst welches – Kaffee und Zigaretten, aber Himmel, das war so ziemlich das Letzte, wonach mir war. Irgendwann kam ein Weg, der von Norden her kreuzte und sich nach Menschen anfühlte, und dann kam ein Mofa uns entgegen mit zwei Männern darauf, die anhielten. Sie und der Fahrer schienen sich zu kennen. Ich grüßte.

Natürlich verstand ich nur Bahnhof, aber die Unterhaltung muss etwa so ausgesehen haben:

Mopedfahrer, locker, mit dem Kopf auf mich weisend: „Wo hast'n den da aufgegabelt?"

Mein Fahrer, gelangweilt wirkend, mit dem Kopf über seine Schulter weisend: „Von da hinten."

Dem Mopedfahrer fiel die Kinnlade runter.

„Von da?! (từ đó)", kreischte er. Mit einer Mischung aus Entsetzen, Faszination und Heiterkeit blickte er mich an, blickte wieder zum Fahrer, der zuckte mit den Schultern, blickte zu mir, ich grinste über beide Ohren, zuckte auch mit den Schultern, er schaute wieder zu meinem Fahrer, lachte laut auf und gab kopfschüttelnd Gas und ich genoss den Umstand, dass wir uns nicht verstanden und ich nicht gedrängt werden konnte, eine Erklärung abzugeben, denn von dort, wo ich herkam, da kommt man nicht her. Da hat man ganz einfach nicht herzukommen. Großartig.

Wenig später begannen die sich bis nach Ea Súp ausdehnenden typischen Reisfelder, in denen Familien mit traditionellen Hüten im Wasser standen und die Felder bestellten.

Und jetzt kam ich, der ich ohnehin schon die Aufmerksamkeit einer ganzen Stadt auf mich gezogen hatte, in voller Rüstung auf meinem hölzernen Thron, aus einer Richtung, für die es keine rationale Erklärung zu geben schien, und den gesamten restlichen Weg ließen bis in mehrere hundert Meter Umkreis die Menschen die Arbeit liegen und blickten mir fassungslos nach. Ohne jede Regung, ohne Getuschel.

Wir erreichten einen dem Ort vorgelagerten Hof, in den mein Fahrer hineinsteuerte, abstieg und sich einem Mann dort zuwandte. Ich stieg auch ab, bedankte und verabschiedete mich auf Vietnamesisch, was er aber nicht zu hören schien, aber um kein weiteres Ding draus zu machen, ging ich einfach. Ein Mädchen kam mir entgegen, in deren Freundebuch ich mich eintragen sollte, was ich tat, ich ging die paar Meter bis kurz vor das Ortsschild, wie bestellt kam ein Bus nach Buôn Ma Thuột herausgefahren, ich winkte, er hielt an und ich stieg ein. In Buôn Ma Thuột verließ ich den Bus am Museum und ging zum Hotel. Wie jedes Mal sahen mich alle an, aber diesmal nicht gewohnt freundlich, sondern einfach ungläubig. Ich betrat das Hotel, wo mein junger Freund gerade vier Amerikaner aufnahm, übrigens die einzigen Weißen, die ich hier gesehen habe. Ich grüßte freundlich lächelnd, aber keiner reagierte. Die Amerikaner schauten nur voller Verachtung, und der Knabe starrte mir mit offenem Mund nach, bis ich die Treppe hoch war, unfähig einen Ton herauszubringen. Ich öffnete die Tür zu meinem Zimmer, gegenüber welcher direkt der Spiegelschrank stand, und sah mich. Ich hatte mich hier immer betont gepflegt gezeigt, nicht teuer, aber mit Anstand gekleidet. Jetzt stand ich da, Springerstiefel, schwarze Arbeiterhose, zerrissenes T-Shirt, die Haare völlig zerzaust und mit Geäst in alle Berge stehend, und von oben bis unten, mein ganzes Gesicht, meine Arme und Hände, meine Kleider und meine Haare voll mit

Dreck, rotem Staub und vor allem schwarzem Ruß. Ich kam definitiv gerade aus dem Dschungel. Ich setzte mich aufs Bett, ließ das Geschehene Revue passieren, und jetzt, wo ich hier, es war übrigens erst sechzehn Uhr, wieder in meinem Zimmer war, obwohl ich erwartet hatte, die Nacht wer weiß wo verbringen zu müssen, wagte ich kurz anzuzweifeln, dass das gerade real gewesen war, und überlegte, ob ich das Bett vielleicht nie verlassen hatte, hatte aber mein Spiegelbild als unanfechtbares Zeugnis der Geschehnisse, als Pfand der Wirklichkeit, und dachte nur: What the fuck.

Kapitel 23
Die Stadt der Söhne von Thuột 3

Tja. Das ist meine Geschichte und ich bin mir sicher, die Menschen dort werden noch ihren Enkelkindern von mir erzählen, aber jetzt setzten wir mal wieder die anderen neben mich.

Aber nicht mehr heute, es war wirklich anstrengend, das zu erzählen.

Cora und ich saßen auf dem Bett, versuchten zu verarbeiten, was heute geschehen war.

Hätte ich es ahnen müssen, mit dem Hasen? Ich erinnerte mich an das schreibende Kaninchen der Princeton Vase der Maya, assoziiert mit dem Gott L, einem Gott der Magie und des Schamanismus. In Europa galt der Hase als magisches Wesen, ein Bote der Anderswelt, Hüter geheimen Wissens, dessen Bild man im Mond erblicken könne.

In China bot sich der Jadehase dem großen Jadekaiser selbst zum Opfer an. Aus Dankbarkeit sandte ihn der Kaiser auf den Mond, an die Seite der Mondgöttin Chang'e. In Indien gibt es die sehr ähnliche Geschichte, in der der Hase sich dem Mondgott anbot und von diesem selbst mit zum Mond genommen wurde.

In Griechenland war er ein Bote des Hermes, der aus dem ägyptische Gott Thot entstand, dem Gott des Mondes, der Magie, der Weisheit, der Wissenschaft und der Schrift, ein Gott des Westens, der die Hermetischen Schriften verfasste. Hermes Trismegistos. Der Hermetische Orden der Goldenen Morgendämmerung, auch bekannt als die Rosenkreuzer. Mir wurde schlecht.

Volker hatte nicht mal den Rucksack abgezogen und lag darauf auf dem Boden, den Kopf nach hinten gelegt, röchelnd und keuchend vor Erschöpfung, dann sank er in tiefen Schlaf. Adriel saß auf dem Boden, gewissensgeplagt von seiner schandvollen Tigertat.

Cora fütterte erst die Hasenmutter, starrte dann ins Nichts, fing langsam an zu beben, dann immer heftiger, als würde sie gleich explodieren, sie sprang auf und rief: „Alter, war das geil oder was! Ich hab noch nie im Leben so was Abgefahrenes gemacht!"

Sie sprang auf mich und überdeckte mich mit Küssen, was mich etwas überforderte.

„Danke! Danke! Danke!" Hektisch sprang sie wieder auf und wandte sich zu Atze.

„Nicht dass wir uns falsch verstehen, du kleiner Wichser, wir haben noch ein Hühnchen zu rupfen, aber mal abgesehen davon hatte ich noch nie solch einen Spaß!"

Sie hatte ganz klar den Verstand verloren, dachte ich.

Sie setzte sich wieder neben mich, umschlang mich mit den Armen und schloss die Augen, den Tag zu verarbeiten.

„Okahay, da wir gerade alle so einen Spaß hatten, sollten wir vielleicht mal überlegen, wie es weitergeht", sagte ich, Adriel wandte seinen Blick zu mir. Zweiundsiebzig Tempel in Angkor Wat.

„Jetzt spiel dich nicht wieder so auf mit irgendeinem Plan. Heute fährt kein Bus mehr, also bleiben wir eine Nacht hier. Morgen nehmen wir den ersten Bus nach Nha Trang, der nächsten Hafenstadt, dort besorgen wir ein Boot, fahren los und Ende. Bevor du hier wieder eine halbe Seite voller Adjektive brauchst, die deinen Plan schmücken."

Übellaunig stand er auf und ging in sein Zimmer. Ich musste über mich selbst lachen, dann lachte Cora mit und wir küssten uns. In unseren sich treffenden Blicken versank das Lachen und wich der Erkenntnis, dass wir uns wirklich liebten. Unsere verrußten Gesichter schmiegten sich aneinander und das Zittern des anderen war an jedem einzelnen Härchen zu spüren. Langsam ließen wir uns seitlich hinsinken, unsere Beine noch am Bettrand baumelnd, und betrachteten uns mit verstrahlten Augen. Ich küsste sie auf den Mund, legte meine Hand an ihre seitlichen Rippen und rückte sie an mich. Sie krümmte sich vor Erregung, drückte meine rechte Schulter auf die Matratze und küsste meinen Hals, erst sanft. Dann streichelte sie mit ihrer Hand meinen Bauch, langsam tiefer wandernd, dann intensiver, sie legte ihr Bein um meine Hüfte und rieb sich an mir, biss leicht zu, meine geschlossenen Augen zerrten es nach oben, sie nahm ihr Bein von mir und öffnete langsam den obersten Hosenknopf.

„Nehmt euch 'n Zimmer!", raunzte es vom Boden.

Den hab ich ja total vergessen, oh Mann, hätte ich ihn doch explodieren lassen, so eine Scheiße. Er drehte sich auf die Seite, wobei sein Mund auffiel und er erschütternd anfing zu schnarchen. Durchmesser Steinkreis mal Pi, vierhundertneununddreißig Komma acht. Cora ließ sich entnervt auf den Rücken fallen, eine Hand noch um mich, die andere sich auf die Stirn gelegt. Dann mussten wir wieder lachen. Ich rutschte ein Stück nach oben, drehte mich zur Seite und nahm ihren Kopf an meine Brust. Den linken Arm um ihren Hals, kraulte ich ihren Hinterkopf, mit der anderen Hand streichelte ich ihre Wange und den Mund leicht an ihre Stirn gelegt, sang ich flüsternd: „The Wind That Shakes The Barley", bis sie einschlief. Und ich war natürlich mal wieder hell-wach. Distanz Vietnam Mohenjo, viertausenddreihundertachtundneunzig.

Um vier Uhr morgens weckte ich Volker und Cora auf. Ich hatte gerade geduscht und empfahl ihnen, es mir gleichzutun. Volker ging in sein Zimmer zu Adriel und Cora verschwand im Bad. Kurze Zeit später riss sie die Tür auf, stand völlig nackt darin und mit ernstem Blick ging sie auf mich zu, nahm mir das Handtuch vom Leib, dass ich noch um mich gewickelt hatte, und schubste mich auf das Bett. Querdurchmesser Angkor Thom viertausenddreihundertachtundneunzig.

Anderthalb Stunden später waren wir dann endlich bereit, den zweiten Bus nach Nha Trang zu erreichen.

Oberkommissarin Hang stand zusammen mit Hauptmann Vinh vor dem Tiger, während Einheiten der Volkssicherheitskräfte, der Ranger und des Grenzschutzes die Menhire untersuchten und fotografierten.

„Wer auch immer das getan hat ...", flüsterte Hang wutschnaubend zum Hauptmann, „... ist tot!", rief sie in den Wald. „Hast du mich gehört? Du bist tot! Ich will wissen, ob du mich gehört hast!?"

Vinh versuchte sie zu beruhigen, während er den Pfeil aus der Brust zog und ihn betrachtete.

„Wir werden ihn finden. Das verspreche ich Ihnen. Und wenn wir ihn haben, werden wir seinen Kopf auf einem Pfahl am Parkeingang zur Schau stellen und seine Eingeweide an die Leoparden verfüttern. Ich werde ihn finden." Vinh salutierte und machte sich auf den Weg, den Spuren zu folgen, welche ihn hinführen sollten zu einem Dorf mit Namen Ea Súp, wo hundert Menschen darauf warteten, bereitwillig eine Beschreibung abzugeben.

Kapitel 24
Breakdown 4.0, oder umgekehrt

Außer uns gab es ein Dutzend anderer Fahrgäste, die still vor sich hin saßen, sodass die Fahrt hätte entspannend sein können, wenn so etwas wie eine Straße existiert hätte. Viertausenddreihundertachtundneunzig mal Pi, zwölftausendachthundertsechzehn.

„Wenn du nach Vietnam gehst, wird dir eines auffallen, nämlich, dass die Straßen rundweg perfekt sind", hörte ich meinen Biologielehrer ohne jeden Sarkasmus sagen. Entfernung Mekka-Cuzco, etwa zwölftausendachthundertnochwas. Ich weiß ja nicht, in welchem Jahrtausend er das letzte Mal da war. Also doch, weiß ich, im letzten.

Hier und da stieg ein Passagier aus und ein, und an einer Haltestelle wurde der Fahrer ausgewechselt, also durchaus nichts, was uns hätte Sorgen bereiten sollen.

Worüber ich mir aber dann doch Sorgen machte, war …

Ich will ja nicht überempfindlich wirken, aber die letzten Tage waren schon etwas hart gewesen und ich war etwas erschöpft. Strenggenommen, auch wenn ich das vielleicht gerade erst realisierte, war das Ende meines Leistungsvermögens erreicht. Ich möchte jetzt gar nicht aufwendig beschreiben, wie ich mich, hundertvierundvierzigtausend Chakra-Blütenblätter im Hinduismus, fühlte, aber ich war als Anführer dieser Unternehmung definitiv nicht mehr einsatzfähig. Nicht mehr in der Lage, meiner Verantwortung gerecht zu werden, geschweige denn auch nur einen Fuß vor den nächsten zu setzen, wenn diese Fahrt ein Ende hat. Meine Sorge galt darum der Frage, wie ich bestehen sollte, was noch vor uns lag, was immer dies auch sein mochte. Und in meinen Gedanken schweifte ich um Menschen, denen es wohl schon ähnlich gegangen sein mag, wie zum Beispiel deutschen Soldaten im Russlandfeldzug, und dachte mir, wie gut es doch wäre, hätte ich bloß einen Riegel Panzerschokolade. Frequenz des obersten Chakra, das den Menschen mit dem Göttlichen verbindet, zweihundertsechzig Hertz.

„Warte mal", murmelte ich vor mich hin.

Die anderen betrachteten verwundert meine spontane Belebtheit. Ich hielt noch kurz inne, dann ging ich an mein Gepäck, hundertvierundvierzigtausend Gefährten Mohammeds, und wühlte in einer der Seitentaschen, und dann hielt ich es in der Hand. Noch den brennenden Riss in meinem Herzen spürend, bei dem Gedanken an den Grund, weshalb es darin war, drückte ich langsam mit zitternder Hand eine der halb hell- und halb dunkellilafarbenen, mit Methylphenidat, auch als Ritalin bekannt, gefüllten Filmtabletten heraus.

Ohne zu zögern, schluckte ich eine mit viel Wasser herunter. Voller Ungeduld, meine katastrophale Verfassung hinter mir zu lassen, nahm ich eine weitere heraus. Ich öffnete die Kapsel, verschüttete die Hälfte auf dem Boden, den Rest schüttete ich mir auf meine Zunge und zerkaute die kleinen blau-weißen Kügelchen.

Der bittersüße Geschmack schoss mir in den Rachen und im Inneren meines Gehirns begann es zu kribbeln und zu erfrieren. Brainfreeze. Ich merkte, Seitenverhältnis Verbotene Stadt eins Komma zwei acht, wie aus dem Kribbeln eine Quelle der Kraft, des Mutes und der Motivation wurde, die sich erst im Hirn ausbreitete und dann den ganzen Körper mit Leben füllte. Betört und erregt knipste ich wieder eine Tablette aus dem Aluminium. Ich klappte den Plastiktisch aus, schüttete die Kügelchen darauf, Frequenz des Chakras des Dritten Auges, hundertvierundvierzig Hertz, und zerstieß sie mit dem Boden einer Wasserflasche zu feinem Pulver. Ungläubig schauten meine Freunde mir zu.

Und wenn Sie, liebe Leser, jetzt auch ungläubig zuschauen, dann sollten sie darüber nachdenken, warum ein Medikament, dessen Wirkung, egal bei welcher Konsumform, dieselbe von reinstem Speed ist, mit denselben Nebenwirkungen – Schlaflosigkeit, Appetitverlust, Depressionen, Selbstmordgedanken, Selbstmordversuche, Selbstmorde –, warum das Kindern verabreicht wird. Sechsjährigen Kindern. In Mengen, die ich als erwachsener, hundert Kilo schwerer, ein Meter neunzig großer Mann kaum verkraften würde.

Maximal ein Milligramm pro Kilogramm Körpergewicht. Ein halbes empfohlen. Siebenundzwanzig Kilo. Seitenverhältnis Mastaba des Ti eins Komma zwei acht.

Dreißig Milligramm. Dann fünfzig. Sechzig. Vierundachtzig Milligramm. Aggressionen. Beruhigungsmittel. Schlaflosigkeit. Schlaftabletten. Depressionen, hundertvierundvierzigtausend werden in der Bibel errettet werden, Suizidgedanken. Antidepressiva. Dessen Nebenwirkungen? Seitenverhältnis eines Tempels in Angkor eins Komma zwei acht. Depressionen. Aggressionen. Suizidgedanken.

„Besonders häufig wurden Suizidgedanken und -versuche bei Kindern und Jugendlichen beobachtet."

Intervention der Eltern? Jugendamt. Kindeswohlgefährdung. Grund? Verweigerung der für das Kind dringend notwendigen medizinischen Behandlung. Akteneinsicht. Erklärung über die Vollständigkeit der Krankenakte?

„Laut Paragraph fick dich haben Sie kein Recht auf eine Erklärung über die Vollständigkeit der Akte."

Akte vollständig? klhghjkusdF#äöÖ

Unfassbare Wut kochte in mir hoch.

Und noch während ich das Pulver durch einen Dongschein schniefte, zweiundsiebzig Türme in Borobodur, schwor ich mir, dass, wenn ich irgendwie lebend aus dieser Sache rauskommen würde, ich sie alle töten würde.

„Prenzka. Murski. Jakobsen", murmelte ich verbittert, mit knirschenden Zähnen vor mich hin. „Räcker. Wedler. Fribbe."

Um mich herum begannen die drei Halbstarken eine Diskussion über mich, sahen sich aber selbstverständlich nicht in der Position, mir Vorschriften zu machen. Vierundfünfzig Türme Angkor Thom. Was wollten die denn schon gegen mich machen? Ich fühlte mich wie Gott und mit der Kraft kam das Bewusstsein über meine mutmaßlichen Fähigkeiten als Kampfkünstler in meine Glieder zurück und es drängte mich, meine Schnelligkeit und Stärke unter Beweis zu stellen, damit es auch jeder verstand, dass ich unangreifbar war.

Unruhig schaute ich aus dem Fenster, vierundfünfzig Statuen Angkor Wat, in der Erwartung, dass etwas passieren würde, was auch immer.

Aber es passierte nichts und ich war dazu verdammt, in Untätigkeit auf meinem Sitz zu verharren. Meine Augen flackerten, meine Zähne knirschten, ich biss meine Kiefer so feste zusammen, dass ich schon nach kurzer Zeit Muskelkater in den Backen hatte. Ich, zweiundsiebzig Jünger Jesu, kratzte mich am linken Arm, dann rieb ich über meine Beine, wechselte unablässig meine Haltung.

„Ich hab so was Geiles gemacht", verkündete ich in übermäßiger Lautstärke und Begeisterung. „Ich war mit Freunden in Lenste das ist so ein Zeltlager an der Ostsee und tagsüber waren natürlich alle am Strand und hatten ihre Handtücher zum Trocknen hinter die Zelte auf die Leinen gehängt zum Trocknen die Zelte standen wie ein U zweiundsiebzig Verschwörer Osiris das waren große Zelte ich glaube zwölf Kinder oder Jugendliche und die Betreuer waren eh immer am Saufen deswegen hat keiner kontrolliert ob wir um Punkt halb zehn still im Bett lagen ich glaub es waren etwa dreihundert Kinder da voll viel und es gab nur ne kleine Nachtpatrouille von drei Leuten die umherlief der Gang im Zelt war circa einen dreiviertel Meter breit und keine Ahnung fünf lang daneben standen die Bettkästen und wir hatten uns in Teams aufgeteilt ein Basisteam und ein Operatorteam Distanz Xochicako zu Cholula hundertacht Komma fünf ich war Basis bin also im Zelt geblieben die anderen sind raus und haben hinter den Zelten die ganzen Handtücher abgehängt uns sie dann gebracht fünfhundertvierzig Tore Walhall und wir haben alle zu einer großen Kette zusammengeknotet um sie vom Fahnenmast in der Mitte zum Hauptgebäude zu spannen nur diese Idioten wurden erwischt hatten allerdings bis dahin gut dreiviertel aller Handtücher von dreihundert Campern angebracht achthundert Einherjer je funfhundertvierzig Tore gibt vierhundertzweiunddreißigtausend das Doppelte von zweihundertsechzehntausend beziehungsweise das Dreifache von einhundertvierundvierzigtausend und die Betreuer staunten nicht schlecht als sie mit der Taschenlampe in unser Zelt leuchteten das Ausmaß wurde aber erst am nächsten Tag völlig klar ihr könnt euch das nicht vorstellen Alter wie hoch die Tücher da lagen katastrophal episch Alter Problem nur dass wir die nicht nur auseinanderknoten mussten sondern wir mussten die ja irgendwie allen Pyramide in Caral auf einer Linie mit Casmatal Huaca del Sol und Tucume zurückgeben und die waren natürlich angepisst und wir wussten ja überhaupt nicht wem was war also hatte einer von uns eine brillante Idee der hat später auch Mathematik studiert der hat dann einen Artikel in der Lagerzeitschrift verfasst und es hat in der Tatnacht tatsächlich arg gestürmt und in der Zeitung stand dann dass wir voller Heldenmut raus in den Sturm sind um die umherfliegenden Handtücher einzufangen und damit sie nicht wieder wegfliegen haben wir die zusammengeknotet Distanz Xochicako zu Teotihuacan hundertacht bis hundertzehn und als wir dann einen Tisch aufgebaut hatten an dem sich jeder sein Handtuch holen konnte ob ihr es glaubt oder nicht die kamen der Reihe nach und haben sich bei uns bedankt und zwar nicht ironisch die haben uns das voll abgekauft und die Indianer erzählen von den Kleinen Leuten die Kinder entführen sie in ihre Geheimnisse einweihen und später als Heilige Männer zurückschicken."

Cora, Adriel und Volker, der neben mir saß, schauten mich fassungslos an. Keiner wagte, Chichen Itza Teotihuacan eintausendachtzig, etwas zu sagen, so offensichtlich waren meine aggressiven Intentionen. Meine Umwelt vernebelte um mich herum und ich starrte vor mich hin, der Gedanke an das Erzählte wurde verdrängt, Hass machte sich wieder in mir breit und legte sich in blendend heller Schwärze vor meine Augen.

Prenzka, Comacalco auf einer Linie mit, Murski, Tucume, Jakobsen, Huaca del Sol, Räcker, Casmatal, Wedler, Caral, Fribbe.

Und so bekam ich nicht mit, dass nach und nach alle Fahrgäste den Bus verlassen hatten und wir in die Vorbezirke Nha Trangs kamen.

Der Bus hielt an und der Fahrer machte einige Handzeichen, die ausdrückten, dass hier Endstation war. Wir stiegen aus, unsicher, und schauten uns um. Keine Passanten waren zu sehen. Am Ende der Straße, in einigen hundert Metern Entfernung, war eine Straßensperre aufgebaut. Ein paar Sandsäcke, ein Militärjeep mit einem Maschinengewehr.

Sie warteten auf uns.

Am hinteren Ende der Straße in ähnlicher Entfernung fuhren langsam zwei ebensolcher Fahrzeuge auf und versperrten den Weg. Zwei Personen, gefolgt von einer Garde, kamen langsam von der Straßensperre auf uns zu. Der eine Hauptmann Vinh, die andere Oberkommissarin Hang.

Auf der gegenüberliegenden Straße, für uns nicht sichtbar, öffnete Soundso1 gerade eine Kiste in seinem Kofferraum, Yonaguni Nan Madol viertausendzweihunderteinundvierzig, als er ungläubig auf die andere Straßenseite blickte, auf der eine ihm auffällige Person gerade das Gleiche tat, nämlich seine in Deutschland gefertigte MP5 Maschinenpistole auszupacken.

„Arabs? Hier?", sagte er zu, viertausendzweihunderteinundvierzig ist gleich dreizehn Komma fünf mal Pi, Soundso2.

„'N Itzak? Hier?", dachte sein Gegenüber und drückte sofort ab.

Erschrocken sahen wir uns an. Die Schüsse waren nur wenig entfernt gewesen. Schnell verlagerten die Militärposten ihr Augenmerk. Weitere Schüsse fielen.

Hauptmann Vinh und Oberkommissarin Hang gerieten in Streit über die Vorgehensweise.

Vinh befahl seinen Soldaten, sich zurückzuziehen und neue Positionen einzunehmen, denn er hatte gerade über Funk erfahren, dass amerikanische Truppen bei Hue gelandet waren. Wutentbrannt, weil Vinh von uns ablassen wollte, riss Oberkommissarin Hang einem der Soldaten seine AKM mit einem GP-30-Granatwerfer aus der Hand und lief in unsere Richtung.

Nur wir standen wie angewurzelt da, unschlüssig, wohin wir laufen sollten. Es hätte an mir gelegen, aber mein Übermut und Kampfeswille wichen Entsetzen, das mich …

Mein Blutdruck schoss dermaßen in die Höhe, dass ich keine Luft mehr bekam, mein Körper wurde weich und ich hatte Mühe, meine zitternden Beine aufrechtzuhalten. Cora war es, die die Initiative ergriff, als einen Block weiter weiße Männer in Trenchcoats neben Häusern hervorkamen, auf uns zeigten und auf uns zurannten. Mohenjo Daro Chichen Itza, vierzehntausendeinhundertfünfunddreißig.

„Na los! Hier lang!", rief sie und rannte zum Eingang eines mehrstöckigen länglichen Gebäudes. Volker riss die Tür auf und schoss einem jungen vietnamesischen Mann, der gerade in der einen Hand eine Einkaufstüte vor sich hielt, mit der anderen die Tür aufschließen wollte, durch die Tüte hindurch in die Brust. Der Mann sackte zu Boden.

Mit offenem Mund starrte er mich an, als ich mit Entsetzen im Blick an ihm vorbeilief, unfähig, ihm all die Fragen zu beantworten, die in seinen Augen standen, bevor ihm der Atem versagte. Wir rannten drei Stockwerke die Treppen hoch, in einen langen Flur und blieben kurz stehen, um Luft zu holen und schnell zu überlegen, wo wir hinsollten. Ich war kaum noch bei Bewusstsein und die Wirkung der viel zu vielen Medikamente, die ich genommen hatte, vierundfünfzig mal Piquadrat, einhunderteinundvierzig Komma drei fünf, entfaltete sich mehr und mehr. Cora blickte um sich, ihr Busen wogte bei ihrer Atmung. Mir brach der Schweiß aus.

„Geile Titten Mann!", schrie ich.

Fassungslos schaute sie mich an.

„Bist du völlig bescheuert?"

Volker wies mit dem Kopf Richtung Ende des Ganges, als wir unten im Treppenhaus Befehlsgebrüll hörten. Cora zog mich am Arm den Flur entlang, Volker schoss zweimal auf ein Fenster am Ende des Flures, dass es zersprang. Nur einen Meter weiter dahinter lag das nächste Gebäude gleicher Bauart. Jetzt wusste ich, was sie vorhatten. Hinter einer Einbuchtung für die Leiter zum Dach, Yonaguni Nan Madol viertausendzweihunderteinundvierzig, suchten wir kurz Schutz. Die ersten Schüsse flogen durch den Gang. Cora sprang zuerst durch das Fenster, den Rucksack mit den Hasen auf dem Rücken, während Volker ihr mit zwei Schüssen Deckung gab, dann Adriel. Volker drückte mir die Pistole in die Hand, nahm Anlauf und setzte seinen Fuß zum Absprung an den Fensterrand, dann gab es einen ohrenbetäubenden Knall. Ich konnte nichts mehr sehen, alles war rot und meine Ohren piepsten schmerzend. Vietnam Mekka, Verhältnis Entfernung zu Winkel hundertacht. Über und neben mir lagen Körperteile, Eingeweide und Blut. Eine Gewehrgranate hatte Volker mitten in den Rücken getroffen. Ich nahm all meine Kraft und meinen Mut zusammen, setzte los, sprang durch das Fenster und drückte mich direkt dahinter in die Ecke. Ich hörte, Visoko UPPac, Verhältnis Entfernung zu Winkel, hundertacht, das Getrampel, desjenigen der Volker getötet hatte, immer näherkommen. Ich war starr vor Angst, alles in mir sträubte sich vor jeder weiteren Bewegung. Dreizehn Komma fünf mal Pi, zweiundvierzig Komma vier eins. Langsam, zitternd versuchte ich mich aufzurichten, die Schritte kamen immer näher.

Nan Madol Entfernung zu Winkel hundertacht. Vor meinen Augen zog sich alles zusammen und ich sah kaum etwas, als ich mit der Pistole vor das Fenster trat und abdrückte. Hangs Oberkörper wurde in der Luft zwischen den beiden Fenstern nach hinten geschleudert, sie knallte mit dem Hinterkopf auf die Fensterbank, dann fiel sie in die Tiefe. Ich begann zu weinen und zu schluchzen, ich warf die Pistole von mir, rannte den Gang entlang und weinte, wie ich noch nie in meinem Leben geweint hatte. Ich rannte zum nächsten Fenster, das schon geöffnet war und hinter dem ein weiteres in Sprungweite lag. Fast blind vor Tränen sprang ich ohne zu zögern hindurch. Meine Füße rutschten nach vorne weg und ich schlug mit dem Kopf auf den Boden. Ich blickte noch in die aufgerissenen, leblosen Augen Adriels, in dessen Blut ich lag, dann wurde es dunkel.

Ich wachte auf, mein Schädel dröhnte und ich lag in einem weißen Bett. Eine hübsche Krankenschwester öffnete mir ein Fenster, damit ich frische Luft bekam, was ich sehr genoss, bevor sie mir etwas Essen in den Mund schob.

Volker war tot. Adriel auch. Was mit Cora war, wusste ich nicht, aber ich war mir sicher, dass auch sie nicht mehr lebte. Aber das war nicht so wichtig. Auch, dass meine Hände und Füße am Bett festgebunden waren, war nicht so wichtig.

Mampfend starrte ich zur Decke und murmelte: „Ausgangspunkt Kreis Vietnam, Mohenjo Daro Angkor, zweiundzwanzig Grad. Chichen Itza China, zweiundzwanzig Grad, Yonaguni Chichen Itza, zweiundzwanzig Grad. Yonaguni Nan Madol, vierundvierzig Grad. Mampf. Teotihuacan Uffington, zweiundsiebzig Grad. Mekka Nordpol, zweiundsiebzig Grad. Chichen Itza Visoko, zweiundsiebzig Grad. Entfernung Gizeh Chichen Itza, elftausendvierhunderteinundsiebzig. Elftausendvierhunderteinundsiebzig ist gleich dreihundertfünfundsechzig Komma zwei fünf mal drei Komma eins vier eins fünf neun zwei sechs fünf drei fünf acht neun sieben neun drei zwei drei acht vier sechs zwei sechs vier drei drei acht drei zwei sieben neun fünf null zwei acht acht vier eins neun sieben eins sechs neun drei neun neun drei sieben fünf eins null fünf acht zwei null neun sieben vier neun vier vier fünf neun zwei drei null sieben acht eins sechs vier null sechs zwei acht sechs null acht neun neun acht sechs zwei acht null drei vier acht zwei fünf drei vier zwei eins eins sieben null sechs sieben neun acht zwei eins vier acht null acht sechs fünf eins drei."

Ende

LESETIPP!

Jürgen Haese
Enos
Spuren des Krieges

150 Seiten
13,5 x 20,5 cm
Softcover mit Klappen
ISBN: 978-3-943168-65-5
14,90 € (D)

Enos – erst wenige Wochen alt – wird in einem Pappkarton gefunden und in einem Waisenhaus abgegeben. Zwei Kugeln aus einer amerikanischen M 16 stecken in seinem Rücken; der Vietnamkrieg hat Saigon erreicht. Die Not ist groß, die Kinder hungern. Wenige Tage vor seiner Rückkehr in die USA adoptiert der amerikanische Sergeant Geoff McKnee den inzwischen vierjährigen Enos und nimmt ihn mit nach Hause. Enos bleibt in der amerikanischen Provinz ein ungeliebter Fremder. Vielerorts wird er mit dem verachtenden Wort 'Bastard' beschimpft: seine blonden Haare und seine mandelförmigen braunen Augen – ein Mischling! Mit den Jahren spürt er: ich gehöre hier nicht her! Wer sind meine Eltern? Von Zweifeln verunsichert, fliegt er in den 90er Jahren nach Vietnam – nicht viel mehr im Gepäck als das Kriegstagebuch seines Adoptivvaters Geoff McKnee, seine geliebte Polaroid SX-70 und das einzige untrügliche Zeichen seiner Identität: eine der beiden Kugeln im Rücken. Der Roman verbindet Enos' existenzielle Fragen mit dem mörderischen Krieg in Vietnam.

LESETIPP!

Bettina Wendt
Grenzenlos: Reise in die Ewigkeit und zurück

192 Seiten
13,5 x 20,5 cm
Softcover mit Klappen
ISBN: 978-3-943168-88-4
14,90 € (D)

Im Wissen, dass es nur noch ein einziges Mal geschehen würde, beschließt der siebzehnjährige Don Ibrahim – in ruhevoller Gelassenheit – sich noch einen Schuss Heroin zu setzen. Nur dieses letzte Mal noch, dann würde er damit aufhören und clean werden. Er würde seine Drogenabhängigkeit erfolgreich bekämpfen und sein Leben gestalten, wie er es Kai, seinem Vertrauten, dem einzigen Freund, den er 14 Tage zuvor zu Grabe getragen hatte, immer gewünscht hätte. Doch es sollte ganz anders kommen, als Don es geplant hatte…
Ob arm oder reich, ob dick oder dünn, ob jung oder alt, ob hellhäutig oder dunkel, so unterschiedlich die Menschen und deren Charaktere auch sein mögen, am Ende ihres Lebens erwartet sie alle das gleiche Schicksal. Doch was kommt nach dem Tod?
Ist es Zufall, dass alle Menschen mit einem Nahtod-Erlebnis, nach ihrem Wiedererwachen von einem warmen, wunderschönen, hell-gleißendem Licht erzählen? Gibt es tatsächlich ein Leben nach dem Tod oder ist mit diesem alles vorbei?

LESETIPP!

Bodo Niggemann
Heilkunst

152 Seiten
13,5 x 20,5 cm
Softcover mit Klappen
ISBN: 978-3-98503-053-8
17,70 € (D)

Bodo Niggemann versucht den schwierigen Spagat, sich gleichermaßen an zwei sehr unterschiedliche Zielgruppen zu wenden – Ärzte und Patienten. So verschieden die beiden Gruppen auch sein mögen, haben sie aber doch die gleichen Ziele, nämlich Gesundheit zu erhalten (z. B. durch Präventionsmaßnahmen), zu fördern (z. B. durch Lebensstilveränderungen) oder herbeizuführen (z. B. über eine gezielte Therapie). Die Patienten betrifft dies persönlich und die Ärzte in ihrer Profession.

Er möchte mit seinen persönlichen Erfahrungen einerseits junge Kollegen (und Studierende vor ihrem Berufseintritt) ansprechen, die vielleicht den Blick eines Älteren kennenlernen und möglicherweise ein paar Tipps bekommen möchten, andererseits aber auch Patienten, die ihren Arzt ein wenig besser verstehen und gleichzeitig erfahren möchten, was sie von diesem erwarten können oder sogar erwarten sollten. Und schließlich geht es ihm neben der Frage: „Was ist ein guter Arzt", auch ein klein bisschen darum: „Was ist ein guter Patient?"